高村光太郎論

中村稔

青土社

高村光太郎論　目次

高村光太郎論

第一章　西欧体験

1

高村光太郎の詩集『道程』（初版）所収の作、「寂寥」に次の一節がある。

何処《いづこ》にか走らざるべからず
走るべき處なし
何事か爲さざるべからず
爲すべき事なし
坐するに堪へず
脅迫は大地に滿てり

「寂寥」の末尾四行は次のとおりである。

ああ、走るべき道を教へよ
爲すべき事を知らしめよ
氷河の底は火の如くに痛し
痛し、痛し

この詩は一九一一（明治四四）年三月一三日の作だが、この詩から私は、萩原朔太郎がその後六年余を経た一九一七（大正六）年一一月中旬に書いたと推定される高橋元吉宛書簡を想起する。

「今日、夏目さんの「行人」をよみました」

と始まる、この書簡で萩原朔太郎は

「あの「行人」の中にある「塵労」の長い手紙が語るものこそ、實にあなたや私を始め近代に於ける日本人の青年の苦悩を語り盡したものではないでせうか、

「かうしては居られない、何かしなければならない、併し何をしてよいか分らない」

これです、この聲が我々にとつていちばん恐ろしい聲なのです、

明らさまに言ふと我々は理想も目的も持たないのです、」

萩原朔太郎は「行人」中「塵勞」三二章をこの書簡の中で引用している。

「兄さんは書物をよんでも、理屈を考へても、飯を食つても、散歩をしても、二六時中何をしてもそこに安住することができないのださうです、何をしても、こんなことをしては居られないといふ氣分に追馳けられるのださうです、「自分のしてゐることが自分の目的になつて居ないほど苦しいことはない」と兄さんは言ひます」

私は『萩原朔太郎論』の中で、右の書簡に関連して次のとおり記した。

「萩原朔太郎が一九一七年当時に抱えていた悩みは、このままじっとしてはいられない、しかも、何をしたらよいか分らない、ということであった。この心境はまた同じ漱石の『それから』における代助の「アンニュイ」にも通じるであろう。つまり、萩原朔太郎の苦悩は、漱石が描いた当時の知識人の社会に対する不安、不適合、不満につながるものであった。」

この時期の萩原朔太郎はすでに『月に吠える』を刊行し、その後『青猫』前期の「憂鬱」を主題とした一連の作品を書いた時期であり、ほぼ二年後に結婚することとなる時期である。萩原朔太郎の書いている感情は恐ろしいほど高村光太郎の「寂寥」に似ているし、高村光太郎においても、その心境は当時の日本の知識人の社会に対する不安、不適合、不満に相通じる、といっても大きな間違いとはいえまい。

しかし、「かうしては居られない、何かしらしなければならない、併し何をしてよいか分らない」

という萩原朔太郎の悩みは、親がかりの未婚の青年が何をなすべきかを見出すことができないための焦燥であり、苛立ちにすぎなかった。社会に対する不安、不適合、不満を現実に彼が体験していたわけではない。彼の心情は切実であったが、現実の体験にもとづくものではなかった。

他方、高村光太郎のばあい、彼はすでにアメリカ、英国、フランスに滞在し、イタリーに旅行する体験（以下「西欧体験」という）をもっていた。帰国した彼は日本の社会の現実に幻滅しながらも、現実に抵抗し、デカダンスの生活に耽溺し、その結果、挫折を経験していた。そうした挫折から発せられた、ふかぶかとした嗟嘆、孤独感が「寂寥」であった。そういう意味で、彼らの心情は共通していたが、実質において大きく違っていた。

2

そこで、まず、高村光太郎の西欧体験がどういうものであったか、を見ておきたい。

高村光太郎は当時美術学校で美術史や英語を教えていた批評家岩村透が父光雲を説得、「岩村さんはシカゴの博覽會の時にその審査員になつて行つて、向うの審査員に知合があつたから、マクニール、フレンチ、ボノーなどといふ人達に宛てて「最も《モースト》將來ある《プロミッシング》」彫刻家だからなどといふ紹介状を書いてくれた。それを命の綱として、父から二千圓貰つて出かけたけれど、旅費を取ると實にポッチリのわけだつた。然も紹介状などは何の役にもたたなかつた。そして働くといつても私の取る金は一週六ドルか七ドルの少いものだから、なかなかであつた」と一九四五（昭和二〇）年一月号の『美術』に掲載された談話筆記「回想録」中に語っている。

また、これも談話筆記だが、『中央公論』一九五一（昭和二六）年一〇月号に掲載された「青春の日」では次のとおり語っている。

「いろいろ探した末、「アメリカン　アート　ステユーデント　リーグ」というのに通った。ここは男女共學で夜間の研究所だつたが、照明も豐富で、モデルも充分使えたから、一年間つづけて通つた。（中略）そんなことをしているうちに、豫定の金を使つて、働かなければならぬことが目に見えて來た。岩村さんの紹介してくれたフレンチという人は、當時ニユーヨークの長老の彫刻家で、おだやかなおとなしい人柄であつた。フレンチもマックニールも、紹介狀を持つて行つたので客としては遇してくれるが、少しも傭つてくれるような話はない。それでボーグラムという彫刻家のところに手紙をやり、助手として使つてくれまいかと談じこんでみた。ボーグラムの彫刻については、メトロポリタン美術館に陳んでいる「人食い馬」という群像を見て、アメリカの彫刻家の中では感心していたのである。幸い先生は承諾してくれた。それで晝はボーグラム先生のアトリエで手傳い、夜は研究所に通うということにした。」

ボーグラムに談じこんでみた、というのは、全集二一巻所収のボーグラム宛書簡（書簡番号二二二六）による就職依頼にちがいない。高村光太郎は一九〇六（昭和三九）年二月二七日にニューヨークに到着、この書簡は四月に郵送されたと推定されているから、ニューヨーク到着後、一カ月余しか経っていない。書簡の英文を次に示す。

「If you will not take me, I must greatly disappoint myself. I must have no work, no study, no hope, no pleasure. My coming to this country must end by all in vain. Please, please let me have your favor, just like Mr. Honpo. I do not care much of money. I shall be quite satisfied with only a little, if you could. I will do anything you order. Pray accept my request, sympathizing with a lonely little soul from a far country over the sea.」

全集第二一巻の解題にこの英文の翻訳を次のとおり掲載している。

「もし採用して頂けなければ、どんなに失望することでしょう。仕事も勉強も希望も、楽しみもなくなって、この国に来たことが全く無駄になってしまいます。どうぞ本保氏と同じように、私をお引立て下さい。お金は問題ではありません。採用して頂けさえすれば、ほんのすこしで十分なのです。貴方の命じられることはなんでも致します。海を渡って遥かな国からやってきた孤独な若者に御同情下さって、どうぞ私の願いをお聞き届け下さい。」

この翻訳は誤りではないかもしれないが、「談じこんでみた」というには程遠い、卑屈とさえみえる哀願のニュアンスが原文にみられるのを訳出していないと思われる。「どうぞ本保氏と同じように、私をお引立て下さい」という翻訳の原文がPlease, please どうぞ、どうぞとくりかえしているのも懇願の表現だろう。let me have your favor と「お引立て下さい」というより、「恩恵を施して下さい」とか「お情けをかけて下さい」という日本語の方が原文の趣旨に近いのではないか。just like Mr. Honpo は意味がくみとりにくいのだが、「ちょうど本保氏におかけになったと同様に」という趣旨と解すべきではないか。I do not care much of money. I shall be quite satisfied with only a little, if you could. の文章の if you could がことに難解である。「貴方ができるなら」を仮定法的に if you could と言ったのだろうが、貴方が採用できるならととるより、「もし支払って下さることができれば」と解する方が、筆者、高村光太郎の意図に近いのではないか。そして、その前の文章は「お金についてはあまり気にしません」という意味にちがいない。文末の lonely little soul も「孤独な若者」というより「孤独な、とるにたらぬ者」という謙遜すぎるほど謙遜の表現なのではないか。

『新潮』一九五四年三月号から五月号まで連載した「父との關係」に高村光太郎は当時の状況を次のとおり回想している。

「スクールボーイの職をいろいろ見つけようとしたが、どうしてもないので、最後には皿洗ひか鐵道工夫をやらうと決意した時、父から救急の金が少し屆き、又自分で體當りに求職した彫刻家ガトソン ボーグラム氏の通勤助手となることが出來、週七弗かをもらふやうになつた。それで、西六十五丁目の家の屋根裏の窓の無い安い部屋に移轉して自炊しながら毎日ボーグラム氏のスチユヂオに通ひ、猛烈に勉強した。」

「朝はトーストに紅茶、晝は十仙《テンセンツ》食堂で何か一皿、夜は近所のデリカテツセン店で豆やハムを少し買つて食べ、たまには近くの支那飯屋で安いチヤプスイやフーヨンタンを食べた。」

『新潮』一九一七（大正六）年六月号に掲載された「彫刻家ガツトソン　ボーグラム氏」では、高村光太郎はボーグラムの彫刻を見て、ここに熱気が封じられていると感じ「其晩私は思ひ切つて、淋しい寝臺の上でボーグラム氏に手紙を書いた。覺束ない文句で、自分の感じた丈の事を書いて、是非助手として働きたいから雇つてくれと申込んだ。當時の臆病な私にとつては不思議な程の力に押されたのです。さうして翌朝其を投函しようとしたが、胸がつかへて郵便函へ手紙が入れられなかつた。それで又考へて今度はフレンチ氏から紹介狀を貰つて夫を同封して、やつと力を得て投函する事が出來た」とあり、「一週間目にやつとの思ひで訪問出來る迄になつた」という。すでに引用したボーグラム宛の書簡には、ボーグラムの彫刻についての感想は記されていないから、高村光太郎は書簡を書き直したのかもしれないし、「彫刻家ガツトソン　ボーグラム氏」の文章に文飾があるのかもしれない。ただ、全集二一巻所収の前掲の書簡（書簡番号二二二六）の続きに「もう一人の日本から来た学生、学究的な高村はダニエル・チェスター・フレンチの紹介と高村自身が書いたかなり例外的な手紙により採用された」と付記されていると解説している。この書簡は“Variety of life in a studio”（ヴァラエティ・オブ・ライフ・イン・ア・スタジオ）というボーグラムの著書に掲載されているもののようである。それ故、フレンチの紹介状を同封したことは間違いないようである。

一週間後に訪ね、自作彫刻の写真を見せたりした挙句、「次の水曜日の夕方にお答へをするから、今日は製作でも見ておいで」と言われたので、「次の水曜を待ちあぐんで夕方に出懸けた」とあって、次の文章に続く。

「「君は助手の役のどんなに苦しいかを知つてゐるか。我慢が出來るか。しかし君が本當にアーチストになる氣なら、やつて御覽。それは、學校、駄目。分つたね。」といふ樣に片言で言はれた。「先生の言はれる事は分つたと思ひます。私は身體が丈夫ですから何でも爲ます。置いて下さい。」と又たのむと、置く事は出來ないが、毎日午前九時に來て夕方まで働らいて月水木の夜はモデルを貸すから皆で木炭でもやつたらよいだらう、と言はれて突然私の肩をたたいてCheer-upと叫ばれた。半分習慣の樣に頭の中にもしやくしやしてゐたものが急に落ちた樣に感じて、猛然とした氣持で私は下宿に歸つた。」

ここで改行し、次の文章に続く。

「それから、私は四箇月許の間、一週間六弗の賃金で、毎日先生の所で働らいたが、夏に弱い私の體は、はじめての紐育の酷暑にまけてとうとう八月には行けなくなつた。」

アメリカ人のボーグラムが「片言」の英語で話したというのは不可解である。高村光太郎がボーグラムの言葉を片言だけ理解したという趣旨ではないか。それはともかくとして、高村光太郎は住みこみの学僕として雇われるつもりであった。

前出ボーグラム宛書簡の解題には「本保氏」について次のとおり記述している。

「本保氏　明治八年、高岡に生まれた本保義太郎は、明治三十四年に東京美術学校彫刻科を卒業、明治三十七年五月渡米。ニューヨークではボーグラムの助手として週給三〇ドルを得ていた。明治三十八年十月渡仏。ロダンと交渉を持ったが、明治四十年十月にパリで客死。」

それ故、本保氏の週給についてはニューヨーク在住の日本人芸術家の間でひろく知られていたはずだから、ボーグラム宛書簡で「just like Mr. Honpo」と高村光太郎が書いたとき、これは「ちょうど本保氏と同様に」の意で書いたものと推察してよいだろう。すなわち、高村光太郎は本保氏と同様、週給三〇ドルの待遇を期待して、このように付記したにちがいない。しかも、まさに私たち日本人の謙譲の美徳により、「お金についてはあまり気にしません」と書きながら、ボーグラムが彼の真意を汲みとってくれると期待したのではないか。しかし、アメリカ人として書簡の文面のとおりに理解し、また、フレンチの紹介もあって、本当に報酬はどうでもよい青年だとボーグラムが受けとったとしても何のふしぎもない。高村光太郎の書簡は、週給七ドルといわれれば、嫌とはいえない文面でもあった。率直に本保氏は、週給三〇ドル支払ってもらっているそうだが、自分も同じ条件で雇ってもらいたい。自分はそれにふさわしい仕事をするつもりだ、とでもアメリカ人なら書くところだが、謙譲の美徳のために、困窮を強いられることになったわけである。一方ボーグラムは「金がないと言つてもどうしても本當にしなかつた。後々まで何の時もさうで、世間の眼には帝室技藝員の坊ちやんといふ風に映つてゐたらしい」と前掲『美術』所掲の談話筆記「回想錄」に記している。

「父との關係」で高村光太郎は「アメリカで私の得たものは、結局日本的倫理觀の解放といふことであつたらう。祖父と父と母とに圍まれた舊江戸的倫理の延長の空氣の中で育つた私は、アメリカで毎日人間行動の基本的相違に驚かされた。あのつつましい謙遜の德とか、金錢に對する潔癖感とかいふものがまるで問題にならないほど無視されてゐる若々しい人間の氣概にまづ氣づいた」と書いているが、この週七ドルとも、週六ドルとも書かれた報酬の問題はその最初の体験であったにちがいない。ここで彼は日本的倫理感から解放されたかのように語っているが、私には、高村光太郎は終生、日本的倫理感、謙遜の徳、金銭に対する潔癖感ないし江戸ッ子的金離れのよさを持ち続けた人格であったように思われる。

「父との關係」にはその前に次のとおり記述している。

「スチユヂオ內外に於けるボーグラム氏との接觸、メトロポリタン美術館、圖書館通ひ、銅像見學、日曜毎のナジモヴア夫人のイブセン劇立見、白瀧、柳兩氏との談話。かういふものが私を育てた。アルコホル類はボーグラム氏其他の人からいくらすすめられても飲めなかつた。學生時代からまるで飲まなかつたのである。」

途中だが、後年、日本酒なら一升、ビールなら十二、三本、斗酒なお辞せず、と自認した高村光太郎と若い時期の彼はまるで違っていたようである。

「私の精神と肉體とは毎日必ず「生れて初めて」のことを經験し、吸收した。世界中が新鮮だつた。日露戰爭がその前年に終つた年であつて、アメリカに於ける日本人のうけは割に良かつた。ジヤツプなどとからかひはするが、惡意はなかつた。毎日走馬燈のやうに觸目するいろいろの事柄の意味を、夜ふけて屋根裏のベツドの上で隨分考へた。」

「私は社會的に弱小な一ジヤツプとして、一方アメリカ人の、僞善とまでは言へないだらうが、妙に宗教くさい、善意的强壓力に反撥を感じながら、一方アメリカ人のあけつ放しの人間性に魅惑された。」

※

高村光太郎は、後年、この時期を回想して二篇の詩を書いている。いずれも「猛獣篇」として刊行される予定であった詩集に収められるはずであった作品であり、一篇は一九二五（大正一四）年一月作の「白熊」、もう一篇は一九二六（大正一五）年二月作の「象の銀行」である。

「大正十四年一月作。明治三十九年筆者はアメリカ紐育市に苦学してゐた。日露戦争の後なので数年前の排日運動の烈しい気勢はなかつたが、われわれが仲裁して面目を立ててやつたのだといふやうな顔には絶えず出会つた。紐育市郊外ブロンクス公園が筆者の唯一の慰安所であつた。動物は決して「ハロージヤツプ」とはいはなかつた。」

当初、一九二五（大正一四）年二月刊の雑誌『抒情詩』に発表され、一九四四（昭和一九）年三月刊の詩集『記録』に収められ、『記録』収録の際、右の前書を付された「白熊」は次のとおりである。

ザラメのやうな雪の残つてゐる吹きさらしのブロンクス・パアクに、
彼は日本人《ジヤツプ》らしい啞のやうな顔をして
せつかくの日曜を白熊の檻の前に立つてゐる。
白熊も默つて時時彼を見る。
白熊といふ奴はのろのろしてゐるかと思ふと
飄として飛び、身をふるはして氷を砕き、水を浴びる。

岩で出來た洞穴《ほらあな》に鋭いつららがさがり
そいつがプリズム色にひかつて
彼の頭に忿怒に似た爽快な旋回律を絶えず奏でる。

七ドルの給料から部屋代を拂つてしまつて
鷲のついた音のする金が少しばかりポケットに殘つてゐる。
彼はポケットに手を入れたまま默りこくつて立つてゐる。

二匹の大きな白熊は水から出て、
北極の地平を思はせる一文字の背中に波うたせながら、
音もさせずに凍つたコンクリートの上を歩きまはる。

眞正直な平たい額とうすくれなゐの貪慾な唇と、
すばらしい腕力を匿した白皚皚《はくがいがい》の四肢胴體と、
さうして小さな異邦人的な燐火の眼と。

彼は柵にもたれて寒風に耳をうたれ、
蕭條たる魂の氷原に
故しらぬたのしい壯烈の心を燃やす。

白熊といふ奴はつひに人に馴れず、
内に凄じい本能の十字架を負はされて、
紐育の郊外にひとり北洋の息吹をふく。

教養主義的温情のいやしさは彼の周圍に滿ちる。
息のつまる程ありがたい基督教的唯物主義は
夢みる者なる一日本人《ジャップ》を殺さうとする。

白熊も默つて時時彼を見る。
一週間目に初めてオウライの聲を聞かず、
彼も沈默に洗はれて厖大な白熊の前に立ち盡す。

なお、右引用は全集によるが、この作品の第一連六行は、他連がすべて三行なので、高村光太郎としては第一連も、各三行の二連に分けて表記するつもりであったのが誤植されたのではないか、と思われる。

一九二六（大正一五）年二月作の「象の銀行」の初出は不詳という。『記録』所収のさい、次の前書が付されていた。

「大正十五年二月作。明治三十九年夏から冬筆者は紐育市西六五丁目一五〇番にある家の窓の無い天井裏の小さな部屋に住んでゐた。光線は天井の引窓から来た。市の中央公園が近いのでよく足を運んだ。そこには美術館もあつた。小さな気のきいた動物園もあつた。埃及から買取つたオベリスクも立つてゐた。みな金のにほひがしてゐた。」

セントラル・パアクの動物園のとぼけた象は、
みんなの投げてやる銅貨《コツパア》や白銅《ニツケル》を、
並外れて大きな鼻づらでうまく拾つては、
上の方にある象の銀行《エレフアンツバンク》にちやりんと入れる。

時時赤い眼を動かしては鼻をつき出し、
「彼等」のいふこのジヤツプに白銅を呉れといふ。
象がさういふ、
さう言はれるのが嬉しくて白銅を又投げる。

印度產のとぼけた象、
日本產の寂しい青年。
群集なる「彼等」は見るがいい、
どうしてこんなに二人の仲が好過ぎるかを。

夕日を浴びてセントラル・パアクを歩いて來ると、
ナイル河から來たオベリスクが俺を見る。
ああ、憤る者が此處にもゐる。
天井裏の部屋に歸つて「彼等」のジヤツプは血に鞭うつのだ。

二作ともに異国に留学した苦学生の孤独と内心の憤りをみごとに描きだした作品と考える。しいていえば、「象の銀行」の方がよりすぐれていると思われるが、檻に閉じこめられた白熊あるいは象に烈しい共感を示し、この共感がほとんど作者自身と白熊あるいは象と一体化するまでの切実さをもっている点で、類をみない作である。

実体験後、ほぼ二十年を経て、どうしてこうした作品を高村光太郎が書いたのかも、問題だが、そのことは「猛獣篇」を検討するさいに考えることとする。

※

一九〇六年、「助手の仕事は、夏になつて身體をいためたので、八月に止めた」と前掲の談話筆記「青春の日」で語っており、「父との關係」では「私は一九〇七年六月まで紐育にゐた」と語っており、全集の年譜にも（同年の）「六月十九日、イギリスに出発。一週間でサザンプトンに着き、ロンドンに向か」った、と記されている。一九〇六年九月から翌年六月までの約十カ月間、どのように生活費を工面していたのか、私の読んだ限りでは明らかでない。「父との關係」に「父からもらつた二千圓は千弗に當り、五百弗は既に旅費に出てしまつたので、あとの五百弗のあるうちに職を見つけねばならず」と記した事情のためボーグラムの助手として就職したのだから、ボーグラムの助手を辞めた後、どのように生活したのか。「後には父から金を拵へて送つてくれてはゐたけれども、實に僅かな金」であったと「回想録」で語っているので、依然として窮乏生活を送っていたとしか考えられない。困窮したとはいえ、ほぼ一年四カ月間の遊学であり、週給六ドルでボーグラムの助手をつとめたのは四カ月ほどにすぎない。ボーグラムの助手を辞めてから後、ほぼ一〇カ月をどのように生活したかは語っていない。ただし、渡米にさいし、父光雲から渡された二〇〇〇円（一〇〇〇ドル）から旅費五〇〇ドルを差引き、アメリカ到着当時、高村光太郎は残金五〇〇ドルを持っていた。ニューヨーク到着が二月二七日、ボーグラムの許に勤めはじめたのが六月末か七月初めだから、三月から五月までの間、この五〇〇ドルを食いつぶしていたにちがいない。「スクールボーイの職をいろいろ見つけようとしたが、どうしてもないので、最後には皿洗ひか鐵道工夫をやらうと決意した時、父から救急の金が少し屆き」と「父との關係」で回想していることはすでに記した。また、同じ「父との關係」の中で「父からもらつた二千圓は千弗に當り、五百弗は既に旅費に出てしまつたので、あとの五百弗のあるうちに職を見つけねばなら」なかったとも述べ、「回想錄」中では「働くといつても私の取る金は一週六ドルか七ドルの少いものだから、なかなかであつた。後には父から金を拵へて送つてくれてはゐたけれども、實に僅かな金」であった、と語っている。それらを前提として考えると、光雲から送られた「救急の金」が三月から五月までの三カ月間の生活費に充てられ、ボーグラムに雇われたときは五〇〇ドルが手許に残っていたと思われる。ボーグラムから週給六ドルで働いていた間、かりに毎週六ドルで生活していたとすれば、五〇〇ドルが手つかず残ったはずだが、相当額は窮乏生活の間費消されただろう。しかし、ボーグラムの助手を辞めた後も、光雲からの「僅か」な額の送金があったようにみえるので、総額ほぼ五〇〇ドルほどで一〇カ月を暮らしたのではないか。そうとすれば毎月五〇ドルを生活費に充てることができたはずであり、毎週一二、三ドルを生活費とすることができた計算になる。もちろん、光雲から送られた「救急」の金は到底三カ月の生活費には不足だったかもしれないし、「僅かな金」がどれほどの額で、どれほど役立ったかは分らない。しかし、高村光太郎はボーグラムの助手を辞めても暮らしていかれる自信があったから辞めたのであり、贅沢で余裕のある生活ではなかったにせよ、不自由なく一〇カ月を過したはずなのだが、高村光太郎はその実体を語ることなく、週給六ドルの窮乏生活をのみ強調している感がつよい。高村光太郎は必ずしもつねに真実のすべてを語ってはいない。

高村光太郎はボーグラムの助手として勤務中から夜は「アメリカン　アート　ステューデント　リーグ」という研究所に通っていたが、助手を止めてから後もこの研究所に通っていたようである。「青春の日」には「先生は、自分の研究所での給料を寄附して生徒に賞として出したが、その時は僕にくれた。研究所でも特待生の資格をくれたので、それで後一年アメリカで勉強するようにしきりに勸められたけれど、僕はイギリスに行こうと決心していた。イギリスという國を、僕は趣味やいろんな意味で好きだつたし、いずれ行く豫定のところだから、とよく話したら、ボーグラム先生はよく解つてくれて、イギリスに渡る船賃まで出してくれた」とあるので、渡英まで「父との關係」で「リーグ」といっている研究所に通っていたことは間違いない。助手を止めてからの期間の生活の苦労を高村光太郎は語っていない。

アメリカで高村光太郎がうけた芸術的感銘はさほど語るべきものではなかったようである。メトロポリタン美術館で、ロダンの「ヨハネの首」のブロンズになっているのを見たが、それがロダンの本物を見た最初であったこと、また『明星』一九〇六（明治三九）年一〇月号に寄稿した「紐育より」の第三回に、夏、ボストンの「圖書館のシヤヴンヌの壁畫には實に驚歎致し候。建築の「シエナ　マーブル」のあたたかき色と、壁畫の涼しくておちつきたる色との調子に、何とも言へぬ關係ありて、いかばかり此畫家が裝飾畫といふものの性質につきて考へたる事の深かりしかを示しをり候」と書いているほどのことであり、彼が関心をもったのはアメリカの文明であり、アメリカ人気質であったようである。「青春の日」では次のとおり語っている。

「僕はアメリカでいろいろなことを學びはしたが、彫刻のことより、セントラル　パークの設計とか、メトロポリタン美術館の部屋割りとか、圖書館の設備などを研究して感心した。當時のアメリカは、今から見れば隨分開けない狀態には違いなかつたが、大きなもの、重量感の豪壯なもの、高々と聳えるものという風な、スケールの雄大に向つて動いている氣運は、よく感じられた。」

高村光太郎は、たんに彫刻家、詩人というより、ひろく文明一般に関心のある人物であり、このことがまた彼の彫刻、詩作、翻訳、評論をふくめた創作活動の特徴をなしている。そしてまた、彼を驚かせたのが、ボーグラムをつうじて知ったアメリカ人の彫刻家の生態であった。彼は、これまでくりかえし引用してきた「青春の日」でこう語っている。

「ボーグラム先生の助手をしながら、アメリカの彫刻家の生活をうかがい知つたわけだが、前の日、先生の祕書が翌日のスケデユールを先生からきいてタイプにしておくと、先生の生活は全くその通りに行われる。アトリエと自宅とは別になつていたから、何時に來ると言えばその時間に正確に來て仕事を始め、また何時にはきちんと仕事を終える。來るとすぐ上着を脱いでブルーズを引つかけ、僕を呼んで泥を持つて來させて仕事を始める。その前に、別室でちようど使いよいように粘土を作つておくのが僕の仕事の一つである。先生は、梯子の上で仕事をしているから、僕は下から粘土を供給する。それから道具を磨いたり、彫刻の色着けの薬の支度をしたりする。必要に應じてはモデルもつとめる。その他、アトリエや道路の掃除とか、助手と言つても全く下働きの仕事である。時間が來るとサッと手を洗い、着物を着替えて歸つてゆく。訪問者も豫め決まつた時間時間でやつてくるし、臨時にお客をするような時は、みな必ず夫人同伴で訪ねて來て、アトリエの中で小さなお茶のパアテイをする。そんなことをすると、大抵彫刻の一つか二つは契約してゆく。またそのうちには銅像の契約なども出てきて、大體それが商賣である。僕はボーグラム先生に感心していたけれど、アメリカのこういう生活から果していい彫刻が出來るものかどうか、疑問とも思わないわけにいかなかつた。」

彫刻の製作が一ビジネスであり、こうした生活から芸術としての彫刻は製作されないと高村光太郎は信じていたにちがいない。しかし、高村光太郎はボーグラムを語り、書くときは、おおむね「先生」という敬称を付しているし、ボーグラムの側もイギリスへの渡航費を与えたことから知られるとおり、高村光太郎を信頼していたにちがいない。

「アメリカで私の得たものは、結局日本的倫理観の解放といふことであつたらう」というが、正確にいえば、日本的倫理観が普遍性をもたないという自覚であったと思われる。

3

ふたたび「青春の日」から引用し、高村光太郎のイギリス到着以後の生活を記す。

「イギリスに渡つたのは一九〇七年の夏だつた。」

「ロンドンでは石橋君の勧めで、畫家のブラングインと、動物彫刻家のスワンとが一緒にやつている研究所に行つた。彫刻のクラスもみんなデッサンだけだつた。スワン先生は僕のデッサンをいつも目の仇にして、エキセントリックとか何とか叱つた。そこで僕は初めてバーナード　リーチに會つたが、リーチは僕が先生に非難された後、よく僕のところに來て、スワンはあんなこと言うけど、本當は君のデッサンが一番いいから、ああ言うんだよなどと言つて笑つた。

そこはすぐ止めてしまつた。イギリスの彫刻界からはあまり得るところがないだろうという氣がして、それよりもイギリス人の生活や文化の本當のところを知りたいという氣持があつて、ポリテクニツクの學校に行くことにした。ここは彫刻ばかりでなく、自動車の運轉も、樂器をこさえることも、タイプ科もあれば料理法も教えるといつた、技術百般について、自分の勉強したいことは何でも習える仕組で、大體お孃さんたちの慰み半分で來るところだつた。それだけまた向うの人の生活を見るには好都合だつた。午後四時には皆が教室でお茶をのんだ。」

ロンドン滞在中、バーナード・リーチと知り合い、親交を結んだのは知られるとおりである。ポリテクニックでは、後に戦後山口村の山小屋でオックス・テイルのシチューなど自炊しているので、料理も学んだのではないか、と想像していたが、「父との關係」では、ここでも彫刻科に行つた、とある。ただ、「父との關係」では続けて「寸暇を惜んで、ブリチツシユ美術館、サウス　ケンシントン美術館、テート　ギャラリー、ウオレース　コレクション其他の美術館、圖書館に足繁く通つたり、コヴエント　ガーデン、アルバート　ホール等の音樂會に行つたり、女優エレン　テリーを見たり、街頭に出て流行を調べたり、もう少し下火になつたセゼツシヨン、アール　ヌーボーのデザインを見てまはつたりした。ロンドンの街は街全體が名所舊蹟といつていい程なので、どこへ行つても何かしら由來のあるものにぶつかつた。ここでも亦「生れて初めて」の經驗が毎日私を待つてゐた。」

「青春の日」に戻って、その引用を続ける。

「アメリカからイギリスに行つてみて、僕にはイギリスの方が奥が深いように思えた。アメリカ人の中には、イギリスを馬鹿にしている人も當時あつたが、僕はそう言えないと思つた。イギリス流の趣味が僕は非常に好きだし、またイギリス人が非常に人を信用する態度にも好感が持てた。その信用の態度は、日本人がイギリス人の前にゆくと恥かしくなるほどだ。ということは、つまり信用しうる人間が多いということである。アメリカでは部屋に鍵を使うのが習慣であつて、また使わなければ危くて仕様がない。その習慣をパトニーの下宿でやつたら、おかみさんが掃除ができないので弱つて、不思議がつた。ロンドンでは鍵をかけない習慣だという。それはロンドンでは當り前のことだつたのだ。」

高村光太郎の見聞が狭かったのか、大英帝国の最盛期、ロンドンはそんな状況であったのか。下宿に限って鍵をかけない習慣だったのではないかと思われるが。それはともかく、引用を続ける。

「ブリテイシユ　ミユーゼアムでは、やはりパルテノンのギリシヤ彫刻にひどく感心した。あそこの光線は、柔かに考え過ぎたかと思うほど苦心してあるが、あの彫刻をギリシヤの元の所に置かないとすれば、恐らくあれ以上の保管の仕方はないだろう。毎日のように行つては、つり込まれるように見た。ギリシヤでは明るい青空の下で眺められるものが、ロンドンでは霧に包まれている。しかし、あの破風の馬の首のついているものや、三女神の衣紋など見ていると、こんなに美しいものがまたとあろうかとさえ思う。巧みという點では極限まで行つたもので、それでいて悪寫實でない氣品の高さは無類だ。今でもそれを思うと奮起するような感じになる。それに年代の古さから來る大理石の琥珀色の半透明の美しさ、こんなにもいい材料があるかと思う。見ていると手で觸りたくて仕方がない。彫刻の材料の大事さを、その時しみじみ感じて、自分も木彫をやる時、材料を選ばなければならぬと強く思つた。材質感は重大だ。

エジプトのものにも惹かれたけれど、アッシリアのものにはそれほど興味はなかつた。それからペルシヤのものもひどく好きになつて、一時はイランに行こうとさえ思つたほどだ。ペルシヤの文學に興味をもつて、ペルシヤ語をやつたりした。」

※

「父との關係」によれば、ロンドンでは「父の配慮で農商務省の海外研究生になることが出來、月六十圓ばかりの金がきまつてくる事になつたので、六月十九日に船に乘つて大西洋を渡り、イギリスに移つた」とある。

また、同じ文章で次のとおり記している。

「アメリカの一年半は結局私から荒つぽく日本的着衣をひきはがしたに過ぎず、積極的な「西洋」を感じさせるまでには至らなかつた。その「西洋」を濃厚に身に浴びざるを得なかつたのが、一年間のロンドン生活であつた。」

「西洋」に留学したからといって、まして僅か一年や二年、留学あるいは滞在したからといって、「西洋」を濃厚に身に浴びざるを得ないような体験ができるわけではない。それにはそれなりの受容性がなければならない。こうしたロンドン滞在の体験を共有したのはおそらく夏目漱石であろう。それが

「行人」の「塵労」中の「兄さん」の心境と高村光太郎の詩「寂寥」に共通する心情であったと思われる。

すでに記したとおり、ロンドン滞在中、農商務省研究生として月額六十円の定収入があった。それ故、生活は安定し、ブリティッシュ・ミュージアム等に通いつめることができたのだが、研究生として期待されていた仕事をおろそかにしていたわけではなかった。農商務省商工局編纂、一九〇八（明治四一）年一〇月刊の『商工彙報』第一四号及び翌一九〇九年刊の、同じく商工局編纂の冊子『欧米各国美術工芸図案ニ関スル報告』中「英國ニ於ケル應用彫刻ニ就テ」（一）（二）がいずれも在英国海外実業練習生高村光太郎報告として収録されている。高村光太郎のいう農商務省研究生の正式名称は海外実業練習生であろう。

この報告の内容は後に概説するが、結論には高村光太郎の憂国の志があふれていると思われるので、まずその一部を紹介する。

「今日ノ歐洲人ハ又昔日ノ歐洲人ニアラズ凡テ趣味ヲ能ク了解シテ之ヲ鑑賞スル能力ヲ有スルニ至レリサレバ今日ノ日本工藝圖案ニシテ眞ニ有價値ノモノナラムニハイカデカ之ヲ歡迎スルニ躊躇スベキ徒ニ古日本ノ夢ヲノミ愛シテ新日本ノ精華ヲ認メ得ザル如キ彼等ニハアラズ彼等ガ所謂新日本ノ工藝品圖案ニ忌ム所ハ其ノ泰西趣味ノ不調和ナル混和ニアリ消化セラレザル應用ニアリカンニンガム氏曾ツテ曰ク

『安物製造ノ害毒ハ既ニ印度日本ニマデモ及ベリ此等ノ國人ガ「レナサンス」式ヲ模倣セムトシテ

如何ニ愚カナル努力ニ苦シムカヲ見ヨ彼等ハ歐洲風ノ形シタル手鞴ヤ蠟燭立テニ東洋的ノ模様ヲ附セムトス

近時倫敦ニ輸入セラレタル日本製ノ壁紙ニ弓ヲ持チタル「キユピット」ノ模様ヲツケタルアリ此ヲ観テ人ハ殆ト嘲笑スベキカ啼泣スベキカヲ知ラザルナリ又ハ倫敦ノ店頭ニ於テ日本製ノ打チ出シ金屬器（同一型ニヨリテ打チ出シタルモノヲ意味ス）ヲ見ルニモ増シテ哀悼ノ念ヲ起ス事ハアラザルベシ彼等ハ猶ホ下界ニ落チタル天女ノ如シ斯クモ悪シキモノナガラ曾テ一度ビ有シタル美點ハ今モ尚ホ何處ニカホノ見ユルナリ斯クテ此等ハ價頗ル安シ既ニ安物ナリ漸ク世人ノ家ニ入リテ時代ツキタル鳥籠ヤ蠅取リ紙ヤ「パリアン」大理石ノ花瓶ヤヲ逐ヒ出ス事モアリナムカナ』

稍ヤ極端ナル言ナリト雖モ吾人ノ耳ヲ傾ケザルベカラザル暗示ヲ有スル事無キニアラザル可シ斯ノ如キハ事實ナレドモ今日以後ノ日本工藝品ガ何處マデモ昔ノ意匠ニ依リ昔ノ圖案ヲ繰リ返シテアルベキニアラザルハ勿論ナリ素ヨリ歐洲ノ圖案モ之ヲ取テ日本化シタル後十分ニ驅使セザルベカラズ此ニ於テカ現今ノ日本工藝ニトリテハ特別ノ意味ニ於テ圖案ニ努力ヲ費ス事ノ重要ナルヲ知ル殊ニ輸出工藝品ノ圖案に於テハ常ニ新ラシキ工夫ヲ凝ラシテ其ノ用途ト其國人ノ趣味トニ相適合スル様セザルベカラズ佛國ノ如キニ於テモ亞米利加向英國向自國向等ニ従ツテ工藝品ノ圖案ニ各々相違アル事ヲ見ルベシ歐洲人ハ常ニ工夫シテ止マヌ人ナリ同ジ扇ニテモ此ヲ色々ニ工夫シテ毎年三四ノ新型ヲ案出スルナリ倫敦ニ於テハ今日日本ノ扇ヲ用ヰ居ルモノ恐ラクハ無カルベシ斯ノ如キハ蓋シ歐洲ノ商人

ガ常ニ是ニ工夫ヲ加ヘテ遙ニ是ヨリモ其國人ノ趣味ニ適シタルモノヲ製作スルガ故ナリ由來日本ノ工藝品ノ意匠ハ變化ニ乏シキヲ病トス斯ハ歐洲人の屢々口ニスル所ニシテ同一物品ノ意匠ニ限リ無キ變化ヲ與ヘテ諸種ノ趣味ノ者ニ各々滿足を與へ得ル様ニスベキハ最モ望マシキ事ナリ」

次いで、日本人の経営する日本工芸品の商店をロンドン、パリ等に増やすことが必要であるとし、応用木彫が比較的高価な物品に施されるので将来愛用者を有するに至るであろうと言い、もし日本木材応用彫刻を輸出しようとするならば、

△其ノ材ノ乾燥法ヲ十分ニ行フ事

△材ハ一般ニ硬質ノモノヲ選ム方英國人ノ嗜好ニ合ヒ易キ事

△軟質ノ材ニテ木地製ノモノハ英國人ハ餘リ好マズ「ワニス」仕上品ヲ輕ク油ニテ布キタルモノヲ好ム事但シ桐材等ハ此ノ限リニアラザルベシ（尤モ彫刻ヲ施シタル部分ハ手ヲツケザル事モ多シ）

△彫刻ハナルベク日本的ニシテ嶄新ナルベキ事

などに最も注意することを要するという。その上で最後に「余ノ所感」として

日本輸出工藝品ノ構造ヲ堅牢ニスベキ事

物品ノ用途ニ注意スベキ事

圖案ヲ一層重視シテ之ニ努力スベキ事

日本人ノ經營ニ係ル日本工藝品店ヲ倫敦、巴里等ニ増設或ハ新設シタキ事を記して、結んでいる。

さて、戻って内容を読むことにする。目次をまず示す。報告書〔一〕は「一　概觀」に次の項目を説明している。

○仕入物ノ時代
○器械的製作物ト手工的製作物
○美術獨立ノ傾向
○アール、ヌーボー式ノ趣味
○東洋趣味
○「アール、ヌーボー」式ノ弊ト潰頽
○英國ノ保守風ト「アール、ヌーボー」式ノ變形
○木彫装飾復興ノ傾向

報告書〔二〕は序文の後、次の項目を説明している。

一　「ゴチック」木彫（英國應用木彫ノ全盛期）
二　「ジヤコビアン」式應用木彫
三　「レナサンス」式の應用木彫

四　十八、十九世紀ノ應用木彫
五　「アールヌーボー」式の應用木彫

この目次だけ見ても、高村光太郎が海外実業練習生あるいは農商務省研究生として金六〇円の給与に充分以上の調査、研究をしたことが理解できるであろう。以下には、私が興趣を覚えた記述を抄記する。

「〇アール、ヌーボー式ノ趣味」の冒頭に次の説明がある。

「「ゴチツク」ハ嫌忌スル所トナリ「レナサンス」ニモ飽キタリ「ロココ」ニ至ツテハ殆ト装飾美術ノ腐爛ナリ此ニ於イテカ歐洲ノ圖案界ニ一時非常ナル空虚ヲ生ジタル事アリ「アール、ヌーボー」式ハ斯カル時自然ノ要求ニ應ジテ出デ來リタルナリ「アール、ヌーボー」式ノ東洋趣味殊ニ日本趣味ニ基スルコトハ争ハレザル所ニシテ新趣味ニ飢渇セル歐洲ノ趣味界ハ靡然トシテ其ノ勢力ヲ擅イマヽニスル所トナリタリ」

次いで「〇「アール、ヌーボー」式ノ弊ト潰頽」には次のとおり記している。

「簡素風逸ノ雅味ニ富メル日本趣味ノ暗示ニヨリテ新工夫セラレタル「アール、ヌーボー」式ハ歐洲ニ勢力ヲ得テヨリ數年ナラズシテ其ノ雷同者ノ爲メニ全ク主旨ヲ異ニスル奇怪ノ俗趣味ニ墜落セシメラレタリ當初此ノ式ノ起ルヤ其ノ名ノ示ス如ク歐人ニ取リテハ別世界ヨリ來リタルガ如キ清新ノ味ヒヲ有シタルナリ世人ノ之ヲ歡迎シタルハ唯ニ清新ナルヲ以テノミニハ非ズシテ其ノ有スル趣味ガ世人ノ欲スル所ニ投合シタルガ故ナルナリ然ルニ一度ビ此式ガ歐洲ニ覇ヲ稱スルニ至ルヤ多クノ雷同者ハ之ヲ唯清新ノ故ノミト解シテ爰ニ新奇ヲ競フノ風ヲ見ルニ至レリ世人モ亦此ノ愛スベキ新酒ニ醉ヒテ似テ非ナル有毒酒ノ年ト共ニ續出シ遂ニ當初ノ志ザス所ト全ク反對ノ忌ムベキモノトナリタルニ心付カザリキ一九〇二年前後ハ此病弊ノ最モ甚シカリシ時ナルベシ簡素ノ雅味ハ全ク之ヲ失シ其ノ曲線ノ亂用ハ「ルイ」十五世式ニモ增シ意匠ノ不思議ナル事殆ト怪物屋敷ノ装飾カト思ハルル程ノモノトナリタリ巴理ノ地下鐵道「メトロポリタン」ハ一八九八年ニ初メテ開始シタルモノナルガ其ノ諸停車場ノ入口ノ装飾ハスベテ「アール、ヌーボー」式ノ意匠ニ成リテ當時ノ誇リトセシ處ナルベシ今日ヨリシテ之ヲ見レバ俗悪見ルニ堪ヘズ巴理人モ亦是ヲ以テ巴理ノ恥辱トナシ居ル由聞キ及ベリ」

私自身についていえば、はじめてパリに旅行し、メトロの入口にアール・ヌーボーの装飾が施されるのを見て、まったく無機質の東京の地下鉄の入口に比し、パリの審美的趣味の高尚さに驚嘆した記憶がある。いまだにパリのメトロ入口のアール・ヌーボー装飾を俗悪とは思わない。右の引用文は高村光太郎がパリに赴く前、一度短期間パリに旅行したことがあるとはいえ、噂として聞いたところを記したものだから、高村光太郎自身の体験による評論ではないし、彼の誤解もあったにちがいない。というのは、次の「英国ノ保守風ト「アール、ヌーボー式」ノ變形」の項には次のとおり記しているからである。

「此ニ於テカ英國ニテハ大陸ニ於ケルガ如キ「アール、ヌーボー」式ノ失敗ヲ見ルニ前チテ既ニ其ノ凋落ヲ來スニ至リタリ大陸ヨリ直輸入シ來リタル「アール、ヌーボー」式ハ斯ノ如クシテ短カキ生命ニ終リシカド一旦世人ノ中心ニ刻マレタル新趣味ノ要求ハ容易ニ去ルベクモアラズ彼等ハ日本趣味ニ刺撃セラレテ起リタル「アール、ヌーボー」式ニ志シタル所卽チ簡樸瀟洒ニシテ澁味アル趣味ヲ彼等ノ祖父祖母時代ノモノニ求メタリ進マムトシテ回顧シタルナリ回顧シテ形ヲ異ニシテ趣味ノ相通ズルモノヲ發見シタリ「ヂヤコビアン」時代更ニ上ツテ「ゴヂツク」時代マデモ其ノ着目スル所トハナリタリ」

アール・ヌーボーが日本趣味の影響の下に成立したにしても「簡撲瀟洒ニシテ澁味アル」美を求めたわけではあるまい。これは高村光太郎の偏見と思われるが、その所以は彼がゴチック様式につよく惹かれていたためであろう。

彼の「報告書（二）ノ「一」」は「「ゴチック」木彫（英國應用木彫ノ全盛期）」と題しているが、たとえばゴシック木彫は「含蓄多クシテ神祕的趣味ニ富ミ技工拙ニシテ一見幼稚ナルガ如ク見ルト雖モ奔放ノ意氣ト剛堅ノ氣象ト眞摯ノ風格トヲ具備シテ威嚴犯スベカラザルモノアルハ「ゴチック」全期ニ亙リタル趣味ノ特色ナリ」とあるのを読めば、後年の詩「雨にうたるるカテドラル」を想起することはきわめて当然であろう。

「二　「ジヤコビアン」式應用木彫」の項では「彫刻法ハ「ゴチツク」ノ如ク高肉ノモノハ無ク皆平板ノ模様ニシテ日本ニテ所謂地紋彫リニ似タリ」ト記し、「三　「レナサンス」式の應用木彫」に於ては「此頃ヨリ樫材ハ漸ク廢棄セラレテ磨キノ掛カリタル胡桃材ノ流行ヲ來シタリ是ハ最モ注意スベキ變化ニシテ家具裝飾木彫ノ自然衰微ノ運命ニ向ヒタルモ既ニ當時ヨリ始マリシモノナル事ヲ知ルベシ」と記し、「四　十八、十九世紀の應用木彫」は冒頭に「英國ノ應用木彫ハ第十八、十九世紀ニ至リテ家具類ノ發達ト反比例ニ退歩セリ」という。ただし、家具については「裝飾木彫ノ墮落ニ反シテ此期ニ於ケル家具類ノ圖案及製作ハチペンデール、アダム兄弟、ハップルホワイト、シユトーレン諸家ノ工夫ト技倆トニ依リテ著シキ發達ヲ見ルニ至レリ」としてその特徴を記していることも指摘しておかなければ、高村光太郎に対して公平といえないだろう。

「五　「アールヌーボー」式の應用木彫」では次のとおり記している。

「第十九世紀ノ最終期ヨリ所謂「アールヌーボー」式ハ大陸ヨリ英國ニ輸入セラレタリ既ニ概見ノ部ニ於テ其ノ消長ハ記述シタルヲ以テ今此所ニハ再說セズ唯英國ノ國民趣味ハ大陸直輸入ノ「アールヌーボー」式ノ極端ナルニ長ク堪ユル事アタハズ數年ヲ出デズシテ英國式ノ「アールヌーボー」式ヲ見ルニ至リ今日見ル所ノモノハ最も穩健ナル圖案ト適當ナル技巧トニヨリテ製作セラレタル事ヲ注意スベシ又英國ノ「アールヌーボー」式家具類ニハ大陸ノモノホド彫刻類ヲ應用セズ至極簡素ノモノナルヲ常トス」

このように「英國應用木彫ノ消長ト其ノ根蒂ニ横ハリテ一時外國ノ趣味ニ如何ニ刺擊セラレ影響ヲ受クルモ尙ホ自然ニ時ヲ經テ頭ヲ擡ゲ來ル英國固有ノ趣味性アル事トヲ暗示シ得タリト信ズ以下現今

ノ状況ヲ述ベント欲ス」として、日本からの輸出品はどうあるべきかを考察している。
「英國式「アールヌーボー」ノ勢力ハ今日多ク中流社會ニノミアリテ上流社會ノ人ハ之ヲ忌ミ避クルガ如キ傾向アリ日本工藝品ノ專ラ愛翫セラルルモ先ヅ中流社會ニ多クシテ上流社會ノ間ニハ骨董的ニ古器物等ノ蒐集セラルル事アルニ止マルガ如シサレド此ノ中流社會ト稱スル者ノ數ハ莫大ナルヲ以テ日本美術工藝品ニシテヨク其ノ製作ニ注意ヲナシ適宜ヲ逸セズンバ將來利ヲ得ル事蓋シ又莫大ナル可シ」

その上で、「總テノ上中流社會ヲ相手トスル家具雜貨商等ニハ簡單ニ諸種ノ物品ニ彫刻ヲ應用シタルモノアリテ當業者ノ參考トナルモノ少カラズ今此ヲ列記セム」と述べ、どういう商品にはどのような図案、模様、彫刻等を用いるべきかを説明している。以下商品名だけを記す。

△「ハンケチ」箱、△「ピン」箱、△手袋箱、△其他「カラー」箱、「カッフ」箱等同種類ノモノ、△葉巻箱、△「パイプ」懸ケ、△附木箱、△「ブラッケット」、△手紙サシ、△見臺及書物立テ、△名刺受ケ、△寒暖計ノ臺、△置時計、懸ケ時計ノ緣、△「ラムプ」臺、△額緣、寫眞立テ、鏡ノ緣、△暖爐ノ衝立、△蠟燭立テ、△茶箱、△「パン」切リ板、「パン」切リ「ナイフ」ノ柄、△「パン」粉取リ、△「ピン」差シ、△蝙蝠傘ノ柄

じつに多岐に亘って、観察し、英国人の趣味に合わせるためどのように意匠を施したらよいかを教えている。たとえば「「パン」粉取リ」について「此ハ食卓ノ塵取リナリ多ク金屬製ナレド木材ノモノモアリ彫刻ハ縁ニ淺ク施ス是レニ附屬スル箒子ハ帽子ノ「ブラッシユ」ノ如クS字形ノ物多シ」という。

驚くべき入念、懇切をきわめた調査報告である。おそらく、高村光太郎自身の好奇心もあったにちがいないが、このころ彼は数え年で二十五歳から二十六歳にすぎなかったのだから、その基礎的素養の深さ、広さに私は畏敬を禁じえない。また、この報告書の綿密さは農商務省に対する彼の律義さのあらわれでもあったにちがいない。

それはともかく、ロンドンで彼が学んだ事実をもう少し記しておきたい。一九〇八（明治四一）年七月刊の『東京美術学校校友会月報』第六巻第一〇号に掲載された「畫室日記の中より」には「ブリチツシユ」美術館を訪ねたさいの描写が記されている。

「階段を上つて正面の戸をはいると傘を取り上げられた。直ぐに左へ曲つて羅馬彫刻の室をどしどし通り過ぎて「アツシリヤ」の室を右へ曲ると、正面に「ロゼツタ」石が黒く光つて見える。埃及の室だ。

まづ此所へ來ただけで溜飲が下がる。

「どうだい、面白いだらう」

と怒鳴らないぢや居られない。

ああ埃及だ、埃及だ。によきによきと立つて居る此の彫刻のはち切れる様な力、骨に徹る様な深い感じ。飽くまで眞面目な嚴格さ。古來、人間の手に成つたもので、此程恐ろしいものが復た有らうとは思はれない。素より粉飾もない、巧緻もない、熟練も無い。粗大で眞直で、無器用で、頑固だ。にも拘らず、磨き上げた希臘の諸彫刻——飛切り上等無類此上なしの事受合申候也、と異口同音に萬人から聞いて居る——あの希臘の諸彫刻に飽きたらなかつた僕が、此の野蠻な石や木を見て、命を取られる程に感動するとは、何ういふ譯だらう。どうせ頭のぎりぎりが眞直でない僕のことだから、物を見る眼も曲つて居よう。曲つて居らうが居るまいが、感じる事なら仕方がない。埃及の彫刻を見て、希臘の彫刻を見るとまるで小供のいたづらだ。小供のいたづらなら可いが、大供のいたづらだ。」

エジプト彫刻の感想が続くが省略する。それにしても、素朴でありながら力量感にあふれたエジプト彫刻に感動する高村光太郎にとって、アール・ヌーボーは装飾的、植物的で弱弱しくみえたであろうとは、想像に難くない。

この文章には次の感想も書きとどめられている。

「英國の藝術の中で、一番英國人の氣質の美點を表して居るのは建築だ。彫刻はペケ。繪畫は一般に英國人の執拗な點をよく示して居る。コンスタブルでも、タアナアでも、近くはヰスラーでも少し面白い畫家は皆英國離れがして居る。可笑しな現象だ。其の癖此等の人を通じて底に流れて居る一脈の水は、爭はれない「アングロサクソン」の色である。」

ふたたび「父との關係」の記述に戻る。

「私はロンドンの一年間で眞のアングロサクソンの魂に觸れたやうに思つた。實に厚みのある、賴りになる、悠々とした、物に驚かず、あわてない人間生活のよさを眼のあたり見た。そしていかにも「西洋」であるものを感じとつた。これはアメリカに居た時にはまるで感じなかつた一つの深い文化の特質であつた。私はそれに馴れ、そしてよいと思つた。

私は自分の彫刻を育てるために、もう巴里にゆかねばならぬと思ひ、フランス語の稽古をいそぎ、一九〇八年の初夏の頃、海峽を渡つてパリに着いた。」

4

高村光太郎はその前年の冬パリに旅行していたのでパリははじめてではなかった。以下、「父との關係」から引用する。

「パリの樣子はほぼ分つてゐて、その香氣ある空氣を吸ふことをひどく喜んだ。とりあへず、パンテオン近くの、日本人おなじみの宿オテル　スフローに落ちつき、毎日見物に歩いたり、日本畫家達を訪ねたりした。荻原守衛はもう日本に歸り、當時、藤島武二先生も既にイタリヤに去られ、パリには有島壬生馬、山下新太郎、湯淺一郎、津田青楓、安井曾太郎等の青年畫家が勉强してゐた。津田、安井の兩氏はセーヌ河畔の梁山泊のやうな所に居り、有島、山下、湯淺の諸氏はまるで方角違ひのモンパルナス地區の、カムパーニユ　プルミエールといふ街にアトリエを借りてゐた。私はこの街の十七番地のアトリエの地階を一室借りることになり、それから以後、有島等三氏其他と毎日のやうにあひ、新米のこととて非常に世話になつた。この十七番地のアトリエの二階には以前リルケが住んでゐたといふことを日本に歸つてから後で知つた。この町は隨分きたない横丁のやうな通りの町であつたが、十八九世紀の名殘の一ぱい殘つてゐる面白い町で、いかにもリルケの居さうな所であつた。

パリではアトリエでの仕事よりも專ら見學に歩きまはつた。「ルーヴル」はもとより、「リユクサンブール」の近代美術館、「クルニー」の歷史的美術館、圖書館、「トロカデロ」をはじめ、「ノートルダム」其他の寺院、セーヌ河畔、フオンテンブローの森、街角到るところにある記念碑、彫刻、墓地、一年中どこかでやつてゐる畫廊の個展、個人的コレクシヨン、一年や二年ではとても見きれないものを毎日見たり、考へたりした。その間には友人とのカフエまゐり、夜の探險、オペラ、コンセール、オデオン、テアトル　フランセエ、隨分いそがしいことであつた。そしてロダン。そしてボードレール、ヴエルレーヌ。

ロンドンからパリへ來ると、西洋にはちがひないが、全く異質のものでない、自分の要素もいくらかはまじつてゐるやうな西洋、つまりインターナシヨナル的西洋を感じて、ひどく心がくつろいだ。魚が適溫の海域に入つたやうな感じであつた。紐育やロンドンでは自分が日本人であることをいつでも自覺しないではゐられないが、パリでは國籍をまつたく忘れる時間が多かつた。ジヤポネーでも、シノアでも、ルーマンでも、そんなことを市民は問題にしなかつた。ふり返つても見なかつた。商店の店先によくある姿見にうつる自分のまづい洋服姿を見て、自分ではつとする位のものであつた。

日本にゐた學生時代には、私はアルコホルを一滴ものまず、アメリカでもつひにその味を知らなかつたが、ロンドンのパトニーの食卓ではじめて義理づくのやうに黒ビール、スタウトを飲まされ、それになれてビールはバスなどといふのは相當にのめるやうになつたが、まだホイスキーは強すぎてのめず、石橋和訓と一つベツドに寢てゐた時など、そのホイスキー臭いのに閉口したものであつた。折角イギリスに居ながら、名物のホイスキーがのめなかつたのは、今考へると惜しいやうな氣がする。パリに來てからは急に何でものめるやうになり、ブドー酒、コニヤツク、あらゆるリキユール、カクテル、何でもやつた。アプサンだけは怖いので近よらなかつたが、有島氏と一緒にどこかのカフエで、例のサイフオンのソーダを割つた乳色のペルノー フイスをのみ、それからたまにはのむやうになつた。

かういふ風に述べると、かなり金をつかつたかに見えるが、事實は農商務省からの例の六十圓と時々父が送つてくれた小遣とだけのやりくりなので、高い本を買へば絕食、オペラ見物のあとでも絕食、田舍へは汽車賃や宿料が出るので行けないといふ生活であつた。シヤルトルの寺院すら見られなかつた。」

この文章を讀んで私が奇異に感じたことが二つあった。一つはパリ滞在にも農商務省から毎月六〇円の給与をうけていたのなら、何故、英国滞在中の「英國ニ於ケル應用彫刻ニ就テ」に対応するようなフランスの応用美術に関する報告書が書かれなかったのか、である。あるいは高村光太郎は報告書を書き、提出したものの、農商務省の倉庫に下積みになって眠っており、いまだ発見されていないだけのことかもしれない。

もっと不可解なことは「シヤルトルの寺院すら見られなかつた」と書いている事実である。パリで高村光太郎が感動したのはロダンであり、ゴチック建築であったが、この二つは不可分につながっていた。ロダンと高村光太郎、彼らとゴチック建築については後にふれるけれども、まず、ロダンがシャルトルのカテドラルを賞讃していることを高村光太郎が当時知らなかったはずがない。

高村光太郎は『ロダンの言葉』中「「断片」――「本寺」及其他の中から――」中、ロダンがシャルトルへ二度遊行したさいの感想を述べているのを収めているが、ことに『續ロダンの言葉』の末尾に収めた「「本寺」より（手記）」中「シヤルトル」の項に

「シヤルトルは永劫に向つて其の頌讃を陳べた。

シヤルトル。あらゆる本寺の中の粲々たる此の本寺。

これこそフランスのアクロポリスではないか。」

とはじまるシャルトルのカテドラルに対する讃辞を収めている。「本寺」とはロダン唯一の著書『フランスの大聖堂』を指すから、高村光太郎はこれを読んでいなかったはずはない。『ロダンの言葉』にも「シヤルトルへ二度巡禮した」とあり、また「眞理とは、ランスだ。ソワツソンだ。シヤルトルだ。我國のすべての大都會のあの崇高な「岩石」だつた。此の眞理こそフランスの本性《ジエニー》そのものであつたのだ」という言葉が収められている。私たちはシャルトル大聖堂のステンドグラスの華やかな眩ゆい美しさに瞠目するが、高村光太郎がロダンの讃辞に刺戟され、シャルトル大聖堂を見なかったとは考えにくい。ところが、一九〇九（明治四二）年二月一一日付バーナード・リーチ宛書簡（書簡番号二二四二）の冒頭に

「My dear friend Leach: —
I came back from a short journey to Chartres and found your letter of 9th.」

とあることに気づいた。高村光太郎がシャルトル訪問を忘れていたとは信じがたい。「シヤルトルの寺院すら見られなかつた」という前記の文章が、貧乏に耐えたことを強調するために誇張したとも解されるが、彼の文章は、つねに真実のすべてを記しているわけではなかった。

※

ところでロダンにとってゴチックとは何であったか。高村光太郎訳『ロダンの言葉』から次のような言葉を拾い出すことができる。

「偉大な藝術家は自然が構造するやうにやつて、解剖學が記述するやうにはやらない。彼等は或る筋肉、或る腱、或る骨を其のものの爲めには彫刻しない。彼等が狙ひ又彼等が表現するのは全體である。彼等の製作が光の中で顫へたり陰の中へ浸るのは大きい面《めん》によつてである。」（「ヱヌス」）

「ゴチック人は石の上に石を積んだ。常に高く、高くと。巨人等のやうに神を攻撃する爲めではなく、神に近づく爲めにであつた。」（「中世期藝術への入門―原則」）

「フランスの諸本寺は佛蘭西《ナチユール》の自然《フランセーズ》から生れた、と私は言ふ。人はそれ故此等のものを會得する事も出來ず、愛する權利も無い。もしこの自然を會得しまた愛することが無かつたら。」（「フランスの自然」）

「藝術は此の自然の大宗教の調和ある儀式である。」（「斷片」）

「左様、ゴチックは石に移された、又石に見出だされた「自然」です。本寺は森林を寫してゐます。樹木の柱列ばかりではありません。其の岩石。下方にあらはれる樹の根の塊まり。上方に繁る木の葉。それにオルグは萬物の聲です。枝を渡る風の強さと、鳥の歌のやさしさとを持つてゐます。中世期の藝術家は此の畫割《かきわり》の中に世の中で一番美しい劇を置きました。」（「ジユヂト　クラデル筆錄」）

（余計なことだが、オルグはパイプオルガンをいう――筆者注）

「「ルーヴル」へまた來ました。御覽なさい。この館の聳えた構造はゴチツクです。細部の仕事はギリシヤです。ギリシヤと、ゴチツクとは光明と陰との割りふられた至上の藝術を持つてゐます。「面」を知つてゐるおかげです。アラビヤ式建築にも柱や、肋骨や、魅力ある裝飾はありますが、其は固い表面の花です。段々になつて厚い五六條の緣が人體彫刻や裝飾で一ぱいになつてゐる、あの薄暗い穹窿を有するわれわれのゴチツクの深みがありません。」（前同）

「「自然」は、犯し難い法則によつて、始終最上へ、最上へと行きます。絶えず完全に向つて進みます。」（ポール・グゼル筆錄「斷片」）

ロダンにとって、ゴチックとはつねに天上を目指すものでありながら、「自然」を模倣するものであった。

高村光太郎は「英國ニ於ケル應用彫刻ニ就テ」の報告書にみられるとおり、このロダンの著書を読むより以前からゴチックの讃美者、愛好者であり、アール・ヌーヴォーなどを嫌悪した。彼は『知性』一九四〇（昭和一五）年五月号に発表した「自作肖像漫談」の中で一九三五（昭和一〇）年作の「上野の美術學校の前庭に立つてゐる」父光雲の胸像について、「この肖像には私の中にあるゴチック的精神と從つてゴチック的表現とがともかくも存在する」と語っている。「雨にうたるるカテドラル」では、彼は次のようにうたった。

おうノオトルダム、　ノオトルダム、
岩のやうな山のやうな鷲のやうなうづくまる獅子のやうなカテドラル、
灝氣《かう》の中の暗礁、
巴里の角柱《かくちゆう》、
目つぶしの雨のつぶてに密封され、
平手打の風の息吹《いぶき》をまともにうけて、
おう眼の前に聳え立つノオトルダム　ド　パリ、

ここでうたわれているのは、嵐にうたれても厳然と聳え立ち、天を摩するように高く、岩や山のように堅固で、鷲や獅子のように荒々しい精神であった。こうした「ゴチック的精神」は必ずしもロダンのいうゴチック的精神とは同じではないが、ロダンから大きく影響されていることも疑いない。すでに記したとおり、ロダンのいう「ゴチック的精神」とは「自然」とつねに不可分であった。後年、高村光太郎の詩や散文に「自然」という語を私たちはしばしば見ることになる。

※

『中央公論』一九五一（昭和二六）年一〇月号に掲載された前出の「青春の日」の続篇、同年一二月号掲載の「遍歴の日」よりパリの生活を読む。

「パリに行つてからは、僕は正式に學校や研究所には行かないで、グラン　シヨーミエの研究所の夜のクラスでクロツキーをやったりしただけだ。アカデミー　ジユリアンなどには、どうも古臭い氣がして、行く氣にはなれなかつた。晝は自分のアトリエで胸像を主に泥でやつた。美術館で勉強する方がほんとだと思い、ルーヴルだのリユクサンブールにほとんと毎日のように通つたり、銅像や古蹟を見る方に力を注いだ。美術館から歸つて一時間もすると、すぐまた同じものが見たくて出かけたりした。彫刻の勉強を目的にしたが、またパリでは自由自在にあらゆるものにわたつてやつてみようと思つた。半日くらい彫刻をやつて、あとの時間を、いろいろ時期によつて變つてはいつたけれど、フランス文學をもとにしてフランス精神を知りたいと志した。ちようど、友人リーチに紹介されたノルトリンゲル女史という日本研究家で、ドイツ系の人と結婚していた若い夫人だつたが、その人がセントルイスの圖書館の日本部のカタログをこさえる仕事をしていたとかいうので、多少の日本語の素養はあり、もつと勉強したい望みをもつていた。その人と僕は交換教授をすることにした。僕の方では、芭蕉とか古今集などを、わかりやすくただローマ字で發音だけ教え、あとは、こういうふうな意味だと大體を示唆するだけで、その人は解つたようだつた。ノルトリンゲル夫人は、僕に、ボードレールやヴエルレーヌの詩を讀んでくれたが、テキストを使うのはいけないと言つて、できるだけ正確な發音で諳記しろと言う。初め、誰の詩か知らなかつたが、「空は屋根の上にかくも青く」という、あの詩を諳誦させられた。まるで童謡を教えられるようなやり方だつたので童謡だとばかり思つていたが、初めだからしようがないだろうと思つて諳誦して、いろいろ發音をなおしてもらつたが、なかなかできないで弱つた。僕はボン　ジユールという發音がうまくできないで困つたものだつた。それでも、どうにかいいだろうということになつて、後でヴエルレーヌの詩集を見ると、その詩がちやんと載つているので驚いた。」

途中だが、私はフランス語を学んだことがないので、「ボン・ジュール」の発音がそれほど日本人には難しいとは知らなかった。たぶん、外国人が「お早うございます」と日本人同様に発音するのが難しいのと同じことだろう。前記の文章の続き。

「日本にいたころは、上田敏とか蒲原有明とか薄田泣菫とかの詩など讀んで、こんな實際の生活の感情とかけ離れた天上の人みたいな馬鹿馬鹿しいことを言つてる詩なんか、ほんとの遊びごとで、自分で書いてみようという興味は少しもなかつた。だが、パリでそういう詩を讀みはじめたら、實に身近かな感じにうたれた。なにか苦しくなるようだ。決して日本の變な調子をつける詩のような變てこなものではない。もつと直接なもので、これならいいと思い、こういうものなら書くべきだと思つた。日本へ歸つて來たら、三木露風だの北原白秋が新詩を代表し、前の時代とはちがう。それなら、僕は僕流に書けばいいのだと思い、こんどは堤防の切れた水のような勢でやるようになつたわけだ。考えてみると、大體、日本の象徴詩というのはどういう意味があるのか解らない。フランスのとは全く別ものだ。無理やりに、ああいうものを何か意味あるごとく評論家がきめたり、詩人みずからが言つているけれども、僕はどう考えても、日本の象徴詩はサムボリスムとして認められない。

フランスでは詩は自分では書かなかつたけれど、讀むことはさかんに讀んだ。ユーゴーとか、ボードレールとか、ヴエルレーヌとか、古いところではミユツセなどを讀んだ。ミユツセは、フランス語の音調を知るために讀んだ。しかし、なにしろフランス語が進んでいなかつたから、向うの文學者を訪ねて話しをしてみようという勇氣などはなかつた。」

こうして詩人高村光太郎は誕生したわけである。

※

「遍歴の日」はロダンの留守にロダン邸を訪問したことを記している。

「ロダンには熱中していたけれど、やはり訪問する氣にはなれなかつた。訪問客が多くて困るだろうということも察しられたし、それを無理おしして出かけてゆく神經の太さもなかつた。アトリエの外を通つたり、展覽會でも遠くからロダンの姿を見かけるといつた程度だつた。ある日曜日、有島、山下などの諸君の發意で、多勢でロダンのムードンのアトリエに行つてみようということになつて、僕もついて行つたが、ロダンは留守だつた。奥さんがロダンの部屋に案内してくれた。扇の地紙の形をした大きな机があつて、要のところに椅子がある。僕はロダンの椅子に腰かけ、床の上にうず高く積み重ねてあるたくさんのデッサンをあかず見た。一枚一枚臺紙に貼つて整理されている無數のデッサンを次々に見ていると、實に威壓される感じだつた。庭に出ると、ちようど白い布をグルグル巻いてバルザックの像が立つていた。布でつつんであつても、大きな量塊の感じが強く出ていて、今でもそれが印象にのこつている。」

高村光太郎はパリでロダンの素画《デッサン》の展覧会を見たときの感動を『スバル』一九一〇（明治四三）年七月号に発表した、「出さずにしまつた手紙の一束」に詳細を記しているので、ここでこの一節を引用することとする。

「此間 RODIN の素畫《デッサン》の展覧會を見た。とても簡單な言葉では言ひ盡されない感激を受けた。兎もすれば BANALITÉ〔平凡〕に落ちようとする僕等はかういふ芳烈な匂ひを嗅いでゐないと昂上の力がなくなつてしまひさうだ。素畫の數は百五六十枚もあつたかな。大抵大きな寫生帖の紙へ鉛筆で描いたものだ、鉛筆でかいて指でこすつて、薄い色をつけたのもある。悉く女の體である。しかも悉く極端なものである。日本などでは忽ち警視廳の厄介になる可きものばかりだ。想像し給へ。蒸す様に暖かい閉めきつた室に MANILA の葉巻の頭から緑の細い烟が眞直に立ち上る。その烟の絲の根もとあたりへふつと彈《はじ》いた程の息を吹きかける。くるくるくると巻いてもつれて伸びて、又すうつと立つてゆく烟の美しさ。RODINの描いてる女の體の線は其れだ。その烟の様な不思議な生きた細い線が夢の様に渦巻いて出來てゐる。僕はその素畫を見てゐると人間の肌から出る一種の匂ひと熱とを感じる。僕の體もその女のMOUVEMENT〔動勢〕と共に捩ぢられる様だ。古來の藝術に肉のMORBIDEZZA〔纖細さ〕を通して女の體の無限の魔力を此程強く表現し得たものは無いと言ひたい。彫刻でも駄目、油畫でも駄目、水畫でも勿論駄目、此の鉛筆と此の淡彩で始めて出る自然の祕密だ。かういふものを見ると、又RODINは掘り起したなと思ふ。僕には何故かう動物電氣が足らないのだらう。よくいふやうだが、張り切つた女の胸にぐさと刀を通して迸り出る其の血を飲みたい。又冬が來る。ひよう、はた、はた、と窓掛が鳴つてゐる。」（キッコウ内は筆者訳）

ロダンのデッサンによる女体の魅力がじかに伝わってくる名文である。それにしても高村光太郎のいう「動物電氣」とは何か。おそらく動物的生気あるいは動物的精気というべきものであろう。私たちは欧米人に比し、彼らが動物的、私たちが植物的と感じるばあいが多い。肉体的条件の違いかもしれないが、高村光太郎の感じたことも同様であったろう。

※

「遍歴の日」の記述に戻って、高村光太郎の当時のパリ画壇の回想を読む。

「そのころのパリの美術家の仕事は、イギリスと較べて全體として若い連中が格段の差だと思つた。イギリスから來ると非常にそれを感じ、僕は愉快さを深く覺えた。ここでは、みんながほんとうに自由に呼吸ができるような空氣である。印象派は流布していて、畫商の店や方々で見る機會があつた。印象派では、やはりモネなどいいと思つた。マネも好きだし、ルノアルも好きな方だ。マネの靜物には特に強く牽かれ、繪の面白味を感じた。マネのもつている明るい灰色の調子はセザンヌにもあつて、マネがあつてセザンヌが出て來ることがよくわかるのである。シスレーは、當時のフランスでも非常に好きな人が多かつたが、僕は嫌いだつた。シスレーは、人の後をくつついてやつていて、例えばモネのやつた仕事の後からすぐそれをやつて、それももとの人がやつたよりも通俗にして人氣がある——少しむごい言い方だけれども、そんなふうな氣がした。

セザンヌは、やつと取り上げられては來ていたが、まだ大通りの畫商の店で見るわけにはいかなかつた。なかなか見る機會がなく、デユウラン　リユーエルの居宅などに、特に觀せるという日に皆で出かけて行つたものだ。ゴツホはまだ知られていなかつた。」

セザンヌの評価はパリの人々より日本人留学生の方が早かったようである。高村光太郎に影響を与えたパリの当時の絵画はこうしたものであった。

※

ここで、高村光太郎の私生活の回想を読むこととする。

「青年の僕は、そのころいつも身體の中に火が燃えているように感じた。無茶苦茶に外を歩き廻つたり、金もないのにビールを飲んだりオペラに行つたりした。ほしくなると、ロダンの大きな本を百フランで買つたりした。百フランは自分にとつては高價な額だつたから、それを買う前は、四、五日も食を節するやうな始末をして、金をつくつた。僕が本買つて、もの食わないでいるということが評判になつたらしく、友人が金をもつてやつて來てくれたことがあつた。そんな調子だから、一方で金費いがあらいと、片方で食えない日もあつたのである。けれども、そんなことは平氣で、食わないでも水を飲んで鹽をなめていたりした。そんな時代に、僕は氣が變になつているから、僕を訪問する人は急に僕がピストルか何か持ち出さないように氣をつけろという噂が立つた。」

欲しいものがあれば有金はたいて買い、四、五日も水と塩で生活することに、高村光太郎は耐えられる体質と気質をもっていた。だが、彼と同棲する女性がそうした生活に耐えられるか、大いに問題である。このことは後の智恵子との生活を考える上で、心にとめておいてよい。ただし、高村豊周『光太郎回想』には「ヨーロッパに渡ってからは時々送金したのを憶えている。アメリカ時代のように働いて収入があるわけではないから、兄もはじめの約束を忘れて催促して来る。よく幾日も水ばかり飲んでいたとか、塩をなめていたとか言っているけれど、家でもなかなか大変だった」とある。アメリカ滞在中といえども、働いて収入をえたのは僅か四カ月にすぎなかったことは前述のとおりである。仕送りをうけても、有金はたいて欲しいものを買うという生き方に変りはなかったにちがいない。

「僕はフランスで、いわゆるアミーはなかつた。日本の畫家の仲間は、僕のそういうところを、むしろ不思議に感じていたらしい。畫家の中には、それぞれアミーを持つている人もいたようで、それは向うの生活の様子から言つて、そうしなければむしろああいうところの生活は無理かもしれない。僕は、それが何か贅澤な留學生生活をしているような氣がして輕蔑したものだ。自分が實際にできないからだつたろうが、經濟的にできても、僕には變なアミーをこさえて、おさまり返って勉强するということはできそうもなかつた。後から來た梅原君なども、そういう生活には墮ちなかつたようだ。僕はモデルを使つていたが、畫家とモデルとの間に關係ができるのが普通のようなありさまだつたけれど、僕はその當時から衞生思想が發達していて、モデルは不衞生で黴菌だらけのことを知つていたから、決して接しなかつた。それが問題になり、僕を口說き落せばえらいというモデルの評判になつて、手を變え品を換えてやつて來た。僕の急所をズボンの上から押えるような奴まで來て、實際は、僕の方は若いのだから困るのだけれど、そういう連中とは無事に過ぎた。學校時代から性に關する本を讀んでいて、こわいということをよく知つていたせいだろう。しかしモデルにはなかなかおもしろいのがいた。ボヘミアンな生活だから亂暴でもあつて、そこらにある物をみんなかつ拂つて行つてしまう。おかげで、僕は時計を向うでどのくらい買つたかわからない。そのかわり、僕が氣がつかないうちに、知らぬナイフがちやんと置いてあつたりする。金などももらうのも平氣だし盜るのも平氣らしく、今日は有島のところから持つて來たから、これでコーヒーを飲もうといつたりする具合である。」

右の文章にいう「梅原君」は梅原龍三郎（当時良三郎）で、高村光太郎は「當時の梅原君は京都のボンチで實に美少年だった」という。高村光太郎が帰国するとき、アトリエの契約を梅原がひきついで住むことになったという縁も生じている。ついでだが当時の安井曽太郎は「ズボンに兵兒帯をしめ、手拭をぶら下げて」いたという。

※

アミーとは同棲、同居するモデルを意味するようである。高村光太郎は、この文章からみると、モデルと性交渉をもたなかったようだが、彼がはじめて異性を知ったのがパリであることは「暗愚小傳」中の「パリ」からみて間違いない。そのことは暫くおき、「遍歴の日」の続きを読む。

「そうこうして一年あまりやつているうちに、僕は向うでのモデルの研究にしだいに絶望を感じるようになつた。モデルの身體は立派だし、殊にアイルランド系のモデルは立派だということになつているが、どうも動物園の獸を見ているようで、いくらやつても見きわめがつかない。これで、こうだなというふうに、對象をつかんで、了解することができない。いつ、どう、そのモデルが變つて來るかわからぬという不安がつきまとう。それで、彫刻を作つていても、皮膚から先に進めないのである。日本のモデルはどうだろうと思つたら、早く日本に歸つて、樂々と生きた人間と取り組みたいという氣持になつた。油繪を描いていても、そう思つたのだけれど、小さいものはともかくとして、ちゃんとした仕事は日本に歸つてからでなければだめだと思つた。いわゆる逆旅にいての、腰かけのところでは、本當の仕事はできないと思つた。それで歸國を決心すると、一週間くらいのうちで、どんどん荷造りをして歸り仕度をはじめた。」

モデルの問題は帰国の動機となった問題であり、帰国後にも彼の問題となるので、『新潮』一九五五（昭和三〇）年三月号、五月号に発表した「モデルいろいろ」から引用する。

「女性のモデルでは世界中でアイリツシユがいちばんいいといはれてゐる。アイルランド人には一種共通の特徴があるが、なるほどモデルとしてはまことに美しい。身體の釣合がよく、いはゆる八等身以上で、肌の色もほのぼのとしたバラ色が多く、ワツツやレイトンのやうなイギリスのアカデミシアンが描くあの甘つたるい女體の肌が實際にある。毛髪は大てい亞麻色で、毛ぶかい。どういふものか、アイリツシユはイングランドやアメリカへ出かせぎに出る女が多く、召使や、女給や、モデルなどによく見かける。言葉に地方音があるので口をきくとすぐ分る。

ニユーヨークやロンドンでは學校でモデルを見ただけで、自宅で使つたことはないが、パリではモデルの方からアトリエに押しかけて來るので、自宅でも使つた。パリのモデルはパリの名物かも知れない。ひどく庶民的で親しみがあり、ロンドンの紋切型のモデルとはまるで違ふ。美術家を友達のやうに思つて居り、又そのやうにふるまひ、中には際立つた性格のものもゐる。「エコール　ド　パリ」時代に大いに鳴らしたキキといふモデルなどは殆と世界中に名がひびいて居り、畫家フジタなどとは對等につきあつてゐたやうである。パリのモデルはぴんからきりまであり、馬車で通つてくるやうなのもゐたし、乞食か野良猫のやうなのもゐた。大ていはボヘミヤンの生活をして居り、あんまり自由奔放なので、なんだか徹底した人生觀を持つてゐるのかと思へるやうなのが多かつた。私の近所に居た日本人の畫家達は大てい一人ぐらゐのアミーをモデルに持つてゐたやうである。

パリでもイタリヤ人、ギリシヤ人のモデルが多かつたが、又フランス生えぬきのモデルも少くなかつた。フランス人には馬鹿に大きな體格の人はあまりなく、むしろ小柄で、しかも何だか魅力があつた。アイリツシユのやうに立派ではないが、立派でないところが又うつくしかつた。

やがてパリの自分のアトリエでモデル勉強をしながら、私はそれに疑問を持ちはじめ、つひには絶望を感ずるやうになつた。モデルを眼の前に見ながら、それがどうしても分らない。いはば徹底的にモデルの中に飛びこめない。一體になれない。自分の彫刻とモデルとの間の關係がどうしても冷たい。ロダンの彫刻にあるやうな、あのやうな熱烈な一體性が得られない。動物園の虎の顔をいくら凝視しても虎の氣持が分らないやうに、モデルの內面が分らない。人種の差別から來る不安かと思つたり、何か到底のり超えられないものがモデルと自分との間にあるやうなオブセツシヨンにとりつかれて、神經衰弱のやうにさへなり、ゴミのやうなモデルでもいいから、やはり日本人のモデルで勉強しなければ本當には行けないと思ひ出し、これが日本人のモデルだつたら、どんなにらくだらうと考へて、急に日本へ歸つてむちやくちやに勉強したくなり、それから一ケ月ばかりの間にたちまち歸國の支度をして日本に歸つた。その時乗船した阿波丸の船中でよんだ通俗小説「ラ　バタイユ」などで人種についての内なる悩みを一層大きくした。人種意識はいまだに頭の底のどこかにかくれてゐて、時々にがい膽汁のやうなものを分泌して私を困らす。」

ここに高村光太郎が「オブセッション」というのは強迫観念というほどの意である。一応、ここでモデルと自分との間に一体感が得られないのは「人種の差別から來る不安」に由来すると感じたとすれば、ここで名高い随想「珈琲店より」を読みかえしたい。これは『趣味』一九一〇（明治四三）年四月刊に掲載された文章である。

「例の MONTMARTRE の珈琲店《カフエ》で酒をのんで居る。此頃、僕の顔に非常な悲しみが潜んでゐるといつた君に、僕の一つの經驗を話したくなつた。まあ讀んでくれたまへ。」とこの話は始まる。一二時近く、オペラがはね、オペラ通りのメトロの入口で、アトリエに帰ろうか、スープでも喰おうか、と迷つた末、引き返すと、三人連れの女を見かける。三人の女は鋭い笑い声を時々あげながら歩いている。「三人の女の體は皆まるで違つてゐる。その違つた體の MOUVEMENT が入りみだれて、しみじみと美しい。」女たちは珈琲店の前で、渦の中へ巻き込まれるように姿を消す。

「僕も大きな珈琲店の角《すみ》の大理石の卓《つくゑ》の前に腰をかけてゐた。」女たちから、後をつけてきたのか、と訊ねられ、後をつけて來たのではないが、後について來た、と答え、女たちが当夜の演目の「サランボー」中の台詞の声色をする。「僕は手拍子をとつた。やがて、蒸された肉に麝香を染み込ました様な心になつて一人を連れて珈琲店《カフェ》を出た。

今夜ほど皮膚の新鮮をあぢはつた事はないと思つた」とこの文章の前半は終る。

「朝になつた」

と後半は始まる。女に声をかけられる。

「あをい眼！

その眼の窓から印度洋の紺青の空が見える。多島海の大理石を映してゐるあの海の色が透いて見える。NOTRE DAME の寺院の色硝子の斷片。MONET の夏の林の陰の色。濃い SAPHIR の晶玉を MOSQUÉE の寶藏で見る神祕の色。」

女に、「さあ、起きませう。起きて御飯をたべませう」と言われて、跳ね起きる。

「ふらふらと立つて洗面器の前へ行つた。熱湯の蛇口をねぢる時、圖らず、さうだ、はからずだ。上を見ると見慣れぬ黒い男が寢衣《ねまき》のままで立つてゐる。非常な不愉快と不安と驚愕とが一しよになつて僕を襲つた。尙ほよく見ると、鏡であつた。鏡の中に僕が居るのであつた。

「ああ、僕はやつぱり日本人だ。JAPONAIS だ。MONGOL だ。LE JAUNE だ。」と頭の中で彈機《ばね》の外れた様な聲がした。

夢の様な心は此の時、AVALANCHEとなつて根から崩れた。その朝、早々に女から逃れた。そして、畫室の寒い板の間に長い間坐り込んで、しみじみと苦しい思ひを味はつた。」

雪崩となって崩れ落ちたのは、女も自分も同じ人間だという意識であった。日本人であり、モンゴルであり、黄色人種として、差別されねばならぬ人種に属する、という自覚が何としてもヨーロッパ人のモデルと一体感をもつことのできない、深く暗い溝となって横たわっている、という認識だったにちがいない。

話の筋から外れるけれども、「父との關係」に「紐育からロンドンに來てびつくりしたのは、白人の美しい女中が入口の階段などを洗つてゐることであつた。紐育ではさういふことはすべて黒人がしてゐたので、これでまづ非常に由緒のある國に來たやうな氣がした」とある。高村光太郎は「ジャップ」といわれることを気にしたが、黒人、アフリカ系アメリカ人に対する差別を気にしなかった。国際的に人種差別のないようにみえたパリで、自分が西洋を身に浴びながら、依然として、異人種であり、西洋を理解できないことを自覚せざるをえなかったのであった。

※

すでに引用した「出さずにしまつた手紙の一束」と題する一連の断章がある。その中に次の文章がある。

「獨りだ。獨りだ。

僕は何の爲めに巴里に居るのだらう。巴里の物凄い CRIMSON の笑顔は僕に無限の寂寥を與へる。巴里の市街の歡樂の聲は僕を憂鬱の底無し井戸へ投げ込まうとしてゐる。君は動物園に行つた事があるだらう。そして虎や、獅子や、鹿や、鶴の顔を見て寂寥は感じなかつたか。君の心と彼等の心と何等の相通ずる處も無い冷やかな INDIFFÉRENCE に脅されなかつたか。虎の眼を見て僕はいつも永久に相語り得ぬ彼と僕との運命を痛み悲しんだ。此の不自然な悲慘の滑稽を忍ぶに堪へなかつた。かかる珍事が白晝に存在してゐるのに、古來何の怪しむ事もなかつた人間の冷淡さに驚愕した。それだよ。僕が今毎日巴里の歡樂の聲の中で骨を刺す悲しみに苦しんでゐるのは。白人は常に東洋人を目して核《かく》を有する人種といつてゐる。僕には又白色人種が解き盡されない謎である。僕には彼等の手の指の微動をすら了解する事は出來ない。相抱き相擁しながらも僕は石を抱き死骸を擁してゐると思はずにはゐられない。その眞白な蠟の樣な胸にぐさと小刀《クウトウ》をつつ込んだらばと、思ふ事が屢〻あるのだ。僕の身の周圍には金網が張つてある。どんな談笑の中團欒の中へ行つても此の金網が邪魔をする。海の魚は河に入る可からず、河の魚は海に入る可からず。駄目だ。早く歸つて心と心とをしやりしやりと擦り合せたい。

寂しいよ。」

しみじみとした異邦人の孤独、寂寥の心情が心をうつ文章である。

なお、高村光太郎が帰国を志した心情はおそらく右に記されたようなものであったにちがいないが、法律的には徴兵検査を受けなければならない期限が迫っていた、という事情もあったのではあるまいか。一九〇九（明治四二）年一月四日付バーナード・リーチ宛封書（書簡番号二二三五）中、

「I am so glad to tell you that I also shall go back to Japan in this year, perhaps in this summer or autumn, for a military affair.」

全集の解題では
「僕も今年は帰れるだろう、多分この夏か秋かに。徴兵検査の為なので止むを得ないが、別に悔やみもしない。」

と訳しているが、かなり意訳である。military affair は軍事上の用件といった意味だが、これを兵隊検査と訳すのは正しいと思うが、止むを得ない、とか悔やみもしない、といった表現は原文にはない。ただ、農商務省の海外実業練習生の期間が終れば、若干の猶予はあっても、徴兵検査を受ける義務が生じたにちがいない。

私なりの翻訳を示せば次のとおりである。

「喜んでお知らせしますが、徴兵検査のため、今年、たぶん夏か秋に日本に帰ることになるでしょよ

う。」

ついでにパリ滞在に関連する作品として、私は「暗愚小傳」中の「パリ」を紹介しておく。この作品は詩としての感銘に乏しいと私は考えている。それは、この作品で語られていることは、高村光太郎の体験の一部であっても、全体験ではないからである。

私はパリで大人になつた。
はじめて異性に觸れたのもパリ。
はじめて魂の解放を得たのもパリ。
パリは珍しくもないやうな顔をして
人類のどんな種屬をもうけ入れる。
思考のどんな系譜をも拒まない。
美のどんな異質をも枯らさない。
良も不良も新も舊も低いも高いも、
凡そ人間の範疇にあるものは同居させ、
必然な事物の自浄作用にあとはまかせる。
パリの魅力は人をつかむ。

人はパリで息がつける。
近代はパリで起り、
美はパリで醇熟し萌芽し、
頭腦の新細胞はパリで生れる。
フランスがフランスを超えて存在する
この底無しの世界の都の一隅にゐて、
私は時に國籍を忘れた。
故鄕は遠く小さくけちくさく、
うるさい田舍のやうだつた。
私はパリではじめて彫刻を悟り、
詩の眞實に開眼され、
そこの庶民の一人一人に
文化のいはれをみてとつた。
悲しい思で是非もなく、
比べやうもない落差を感じた。
日本の事物國柄の一切を

なつかしみながら否定した。

国籍を忘れさせるインターナショナルな都市にあって、故国を蔑み、否定した、といいながら、異国人としての「落差」を感じざるをえない、矛盾した心情を「パリ」は充分に語っていない。ここで「パリ」は美化されている。これは後に「暗愚小傳」について考えるべき問題である。

※

「出さずにしまつた手紙の一束」の冒頭は次の一節である。

「「身體を大切に、規律を守りて勉強せられよ」と此の間の書簡でも父はいつも變らぬ言葉を繰り返してよこした。外で夕飯を喰つて畫室へ歸つて此の手紙を讀んだ時、深緑の葉の重なり繁つた駒込の藁葺の小さな家に、蚊遣りの烟の中で薄茶色に焼けついた石油燈の下で、一語一語心の底から出た言葉を書きつけられてゐる白髯の父の顔がありありと眼に見えた。僕は其の晩MONTMARTREの×××女史を訪ねて一緒にNÉANTといふ不思議な珈琲店に行く積りで居たが、急に惡寒を覺えて、其方は電報で斷り、ひとり引込んで一晩中椅子に懸けたなり様々の事を考へた。親と子は實際講和の出來ない戰鬪を續けなければならない。親が强ければ子を墮落させて所謂孝子に爲てしまふ。子が强ければ鈴蟲の様に親を喰ひ殺してしまふのだ。ああ、厭だ。僕が子になつたのは爲方がない。親にだけは何うしてもなりたくない。君はもう二人の子の親になつた相だな……。今考へると、僕を外國に寄來したのは親爺の一生の誤りだつた。「みづく白玉取りて來《く》までに」と歌つた奈良朝の男と僕とを親爺は同じ人間と思つてゐたのだ。僕自身でも取り返しのつかぬ人間に僕はなつてしまつたのだよ。僕は今に鈴蟲の様な事をやるにきまつている。RODIN は僕の最も崇拜する藝術家であり人物である。が、若し僕が RODIN の子であつたら何うだらう。此を思ふと林檎の實を喰つた罪の怖ろしさに顫へるのだ！」

文中の「みづく白玉」は万葉集巻二十（国歌大観番号四三四〇）の川原蟲麻呂の作

父母え　齊《いは》ひて待たね　筑紫なる　水漬く白玉　取りて來までに

に由来する（表記は岩波書店刊『新日本古典文学大系』による。ただし、五、七、五音節の次はそれぞれ一字分空白を設けた)。「父母え」は「父母よ」の訛り。「齊《いは》ふ」は、『岩波古語辞典』に吉事を求める呪言をのべ、神事を行う、あるいは、将来の幸福を願い、めでたい言葉をのべる、という意味であるとある。「待たね」の「ね」は活用語の未然形を承けて希求、誂えを表す助詞、「までに」は時間、程度、範囲の至り及ぶところを強調して示す語、と同辞典にある。子が父母に呼びかけて、真珠を採ってくるまで待ってくださいね、という意のようである。

高村光雲は高村光太郎が欧米に学んで得ることを望んだのはフランスのアカデミズムにおける新鮮な彫刻技術であったろう。しかし高村光太郎が学んだのは技術でなく、芸術であり、それもフランスでも一部にしか認められていない先端的な芸術であり、芸術を創造する精神であった。高村光太郎は父の感じる失望を予期していた。

帰国後、この父子の間に桎梏、対立が生じたことは事実である。しかし、父光雲が子高村光太郎を堕落させることもなく、子が父を鈴虫のように喰い殺すこともなかった。それでもかなり不自然な関係であったことは帰国後の生活に即して見ることになる。

5

帰国前、高村光太郎はイタリアを旅行した。以下、「父との關係」の記述を引用する。

「歸國する前にイタリヤを見たいと思つて、クック會社のクーポンを買つた。そしてクーポン通りにイタリヤを見物してあるいた。丁度一九〇九年の復活祭の前であつた。汽車はチロールを經て、スイスのリユセルンの町につき、そこを見てから、キヤトルス　キヤントトンの湖を縦斷してフリユーレンにあがり、それから長いサン　ゴタールのトンネルを汽車でぬけてイタリヤに入つた。ロムバルジヤからミラノ、パドア、フイレンツエ、ローマ、ナポリ、ヴエニスと見てまはり、さんざん古美術と、寺院音樂とにたたきのめされ、ふらふらになつてパリに歸り、一旦ロンドンに渡つてテームズ河口から郵船會社の阿波丸といふ小さな船に乗りこんだ。それが六月であつた。」

このイタリア旅行については、一九一二（明治四五）年七月刊の『趣味』に発表した「伊太利亞遍歴」があり、多くの俳句をまじえて各地の印象や体験を語っている。たとえば、ミラノに着き、「本寺の近くの或るホテルに疲れた體を休めようと思つたが、つい誘はれた心のままに、スカラ座の歌劇を見て、夢のやうな旅人の放縱を止め得なかつた」と書き、

つま立つて乙女が行くや春の雨
滿堂の女余を見る春夜かな

など四句を記し、「朝、ホテルを出て本寺の屋根に登り、曾て讀んだ卽興詩人の一章を想起して涙を催しもした」などと書き、最後にヴェニスを訪れる。「やがて海へ出た。瀛車は長い築橋《つきばし》の上を走つた。ゴンドラが見えた。島へついた」と記し

ゴンドラにゆらりと乗りぬ春の宵
伊太利亞の女買はばや春の宵
牡蠣を賞す美人の頬の入れぼくろ

で終る、いわば気楽な旅行記であり、サン・ゴタールのトンネルを出て、イタリーに入った時には

隧道を出れば雪なり國境

という、名高い小説の冒頭と同じ風景を描いている。だが、「遍歴の日」に記された次の感想こそが、彼の心にふかく刻まれた印象であろうと思われる。

「フィレンツエでは、ミケランジエロのもので、サン　ロレンツオのメデイチ禮拜堂にある有名な「朝」「晝」「夜」の彫刻ももとより佳いが、僕は、あまり一般の人が注意しない聖母子の彫刻に非常にうたれた。僕はこの彫刻に何とも言われぬ權威を感じた。これは、大體、等身大の像だが、聖母というより當時の家庭の中年のおかみさんをモデルにしたような、その感じが實によく出ている。辛苦に耐えている。日本で言うと能面の「深井」みたいな顔をしている。ごく單純なやり方で扱つているが、全體の形はすばらしい。ミケランジエロは當時の畫家や彫刻家の中でも、全然思想の根柢がちが

うと思う。法王だの城主だのに頼まれて彫刻を作つているが、彼等をやつつけるためにそれを作つているようなところがある。當時の美術家とは生活態度もちがつていた。ラフアエロなどはそのころ既に長夜の宴を張つてやつていたのに、ミケランジエロは質素きわまる生活をしている。ものの考え方、生活すべてが根からの彫刻家なのである。」

この聖母子像は心をうつ作品である。聖母マリアはヴァチカンのピエタにおける聖母マリアのように美しくない。私は「當時の家庭の中年のおかみさん」というのが適当とは思わない。むしろこのマリアは、威厳があり、高貴さがあるとはいえ、普通の家庭の娘のようにみえる。また、このマリアには能面にみられる心痛、切実さがあるとは思われない。能面の「深井」を思わせる、中年のおかみさんをモデルにしたという比喩は、私には「ロンダニーニのピエタ」の聖母マリアによくあてはまるように思われる。一方、一九五一（昭和二六）年一月、平凡社刊『世界美術全集』第一七巻『ルネサンスⅡ』所収の「ミケランジエロの作品」中、彼は「ロンダニーニのピエタ」と題する文章を発表している。

「「ロンダニーニのピエタ」とよばれるミケランジエロ晩年の大理石像こそまことに摩訶不思議の美をもつ彫刻である。殆んど死に近い頃の作であつて、ここにはもはやいわゆるグランド・スタイルもなく、フオルムの誇張もなく、彫刻くさい造型性さえないが如く見える。ただあわれに痩せきつた屍があるのみである。制作中に彼がよろけてこの石を倒したため、今では破壊個所の方が多く、マリアその他の人像も半出來のままである。しかもこのピエタが見る人に話しかけてくるものの奥深さ、遠さ、まことさは比類がない。むしろぞつとするほどの凄さがあり、不思議にその屍が生きている。人間以上の人間がそこにいるように見える。美はここに至つて眞に高い。われわれの魂はもろもろの附屬物を洗い去られて、ただ根源のものこそ貴重だということを悟らせられる。この彫刻の手法にひそむ近代性も注目に値する。その構圖、その刻み、その野性。」

ロンダニーニのピエタはミラノのスフォルツァ城美術館に収蔵されているが、高村光太郎がミラノでロンダニーニのピエタを見たと書き残していない。もっと気になることは「マリアその他の人像も半出來」という文章である。ロンダニーニのピエタにはマグダラのマリアもいなければ、ヨゼフもいない。まさに悲しみに沈んだ中年の母親とイエズスの屍しか造型されていない。しかし、このマリアはヴァチカン収蔵のピエタにおける、若く美しいマリアと違って、「當時の家庭の中年のおかみさん」とまで言わずとも、年齢相応の悲哀に沈んだマリアが造型されている。

高村光太郎がフィレンツェの聖母子像に感銘をうけたことは間違いあるまい。しかし、彼の聖母子像の鑑賞は同感できない。彼のロンダニーニのピエタの鑑賞のすべてに納得できない部分がある。ただ、ミケランジェロは晩年に近づくにしたがって聖母マリアを若く美しい女性としては造形したくなかったようである。いずれにせよ、ミケランジェロがロダンと並んで高村光太郎が尊敬した彫刻家であったことは間違いない。

イタリア旅行を終えた高村光太郎は帰途につく。

第二章　疾風怒濤期――「寂寥」まで

1

帰国時の状況はふたたび「父との關係」における回想によることとする。随時、私の感想を挿入するが、長文の引用になることをお赦しいただきたい。

「一九〇九年（明治四十二年）七月に阿波丸は神戸についたが、船が波止場に横づけになつたか、はしけで上陸したか、忘れてしまつた。父が一人で迎へに來てゐた。私は船中無一文で、洗濯代も拂へずにゐたのを、父に拂つてもらつたことをおぼえてゐる。」

途中だが、高村光太郎にはこうした父親への甘えがあったのではないか。父が強ければ子は堕落する、と「出さずにしまつた手紙の一束」に書いたことを忘れていたようである。

「紐育、サザンプトン、テームズ河口等をはじめ、コロンボ、香港等の港を見てきた眼には、神戸港はただ亂雜な、けち臭い船着場にしか見えなかつた。」

ここでもコロンボ、香港等の植民地港的性格に高村光太郎は眼を注いでいない。高村光太郎は西洋人の眼で神戸港を見ている。

「船から上つて薄ぎたない船宿の一室に案内され、一休みしてその晩の夜汽車ですぐ東京に向つたやうに思ふ。あまり記憶がたしかでない。」

高村光太郎は日本の旅館も西洋人の眼で見ている。高村光雲がことさら「薄ぎたない船宿」を選んだはずはない。

「私の無事に歸つてきたのを父はひどく喜んで居り、母が造つてくれた何だかぴかぴかごりごりする單衣物を私に着せた。その單衣物を私は昭和年代まで着てゐた。父と私とは、これまでの經過や現狀をぽつりぽつりではあつたが、互に語り合つた。汽車の中で夜が明けて箱庭のやうな日本の風景が見え始め、やがて富士山が聳えて來た。四年前横濱を出る時アゼニヤンの甲板からあんなに大きく見えた富士山が意外に小さいのは少し變だつたが、美しいことはやつぱり美しかつた。

汽車が東京に近づくにつれて、父は私の今後の抱負をきいたり、父の方のいろいろの期待や仕事の計畫などを語つたりしたが、私の口や耳はまだ身にしみてその返事をしたり、その旨を聞いたりする狀態になつて居らず、いづれよく落ちついてからといふやうなことをいつて居たやうであつたが、そのうち思はずはつとするやうなことを父から聞いた。

「弟子たちとも話し合つたんだが、ひとつどうだらう、銅像會社といふやうなものを作つて、お前をまんなかにして、弟子たちにもそれぞれ腕をふるはせて、手びろく、銅像の仕事をやつたら。なかなか見込があると思ふが、よく考へてごらん。」といふやうなことだつたが、私はがんと頭をなぐられたやうな氣がして、ろくに返事も出來ず、うやむやにしてしまつた。何だか悲しいやうな戸惑を感じて、あまり口がきけなくなつた。

父の手で本當になぐられたのはたつた一度九つか十の子供の時あつたきりだつた。多分腕白が過ぎたか、悪い口でもきいたかであらうが、その時、父は立つたままで私の頭を、默つて拳固でがんとなぐつてそのまま行つてしまつた。あまり思ひがけなく生れてはじめて父に本當になぐられて、眼の前が急に暗くなり、限りなく悲しくなり、庭へ飛び出して、草むらの間にしやがみ込んで夕方までじつとしてゐた。どういふわけかその時、蟲籠の蟲をみんな逃がしてやつたことを覺えてゐる。

今の父の言葉は、私にこの子供の時の出來事を思ひ出させた。日本に歸つて心の底から勉強したいと思ひこんでゐた矢先に、まつたく思ひがけない銅像會社の話だつたので、まづ頭にがんとひびいた。父はこの話に私が飛びついてくるものと思つてゐたらしいが、父と私との食ひちがひが、そろそろこのあたりからあらはれてきたのである。」

途中だが、高村光太郎は、「日本に歸つて心の底から勉強したい」と思いこんでいたというが、どのようにして生活するつもりだったのか。何らか生活費を稼ぐ手立てがなければ、勉強もできないはずである。父光雲の脛をかじるつもりだったとしか思えないのだが、どうだろうか。この時、高村光太郎はすでに二七歳であつた。ここにも彼の甘えがあつたのではないか。引用を続ける。

「七月中旬の暑い日ざかりに汽車は新橋驛につき、たくさんの出迎人にむかへられ、又人力車で駒込林町の父の家に歸つた。母屋のかやぶき屋根も庭の梅の木も昔の通りで、母も弟妹も至極元氣でゐた。母の喜びやうは一通りでなかつた。私は汽車の中の一件から心の底に恐ろしい斷層を感じながらも、眼の前に展開される肉親の愛や周圍の花やいだ空氣にまみれてゐた。朝、眼がさめながら蒲團の中で目をつぶつてゐると、母がいくども顏をのぞきにやつてきて、そつと女中に、「こんなかはいい顏してねてゐるよ。」などとささやくのが聞こえ、母の溺愛を身にしみて感じると共に、「さて、これから大變だぞ。」と思はずに居られなかつた。

數十人在京の父の弟子達が集まつて、上野公園見晴しの梅川樓で私の歡迎會を催したが、その口口に私に要望するところのものは、實に世俗的な俗情ばかりで、結局二代目光雲になれとか、派閥的勢力擴大のため大いに盡せとか、何だか仕事とはまるで關係の無いことばかりを私におしつけた。私はうんざりして、內心かんしやくを起してゐたのを見てとつてか、後に左團次の細君になつたとかいふ或る下谷の名妓が來てゐて、「今夜は馬鹿になつておいでなさい。」などと私をたしなめた。其後私は父の弟子達とはなるたけ交涉を持たないやうに氣をつけ、多くの場合彼等を避けるやうになつた。弟子と師匠との關係のうるささをつぶさに見て、私は一生涯決して弟子をつくるまいと決心した。實際今日でも私は弟子といふものを一人も持たない。」

高村光太郎の弟豊周に『光太郎回想』という著書がある。書中、銅像会社について次のとおり解説している。

「当時は日露戦争のあとで、丁度この頃、海軍三将の銅像が海軍省の前に建った。あれは懸賞募集をしたもので、当選したのは、銅像では経験のある本山白雲と、若い朝倉文夫だった。朝倉はまだ二十代の青年だったが腕はたしかで、一番若い作家なのに、彼の作った「仁礼中将像」は自由で、のびのびしていて評判が良かった。この海軍三将の銅像が出来たのが、銅像景気をあおる大きな力になり、前後していろいろな銅像が作られた。いわば銅像ブームだ。高村光雲が取締役になれば世間の信用はある。銅像会社は夢ではなく、必ずうまくいく筈だった。

父の考えはそれだけではない。当時の状勢からいって、彫刻家は自由に、自分で作りたいものだけを作っていたのでは、絶対に生活できない。生活をたてるためには、どうしても肖像彫刻の注文をとる必要がある。それには縁故をたよって、なんとか注文主を探すなどという姑息なことをしているよりは、会社を作り、どんどん外交員を使って仕事を集める方が、はるかに合理的だから、父が銅像会社に熱心だったのも無理ではない。その上、僕が鋳金をやることになって、いよいよ現実的にその計画が頭の中に出来上っていったのだ。」

父光雲とすれば、「自分も彫刻で身を立て今日まで来たけれど、それこそ悪戦苦闘の連続だったということ、それで伜には自分のように苦しい思いをさせず、安穏な道がたどれるような生活方法をとらせてやりたいという気持、もう一つは当時興って来た新らしい彫刻界の勢力に対して、強く兄を押出したいという意地が働いていた。そういう新らしい勢力は、伝統的な彫刻に対抗して、ことごとに父と衝突する、父のことを悪くいう。父はもう初老の域に入っていたからなるべく当らず触らずにいるけれど、そういうものに対して、「いまに光太郎が帰って来たら」という気持がある。銅像会社を作ってパリ仕込の腕前で思い切り働いてもらって、その連中を見返してやるという個人的な意地がある。この二つの考えから、銅像会社を作ることには一生懸命だったし、また事実、目鼻も充分ついていた。」

高村豊周は右のように光雲の動機を説明している。たしかに一挙両得の名案といってよいが、はたして銅像ブームが何時まで続くか分らないのだから、安穏な生活も保証されているわけではない。ただ、朝倉文夫の評判を豊周は記している。朝倉に高村光太郎を対抗させようという気持が光雲にあったとしても当然である。朝日新聞社刊『朝日人物事典』によれば朝倉文夫は一八八三（明治一六）年三月一日生れ、とあるから、高村光太郎と同年同月生れ、高村光太郎は三月一四日生れである。同事典に次の記述がある。

「一九〇七（明四〇）年東京美術学校（現・東京芸大）彫刻科選科卒。渡辺家に生まれたが、九歳のとき朝倉家の養子となる。〇二年中学校を中退し、彫刻を学んでいた実兄の渡辺長男《たけお》を頼って上京。〇八年第二回文展に「闇」（現存せず）を出品し二等賞を受け、一躍注目を浴び、その後も第四回文展の「墓守」、第七回文展の「含羞《がんしゅう》」など毎年受賞を重ねて、彫刻界の寵児となる。「墓守」は作風の転換を示し、以後朝倉文夫は自然主義的な写実を力説した。一四（大三）年『朝日新聞』に「彫刻界の現在」を発表し、論理より技巧の重要さを説いてロダン一辺倒の当時の彫刻界に一石を投じ、文展帝展彫塑《ちょうそ》の典型をつくりだすことにもなった。」（原文のアラビア数字は漢数字に改めた。以下後半生の記述は略す。）

美術学校卒業は高村光太郎が一九〇二（明治三五）年だから、朝倉文夫より五年も早いが、高村光太郎が帰国した時点では、朝倉文夫は豊周のいう「新らしい彫刻界の勢力」の寵児的な存在だったのではないか。

高村光太郎にはそうした俗事にかかわるつもりは毛頭なかった。豊周は次のとおり書いている。

「父にはまたその気持が呑込めない。兄の立場からみれば、当然のことで非難するわけにもいかないし、どちらの側にも理屈のあるどうしようもない睨み合いになってしまった。

父は太っ腹だから、一切のことを断られても、そういうものかなと思い、腹の中では心外でも、そんなことはおくびにも出さない。」

「兄にしても、日本に帰ったら思い切って仕事をしたいと気負って帰って来たのに、帰れば早速いろんなことで責められる。銅像会社の話が出る。お嫁さんの話が出る。そういうことが煩らわしい。帰って来た当座はヨーロッパの話などしてくれたが、そのうちだんだん気難しくなり、父や母とも口を利かなくなった。」

「暗愚小傳」中の「デカダン」は

彫刻油畫詩歌文章、
やればやるほど臑をかじる。
銅像運動もおことわり。
學校教師もおことわり。
縁談見合もおことわり。
それぢやどうすればいいのさ。
あの子にも困つたものだと、
親類中でさわいでゐますよ。

とはじまる。こうして銅像会社の件はご破算になったようである。ただ、ここで気がかりなのは「學校教師もおことわり。」の一行である。後年「父との關係」で高村光太郎は「すすめられた美校教授の職は引きうけず」と書いているが、美校教授のような定収入のある職業に就くことを断れば、父光雲の脛をかじるよりは仕方がない。親の脛をかじって、気のすむだけ勉強するのだと高村光太郎は考えたのであろう。美校教授に就任するのに父光雲の口ききが大いに力があったにちがいないから、それが嫌だったとしても、また、学生に教え、指導して、収入を得ることが嫌だったとしても、嫌な仕事であってもそれによって生活し、研究などをするのは誰も耐えていることである。高村光太郎は自ら収入を得る職に就くよりも、父光雲の代作をしたり、下職をしたりして、小遣いを貰い、その余は父光雲の脛をかじって生活することを選んだわけである。私にはこのような高村光太郎の倫理観は理解できないし、共感もできない。むしろ私はつよい反発を覚える。

※

さて、日本人女性をモデルにして、心と心とがふれあうような関係で彫刻をしたい、ということが、彼の帰国の動機であった。

『婦女界』一九一一（明治四四）年三月刊に「彫刻家のみた女の姿」という談話筆記が掲載されている。この談話筆記の「彫刻の目から見た日本婦人」という項に次のとおり語っている。

「僕は日本の御婦人を見ると、銅像を見る様な感じがします。繊細《デリケート》な美しさはなく、ズーッとした、變化の少い線で出來た身體で、原始的《プリミテイブ》な感じを與へる、そして身丈《たけ》が低い。これが愛蘭土の婦人などですと、例へば腹なんかでも、臍のそばに細い溝が微妙な線を作つて居て、そこから又上に、繊細《デリケート》な美しい筋肉の變化を持つて、肋骨に移つて行く。けれども日本婦人の身體には、さう言ふ細かい美は、更にないのです。

それから形から言つても、モデルなどになつて、人に見られて居ると思つて居る時は、猶更ぎこちなくつて、右と言へば右、左と言へば左、たゞそれきりですが、さうでない時、婦人が自分一人で、自由の動作をして居る時でも、動作が大變慌しい。何と言つたらいゝか、さう、甲の動作から、乙の動作に移るのに西洋の婦人は其の間に複雜な形の變化を示して移つて行くのですが、日本の婦人は甲から直《ただち》に乙に移つて仕舞ふ。形の變化が少い、單調なのですね。」

次の「唯一點日本婦人の美しい所」の項ではこう語っている。

「日本の婦人を見て美しいと思ふのは、唯皮膚だけです。皮膚は如何にも美しい、白いと言ふばかりでなく、複雜な色の皮膚は、滑らかに細かいきめで、光澤も美しく、本當に感じがいい。だから繪としたら、大變面白いだらうと思ふのです。よく人は西洋婦人の方が、皮膚が美しい、きめが細かいと言ふが、どうも僕は不思議だと思ふのです。近づいてよく〳〵見ると、僕にはさう思へません。西洋婦人は色が白いから、白い皮膚の好きな人は、色にだまされて、さう思ふのではないでせうか。

彫刻の方から見ては、日本の婦人に少しも美しい所はありません。それに脂肪が多過ぎて息を吹き入れたゴム球《だま》見たいな氣がします。はち切れさうだ。運動が不足なのでせう。それに脂肪の質も、多少西洋の婦人と違つて居るかも知れません。尤も私共が主に見るモデルなどは、學校で秩序的の體育を受けたものなどはないのですから、餘計さうかも知れませんが。」

婦人雑誌に掲載される談話としては、じつに言いたい放題に喋っているという感がふかい。もちろん、現代の女性の体型は当時とはずいぶん変っているにちがいないが、高村光太郎が日本人の女性モデルに失望したことは間違いあるまい。

「もし日本婦人の像を刻まば」の項は第一節だけ引用する。

「だから日本の婦人の像を拵へるとしたら、僕は丸い、細かな變化のない、ズーッとした形のものを刻みます。面白いと言へば、さう言ふ形の中に生命《いのち》があるのが面白いのです。あの荻原君の女の銅像ですね。あれなんかも、さう仕様と思つたのでもないのでせうが、矢張りさう言ふものになつて居ます。」

これはおそらく荻原守衛の傑作「女」を指しているのであろうが、たしかにこの女性像の中にひそみ、こめられた生気に私など心に沁みる感を覚える。

こうしたモデルに対する失望が、高村光太郎を油絵の製作に向かわせたのではないか、と私は考える。たとえば、帰国後の彫刻作品としては一九一一（明治四四）年の「光雲還暦記念胸像」などをはじめとする二、三の男性像しかなく、一九一三（大正二）年、智恵子と婚約した上高地では専ら油絵を描いている。

これまでふれてこなかったが、高村光太郎は一九〇〇（明治三三）年一〇月、『明星』に篁《たかむら》（のち高村）砕雨の名で短歌を発表し、新詩社同人として、短歌、感想、戯曲、翻訳などを寄稿し、與謝野鉄幹（のち寛）、妻晶子とも親しかった。ただし、欧米留学以前の短歌には與謝野鉄幹の「添削は大へんなもので、僕の歌なども僕の名前がついてゐるから僕のだらうと思ふ」くらい直された、という（談話筆記「美術學校時代」（発表誌不明））。

ところで、高村光太郎は美術学校在学中から留学中徴兵猶予されていたので、帰国後、徴兵検査をうけることとなった。高村豊周『光太郎回想』に次の記載がある。

一九〇九（明治四二）年八月一四日、高村光太郎は徴兵検査をうけた。「兄は体が立派なので、得意になって検査を受け、甲種合格を疑わなかった。ところがすっかり検査が済んで最後に検査官から申し渡されたのが、何と丙種だというのだ。甲種、第一乙、第二乙、そして最後が丙種なのだが、丙種は徴兵免除で何にも軍隊に用がない。理由が又、「咀嚼に耐えず」というのだから変っている。たしかに歯は、母の遺伝で子供はみんな悪かった。しかしそんなに悪い訳はない。軍隊に入って堅パンなどがかじれない、とても軍医の手に負えない見離された歯だと言い渡されたのだ。喜んでいいのか、失望していいのか、兄は変な気持で帰ろうとした。すると司令官が呼びとめて、「森閣下によろしく」と言う。咄嗟のことで分らなかったが、帰って来てよく考えてみると、森閣下というのは鷗外しか知らない。すると丙種になったのは森鷗外の差金で「高村某が行ったら兵役を免除してやれ」というお声がかりだったのだな、とやっと気がついた。これは全く兄の知らなかったことで、どうして鷗外がそんな計いをしてくれたのか、いろいろ考えてみる、もとは鉄幹に違いない。鉄幹はその辺の事情を知って、ひそかに心配してくれ、これは鷗外先生に頼んで、軍医総監の肩書で押してもらうより手がないと思いついたのだろう。そこで鷗外に泣きついて、高村の検査の時にはなんとか一つ面倒をみてくれと頼み込む。鷗外からは本郷区の聯隊司令官に声がかかって、兄の丙種合格となったわけで、そんな事情がわかったものだから、後で兄が礼に行ったら、鉄幹は我事のように喜んでくれたという。」

（なお、『光太郎回想』には「徴集免除　高村光太郎」と記した明治四十二年八月一四日付東京市本郷区長玉井幸太という証書の写真が掲載されている。それ故、「丙種合格」というより「徴集免除」という決定だったのではないかと思われる。）

一方、高村光太郎には森鷗外に親近感をもつことができなかったようである。一九三八年一〇月の川路柳虹との対話「鷗外先生の思出」で美術学校時代、鷗外にハルトマンの美学を教えられたことを語り、

「とても名講義でしたよ。しかしどうも「先生」といふ變な結ばりのために、どうも僕にはしつくりと打ちとけられないところがありましたなあ。けれども先生の「即興詩人」など暗記したくらゐですし、先生のお仕事や人格は絶對に尊敬してゐました。」

と語り、また、

「ただ僕は先生をあくまで尊敬はしてゐても服さなかつたですよ。」

とも語っている。観潮楼歌会への招待に対しても一九〇九（明治四二）年一二月三日

「拝啓　わざわざ例會の御案内にあづかりありが度く存上候。當日遺憾ながら約束事の爲め缺席仕るべくこの段御返事まで　草々頓首」（書簡番号二二五五）とだけ記し、翌年二月三日付（書簡番号二二六〇）では

「御葉書難有存上候處當日丁度藤島先生の歡迎會有之候爲め残念ながら出席いたしかね候。右御返事まで」

と書き、同年四月一三日には、書簡番号二二六三の葉書で

「拝復　十六日の例會の御案内狀ありが度く存上候處丁度當日小生關西地方へ出發仕る事とて遺憾千萬ながら缺席仕るべく　先是　右御返事まで」

と、それぞれもっともらしい口実はつけながらも素っ気ない返事をし、観潮楼歌会には欠席を続け、徴兵検査について恩誼は感じていなかったようである。

ここで、モデルに戻ると、高村光太郎は『スバル』一九〇九（明治四二）年一〇月号に一連の短歌を発表している。これらの中から一部を抄出する。

ふるさとはいともなつかしかのひとのかのふるさとはさらになつかし
ふるさとは火事場に似たるにほひする烟草をのみて人のあゆめり
ふるさとの少女を見ればふるさとを佳しとしがたしかなしきかなや

何事か重き科ありうつくしき少女を吾等あたへられざり
この中の少女のひとり妻とせよ斯く人いはば涙ながれむ
ふるさとの少女を一のたのみとし火の唇はすて來しものを
海の上ふた月かけてふるさとに醜《しこ》のをとめらみると來にけり
太《ふと》もの肉《しし》のあぶらのぷりぷりをもつをみなすら見ざるふるさと
佛蘭西の髭の生えたる女をもあしく思はずこの國みれば
雨ふればしとしとふれば紙の戸の糊さへかびて我がこころ冷ゆ
ああ我はよしなき國にひとを見て果てなる島にあこがれ死ぬべき
ああ我はこころ失せなむ木偶《でく》に似て眼のみうごかす女を見つつ

これほどに日本の女性の容姿を罵った短歌は稀有であろう。それだけ高村光太郎が帰国して感じた女性の容姿に対する失望はふかかったにちがいない。ただ、この失望は容姿についてだけでなく、解放され、自由に振舞うパリの女性たちと比較して、木偶のように自主性をもたなかった、当時の日本の女性に対する失望、落胆でもあったろう。

ここで、注意しておきたいことは、高村光太郎の右の一連の歌には、『明星』風のロマンチシズムもなく、『スバル』における北原白秋らの作にみられるハイカラな近代的趣向もなく、『アララギ』風の写生もなく、青春期の感傷もなく、思うところを率直に、大らかに唄いきっているという事実である。高村光太郎は詩人として、また、彫刻家として知られているが、じつはきわめて独自の個性的な歌風を確立した歌人であると私は考える。彼の生涯にふれ、彼の短歌についても今後ふれるつもりである。

2

帰国した当初の高村光太郎のばあい、目立つことは評論活動である。いうまでもなく『スバル』一九一〇（明治四三）年四月号に発表した「緑色の太陽」がその代表だが、それに先立つ同年三月『文章世界』に発表した談話筆記「フランスから歸つて」もずいぶんと気炎をあげているといった感じのつよい感想である。その一部を抄出する。

「新しい日本の藝術界は始めは洋畫の方面から新味を注入されて、それが文學界に覺醒を與へる動機となるやうに見えた。黒田、久米、岩村等白馬會の先輩諸氏が歸朝した頃、我國の藝術界のうちで最も進歩したサアクルはと尋ねたなら、疑ひもなくこの一團の人々であつたのだ。故にこの一派が硯友社あたりの文學に刺戟を與へて、それから文界の革新を見るのが當然であつたのだ。處が其當時の歐洲最新の傾向たる印象主義を提《ひつさ》げて美術界に臨んだ白馬會は、途中でその主義が緩み出して、當初の如く旗幟《きし》が鮮明でなくなつて了つた。」

「白馬會は一時紫派などといふ綽名を取つたものだ。それと云ふのが印象主義の主張をのみ模倣して、センスやテムペラメントが其處まで行つてゐなかつたのだ。無闇と影を紫にしたり、やたらに生々しい色を使つたからとて、それで印象主義の繪になつてゐると云ふことは出來ない。成程モネエがロンドンの景色を寫した物なぞは華麗な色彩が眼を眩ずるばかりで、それを見てから本物の景色に臨むと、その景色までが美しく見える位であるが、彼の作だからと云て決してかう云ふのに限られてゐるのではない。曇天を描いた一圖の如きは、重く沈んで雲の色と云ひ何と云ひ、實に澁い感じを與へる。之でこそ本當の印象主義だと思ふ。」

「フランスへ行つて羨ましいのは全體の空氣が凡て藝術を發達せしめるやうになつてゐることである。八百屋の下女とか洗濯屋の女房とか云ふ輩《てあひ》でも、サロンの批評位は朝飯前にやつて退《の》ける。私のよく買つた燒栗賣のお婆さんは、私が彫刻をやるといふことを知つてゐるので、私を捉まへて、ロダンも昔はえらかつたが、今は大分衰へたやうだと堂々と論じ出したことなどもある。」

じつに思うがままに何の遠慮もない談話といってよい。そこで「綠色の太陽」だが、文中、ドイツ語が多く使われている。ありふれたドイツ語なので多くの読者には理解できると思うが、念のため拙訳をキッコウでくくって加えることとする（以下同様とする）。

この評論の要旨は次の一節にある。

「人が「緑色の太陽」を畫いても僕は此を非なりとは言はないつもりである。僕にもさう見える事があるかも知れないからである。「緑色の太陽」がある許りで其の繪畫の全價値を見ないで過す事はできない。繪畫としての優劣は太陽の緑色と紅蓮との差別に關係はないのである。」

この文章は高村光太郎自身の体験にもとづいている。「遍歴の日」に次の記述がある。

「ある日、日本大使館のあるアヴエニユ　オーシユのところを歩いて凱旋門が向うに見えるところに來たら、木の上に降り積んだ雪が溶けかかつていて、太陽が沈みかけている。それが緑色をしてギラギラふるえながら入つてゆく。これはすばらしいと思い、うちへ歸つて描いたことがある。」

「緑色の太陽」ではこう主張している。

「僕は藝術界の絶對の自由《フライハイト》を求めてゐる。從つて、藝術家の PERSOENLICHKEIT〔人格〕に無限の權威を認めようとするのである。あらゆる意味に於いて、藝術家を唯一箇の人間として考へたいのである。その PERSOENLICHKEIT を出發點として其作品を SCHAETZEN〔評價〕したいのである。PERSOENLICHKEIT そのものは其のままに研究もし鑑賞もして、あまり多くの擬議を入れたくないのである。僕が青いと思つてるものを人が赤だと見れば、その人が赤だと思ふことを基本として、その人が其を赤として如何に取扱つてゐるかを SCHAETZEN したいのである。その人が其を赤と見る事につ いては、僕は更に苦情を言ひたくないのである。むしろ、自分と異なつた自然の觀かたのあるのを ANGENEHME UEBERFALL〔快適な衝撃〕として、如何程までに其の人が自然の核心を覗ひ得たか、如何程までに其の人のGEFUEHL〔感情〕が充實してゐるか、の方を考へて見たいのである。」

「緑色の太陽」が当時の画壇に衝撃を与えたのは、「藝術界の絶對の自由」であり、太陽が緑色に見えたら緑色に描くべきだ、という主張だったにちがいない。

この主張が、さらに日本の自然を描くばあいの「地方色」の問題に発展する。

「僕の製作時の心理狀態は、從つて、一箇の人間があるのみである。日本などといふ考は更に無い。自分の思ふまま、見たまま、感じたままを構はずに行《や》るばかりである。後《のち》に見て其の作品が所謂日本的であるかも知れない。ないかも知れない。あつても、なくても、僕といふ作家にとつては些少の差支もない事なのである。」

「僕と雖も作品の鑑賞の側から、歸納的に地方色といふものの存在を認めてゐる事は確かである。日本人の作品には自ら日本の地方色とも見るべきものがある。佛國人の作、英國人の作、皆然りである。しかし、此は地方色の存在を認めるのであつて、其の價値を認めるのではない。」

高村光太郎は日本の自然のもつ地方色を問題にしたけれども、もっと普遍的にいえば、先入観を去って対象を描かなければならない、ということではないか。私たちが名作、傑作と評価が定まっている絵画を見るばあい、虚心にみることは難しい。もっと難しいことは、たとえば画家が林檎を見たばあい、林檎だと認識する以前の、たんなる物として、林檎を見ることができるか、という問題である。おそらく、林檎と意識する以前に存在する物を描くことが近代絵画にちがいない。

そういう意味で「緑色の太陽」で高村光太郎が提起した問題は、現代にも通じる、きわめて普遍的な、根源的な問題であった。

ここで、当時の展覧会評もあわせて見ておくこととする。はじめは「左憂生」という筆名で『早稲田文学』一九〇九（明治四二）年十一月刊の同誌第四八号に発表された「文部省美術展覧會評」中「彫刻」の部の評を紹介する。

「二十八號の「北條虎吉氏肖像」（荻原守衞氏）を繪畫彫刻兩部を通じて第一に好み候。下半部の技巧と銅の色とを好まず候へども、此程自然を深く見たる作品は此會場中には他に無之候。隣にある石膏の「肖像」（朝倉文夫氏）の劣等なる寫生と比較して御考へ下されたく候。五號の「勞働者」（荻原守衞氏）の上半身も好きの部に候。

一號の「猫」（朝倉文夫氏）も好きに候。

彫刻で好きなのは此だけに候。次は嫌ひなものに候。

十四號の「原人」（新海竹太郎氏）は最も小生の嫌ひなる悪作に候。小生は此を見て作家の藝術的良心を疑ひ申候。藝術的良心ありて尚ほ且つ斯かる作のできるのに候はば、自然を觀る眼の小生と異なるの大なるに驚かねばならず候。技巧は極めて幼稚に候。

十一號の「山から來た男」（朝倉文夫氏）が嫌ひに候。小生は亞弗利加の黒奴を見ても見惚るる程面白く感じ候。此の彫刻が嫌ひなるは形にはあらずしてやはり作家の自然に對する態度に候べし。着色の色も嫌ひに候。男の體の比例其の他の技巧は他の下らぬものよりも遙によろしく候。もそつと立入りて細かに述べたしとも存じ候へども紙面の御都合も有之事と存じ候へば、此位に致し置き候。讀み返してみれば、何やら悪罵に似たるものと相成り候へども、決して其の心ありての事にあらざることを御信じ下されたく候。此等の作家は或は小生の恩師或は小生の友人に候。小生は作品の批評を以て私交の傷けらるるほど日本人を狭量とは思ひ居らず候。」

先づ右の通りに候。

何故好きか、何故嫌いか、その理由を書かなければ批評ではない。朝倉文夫の「山から來た男」については「此の彫刻が嫌ひなるは形にはあらずしてやはり作家の自然に對する態度に候べし」という理由らしいものが書かれているが「自然に對する態度」がどうだから良くないのかは言っていない。匿名とはいえ、狭い世界だから誰が筆者かはすぐ知れわたるであろう。実際、高村光太郎自身後にこの筆者が自分であることを公表している。高村光太郎ともあろう人がどうしてただ好き、嫌い、としかいわない、こういう愚かな文章を発表したのか、私には理解できない。なお、全集の「第三回文部省展覽會の最後の一瞥」の解題には「この年彫刻で最高の三等賞を受賞したのは、朝倉文夫の「山から来た男」と荻原守衛の「北条虎吉氏肖像」であった」とある。

『スバル』一九一〇（明治四三）年一月号に掲載された「第三回文部省展覽會の最後の一瞥」は私が批判した「文部省美術展覽會評」の不評に答えて、本格的にこの展覧会を批評した文章かもしれない。

この文章には間違いなく批評がある。彫刻がどうあるべきかについての高村光太郎の確乎たる信念と思想にもとづく気魄がある。ここではきわめて数多くの作品を懇切丁寧にとりあげているので、すでに一度とりあげている荻原守衛の作品と朝倉文夫の作品についての批評だけを紹介することとする。

「「猫」（朝倉文夫氏作）が一寸眼をひいた。最近に巴里でよく見かけたREMBRANDT REGATTIの技巧に似てゐる所がある。猫の技巧に比べると、後ろの手と腕とが甚しく堅いので、横から見た時に少し困る。併し、作家が今日の如く物々しい仰山な作品でなければ豪くない様に思ふ時、此を作つて人に見せた所が面白い。彫刻のありがたみは圖題では無い。彫刻は彫刻で可いのだ。指一本でも足一本でも澤山なのだ。生《ラギイ》の無い「思ひ入れ」は下手な筋書きを見てゐる様な氣がして、馬鹿馬鹿しくてならないものだ。藝術は文句無しに直接《ぢか》に感じて來なくては面白くない。彫刻なら彫刻の技巧、TOUCHEとか、構造《コンストラクション》とか、表面の觸感とか、色感覺の調和とかが直ぐに或る感じを人に與へなければならない。技巧と圖題とを人に別々に考へさせる様では下らない。この猫にしても、其の本當の面白味は、猫が頸を持つて吊下げられてゐる滑稽趣味の所には存して居ない。猫の肉を作つた技巧、其の明るい所と暗い所との關係や物の質をあらはした軟かみ、そんなものが、さうとは明らかに人の意識に上らない內に早く猫の感じを人に與へてしまふ所に愉快な氣持ちが出て來るのだ。今言つた滑稽趣味などといふものは、其の後から附けたりに起つて來る事だ。其をのみ主にして作ると、其處から藝術の墮落がきざして來る。この猫は幸にして、僕の眼には然《さ》う考へて作られたものとは見えない。

やはり、猫が面白くて猫を作つたのだと思はれる。さて、一寸面白いにも拘らず、此の作に大きな價値が無いのは、深みが無いからだ。猫の後ろに動物が無いからだ。猫の背後に本當の生《ラギイ》が無いからだ。此は、何處から來てゐる結果かと言へば、第一には作家の人格趣味が然らしめたのだと言ふより外に言ひ様が無い。其の次には技巧がまだ至らないのだ。作家の人格趣味の方は嘴を入れる限りで無い。技巧の方から言へば、この猫に堅實性《ソリヂテエ》が足らない。此が第一に作の深みを淺くしてゐる。面《プレエン》が混亂してゐる。此が又深みを失はせてゐる。線が連續して居ない。此が氣分の集中を妨げて居る。」

かなり多弁を弄して一見賞めているようではあるが、結ぶさい、大きな価値がない、それは深みがないからだ、猫の背後に本当の生《ラ・ヴィー》がないからだ等々、決定的に否定している。

「山から來た男」については次のように書いている。

「顔を左に向けると、ぎよつとした。鐵漿溝《おはぐろどぶ》から出て來た様な六尺男が立つて居る。（朝倉文夫氏作、「山から來た男」）右の脚に力を入れて、左の手で熊の皮か何かを前にかかげ、下げた右の手で其の一端を持つて、正面を向いて頭の毛のぼうぼうと生えた男が立つてゐるのである。（中略）この作には作家が自然を觀じて作つたところが見える。贍寫でないところがある。此も僕を嬉しがらせた。と同時に、その觀じ方が皮相に止まつてゐた事を遺憾に思ふのである。作に深みの無いのは其處から來てゐるのであらう。「北條虎吉氏肖像」には此の深みがあつた。作の背後に無邊大の生《ラギイ》が見えてゐた。同じく自然を觀じても其の深淺によつて斯んな差が出來て來るのである。」

荻原守衛「北條虎吉氏肖像」評も多弁だが、肝心な評は「この作には自然のMOUVEMENTがある。面《プレエン》が研究されて居る。線がかなり流暢に行つてゐる。揚音《アクサン》がある。堅實性《ソリヂテエ》がある。深さがある。斯ういふ諸質が一團となつて、此迄の作品に見られなかつた人間の情緒を此の作に含ませた。此所が價値のある所である。此の作には人間が見えるのだ。從つて生《ラヸイ》がほのめいてゐるのだ」という個所であろう。

ちなみに鐵漿溝《おはぐろどぶ》は吉原遊郭の周囲にめぐらされた溝である。批判のための比喩としてはずいぶんと高村光太郎の品性を疑わせるといってよい。

『美術新報』一九一二（大正元）年一一月刊に掲載された「彫刻に關する二三の感想」は第六回公設展覧会の彫刻室の場内の感想を記したとあるが、ここでも朝倉文夫の作を論じている。

「最も世評に上つたものに「若き日の影」（朝倉文夫氏作）がある。此は、作者が其の弟君をモデエルにしたものであつて、作者の若き日の影に懷しんだ意が藏されてゐるのだといふ事である。一人の若者が斜めに後ろにした兩手を以て物に體軀を支へて立つてゐるところで、等身大の石膏像である。私が此の像に向つた時の第一の感じは、いかにも實物のやうであつて、なまなましてゐるといふ事であつた。そして、直ちに其が厭らしい感じに變つて行つた。見るに堪へない厭らしさである。實體を石膏に取つたもののやうな厭らしさであつた。此の厭らしさは何處から來たのであらう。言ふまでもなく、此の像が自然の理解なき盲寫であるからである。「肉」と動勢との理解なき一の影像であつて、然も其が技巧の力に由つて生《なま》の人間の肌を思はせるからである。卽ち優れた技巧が眞の技巧にならない例である。斯の如き皮相の盲寫は藝術に於いて最も恐るべき眩惑者となる。私の見る所では、此の彫刻の作者の如きは、その作の態度の根蔕に或る大きな變動のあるまで、到底彫刻といふ藝術の世界に踏み入り難いものである。」

朝倉文夫の彫刻の技術は認めているとはいえ、芸術家としての朝倉の全否定といってよい。朝倉の別の作品についてこう書いている。

「此の彫刻と同じ作者の作で、作者の最も得意とするものに「父と母の像」といふのがある。此もかなり世評に上つた作のやうであるが、やはり前同樣、自然の理解を缺いた、熟練の手腕に成つた似顔である。作者は此の像を製作した當時の感想を曾て公にされた事があるが、其を讀んでも如何に自然の邊隅に心を注ぐ事急であつて、自然が彫刻といふものに反譯せられてゆく、其の間の關係を考へる事に冷澹であつたかといふ事がわかる。彫刻の技巧そのものが、直ちに象徵的に其の父と母とになるといふ、間隙のない、貫いた自覺がなかつた事を思はせる。此の像を見て、一通り出來てゐると誰も思ひながら、尙ほ何か不足なもののあるやうに感ずるのは、此の肝腎な一點が作者の製作時に缺けてゐたのに基づく淺薄の空氣に因るのであらう。」

私怨によるのではないかと思われるほど烈しい罵倒である。しかし、もちろん私怨によるものではない。芸術観の相違にもとづく深刻な論評であった。しかし、この激越な批判を朝倉文夫はどううけとめたか。それなら高村光太郎自身の作品をもって答えたらよかろうと思ったとしてもふしぎでない。

※

「父との關係」において高村光太郎は次のとおり回想している。

「藝術界のことにしても既成の一切が氣にくはなかつた。藝術界に瀰漫する卑屈な事大主義や、けち臭い派閥主義にうんざりした。藝術界の關心事はただ榮譽と金權の事とばかりで、藝術そのものを馬鹿正直に考へてゐる者はむしろ下積みの者の中にたまに居るに過ぎないやうに見えた。日本藝術の代表者のやうな顔をしてゐた文展の如きも淺薄卑俗な表面技術の勸工場にしか見えなかつた。冠をした猿どもがそこで自派伸張の争ひでひしめき合つてゐるやうに感じた。義憤に堪へかねて、私はかなりきびしい批評や感想を書き、「スバル」や新聞などに二三年の間發表した。そのため多くの人の恨みをかひ、往來で闇打をしかけられさうになつたこともある。私は父の弟子たちに對しても用捨はせず、どしどし書いたので、父の立場はひどくまづいことになつた。私はバカ息子と呼ばれるやうになり、會などで父にあつた連中が、「御子息さんはおさかんですなあ。」などといふいや味を父にいふやうにもなつた。三年目くらゐの時その事を父が私に注意したので私も考へ、筆を曲げるよりも筆を折る方がいいと思つて、文展の批評は其後しないことにしてしまつた。父の派閥にとつて私は獅子身中の蟲となつたわけである。何しろ子供の頃から父の傍で育ち、多くの弟子たちの間に立ちまじつてゐたので、藝術界の內輪の情實、作家勢力の均衡、展覽會授賞の爭奪、銅像其他の製作請負の運動、他派排擊の感情などといふイヤな面を巨細に知つて居り、それらのことが今や反吐の出るほど愚劣に見えてくると、さういふ逐鹿場へ足を入れる氣がまつたく無くなつてしまつた。父の誇とする位階勳等とか、世間的肩書とか、門戶を張つた生活とか、顏とか、ヒキとか、一切のさういふものを、塵か、あくたか、汚物のやうに感ぜずにゐられず、父の得意とするところをめちやめちやに踏みにじり、父の望むところを悉く逆に行くといふ羽目になつた。汽車の中で話のあつた銅像會社はおろか、文展へは出品せず、勢力家を訪問せず、いはゆるパトロンを求めず、道具屋の世話を拒絕し、父の息のかかつた所へは一切關係せず、すすめられた美校敎授の職は引きうけず、何から何まで父の意志に反する行動をとるやうになり、父の方から見れば、何の爲に外國へまでやつて勉强させたのか、わけの分らない仕儀になつてしまつた。二代目光雲どころか、とんでもない鬼つ子が出來上つてしまつたのである。當人の私としてはただもつと本當の勉强がしたかつたただけなのであつた。」

「遍歷の日」には次のように書いている。

「彫刻界では父というものを拔きにしては僕を見ていない。彫刻界には父の勢力があるので、いたるところに父を氣がねしている。結局こいつが何を言ったつて僕の親父を意識しながらしやべつているという氣がすると、むだな氣がして始末に惡いので、彫刻家とはほとんど往き來しないように何となくなつてしまつた。展覧會などにも出さない方がいいと思つた——出せば落選させるわけにいかない。そうかと言つて、及第させるのは業腹だという考がある。結局僕が出さないから、みんな助かつていたろうと推察する。そんなわけで、いやしくも父のいきのかかつているものには關係しなかつた。僕はだんだん世の中からひつこんで彫刻界には出ないことにしたから、もとより彫刻の註文などはない。」

文展も当然父のいきがかかった展覧会にちがいない。そのために、高村光太郎は文展に出品しないことに決めたのであろう。

高村光太郎が派閥の勢力争いにまきこまれたくなかったという心情は充分に理解できるし、三年ほどで筆を折ったというのも賢い妥協であった。しかし、文展に出品しないことにした、ということはまったく愚劣であったし、美校教授に就職しなかったことも愚劣であったとしか思われない。

文展に出品するか、授賞するかどうか、は父光雲の派閥争いと区別して考えなければならなかった。じっさい、荻原守衛は文展に出品し、光雲のような後楯がなくても賞をもうけ、評判を得ていた。ことに朝倉文夫の作品をあれだけ痛罵しているのだから、精神の深い、生《ラ・ヴィー》のこもった作品とはどういうものか、示すべきであった。朝倉の側からの批判もありえたであろうし、朝倉の写生主義と高村光太郎のゴチック的精神との間の論争によって、彫刻とはどうあるべきか、思想も作品もふかまったのではないか。パトロンを求めないといっても、荻原守衛には相馬愛蔵・黒光夫妻というパトロン、および実兄の援助があったのだから、なまじ光雲の下請、下職をするよりもよほどましなはずである。

美校教授についても同じである。美校教授という立場にいれば、高村光太郎は彼の芸術思想、技法を普及するのに、これほど良い機会はなかったのではないか。また、当然、教育者としての義務を伴ったにしても、光雲の下請、代作よりはよほどましだったのではないか。

私には高村光太郎が父光雲の影響を危惧したあまり、採るべき道を誤ったとしか思われないし、結局は彼の我侭としか思われない。もっとも「出せば落選させるわけにいかない。そうかと言つて、及第させるのは業腹だという考が」あったということからみれば、落選させるわけにはいかないというのは父光雲の派閥の人々だろうし、及第させるのは業腹だと考えたであろう人々は反対の派閥であったにちがいない。そういう意味で文展に出品することは派閥争いのタネになったかもしれない。しかし、「業腹」だと考える人々も高村光太郎の作品を落選させることはできない、すぐれた作品と認めざるを得ない、と高村光太郎は自負していたにちがいない。

肝心なことは朝倉文夫批判がどこまで説得力をもつかにあり、高村光太郎の見解が正しいかどうかは、「生《ラギイ》」があるか、自然の見方が深いか浅いか、という抽象論にあるわけではない。高村光太郎の作品そのもので朝倉と対決すべきであった。

派閥争いを嫌うのが高村光太郎の我侭でないとすれば、現実性を無視した理想主義だと言いかえてもよい。高村光太郎は派閥争いを嫌うという建前で、朝倉文夫とその派閥との対決を回避したのではないか。

あるいは高村光太郎は臆病であったのかもしれない。私は本当のところ高村光太郎は理想主義者であったと考えている。その理想主義が現実と向きあって生じた矛盾が、彼と日本の彫刻界との離隔を生んだのではないか。彼の理想主義はその後もしばしば現実に直面して矛盾を生じたのではないか。

3

パンの会との関係について記したい。そのため、パンの会とはどういうものか、常識的な理解のため、『日本近代文学大事典』(一九七七年一一月刊、日本近代文学館編)の記述を引用したい。

「明治末期の耽美主義的文芸運動。明治四〇年から青年洋画家の石井柏亭、森田恒友、山本鼎らが創刊していた美術文芸雑誌「方寸」に、大学生で詩人の木下杢太郎、北原白秋らが寄稿家として加わり、美術と文学の交流を行って新しい近代文芸を育てようという杢太郎の発議から、四一年一二月パンの会は第一回の談話会を隅田川右岸両国橋に近い矢ノ倉河岸の西洋料理第一やまとで催した。パンの会のパンはギリシア神話のPAN(牧羊神または半獣神)である。同名の芸術家の会は世紀末のベルリンにもあって、同名の機関誌も発行されていたから、東京のパンの会は明治末年の近代芸術がいかに西洋主義に耽溺していたかが伺われる。あたかも印象派美術が日本人の心を魅惑しつつあった時代で、パリのセーヌ河畔に起こったカフェ文芸運動の刺激もあり、またヨーロッパの印象派画家たちは江戸芸術の浮世絵または錦絵板画の影響をうけていたから、パンの会にとって隅田川は東京のセーヌ川であり、西洋美術を通しての隅田河畔に漂う江戸の面影は、むしろ異国情調としてパンの会の詩人や画家の心を誘った。両国橋畔にまず会場を求めたのもそのためである。杢太郎や白秋はアメリカ生れのイギリス印象派画家ホイッスラーのノクターン、シンフォニー、アレンジメントなどのタイトルのある絵画から印象主義の詩を作り、すでに頂点に達していた象徴主義から脱出した。これはまず第一に挙げねばならぬパンの会運動の成果である。第一回のパンの会は「方寸」の石井柏亭、山本鼎、森田恒友、詩人は杢太郎、白秋のほか、吉井勇、石川啄木だけという淋しさだったが、同年一一月に詩人たちが属した新詩社の「明星」が一〇〇号で廃刊し、翌四二年一月から「スバル」が創刊されると、パンの会も実質的に「スバル」を中心とした若い詩人たちの文芸運動となっていき、四二年から翌四三年にかけて最も盛況をきわめた。はじめ月一回第二土曜の夜を定例としていたのが、多いときは毎週、すくなくとも月二回の土曜の夜に催され、ヴィナス（美神）の会はしだいにバッカス（酒神）の会の様相を呈し、明治四二年一〇月の日比谷松本楼、四三年一一月の日本橋大伝馬町堀留の三州屋、四四年二月の浅草雷門よか楼などの大会となった。また明治四三年になると前年創刊の「スバル」につづいて「白樺」「三田文学」「新思潮（第二次）」が創刊し、その同人たちもパンの会に合流した。松本楼の大会では自由劇場旗揚げを前にした小山内薫、市川左団次などの演劇人も加わり、白秋はのちにパンの会の機関誌「屋上庭園」第二号発禁の原因となった官能詩『おかる勘平』の自作朗読をし、三州屋の大会では「スバル」「白樺」「三田文学」「新思潮」の同人が合流し、長田秀雄、洋画家柳啓助の祝入営の貼り札に高村光太郎がわざと黒枠を描き込んで反軍国反政府の黒枠事件で社会の注目をあつめた。いずれも天皇制擁護のための社会主義または自由主義弾圧政治の犠牲となった大逆事件（幸徳事件）の前夜時代である。四四年になるとそれまで反パンの会の立場にあった「早稲田文学」などもパンの会の消息を掲載したが、よか楼の大会を最後の思い出としてパンの会は明治とともに終焉を告げた。（野田宇太郎）」

高村光太郎が帰国したのが一九〇九（明治四二）年七月だから、すでにパンの会が第一回の会合を開いてから半年余り経っている。その翌一九一〇年には『新思潮』（第二次）が創刊されて同誌に谷崎潤一郎が「刺青」を発表、同年、武者小路実篤、志賀直哉らの『白樺』が創刊している。高村光太郎はパンの会についてくりかえし回想記を書き、語っているが、もっとも詳しいと思われる、一九三六（昭和一一）年三月刊の『邦画』に発表した「ヒウザン會とパンの會」から引用して、パンの会と高村光太郎のかかわりを見ることにする。全集解題に「琅玕洞、フュウザン会、パンの会その他さまざまな事柄が同時的に語られているので、年代の相互関係については注意して読む必要がある」と記されているとおりなので、注意することとし、まず、パンの会に関する記述に限って引用する。

「當時、文壇では若冠の谷崎潤一郎が「刺青」を書き、武者小路實篤、志賀直哉等によつて「白樺」

が創刊され、藝苑のあらゆる方面に鬱勃たる新興精神が瀰つてゐた。

「パンの會」はさうしたヌウボオ　エスプリの現はれであつて、石井柏亭等同人の美術雑誌「方寸」の連中を中心とし北原白秋、木下杢太郎、長田秀雄、吉井勇、それから私など集まつてはよく飲んだものである。

別に會の綱領などと言ふものがあるわけではなく、集ると飲んで虹のやうな氣焔を擧げたのであるが、その中に自然と新しい空氣を釀成し、上田敏氏など有力な同情者の一人であつた。

パンの會の會場で最も頻繁に使用されたのは、當時、小傳馬町の裏にあつた三州屋と言ふ西洋料理屋で、その他、永代橋の「都川」、鎧橋傍の「鴻の巣」、雷門の「よか楼」などにもよく集つたものである。

三州屋の集りの時は芳町の藝妓が酒間を斡旋した。

パンの會は、當時、素晴らしい反響を各方面に與へ、一種の憧憬を以て各方面の人士が集つたもので、少い時で十五六人、多い時は四五十人にも達した。異様の風體の人間が猛烈な氣焔をあげるので、つひには會場に刑事が見張りをするやうになつた。

詩人では當時の名家が殆んど顏を出したし、俳優では左團次、猿之助、段四郎、それに「方寸」の連中、阿部次郎はじめ漱石門下、潤一郎、荷風の一黨など、兎も角盛なものであつた。」

集った人々が当時は若かったにちがいないが、後に名をなした人々もまじえ、現在では考えにくい芸術各界からの豪華な集りであった。高村光太郎が後に「寂寥」にうたったように、また漱石の「行人」中の言葉にみられるように、何処へ行くべきか、誰もが目指すべき道を求めていたのかもしれない。それにしても、明治四〇年代、わが国の財政はまったく行詰まっていた。増大する軍事費を中心とする経費の増大、外債の借入、利払の重圧等により、不況にあえいでいた。そうした経済状況の下において、芸術家がはたして存続し得るのか、といったことは、たぶん芸術の各分野の個人として意識していなかったにせよ、感じとっていたことは考えられる。その政治的側面が大逆事件となって顕在化したともいえるのではないか。

引用の続きを読む。

「松山省三が「カフエ　プランタン」をはじめたのもその頃であり、尾張町角には、ビヤホール「ライオン」があつて人氣を獨占してゐた。ライオンではカウンター臺の上に土で作つたライオンの首が飾つてあつて、何ガロンかビールの樽が空くと、その度毎にライオンが「ウオ　ウオ」と凄じい吽り聲を發する仕掛であつた。

「カフエにて」と題する當時の短い詩に、

泥でこさへたライオンが
お禮申すとほえてゐる
肉でこさへたたましひが

人こひしいと飲んでゐる

〇

無理は天下の醜悪だ
人間仲間の悪癖だ
酔つぱらつた課長殿よ
さめてもその自由を失ふな

といふのがある。

永代橋の「都川」で例會があつた時、倉田白羊が酔つぱらつて大虎になり、橋の鐵骨の一番高いところへ攀ぢ登つたが川風で酔ひが醒めて、さてこんどは降りられない。野次馬がたかつて大騒ぎになつたことがあつた。白羊の眼が悪くなつたのは、たぶんこんな深酒が祟つてゐるのだらう。」いい年をした大人の馬鹿騒ぎはただ呆れるばかりだが、おそらく明治四〇年代の青年たちの何処へ行ったらよいか分らぬ焦燥と鬱屈の結果だったのであろう。

この時期について「父との關係」では次のとおり回想している。一九一〇年四月荻原守衛が急死し、「ひどい打擊をうけ、語るに足る彫刻家が日本に一人も居なくなつたやうな氣がした」時期である。「一方文壇では數年前から日本式自然主義が勢を得て、いはゆる星と菫の幼稚ロマンチスムの本元であつた初期「明星」は、私が巴里に居た時、一九〇八年に、田中王堂のひどく長い退屈な論文をのせた百號で廢刊となり、一九〇九年二月には自然主義への對抗素としてのネオ　ロマンチスム的意義を持つた「スバル」が森鷗外を顧問格に擁して吉井勇、木下杢太郎、北原白秋、長田秀雄等によつて創刊された。常識打破、順俗輕侮のこれら青年の一團は勢のおもむくところ、いはゆるデカダン派と稱せられる行動性をも持つに至り、その發露はパンの會となつて、當時の一部の文藝、藝術界を震撼させた狂瀾怒濤時代を現出させた。私は歸國すると丁度それにぶつかり、たちまちその渦中にまきこまれた。それに刺戟されて私の晩稲《おくて》の青春が爆發した。一方勉強もよくしたが、さかんに飲み遊び、實に手のつけられない若者となり、パリの社會になれた生活を目安にして、あらゆる方面の舊體制《エンシエン　レジイム》に楯ついた。自分では此世のうそつぱちを拂ひのけて、眞實をひたすら求めてゐたつもりでゐたのである。親類縁者や他人からは札つきの不良のやうに目されながら、自分では無二の良心を研いでゐたつもりでゐた。良心に從へば從ふほど、世間のおきてと逆になり、むろん要領のよい生活法などは出來なくなつた。結局父の脛を齧りながらあばれてゐたといふことになる。一方で勉強もするので、父はこれは若者としての一時的現象であつて、程なく又もとのおとなしい、いいむすこにかへり、世の中の枠にもうまく納まるものとたかをくくつてゐたやうである。なるほど、あばれることは後になくなつたが、世俗への反抗が根深い本質的のものであつたことに父は氣がつかなかつたやうに思へる。」

全集別巻所収の北川太一の「高村光太郎聞き書」では「パンの会の頃のお話を伺いたいのですが」

という問いに答えて、次のとおり語っている。

「入ったのは自然の勢で、もとの『明星』の仲間の続きだ。しかし、何だかしっくりしないで、みんなが有頂天になっている時、こっちが一緒になれず、席を外して帰って来たこともある。杢さんなんかがやっぱり中心で、よく議論した。」

途中だが、世の中を震撼させた、といっても、彼が話しているとおりの文壇、画壇、演劇界などの人々が一堂に、かつ、かなり頻繁に会合を重ねることが珍しかったからであって、私はパンの会からはいかなる成果もえられなかった、と考える。北原白秋の『邪宗門』(一九〇九年刊)も『思ひ出』(一九一一年刊)にも、また木下杢太郎の詩、戯曲などにもパンの会の影響は認められない。

北原白秋、木下杢太郎は高村光太郎より二歳年少であり、高村光太郎は滞欧米体験を経ていた。彼らとそう話がはずむことはありえなかった。吉井勇の

夜ふかくうなだれ帰る友も知る酔うてさびしく往く友も知る
パンの会の片隅にしてさびしげに酒を酌みゐし友を忘れず

の二首を引用して北川太一は「「泥七宝」の頃の光太郎を歌った吉井勇の短歌」とその著『高村光太郎』に記している。パンの会の喧騒の中にあっても、乱酔していても、なお高村光太郎は孤独であったに

ちがいない。彼と話し合えるような知友は一人もいなかったはずである。北川太一の「聞き書」の続きを引用する。

「あの頃の議論のやり方はなかなかよかったと思うが、主張がどうちがっていてもかまわなかった。ここまでは一致する、ここから先はこう違っている、という風にお互いによく聞いてはっきり確認し、認めあった。だからどんなに烈しくても喧嘩にならなかった。

会は、決められた場所に集まる。司会も進行もない。集まった者から飲みはじめる。芸者が来る。方々で議論がはじまる。人生論などには余りゆかない。真面目な方にはゆかない。文学や美術のことが主で、例えば、左団次のあそこが良かった、あそこが悪かった等とやっていると、左団次が聞きつけて、「一体どこが悪いんだ」とやってくる。「そう、そういう風にゆけばいいんだ」なんてそこではじまる。そういった風だった。随分論客もいた。阿部次郎なんかも来たな。大会というのは外のお客を呼んで、案内を出す時なんかのことです。

会費は五円を越えなかった。当時としては高かったかな。会計は柏亭がやった。会計が危くなると、「今日の会はこれで一応終ります。話のある人は残ってもかまいません」って言って会を終りにしてしまう、そんなこともあった。

金粉酒というのは、ダンヒッチという酒で、金粉が沈んでいた。飲んでも別に毒にならないからなに、リキュールの甘いやつですよ。」

「パンの会ではどんな人と親しかったのですか」という質問にはこう答えている。

「パンの会の仲間では、強いて言えば杢さんかな。吉井勇でも何でも飲めば面白いからつき合ってたけど、みんな飲み友達で、かえってリーチなんかと近かった。

『白樺』の人達ともいつも会っていたってわけじゃない。結局、文壇とか芸壇とかいうものとは関係がなかった。今でもそうだな。彫刻家では荻原守衛。」

荻原守衛はパンの会とは関係がないのだから、ここで彼の名前が出てくるのは甚だ唐突である。むしろ、しいていえば木下杢太郎があげられるだけで、要するにパンの会において友人はいなかった、という意味であろう。

それはパンの会が何の主義、主張ももたない、いかなる目的もなく、ただ親交をあたため、芸術論をたたかわし、あるいは飲酒を共にするための集まりだったからであろう。それがパンの会から何の成果も生れなかった所以であると思われる。また、パンの会において高村光太郎が孤独だったのは高村光太郎の性格にもよるだろう。つまり、彼のように文学、美術の双方について関心と造詣のふかい詩人や美術家はいなかったし、「緑色の太陽」のような評論を書ける人物もいなかったし、そもそも『暗愚小傳』中の「山林」に書いたように彼は「生來の離群性」をもっていた。人には群れるのが好きな人と嫌いな人がある。社交上、人が社会生活を営む以上、ある程度、群れることに馴れ、親しみ、耐えることが必要だが、彼は群れることについに馴れることができにくい自己の持主であった。

それがまた、彼の社会生活において、始終、矛盾をかかえることとなった。パンの会の当時、彼は二十七、八歳だったが、パンの会の会費はもちろん、これからその足跡を辿ってみようとしている吉原等の遊興費も結局光雲から恵まれていた。たとえ、若干下職、下請のような仕事をしたにせよ、社会的に成熟した一個の人間ではなかった。しかもあらゆる社会的秩序に反逆して自己に固執する烈しい意志をもっていた。こうした生き方は彼のかかえていた矛盾としか私には思われない。

そうはいっても、高村光太郎が北原白秋、木下杢太郎らの作品からまったく影響をうけなかったといえば、それも間違いであろう。全集の解説によれば、『道程』所収「泥七寶㈠」の創作は一九一一（明治四四）年七月から始まると推定されるが、その冒頭の三篇の小品は次のとおりである。

○

ちらちらと心のすみに散りしくは
泥七寶か、眼に見えぬ
羽蟻の羽根か、ちらちらと
掃きすつるもいとほし

家を出づるが何とてかうれしき
夜《よる》になれば何とてか出づる
どうせ夜更けにうなだれては歸るものを

○

きりきりと錐をもむ
用はなけれど錐をもむ
錐をもめば板の破るるうれしさに

北川太一が引用した吉井勇の短歌は一はこの小品の第二の発表後の作かもしれない。彼らの間に心情の交流があったことは疑問の余地がない。しかし、「きりきりと錐をもむ」の小品第三は当時の高村光太郎の傑作の一である。ここにはリリシズムもロマンティシズムもない。デカダンスの心情のじつに見事な切り出しがある。こうした短い小品であってもなお詩であることを高村光太郎は『思ひ出』や後に『竹枝』に収められた木下杢太郎の作から学んだのではないか。まず、北原白秋の「時は逝く」(『思ひ出』所収)を引く。

時は逝《ゆ》く。赤き蒸汽の船腹《ふなばら》の過ぎゆくごとく、
穀倉《こくぐら》の夕日のほめき、
黒猫《くろねこ》の美くしき耳鳴のごと、
時は逝く。何時《いつ》しらず、柔かに陰影してぞゆく。
時は逝く。赤き蒸汽の船腹の過ぎゆくごとく。

新鮮な感覚だけで成り立っているような詩だが、その新鮮さはいまだに古びていない。次に木下杢太郎の「こぞの冬」を引く。『スバル』一九一〇年一〇月刊に発表された作である。

十一月の風の宵に
外套の襟を立てて
明石町の河岸を歩いたが
その時の船の唄がまだ忘れられぬ。
同じ冬は來《きた》れども
また歌はひびけども

なぜかその夜が忘れられぬ。

しみじみした情緒が心をうつ作だが、情緒を除けば何もない詩である。しかし、こうした小品が、「泥七寶」を書いたさい、近代詩の形式として成り立つことを教えていたであろう。パンの会自体よりも、北原白秋以下の人々の作品から高村光太郎は多くを学んだ。逆に、高村光太郎におけるようなデカダンスを北原白秋らが体験したかどうかは疑問である。

※

ここで「失はれたるモナ・リザ」の女主人公、吉原、河内楼の若太夫とのかかわりを探ることにする。「ヒウザン會とパンの會」からの引用の続きである。

「「パン」の會の流れから、ある晩吉原へしけ込んだことがある。素見して河内樓までゆくと、お職の三番目あたりに迚も素晴らしいのが元祿髷に結つてゐた。」

ことわるまでもないと思うが、素見はひやかし、お職は『岩波古語辞典』によれば、吉原遊郭で、それぞれの女郎屋で上位の遊女をいう。

「元祿髷といふのは一種いふべからざる懷古的情趣があつて、いはば一目惚れといふやつでせう。

參つたから、懷ろからスケッチ　ブックを取り出して素描して歸つたのだが、翌朝考へてもその面影が忘れられないといふわけ。よし、あの妓をモデルにして一枚描かうと、繪具箱を肩にして眞晝間出かけた。ところが晝間は髮を元祿に結つてゐないし、髮かたちが變ると顏の見わけが丸でつかない。いささか幻滅の悲哀を感じながら、已むを得ず昨夜のスケッチを牛太郎に見せると、まあ、若太夫さんでせう、といふことになつた。

いはばそれが病みつきといふやつで、われながら足繁く通つた。お定まり、夫婦約束といふ惚れ具合で、おかみさんになつても字が出來なければ困るでせう、といふので「いろは」から「一筆しめし參らせそろ」を私がお手本に書いて若太夫に習はせるといつた具合。

ところが、阿部次郎や木村莊太なんて當時の惡童連が嗅ぎつけて又ゆくといふ始末で、事態は混亂して來た。殊に莊太なんかかなり通つたらしいが、結局、誰のものにもならなかつた。

一年ばかり他所へいつてしまつて、又吉原へ戻つて、年が明いたので、年明けの宴を張つた。

阿部次郎が通つたのが判つた次第は、彼がやつて來て、談偶々その道に及び「君と僕とは兄弟だぜ」といつたことからである。よくあることだが、私にとつては大事件だつたわけだ。」

阿部次郎が高村光太郎に兄弟だといったのは同じ女性と性交渉をもっているという趣旨である。

「若大夫がゐなくなつてしまふと身邊大に落莫寂寥で、私の詩集「道程」の中にある「失はれたるモナ・リザ」が實感だつた。モナ・リザはつまり若太夫のことで、詩を讀んでくれれば、當時の心境が判つて呉れる筈である。」

この文章に続けて「失はれたるモナ・リザ」をこの文章は引用している。

吉原の太夫ともいわれる女性は禿の時代から読み書きはもちろん、女性として一流の教養を身につけさせるものだと思っていたが、若太夫は時代も違い、格も違い、読み書きができなかったようである。それでも太夫と称して差支えないように時代と風俗が変っていたのであろう。そんな教養のない女性に惚れこみ、足繁く通って結婚の約束までするというのは三〇歳に近く、しかも自活能力のない青年として高村光太郎は常軌を逸している。

ここで、どうしても『道程』の冒頭に配された「失はれたるモナ・リザ」を引用しなければならない。

モナ・リザは歩み去れり
かの不思議なる微笑に銀の如き顫音《せんおん》を加へて
「よき人になれかし」と
とほく、はかなく、かなしげに
また、凱旋の将軍の夫人が偸視《ぬすみみ》の如き
冷かにしてあたたかなる
銀の如き顫音を加へて

しづやかに、つつましやかに
モナ・リザは歩み去れり

モナ・リザは歩み去れり
深く被はれたる煤色《すすいろ》の假漆《エルニ》こそ
はれやかに解かれたれ
ながく畫堂の壁に閉ぢられたる
額ぶちこそは除かれたれ
敬虔の涙をたたへて
畫布《トワアル》にむかひたる
迷ひふかき裏切者の畫家こそはかなしけれ
ああ、畫家こそははかなけれ
モナ・リザは歩み去れり

モナ・リザは歩み去れり
心弱く、痛ましけれど

手に權謀の力つよき
晝みれば淡綠に
夜みれば眞紅《しんく》なる
かのアレキサンドルの靑玉《せいぎよく》の如き
モナ・リザは步み去れり

モナ・リザは步み去れり
我が魂を脅し
我が生の燃燒に油をそそぎし
モナ・リザの唇はなほ微笑せり
ねたましきかな
モナ・リザは淚をながさず
ただ東洋の眞珠の如き
うるみある淡碧《うすあを》の齒をみせて微笑せり
額ぶちを離れたる
モナ・リザは步み去れり

モナ・リザは歩み去れり
かつてその不可思議に心をののき
逃亡を企てし我なれど
ああ、あやしきかな
歩み去るその後《うしろ》かげの慕はしさよ
幻の如く、又阿片を燔《や》く烟の如く
消えなば、いかに悲しからむ
ああ、記念すべき霜月の末の日よ
モナ・リザは歩み去れり

全文を引用したのは、あらかじめ教えられていなければ、この失われた「モナ・リザ」が吉原の娼妓若太夫を指すことはまったく読者に知られないように、この詩が書かれているからである。この「モナ・リザ」は、あたかも額縁からぬけ出たモナ・リザのような貴婦人が別れにさいして、「よき人になれかし」と教え訓して、去ってゆく後姿の慕わしさ、いとおしさを典雅にうたいあげている。これはいうまでもなく若太夫との別れの陽画である。その陰画はもっとどろどろした遊郭の娼婦との別れであったにちがいない。若太夫との離別をこのように美化した作者は、彼自身の行動を美化し、正当化したかったのであろう。

一九一〇（明治四三）年四月刊の『スバル』に発表した「LES IMPRESSIONS DES OÛONNAS（À MA BIEN-AIMÉE AU CAOÛATCHI-LEAU.）」と題する四篇の詩がある。「女たちの印象（河内楼の私の恋人に）」という意味の四篇の詩はフランス語で一部が書かれ、フランス語を解しないかぎり、理解できない作品である。四連から成るその第一作「TU VOIS?」（分かるか）の最終の第四連は次のとおりである。

CE N'EST PAS LA CONFESSION.
PAS, POURTANT, LA MENSONGE.
ECOUTEZ MES IMPRESSIONS
DES OÛONNAS DANS LES CAGES.
TU VOIS? TU VOIS? ああ、ああ、悲しき女よ。

拙訳を試みれば次のとおりである。

これは告白ではない。

しかし、嘘ではない。
我が印象に耳を澄ませて聞け、
檻の中の女たちの印象に。
分かるか、分かるか、悲しき女よ。

おまえたちは、いわば籠の鳥、檻の中の獣だ、という印象を私がもっていることを分っているのか、という意味であろう。

第四作の「POUSSE-POUSSE À LA GUM-WA〔ゴム輪の人力車〕」は、その第二連

『髭つてものはやつぱり好いものね』
河内樓の二階に
UNE FEMME DÉSESPÉRÉE, SE COUCHANT AU LIT BIEN SACRÉ,
MURMURE LENTEMENT ET FRISSONNE BRUSQUEMENT BIEN TROUBLÉE.

この第三、四行の拙訳も試みることとする。

絶望した女は聖なる床に横たわり
ゆっくりと呟き、ひどく不安になり、にわかに顫える。

第二の作「LE SOURIRE CACHÉ〔隠された微笑〕」の第四連に

ああ、河内樓の階上に、
余の肉と魂の避難所に、
またも、またも
LA JOCONDE の唇を見んとは知らざりき。

とある。
高村光太郎は若太夫との交渉が娼婦との関係であることを、当然のことだが、充分承知していた。その放蕩の結末を美化したのが「失はれたるモナ・リザ」であった。
若太夫に対する未練はその後もしばらく続いたようである。「失はれたるモナ・リザ」を発表した翌年、一九一一（明治四四）年一月作、『スバル』二月号の「畫室の夜」の第七行以下の次の三行

今もわが頭の中に微笑せる彼の人を思へば
繪具と畫布とは兒戯に近し
　——藝術は唯巧妙なる約束の因襲なるを——

は繪の中のモナ・リザよりも生身の若太夫が恋しいということだろうし、同じ一九一一（明治四四）年七月六日作の「地上のモナ・リザ」も去っていった若太夫への未練をうたった作であり、かつ、彼女を美化し、聖化し、非現実の人格として閉じ込めてみたいという願望を表現しているといえるだろう。

モナ・リザよ、モナ・リザよ
モナ・リザはとこしへに地を歩む事なかれ
石高く泥濘《ぬかるみ》ふかき道を行く
世の人人のみにくさよ
モナ・リザは山青く水白き
かの夢のごときロムバルヂアの背景に
やはらかく腕を組み、ほのぼのと眼をあげて
ただ半身をのみあらはせかし

思慮ふかき古への畫聖もかくは描きたりき
現實に執したる全身を、ああ、モナ・リザよ、示すなかれ

われはモナ・リザを恐る
地上に放たれ
ちまたに語り
汽車に乘りて走るモナ・リザを恐る
モナ・リザの不可思議は
假象に入りて美しく輝き
咫尺に現じて痛ましく貴し
選擇の運命はすでにすでに余を棄てたり
余は今もただ頭をたれて
モナ・リザの美しき力を夢む
モナ・リザよ、モナ・リザよ
モナ・リザは永しへに地を歩むことなかれ

全集の解題には「地上のモナ・リザ」の項に、「ルーブル美術館でモナ・リザ紛失事件があったのは、翌月二十二日のことだった」とあるが、紛失事件は翌月のことであれば、この作品とは関係あるまい。高村光太郎の憧れたモナ・リザは吉原の娼婦にちがいなかったが、それはあくまで仮象、非現実の存在であり、本来は画架の中に閉じこめる存在でなければならず、「咫尺に現じ」る市井の女性であってはならなかった。

※

「ヒウザン會とパンの會」からヒウザン会に関する記述を引用する。

「私が永年の歐洲留學を終へて歸朝したのは、たしか一九一〇年であった。（一九〇九年の誤り——筆者注）

當時、わが洋畫界は白馬會の全盛時代であつて、白馬會に非ざるものは人に非ずの概があつた。しかし、舊套墨守のさうしたアカデミックな風潮に對抗して、當時徐々に新氣運は動きつつあつた。その頃、有島生馬、南薫造の諸氏も歐洲から歸朝したばかりで烈々たる革新の意氣に燃えてゐた。

私が神田の小川町に琅玕洞と言ふギヤラリーを開いたのもその頃のことで、家賃は三十圓位、緑色の鮮かな壁紙を貼り、洋畫や彫刻や工藝品を陳列したのであるが、一種の權威を持つて、陳列品は總て私の見識によつて充分に吟味したもののみであつた。

店番は私の弟に任し切りであつたが、店で一番よく賣れたのは、當時の文壇、畫壇諸名家の短册で、一枚一圓で飛ぶやうな賣れ行きであつた。これは總て私たちの飲み代となつた。」

「父との關係」では琅玕洞についてこう記している。

「パリには既に昔から、「ベルネーム　ジユーン」とか、「ドルーエ」とかいふやうな美術商のギヤラリーがたくさんあつて、個展や小展覽會開催に不自由はない。ところが日本にはその頃そんなものは一軒もなかつた。新しい美術作家などは自分の作品を發表することすら出來なかつた。それでどうしても小さいギヤラリーが必要と思つて、父に說いて神田淡路町に「琅玕洞」といふ小さな店をつくつた。名前は「卽興詩人」の中からとつたのである。一つには私の次弟の道利《みちとし》といふ男の生活の道をつける爲でもあつた。道利は外國語學校の獨語科を出たのだが、私以上の偏屈者で、どんな勤め口にも適せず、ただ家にぶらぶらしてゐて、父も弱り果ててゐたので、これをその琅玕洞の管理にあたらせ、出來れば美術商に育て上げたら、といふ腹があつて、父も珍らしくこんな私の提案に同意したのである。店を開いた年月は今忘れたが、これは「スバル」のバツクナンバーを見れば分る。道利が店の二階に起居し、婆やさんを一人置いて一切の世話をしてもらひ、ギヤラリーの陳列などは私が時々出かけて工夫した。壁はすべて青漆色の紙張りで、床は赤い煉瓦。一まはり棚があつて、壁面にはいつでも新進作家の畫を並べた。古美術品、例へば天平佛などの模造なども商品として置いた。齋藤與里治、柳敬助、荻原守衛（遺作油繪）、津田青楓、其他、後には岸田劉生などの畫も並べ、又私自身のも隠居所のアトリエで何か畫をかき上げるとここへ持ちこんで並べた。その頃の歌人の短册がひどくよく賣れた。畫を買ふ人はなかなか無かつたが、美術學生はよく見に來た。」

全集年譜によると、琅玕洞が開いたのは一九一〇（明治四三）年四月一五日、場所は神田淡路町一番地であった。この年の記事の冒頭に「モナ・リザと呼んだ吉原河内楼の娼妓若太夫（真野しま）との、結婚まで考えた恋愛が始まる」とあり、四月『早稲田文学』にゴーガンを紹介、『スバル』に評論「緑色の太陽」を発表した。こうした時期に琅玕洞が発足したのだから、多忙をきわめたにちがいない。

驚くことはこの当時は一軒の画廊も東京になかったという事実であり、高村光太郎が琅玕洞を発想したことの先見性は注目してよい。どういう作品を陳列するか、「ヒウザン會とパンの會」では高村光太郎が「總て私の見識によつて充分に吟味したもののみ」を陳列したとあり、「父との關係」では「陳列などは私が時々出かけて工夫した」といい、両者に若干のくいちがいがあるが、道利には見識もなければ畫家、文学者等に知己もないのだから、前者の記述が正しいであろう。

これらの記述を読んで不可解なのは、いったい琅玕洞の経営者は誰なのか、はっきりしていないという事実である。道利は「管理」にあたり、「出來れば美術商に育て上げ」たい、という考えであれば、父光雲は画廊琅玕洞の経営の責任者は高村光太郎自身と考えていたにちがいない。しかし、高村光太郎には経営責任者としての自覚がまったくなかった。

「當時の文壇、畫壇諸名家の短册」が「一枚一圓で飛ぶやうな賣れ行きであつた。これは總て私たちの飲み代となつた」と「ヒウザン會とパンの會」に書いているのを讀むと、私はわが眼を疑う。たとえば当時もいまも與謝野晶子の短冊など人気があり、彼女の短冊の売上も高村光太郎とその仲間たちの飲み代になったとすれば、非倫理的、反道義的であるが、後にみる「琅玕洞文書」によれば、「二売」の項に、六月二五日三〇銭、與謝野氏短冊三枚手数料とあり七月二四日、二五日、八月二三日、二六日、九月四日、六日といったように、一〇銭の手数料を支払っているようだから、一圓の売上の内、九〇銭は短冊一枚につき與謝野晶子に支払われたとみてよいであろう。高村光太郎らの飲み代になったのは吉井勇ら彼の仲間たちの売上だったと思われる。

しかし、「ヒウザン會とパンの會」は続いてこう記している。

「私はこの琅玕洞で氣に入つた畫家の個展を屢開催した。(勿論手數料も會場費も取らず、賣り上げの總ては作家に進呈した。) 中でも評判のよかつたのは岸田劉生、柳敬助、正宗得三郎、津田青楓諸氏の個展であつた。」

この文章についても「勿論」とはじまる括弧内の考え方に私は唖然とする。画廊が手数料も会場費も受取ることなく、売上の全額を画家に支払っていたら、画廊の経営が成り立つはずがない。経費はすべて赤字になり、その赤字は結局父光雲が負担したにちがいない。ここでも高村光太郎はまことに無責任であり、光雲への甘えがある。その性格として江戸ッ子的見栄もあったかもしれない。こうした営業方法をしながら、道利を一人前の美術商に育て上げられるはずがない。おそらく画商はあらゆる商売の中でももっとも難しい商売の一つであろう。現在のように夥しく画廊の存在する時代でも、どのような画家を取扱うか、どの程度の値段で売るか、等を決めることは難しいし、実力もないのに授賞歴等などで値段をつりあげたり、将来性があるかのように錯覚させて売りつけたり、怪しげな画商が百鬼夜行している感がある。わが国はじめての画廊琅玕洞を経営するにはよほど絵画に眼が利き、買ってくれるような知人に顔が広く、妥当な価格、利潤をあげて売ることが必要であった。高村光太郎は理想主義者であった。わが国にも画廊が必要と感じた先覚者であった。しかし、画商ないし画廊の経営者として地に足がついていなかった。

さて、「ヒウザン會とパンの會」から、ヒウザン会に関する記述を引用する。

「ヒウザン會は、丁度その頃、新進氣鋭の士の集合であり、當時洋畫界の灰一色のアカデミズムにあきたらぬ連中の息抜き場であつた。

琅玕洞を本據として、多士濟々、大體三つのグルウプに分れ、中でも一番勢力のあつたのは岸田劉生及その友人門下生の一團であつて、私も大體に於て岸田のグルウプであつた。その他、川上凉花、眞田久吉、萬鐵五郎を中心とする一派、齋藤與里を中心とする一派等に分れてゐた。

われわれヒウザン會同人は、當時、殆んど毎日のやうに本郷白山の眞田久吉の下宿に集合して、氣焔を擧げてゐたものであるが、期熟して、その秋、第一回展を京橋角にあつた讀賣新聞の樓上に開催した。それが又ひどい會場で、天井板のやうにガタピシする床には少からず閉口した。

私は油繪三點、彫刻を一點出品したが、岸田劉生は一室を占領し、萬鐵五郎また多數を出陳して氣勢をあげた。眞田久吉の印象派風の作品など當時にあつては尖端をゆくものであつた。この第一回展で特に記憶に殘つてゐるのは、先頃逝去した吉村冬彥氏（寺田寅彥博士）が夏目漱石氏と連れ立つて來場され私の油繪や齋藤與里の作品を賣約したことである。當時洋畫の展覽會で繪が賣れるなどと言ふことは全く奇蹟的のことで、一同嬉しさのあまり歡呼の聲をあげ、私は幾度びか胴上げされた。

翌年、第二回を開いたが、間もなく仲間割れでちりぢりに分裂し、私や岸田は新たに生活社を起した。この系統が彼の草土社となつたのである。」

一九四五年一月刊の『美術』に掲載された談話筆記「回想錄」では、「フユーザン會といふ名は齋藤與里さんがつけたのである」といい、「あんなに熱つぽい運動といふものは少い。然し中に二色あるのが矢張別れるもとで、齋藤さんなどの方は多少社會運動のやうな意味で道樂氣があつたが、岸田さんの方は本當にむきな藝術運動の積りであつた。それで二回位やつたけれど別れて了ひ、生活社といふのを拵へ、私は其の方に入つた」と語り、結論的に「いつの場合でも、私は運動の中心になるといふのではなく、傍系のやうな形でやつて居たと言へるであらう」としめくくっている。

※

さて若太夫と別れてもパンの会の狂燥は続いていた。「ヒウザン會とパンの會」では、「失はれたるモナ・リザ」を引用した後、次のとおり続けている。

「雷門の「よか樓」にお梅さんといふ女給がゐた。それ程の美人といふんぢやないのだが、一種の魅力があつた。ここにも隨分通ひつめ、一日五回もいつたんだから、今考へるとわれながら熱心だつたと思ふ。」

熱心などというものではない。狂気の沙汰というべきである。費用は光雲の懐から出ていたにちがいないから、光雲はずいぶんと太っ腹でもあり、甘やかしていたという感がつよい。

「「よか樓」の女給には、お梅さんはじめ、お竹さん、お松さんお福さんなんてのがゐて、新聞に寫眞入りで廣告してゐた。私は晝間つから酒に醉ひ痴れては、ボオドレエルの「アシツシユの詩」などを飜譯口述してマドモワゼル　ウメに書き取らせ、「スバル」なんかに出した。

わが顏は熱し、吾が心は冷ゆ
辛き酒を再びわれにすすむる
マドモワゼル　ウメの瞳のふかさ

といつた有様だつた。當時は又短歌もやつてゐたが

かの雲をわれは好むと書きをへしボードレールが酔ひざめの顔

などといふ歌が出來た。

一にも二にもお梅さんだから、お梅さんが他の客のところへ長く行つてゐたりすると、ヤケを起して麥酒壜をたたきつけたり、卓子ごと二階の窓から往來へおつぽりだした。下に野次馬が黒山になると、窓へ足をかけて「貴様等の上へ飛び降りるぞッ」と呶鳴ると、見幕に野次馬は散らばつたこともある。

お梅さんが朋輩と私の家へ押しかけて來た時、智恵子の電報が机の上にあつたので怒つて歸つたのが最後だつた。その頃、私の前に智恵子が出現して、私は急に淨化されたのである。

お梅さんはある大學生と一緒になり、一年ほどして盲腸で死んだ。谷中の一乗寺にその墓があるが、今でも時々思ひ出してお詣りしてゐる。」

よか楼について補足すると、全集別巻の北川太一の聞き書で高村光太郎は次のとおり語っている。

「よか楼では足どめを喰ったことがある。はじめはとても評判がよくて、皆に紳士だと思われていたんだけれど。その頃、よか楼には僕の絵がかけてあったのを、何だかこんな所にかけて置くのが嫌

になって、ナイフでみんな破っちゃった。それをあとからおかみが帰って来て見て、「いくら自分の絵だって、貰ったらこっちのものなのに、どうして破った。もう来ないで戴きます」と電話がかかって来た。それもうやむやになってしまったけれど、行かれない間は近くの店で電話をかけて、お梅さんを呼んだりした。」

青春期の情熱の爆発にちがいないとしても、自分の絵をかける場所としてよか楼がふさわしくない、といって破いてしまう、というのは、画家の倣りである。引用を続ける。

「こっちはそんな気はなかったんだが、お梅さんがだんだん細君になろうと思いはじめたんだな。僕の方は楽しい処に来て、楽しんでいるだけなんだからって言ったことがある。ああいうのは周りが騒いで、そんな気になったんだな。あとで家に来た時、智恵子の手紙を見てすっかり悲観して、だまされたとか何とか言っていたらしい。それでやけになって、やっぱり来ていたお客のところに無理矢理に押込んで細君になってしまった。

教養はないけれど、人としては悪くない人だった。」

こうしてパンの会の関係は終ったが、琅玕洞の問題が残っている。「ヒウザン會とパンの會」の記述と若干違うが、「遍歴の日」の記述を引用する。

「その頃、日本にはギアラリーというものはなかつたからそれがあればみんな助かると思つて、弟に——今は死んだ道利という弟に店番を引受けてもらつて、始めたのである。適當な空家を物色して、神田淡路町の中川という牛肉屋の隣の家を借りることにした。家賃は月に三十幾圓だつた。土間にはすつかり赤煉瓦を敷きつめ、壁は青磁色の紙を貼つて、外にショーウインドウを作り、いろいろ作品を換えて飾つた。普段は弟が朝から頑張つており、ときどき僕が行つて、一週間に一遍ずついろんなものを取換えて陳列した。非常に便利だつた。知つている連中の最近作をそこに集めて飾つて見せるようにし、僕自身もできると持つていつて、そこに置いた。ときどきそこでみんな寄り合いをした。歌人などが小遣とりに短册を書き、そこにたくさん置いておくと、一圓か二圓でずいぶん賣れたものだつた。目立たないけれど、いつとはなしに賣れている。僕もときどきゆくと小遣がとれた。畫家や文筆家の何か役に立つようにと始めてみたのだけれど、だんだん收入がなくなつた。弟が變人だから、お客がこわがつて買わなくなつたのである。あなたにはこの繪はわかりませんから、おやめになさいなどと言う。夜九時に閉店ということになつていると、みんなが繪を見ていても九時になるとパッと灯を消してしまうというありさまで、君のところはこわくて行かれないとみんなが言うようになつた。それでもやつていたのだけれど、そのうち僕の頭の中にいろいろ問題ができて、どう考えても繪や彫刻で飯を食うのはいやだと思うようになり、バター製造をやりながら繪や彫刻の仕事をしようと決心し、一時北海道行きを考えた。そんなことで琅玕洞はつぶれたが、そういうものを持つていれば、一つの機關誌を持つているようなもので、いろいろ自分たちの運動にも好都合なことがわかつた。」

この談話では琅玕洞が立ちゆかなくなったのはもっぱら道利の責任ということになっているけれど

も、はたして売上と経費を管理すべき高村光太郎がその管理・経営の責任をはたしていたとは到底いえない。全集別巻には「琅玕洞文書」と題する資料が収められている。もちろん現代的な貸借対照表等のような財務諸表ではないが、大福帳としてみても金銭・商品の出入が何とも理解できない。正確と思われるのは「塑画室建築費扣　高村登代」と母作成の建築費の明細書のみである。これには日付、金額、支払先、支払項目をすべてこまごまと記載し、「惣〆金弐千弐百九十七円七十八銭五リ也」と最後に総額を記し、さらには記して

「一金二十円位　林美雲氏　宮嶌机一個　御礼
一金拾円位　藤岡氏　紙雛額一面　御礼
一金参円位　山本瑞雲氏　鋳物花瓶一　御礼
右は東来《ママ》品ニ付
参考の為記シ置ク」

とある。高村光太郎の母君とよという方はよほどに几帳面な方だったようである。

ところが「一　琅玕洞仕入簿　明治四十三年三月吉日」と表記し、「弐百三十五円四十銭物品仕入代」が

「一金五拾円　板谷氏焼物壱式
一金三十八円　絵画類

一金十三円五銭　　額縁払
一金弐十五円　　　蟹二疋
一金十弐円五十銭　根本払」

などとなると、冒頭はともかく、二番目の絵画類は誰のどういう作品を何点買ったのかも分らない。書いた人の心覚えの域を出ない。しかもこの「物品仕入代」には「一金拾円　光太郎渡し」という項目もある。高村光太郎が十円で適当な作品を仕入れるための前渡品という趣旨だろうが、「四十三年三月分」には「一金四拾円　光太郎信州写生費用渡し」とあるのをみると、公私の区別ができないという感がつよい。「十二日　一金拾円　よか楼行光太郎渡し」に至っては啞然とするばかりである。

また、「二一　売」という項目をみると、たとえば七月二四日の項に「金拾銭也　晶子女史短冊一枚手数料」とある。これは短冊の代金でなく、琅玕洞が差引いた手数料であろう。與謝野晶子の短冊はさすが手数料を差引いた代金を彼女に支払ったらしいが、他に短冊手数料が記されていないことをみると、高村光太郎やその友人は短冊の売上の全部を小遣いにしたことがここからも窺知される。

こうした収支のいい加減さと帳簿記載の杜撰さもあり、私には到底この「琅玕洞文書」は読みこなせない。高村豊周が『光太郎回想』に次のとおり記しているのが、琅玕洞文書の金額と合致しないけれども、ほぼ実状に近いとみてよいのだろう。

「昭和三十六年十一月になって、琅玕洞関係の諸費控、仕入帳や売上帳が家の倉から発見され、細かい事がはっきりした。それで、少しつけ加えて置くことにする。

　あの店を作るについて、家屋の雑作やら諸道具やらが大ざっぱに締て二千九十円八十七銭。月々の入費は一番少なかった十月で五十三円八十五銭、最も多かった四十四年四月が百九十九円五十三銭五厘、平均六、七十円はかかっている。一方店の売上の方はと云えば、明治四十三年の売上総額三百五十八円十八銭、同じ年の仕入総額が千四百九十二円六十四銭というのだから、まるで商売にも何にもなったものではなかった。」

　こうして、琅玕洞の経営は破綻し、営業を譲渡することになるのだが、こうした結果になったのは、私には高村光太郎の責任感の欠如によるものであり、損失は結局父光雲が穴埋めしてくれるだろう、という甘えによるものとしか考えられない。彼とその仲間の本拠として、また、日本における最初の画廊として、琅玕洞を創設したことは重大な社会的貢献といってよいし、彼の先見性を示すものとして高く評価すべきである。しかし営業として画廊を営むという意識に欠けており、社会的に未熟であった。

　一方、北海道行についても、バターの製造をやりながら絵を描き彫刻をするという決心をしたというが、バターの製造とか酪農といった仕事も、絵を描き、彫刻をするという仕事も、片手間でできることではない。いずれも生活の全エネルギーを注ぎこまなければ成り立たないのだが、高村光太郎は両立するかのように考えていた。『道程』に収められた「聲」という作品がある。一九一一（明治四四）年五月二〇日と末尾に記されている。

止せ、止せ
みじんこ生活の都會が何だ
ピアノの鍵盤に腰かけた様な騷音と
固まりついたパレット面の様な混濁と
その中で泥水を飲みながら
朝と晩に追はれて
高ぶつた神經に顫へながらも
レッテルを貼つた武具に身を固めて
道を行く其の態《ざま》は何だ
平原に來い
牛が居る
馬が居る
貴様一人や二人の生活には有り餘る命の糧《かて》が地面から湧いて出る
透きとほつた空氣の味を食べてみろ
そして靜かに人間の生活といふものを考へろ

すべてを棄てて兎に角石狩の平原に來い

この第一連は明らかに都会の人間関係、都会の生活への嫌悪だが、石狩の平原には、「貴様一人や二人の生活には有り餘る命の糧が地面から湧いて出る」という世間知らず、楽観主義には言うべき言葉もない。第二連以下は次のとおりである。

そんな隱退主義に耳をかすな
牛が居て、馬が居たら、どうするのだ
用心しろ
繪に畫いた牛や馬は綺麗だが
生きた牛や馬は人間よりも不潔だぞ
命の糧は地面からばかり出るのぢやない
都會の路傍に堆《うづたか》く積んであるのを見ろ
そして人間の生活といふものを考へる前に
まづぢつと翫味《ぐわんみ》しようと試みろ

自然に向へ
人間を思ふよりも生きた者を先に思へ
自己の王國に主たれ
悪に背《そむ》け

汝を生んだのは都會だ
都會が離れられると思ふか
人間は人間の爲した事を尊重しろ
自然よりも人工に意味ある事を知れ
悪に面せよ
PARADIS ARTIFICIEL!

馬鹿
自ら害《そこな》ふものよ

馬鹿

自ら卑しむるものよ

第二節以下では、北海道行の不安、危惧を告白し、自然より人工を、人工楽園の夢想を捨て去るのは愚かなものではないか、と反省している。しかしここで彼が危惧しているのは牧蓄の不潔さであって、牧蓄に必要とされる労働ではない。もちろん資金も考慮外である。だから、彼は北海道行の夢を捨てることはできない。ただ、その前に、この前年、一九一〇（明治四三）年一二月一六日と付記された「根付の國」を読んでおきたい。

頬骨が出て、唇が厚くて、眼が三角で、名人三五郎の彫つた根付《ねつけ》の様な顔をして
魂をぬかれた様にぽかんとして
自分を知らない、こせこせした
命のやすい
見栄坊な
小さく固まつて、納まり返つた
猿の様な、狐の様な、ももんがあの様な、だぼはぜの様な、麦魚《めだか》の様な、鬼瓦の様な、茶碗のかけらの様な日本人

私は多年この作品を日本および日本人に対する文明批評と考えてきた。その一面に文明批評があることは疑問の余地はない。そしてたたみかけるように日本人を罵倒したこの作品の声調は日本近代詩における名作の一として逸することができない作品と考えてきた。そうした評価はいまも変りない。冒頭で日本人の造型的貧しさを指弾し、中間部で日本人の性格の軽薄さを非難し、末尾に至って日本人の非人間性や狭量さを猿、狐、ももんが等の動物などの比喩によって批判していると考える。その内容の充実していること、口語詩としての格調の高さを考えると、一九一〇年という時点でこのような作品が書かれたことはほとんど奇蹟のように思われる。

一方、それまでの高村光太郎の帰国後の体験を考えると、パンの会の狂躁は終りに近く、モナ・リザこと若太夫は去り、「緑色の太陽」等の評論に対する反響の貧しさ、冷たさ、ヒウザン会の分裂、琅玕洞経営の行き詰りなどからみて、彼が日本ないし東京の文芸、美術界に憤り、失望をふかくしていたことが、つまり、彼の個人的心情が「根付の國」の創作のモチーフであった、と考える。結果として、普遍性をもつすぐれた文明批評となったが、その創作を促したのは個人的な怨み、つらみであった、と私は考える。そういう意味で、この作は「聲」につながっている。

「根付の國」から「聲」までの間、見るべき作品は乏しい。一九一一（明治四四）年三月一三日作の「寂寥」はむしろ北海道体験後の作とみた方がふさわしいのだが、

ああ、走るべき道を教へよ
爲すべき事を知らしめよ
氷河の底は火の如くに痛し
痛し、痛し

という激情が彼を北海道に赴かせたともいえるし、同じ激情は北海道旅行後にも抱き続けたにちがいない。ただ、ここには欧米近代社会を目差して近代化をいそぐ火事場のような日本の社会における知識人の焦燥と失望が底流にあることを見過してはなるまい。同じことが「根付の國」についても、いえるはずである。娼婦若太夫を額縁の中のモナ・リザに閉じ込めようとする「失はれたるモナ・リザ」も同じ視点からみることができるであろう。

わが心は蝕《むしく》へり
うつろに、くろく、しんしんと
潮時來れば堪へがたし

という第一連三行にはじまる、一九一一（明治四四）年二月一〇日の付記のある「亡命者」も一応読むにたえる作だが、次の第三、四連からみれば、「失はれたるモナ・リザ」の寂しい反響にすぎないことが了解されるはずである。

げに女こそ世にも悲しきものなれ
わがさびしき心は
この名によりて寂寥を極む
げに女こそ世にも呪ふべきものなれ
わがあたたかき心は
この名によりて、見よ凍らむとす

女よ
されど我に調伏の力なし
ただ哀れなる俳優のごとく
人知れず、ものの陰より
しづやかに、しとやかに

何時となく
舞臺を去らざるべからず――

※

一九一一（明治四四）年四月八日、高村光太郎は次の封書を山脇信徳宛に送っている（書簡番号二二八八）。


「御手がみ拜見、非常にうれしく思ひました。今何だか細かに自分の考を書く氣になりませんから簡單に申上げますと、つまり、僕は社會の人に愛想がつきたのです。

僕の日本へ歸つて來てからの不得要領の態度は、自分で力めて爲てゐた所です。

自分は藝術家です。藝術三昧のうれしさと、藝術的全生活の貴さとは旣に味ひもし知りもしてゐました。しかし日本に歸つた時日本の社會狀態をつくづく見るに及んで此を吾人に近くしてみたいといふ考を起しました。此が動機で琅玕洞も造りました。其他種々の計畫でまだ實行されなかつたのも澤山あります。藝術家にこんな事をさせたのは今の社會です。僕は我慢に我慢をしてやつてゐました。然るに此頃つくづく其の馬鹿げてゐた事を感じました。そこで、美術國たる日本に全然背中を向けるのです。日本の恩を蒙りたくなくなりました。

北海道で地面の中から自分の命の糧を貰ひます。そして、今の日本の藝術界と没交渉な僕自身の藝術を作ります。地球の生んだ藝術を得ようとします。そして、此が一面今の社會に對する皮肉な復讎です。僕は日本の東京の爲めにどの位神經に害を與へられたか知れません。

大體はこんな事です。僕は今非常に自由な藝術三昧に再び立ち入る處です。」

翌四月九日には南薫造宛封書（書簡番号二二八九）で

「小生は蝦夷にて一生を送りたき考に候。内地の日本藝術界とは全然没交渉にて自分一個の藝術三昧に入つて見たしと存じ居るものに候。そして命の糧を藝術品に仰がず、地面の中から貰ふ考に候。一切、日本藝術に負ふ所なく又日本藝術に與ふる所なきものとなりたき考に候。とにかく、蝦夷に小生の藝術王國を建設するがおもしろき事に思ひ居り候。

東京は小生に堪へられぬ地と相成候。東京などに居る藝術家は無神經者か大馬鹿者と被存候。」

注意したいことの第一は、日本の社会状態に適しないというばあい、多くは社会的組織、社会秩序に対する批判に向かい、社会主義、無政府主義等に惹かれるのだが、高村光太郎の社会批判にはまったくそうした社会秩序批判が認められないということである。第二に詩「聲」にもみられたように半日バター製造ないし酪農業に従事して生活の糧を得て、残りの半日を芸術の製作にあてるという構想である。これは戦後の彼の生活との関係においても心にとめておくべき彼の思想である。その背後には、彫刻では生活できない、という考えと、半日の酪農あるいは農業により生活の資を得ることができるという彼の無智ないし夢想とがあるであろう。

全集の年譜によれば、一九一一（明治四四）年五月一日、「琅玕洞で光太郎北海道行の別宴。浅草よか楼でも送別会があり、柳敬助、斎藤与里らが出席した。四日、東京を発って、六日福島、八日青森、九日夜札幌着。明治三十九年に農商務省が創設した月寒種畜牧場に行くが、九日から吹き始めた強風と、道内二十数か所で発生した大山火事や大火。その上、夢は夢でしかない現実との落差に失望して、月半ばにはたちまち帰る。石狩川流域地方を歩き、その風物に強く心を引かれた」とある。

北海道滞在は一週間にも足りないほどの短期間であった。その間に、高村光太郎は、「夢は夢でしかない」ことを自覚させられた。ただ、生涯にわたり、この夢想が高村光太郎の脳裏から去ることはなかったようにみえる。たとえば一九二八（昭和三）年七月一八日付弟子屈在住の更科源蔵宛葉書（書簡番号一六一）で、

「今度は又新らしい開墾に従事せられる由、如何にその仕事の根源的であり、末梢的でないかを深く思つてうらやましい程に感じます。北海道はますます私を引きます。一つの新らしい文化を其處に建設する事の夢想さへ又よみがへつて來る事を豫感します。尙ほ深く考へます。一年ばかりのうちにはどうしても一度實地におたづねして見る豫定でゐます。」

と書いていることからみても、高村光太郎が夢想家であったと言いすてることはやさしいが、理想主義者であったことは疑いえない。

翌一九二九（昭和四）年にも高村光太郎は再三更科源蔵宛に葉書を書いているが、一二月三一日には、

「あなた方の事はいつも念頭にあり、北海道の日の來る事をいつでも考へてゐます。じりじりやります」と書き（書簡番号二〇二）、北海道行の夢想はその後もなお続くのだが、これが夢想にすぎないことも分っていたようである。「泥七寶㈠」に

バタを造れば繪がかけぬ、と
知れたことなら、さ、初めから爲《せ》まいもの
ゆふぐれになれば、されども
知るも、知るも、知れすぎた無駄事を

という小品がある。北海道行の夢想を自嘲した作にちがいない。

※

「泥七寶」㈡ないし㈤は『道程』を二分するといわれるが、「寂寥」以降、長沼智恵子と出会うまでの間の作には見るべき詩は乏しい。風俗や街頭の風物から得た感興を記した作が多い。その中で、詩としてすぐれていないにしても、「バアナアド・リイチ君に呈す」との献呈の辞を付した「廢頽者より」

の次の一節は注目に値する。

寛仁にして眞摯なる友よ
君は知りつくし給ふならむ
余の悲しさの極まれるを
余の絶望と、余の反抗と
余の不満と、余の奮勵との
つねに矛盾し、つねに争闘して
余を困憊《こんぱい》せしめ
さらに寂しき涙に誘ひ行くを
余のまことに不倫なる自暴自棄の心をいだけるを
また理不盡なる難題に
解くべからざる結縄《けつじょう》に
自らを苦しむるを
人として最も卑しき弱き心
直に極端を思ひ

ともすれば非常事に走する心の
余の藏《かく》れたるを

ここにはいかなる抒情もない。真摯な告白をしたいという強烈な意志がある。これがはたして「詩」であるか、は高村光太郎の関心ではない。私はこうしたモラリストとしての高村光太郎に敬意を覚える。同時に、この詩が

友よ
余を目して孤獨を守る者となす事なかれ
余に轉化は來るべし
恐ろしき改造は來るべし
何時《いつ》なるを知らず
ただ明らかに余は淸められむ
友よ
余は再びチエルジイに於けるが如く君の手を握らむが爲に祈る

と終っていることに注目する。彼はデカダンスの時期が終焉に近づいていることを自覚している。

「泥七寶㈠」中の小品

きりきりと錐をもむ
用はなけれど錐をもむ
錐をもめば板の破るるうれしさに

はすでにふれたが、一読忘れがたい小品である。切れ味鋭い自我の分析がある。

この時期においてもっとも感銘ふかい作品は「父の顔」である。一九一一年七月一二日作と記されている。

父の顔を粘土《どろ》にてつくれば
かはたれ時の窓の下に
父の顔の悲しくさびしや

どこか似てゐるわが顔のおもかげは
うす氣味わろきまでに理法のおそろしく

わが魂の老いさき、まざまざと
姿に出でし思ひもかけぬおどろき

わがこころは怖《こは》いもの見たさに
その眼を見、その額の皺を見る
つくられし父の顔は
魚類のごとくふかく默すれど
あはれ痛ましき過ぎし日を語る

そは鋼鐵の暗き叫びにして
又西の國にて見たる「ハムレット」の亡靈の聲か
怨嗟《ゑんさ》なけれど身をきるひびきは
爪にしみ入りて瘭疽《へうそう》の如くうづく

父の顔を粘土《どろ》にて作れば
かはたれ時の窓の下に

あやしき血すぢのささやく聲……

「父の顔」については一九四〇年五月刊の『知性』に発表した「自作肖像漫談」中、次の文章がある。
「日本に歸つてから丁度父光雲の還暦の祝があり、門下生の好意によつて私がその記念胸像を作ることになつた。まるで新歸朝の私の彫刻技術を父の門下生等に試驗されるやうなものであつた。はじめ作つて一同の同意を得たものは石膏型になつてから急にいやになり、一週間ばかりで二度目の胸像を作り、この方を鑄造した。「世界美術全集」などに出てゐる寫眞はこの胸像であり、當時一般から彫刻の新生面と目されたのであるが、この胸像は實物の彫刻よりも寫眞の方がよい位で、甚だ見かけ倒しの作だと今では思つてゐるので、そのうち鑄つぶしてしまふ氣でゐる。」

現在私たちが見ることのできるのは、この写真に残された「父の顔」だが、新生面と評価されたのも当然といってよい。光雲の経てきた年輪と、その生の実在がいきいきと迫ってくる。高村光太郎はたしかに凡庸な作家ではなかった。しかし、この作品を鋳つぶしてしまいたいと思うような完璧主義者であった。そのためもあり、戦災のためもあり、残された作品があまりに少いのが残念である。

この詩「父の顔」もまた高村光太郎ならではの佳唱である。子が父にいだく、つらく、痛く、悲しく、老いた父を凝視すると同時に、わが身の老い先をかさねている心情をこれほど的確にとらえた詩は稀である。造型を離れても、父子の関係の心情をこれほど痛切にとらえた詩を私は他に知らない。

第三章　『智恵子抄』の時代（その前期）

1

一九八八（昭和六三）年一月、『智恵子抄』事件について、東京地裁は『智恵子抄』が版元である龍星閣こと澤田伊四郎が編集したのではなく、高村光太郎自身が編集したものであると認定し、澤田が編集したと称して当時の文部省に登録した著作権登録の抹消を命じた。この判決は控訴審、上告審でも維持されて確定し、その後、申立により澤田の著作権登録は抹消された。

『智恵子抄』には詩だけではなく、短歌、散文も収めているので、正確には詩文集というべきであろうが、以下、主体は詩であるので、詩集ということとする。裁判所がこの詩集の編集をしたのは高村光太郎であると認定した主な理由は、詩集中に収める詩、短歌、散文の取捨選択を高村光太郎自身が行ったことが、証拠上明らかである、ということにあった。この訴訟は高村光太郎の著作権継承者である高村豊周さんが提起し、豊周さんの没後は君江夫人が、君江夫人の没後は長男の高村規さんが原告の地位を承継した。訴訟提起当時は日本文藝家協会の顧問弁護士であった藤井幸弁護士が高村豊周さんの代理人であったが、藤井弁護士の病気のため、一審の途中から、山本健吉日本文藝家協会理事長の依頼により、私が高村家の代理人となった。私が受任した当時、審理は殆ど進行していなかったから、実質的には終始私が高村家の代理人として、その主張を記載した準備書面を起案、提出、また、証拠を収集、提出した。こうした作業については北川太一さんに一方ならぬお世話になり、ご助力をいただいた。北川さんのご協力なくして、私が裁判所で述べたような精緻な議論はできなかった。

高村豊周さんが訴訟を提起したのが一九六六（昭和四一）年一二月、最高裁判決がなされたのが一九九三（平成五）年三月だから、二七年間にも及ぶ長期の裁判であった。それにはいろいろ事情もあるが、ここでその説明の要を認めない。

裁判所が認定した事実の一として、澤田伊四郎は『道程』所収の「あをい雨」を『智恵子抄』に収録するように提案したのに対し、高村光太郎がこの提案を却け、収録しないこととしたという事実があった。いったい、澤田の発想は、『道程』所収の智恵子夫人に関する詩篇と一九三五年に「人生遠視」「風にのる智恵子」を発表して以後の作品を中心とし、『婦人公論』一九四〇（昭和一五）年一二月号に発表した散文「彼女の半生――亡き妻の思ひ出――」を加えて、一冊の詩集とするというものであった。『道程』に収められた智恵子に関する詩は一九一四（大正三）年八月二七日作の「淫心」で終っており、智恵子発狂後の「人生遠視」以下の作品との間にも高村光太郎は智恵子夫人に関する詩を相当数発表しているが、これらがすっぽり澤田伊四郎の構想からは脱落していた。これらの作品を選んで『智恵子抄』に加えることにしたのは高村光太郎であり、「淫心」等を収めないことにしたのも高村光太郎であり、つまり、『智恵子抄』所収の作品の取捨選択は高村光太郎自身が行ったという事実が判決をみちびいた裁判所の認定の根拠の一となった。

そのことは別として、澤田伊四郎の発想はまことに卓抜、異色であった。通常は第一詩集刊行後、第二詩集には第一詩集に収めた作品は収めず、その後に書いた作品だけで、第二詩集を構成する。ところが、澤田の発想は、そうした慣行を無視し、智恵子を主題とした作品だけを『道程』中、『道程』以後から集めて一冊の詩集にするというものであった。稀にみる純愛詩集として『智恵子抄』は評判になったが、澤田によれば、高村光太郎は、これは君が作った詩集だから、印税は貰わない、といって著作権使用料を受取らなかった、という。真相がどうだったか、分らないが、高村光太郎がその種の発言をしたことは事実のようにみえる。澤田は時々謝礼ということで若干の金を届けたと証言していた。『智恵子抄』は企画の良さと内容の切実さとが相俟って、おそらくわが国の詩集としては空前絶後の売上をあげたと思われるが、君が作ったものだから、君の物だよ、印税は要らない、という趣旨のことを言ったとしても、これは一方では彼の江戸ッ子的見栄によるが、また一方では詩集は売れない、という先入観をもっていたためであろう。『道程』は七部か八部しか売れなかったと伝えられているが、『道程』を発行した抒情詩社こと内藤鋠策について、北川太一の聞き書（全集別巻）で次のとおり語っている。

「あれは親父から二百円もらって自費出版した。あの中の「秋の祈」がなかなか出来なくって出版が遅れたんだな。

部数は一切わからない。二百円渡して、もうかったのか、損したのか。二百位も作ったのかしら。白山で七冊売れたということは聞いた。それでも何十冊かもらって友人に配ったりしたな。

あれは内藤鋠策の抒情詩社から出したんだけれど、内藤がそのお金ですぐ質草を出しにいった。そしたら警察につかまっちゃった。ちょうどその近所でガスの集金人が殺された事件があってね。それで警察から電話がかかって来て、よく聞いてみると内藤なんだ。それは詩集を出すので渡したお金だということを話してようやく放免されたんだけど、そのお金で質を出したことがわかっちゃってあやまりに来た（笑いながら）。」

当初は智恵子を主題にした詩を集めて詩集を作るという構想に気乗りしなかった高村光太郎も、澤田の粘り強い説得によって、本になってみると、智恵子を偲ぶための何よりのものとして、澤田に感謝した。その感謝に便乗して、時々、見計いの謝礼を届けるだけで済ませた澤田はまことにしたたかな商売人であった。

ところで、帰国後、祖父の隠居所をアトリエに使っていた高村光太郎は、全集年譜によれば一九一二（明治四五）年「六月、父の家に近い駒込林町二十五番地にアトリエが完成し、移る。その祝いに智恵子がグロキシニヤの鉢植えを持って訪れる」とある。『道程』（初版）では各詩篇の末尾に日付が付記されているが、一九一二（明治四五）年六月二一日の日付で「あをい雨」が掲載されている。

誰か待つてゐる
私を待つてゐる、私を――
誰かしらぬが待つてゐる、何處かで
ぬれしよぼたれて、私を――

とはじまる第一連は、長い第二連に続くのだが、その間

おや
まつさをな雨の中で
微かに顫へて吐息する森の中で
暗い若葉の陰にしくしく泣いて
ぬれしよぼたれて
私の名を呼んでゐる
若い女の人が――

とあり、十行ほどおいて

ミステリアスな南米の花
グロキシニアの花瓣の奥で

とあるので、この詩にうたわれた「若い女」は智恵子を指すのではないか、という疑問が生じるわけである。澤田伊四郎はどう読んでいたか分らないが、この詩を『智恵子抄』に加えるよう提案した。

しかし、この二行は次のように続いている。

薄紫の踊子が、樂屋《フオワイエエ》の入口で
さう、さう
流行《はやり》の小唄をうたひながら
夕方、雷門のレストオランで
怖い女將《おかみ》の眼をぬすんで
待つてゐる、マドモワゼルが

待つてゐる、私を――

ここまで読むと、「若い女」はよか楼のお梅ということになる。そこで、この詩を智恵子に関する詩と読むことは間違いであり、高村光太郎がこの詩を『智恵子抄』に収めないこととした判断が正しいことが確かである。彼を待ち、彼にこがれ、彼に助けを求めている何人かの女性たちを思いうかべて書いた作品にちがいない。しかし、グロキシニアの鉢をもって訪れた智恵子が高村光太郎の心にふかい印象を残したことも疑いない。

ここで「智恵子の半生」と改題されて『智恵子抄』に収められた文章で、この高村光太郎と智恵子とがどのような経過で恋愛関係に至ったか、その記述を読むことにする。すでに見てきたデカダンスの時代とかなり重複するが、ご容赦いただきたい。

「前述の通り長沼智恵子を私に紹介したのは女子大の先輩柳八重子女史であつた。女史は私の紐育時代からの友人であった畫家柳敬助君の夫人で當時櫻楓會の仕事をして居られた。明治四十四年の頃である。私は明治四十二年七月にフランスから歸つて來て、父の家の庭にあつた隱居所の屋根に孔をあけてアトリエ代りにし、そこで彫刻や油繪を盛んに勉强してゐた。一方神田淡路町に琅玕洞という小さな美術店を創設して新興藝術の展覽會などをやつたり、當時日本に勃興したスバル一派の新文學運動に加はつたりしてゐたと同時に、遲蒔の青春が爆發して、北原白秋氏、長田秀雄氏、木下杢太郎氏などとさかんに往來してかなり烈しい所謂耽溺生活に陥つてゐた。不安と焦躁と渇望と、何か知られざるものに對する絕望とでめちやめちやな日々を送り、遂に北海道移住を企てたり、それにも忽ち失敗したり、どうなる事か自分でも分らないやうな精神の危機を經驗してゐた時であつた。柳敬助君に友人としての深慮があつたのかも知れないが、丁度さういふ時彼女が私に紹介されたのであつた。彼女はひどく優雅で、無口で、語尾が消えてしまひ、ただ私の作品を見て、お茶をのんだり、フランス繪畫の話をきいたりして歸つてゆくのが常であつた。私は彼女の着こなしのうまさと、きやしやな姿の好ましさなどしか最初は眼につかなかつた。彼女は決して自分の畫いた繪を持つて來なかつたのでどんなものを畫いてゐるのかまるで知らなかつた。そのうち私は現在のアトリエを父に建ててもらふ事になり、明治四十五年には出來上つて、一人で移り住んだ。彼女はお祝にグロキシニヤの大鉢を持つて此處へ訪ねて來た。丁度明治天皇樣崩御の後、私は犬吠へ寫生に出かけた。その時別の宿に彼女が妹さんと一人の親友と一緒に來てゐて又會つた。後に彼女は私の宿へ來て滯在し、一緒に散歩したり食事したり寫生したりした。樣子が變に見えたものか、宿の女中が一人必ず私達二人の散步を監視するためつついて來た。心中しかねないと見たらしい。智惠子が後日語る所によると、その時若し私が何か無理な事でも言ひ出すやうな事があつたら、彼女は即座に入水して死ぬつもりだつたといふ事であつた。私はそんな事は知らなかつたが、此の宿の滯在中に見た彼女の清純な態度と、無欲な素朴な氣質と、限りなきその自然への愛とに強く打たれた。君が濱の濱防風を喜ぶ彼女はまつたく子供であつた。しかし又私は入浴の時、隣の風呂場に居る彼女を偶然に目にして、何だか運命のつながりが二人の間にあるのではないかといふ豫感をふと感じた。彼女は實によく均整がとれてゐた。

やがて彼女から熱烈な手紙が來るやうになり、私も此の人の外に心を託すべき女性は無いと思ふやうになつた。それでも幾度か此の心が一時的のものではないかと自ら疑つた。又彼女にも警告した。それは私の今後の生活の苦闘を思ふと彼女をその中に巻きこむに忍びない氣がしたからである。」

全集の年譜には、一九一一（明治四四）年一二月、「智恵子が女子大の先輩小橋三四子を介し柳八重に紹介を依頼して、共に光太郎アトリエを訪う」とあり、翌一九一二年六月、アトリエが完成、「その祝いに智恵子がグロキシニヤの鉢植えを持って訪れる」。「七月二十五日、智恵子への最初の詩「N――女史に」（のち「人に」）を書く。／八月～九月初旬、千葉県銚子犬吠埼に写生旅行。智恵子も妹セキや友人と後から来て、出会う。友人は女子大英文四回生の藤井勇だったという」と続く。さらに、全集の年譜は次のとおり続けている。

「この頃から『智恵子抄』初期の詩が書き始められる。智恵子には以前から親同士の口約束があった二本松の医師寺田三郎との結婚話が具体化していたが、結局破棄される。この一途で純粋な女性に共に生きるに足る半身を見、無頼の生は徐々に智恵子をめぐって収束、大きな転機を前触れする。」

「智恵子の半生」によれば、犬吠岬で出会った時以降、「彼女から熱烈な手紙が來るやうにな」ったというが、これは高村光太郎の記憶違いか文飾であろう。それは『智恵子抄』の巻頭に配された詩「人に」が七月二五日作であり、明治天皇崩御が七月三〇日、犬吠岬に写生旅行に行き、追いかけるように智恵子が犬吠岬に遊び、彼らが銚子に滞在したのが八月〜九月初旬だからである。

高村光太郎は「智恵子の半生」に、「柳敬助君に友人としての深慮があつたのかも知れない」と書いているが、年譜によれば、智恵子の側から積極的に柳八重子に紹介を頼みこみ、高村光太郎に接近したのであった。だから、六月にグロキシニヤの大鉢を持って新築のアトリエを訪ねたのも彼女の積極的に接近しようとしたあらわれだし、犬吠岬へも智恵子は高村光太郎を追うように出かけたのだから、犬吠岬の出会い以前から「熱烈な手紙」を書いていたのかもしれないし、遅くとも七月中旬には親同志が口約束した婚約者がいることを高村光太郎に知らせていたにちがいない。そうでなければ「人に」を七月二五日に高村光太郎が書くことはできなかったはずである。以下「人に」を引用する。

いやなんです
あなたのいつてしまふのが――

花よりさきに實のなるやうな
種子《たね》よりさきに芽の出るやうな
夏から春のすぐ來るやうな

そんな理窟に合はない不自然を
どうかしないでゐて下さい
型のやうな旦那さまと
まるい字をかくそのあなたと
かう考へてさへなぜか私は泣かれます
小鳥のやうに臆病で
大風のやうにわがままな
あなたがお嫁にゆくなんて

いやなんです
あなたのいつてしまふのが――

なぜさうたやすく
さあ何といひませう――まあ言はば
その身を賣る氣になれるんでせう
あなたはその身を賣るんです

一人の世界から
萬人の世界へ
そして男に負けて
無意味に負けて
ああ何といふ醜悪事でせう
まるでさう
チシアンの畫いた繪が
鶴巻町へ買物に出るのです
私は淋しい　かなしい
何といふ氣はないけれど
ちやうどあなたの下すつた
あのグロキシニアの
大きな花の腐つてゆくのを見る様な
私を棄てて腐つてゆくのを見る様な
空を旅してゆく鳥の
ゆくへをぢつとみてゐる様な

浪の砕けるあの悲しい自棄のこころ
はかない　淋しい　焼けつく様な
――それでも戀とはちがひます
サンタマリア
ちがひます　ちがひます
何がどうとはもとより知らねど
いやなんです
あなたのいつてしまふのが――
おまけにお嫁にゆくなんて
よその男のこころのままになるなんて

この直前「泥七寶㈣」に

お嫁にゆくを
わるいと誰が申しませう
わるいと誰が申せませう

どうせ一度はゆくあなた――

という小品を高村光太郎は書いている。これも智恵子をうたった作だが、智恵子が結婚するのを止むをえないこととして諦めている感がある。「人に」では彼の心情は一歩進んでいる。我侭な若者が娘に駄々をこねているような、結婚は止めてほしいといいながら、決して自分から愛情を告白すること、結婚の申込をすることを避けているような、歯切れの悪い作品である。高村光太郎は智恵子と結婚することは彼女を不幸にするのではないかと危惧し、こうした歯切れ悪い、およそゴチック精神とはかけ離れた作品を書いたのではないか、とも考えられる。これは後に「おそれ」を検討するときにさらに考えたい。

それより不可解なことは、犬吠岬で高村光太郎と二人で散歩に出かけたとき、「若し私が何か無理な事でも言ひ出すやうな事があつたら、彼女は即座に入水して死ぬつもりだつた」と語っていたという事実である。しかも、散歩のさい、「宿の女中が一人必ず私達二人の散歩を監視するためついて来た。心中しかねないと見たらしい」という記述も尋常ではない。智恵子のいう「何か無理な事でも言ひ出すやうな事」とは乱暴されること、現在の言い方ではレイプされることを意味するだろう。高村光太郎をそういう行爲をしかねない人格ではないかと疑っていたのなら、彼女が一人でアトリエを訪問する方がよほど危険だったにちがいない。この犬吠岬の散歩のさいだけ、彼女はそういう怖れをいだいた。この時の高村光太郎の挙動に智恵子を怖れさせるような、一種異常な雰囲気があったと考えるのが自然ではないか。そうした異常な雰囲気と彼女の怖れとが宿の女中に、二人が心中でもしかねない、と思わせたのではないか。この文章中、高村光太郎は「隣の風呂場に居る彼女を偶然に目にし」、彼女が「實によく均整がとれ」た体をもっていることを偶然知ったことを記している。結婚後も智恵子が自ら進んでモデルになつたが、「智恵子のからだは實に均衡のいい、美しい比例を持つてゐたので、私はよろこんでそれによつて彫刻の勉強をした。智恵子の肉體によつて人體の美の祕密を始めて知つたと思つた」と「モデルいろいろ」の中でも記している。犬吠岬の宿の風呂場で、偶然、裸体の智恵子を見、その均斉のとれた肉体の美に高村光太郎が衝撃をうけたとしてもふしぎでない。

このことに関連して指摘しておきたいことは、『時事新報』一九二八（昭和三）年一一月三〇日、一二月一〜三日刊に発表した「觸覺の世界」中、次のとおり書いている事実である。

「音樂に醉ふといふのは卑近に言へば酒に醉ふといふよりも、むしろマツサアジに醉ふといふ方が近い。どうかすると性に醉ふやうなものである。其處を通りぬけて心靈に響くからこそ、あの直接性があるのであらう。私は一時、一晩でも音樂をきかないと焦躁に堪へられない時期があつた。今考へ合せてみると、其れは私が制慾劑ルプリンで僅かに一日を支えてゐた頃の事である。」

私は性欲抑制剤というようなものが存在することを知らなかったが、高村光太郎は性欲抑制剤でかろうじて性欲を抑制するか、あるいはじかに女性に接するか、しなければならないほど、旺盛な性欲の持主であった。後年の彼の詩の言葉でいえば「多淫」であった。犬吠岬の宿で智恵子の肉体の美にふれ、異様な性欲を感じたということはありえないことではあるまい。むらむらと渦巻く高村光太郎の性的情欲を智恵子は敏感に感じとったのではないか。そのために二人の間にある種の異様な心理的緊張が生じ、宿の女中に二人が心中するのではないかと誤解されたのではないか。反面、智恵子は過敏に性交渉を怖れ、性的交渉を嫌悪する資質だったのではないか。

2

初出のさい「N――女史に」という献辞が添えられていた「人に」が『智恵子抄』の巻頭に収められているために、私たちは「人に」が、消極的ながら、高村光太郎が初めて智恵子に愛情告白をしたのは、その作品が書かれた一九一二（明治四五）年七月二五日ころと考えがちだが、私は同年六月下旬か七月初旬であったと考える。一九一二（明治四五）年六月二一日作の「あをい雨」ではまだ智恵子一人にしぼられていないことはすでに見たとおりである。『スバル』一九一二（大正元）年九月号に「或る夜のこころ」（同年八月一八日作）と「おそれ」（同年八月作）と同時に発表された作品「涙」がその証拠といってよい。「涙」は次のとおりである。

世は今、いみじき事に悩み
人は日比谷に近く夜ごとに集ひ泣けり
われら心の底に涙を満たして
さりげなく笑みかはし
松本楼の庭前に氷菓を味へば
人はみな、いみじき事の噂に眉をひそめ
かすかに耳なれたる鈴の音す
われら僅かに語り
痛く、するどく、つよく、是非なき
夏の夜の氷菓のこころを嘆き
つめたき銀器をみつめて
君の小さき扇をわれ奪へり
君は暗き路傍に立ちてすすり泣き
われは物言はむとして物言はず
路ゆく人はわれらを見て
かのいみじき事に祈りするものとなせり

あはれ、あはれ
これもまた或るいみじき歎きの爲めなれば
よしや姿は艶に過ぎたりとも
人よ、われらが涙をゆるしたまへ

夏目漱石の日記、一九一二年七月二〇日の項に漱石は次のとおり書きとどめている。

「晩天子重患の号外を手にす。尿毒症の由にて昏睡状態の旨報ぜらる。川開きの催し差留られたり。天子未だ崩ぜず川開を禁ずるの必要なし。細民是が爲に困るもの多からん。当局者の没常識驚ろくべし。演劇其他の興行もの停止とか停止せぬとかにて騒ぐ有様也。天子の病は万臣の同情に値す。然れども万民の営業直接天子の病気に害を与へざる限りは進行して然るべし。当局之に対して干渉がましき事をなすべきにあらず。もし夫《それ》臣民中心より遠慮の意あらば営業を勝手に停止するも随意たるは論を待たず。然らずして当局の権を恐れ、野次馬の高声を恐れて、当然の営業を休むとせば表向は如何にも皇室に対して礼篤く情深きに似たれども其実は皇室を恨んで不平を内に蓄ふるに異ならず。恐るべき結果を生み出す原因を冥々の裡に醸すと一般也。(突飛なる騒ぎ方ならぬ以上は平然として臣民も之を爲すべし。当局も平然として之を捨置くべし)。新聞紙を見れば彼等異口同音に曰く都下闃寂《げきせき》火の消えたるが如しと。妄りに狼狽して無理に火を消して置きながら自然の勢で火の消えたるが如しと吹聴す。天子の徳を頌する所以にあらず。却つて其徳を傷くる仕業也。」

七月二〇日に号外により明治天皇の尿毒症重篤、天皇は昏睡状態にあると号外が報じて以降、夏目漱石のいう「当局の権」、「野次馬の高声」の恐れによることなく、平癒を祈願する国民たちで、昼といわず、夜といわず、連日連夜、皇居周辺はひしめいていた。そうした情勢の中、たまたま、高村光太郎と智恵子は日比谷公園の松本楼で逢い引きしていた。周辺はすべて「いみじき事」、明治天皇の病に仆れたという、まがまがしく不吉な事実に悩み、夜ごとに集まり、泣いている人々である。人はみないみじき事に眉をひそめている。かすかに聞く耳なれた鈴の音は号外であろう。高村光太郎と智恵子の二人は痛く、するどく、つよく、是非なき、夏の夜のアイスクリームの心を嘆き、智恵子は路傍に立ち、すすり泣いている。路行く人々は彼ら二人も明治天皇の重篤な病の平癒を祈願しているのであろうと誤解しているが、じつは彼ら二人は二人の間の「いみじき事」を嘆いている。かりに彼女の扇を私が奪うことにみられる私たちの姿態があでやかにみえるとしても、私たちは私たち自身の「いみじき事」に悩んで泣いているのだから、貴方たちの悩みとは異質とはいえ、どうぞ私たちの涙をながすのをお許しください、という意である。

『道程』にも『智恵子抄』にも収められていない、この作品を私は見過していた。この作品を私に教えてくださったのは北川太一さんである。明治天皇の病の平癒を祈願する人々の間にまじって、彼らの嘆く「いみじき事」とは別異の「いみじき事」に悩み、涙をながす二人をうたった、この作は高村光太郎の初期作品の中でも屈指の作と私は考える。彼ら二人の生き方の異質性が社会の通常の人々の生き方の中でうかび出ていること、また、その緊張した声調が私たちの心に迫る。
ただ、彼らがそのために涙をながした「いみじき事」とは何であるか、が語られていない。「人に」で暗示されたような、智恵子の両親の口約束による婚約が彼らの結婚の障害になっている事実と解する余地はあるが、私はそうは考えない。私は同時に『スバル』に発表された、一九一二（大正元）年八月作の「おそれ」で表現された、高村光太郎の思想であり、それは言いかえれば、智恵子の結婚申込に対する高村光太郎の拒否の宣言である。もっと正確に「おそれ」に即していえば、結婚したいと言いそうになる智恵子の発言を押しとどめる高村光太郎の態度である。そこで長篇詩「おそれ」をどうしても読まなければならない。

いけない、いけない
静かにしてゐる此の水に手を触れてはいけない
まして石を投げ込んではいけない
一滴の水の微顫も
無益な千萬の波動をつひやすのだ
水の静けさを貴んで
静寂の價《あたひ》を量らなければいけない

この第一連の静かな水は高村光太郎の心の状態にちがいない。そこで第二連に続く。

あなたは其のさきを私に話してはいけない
あなたの今言はうとしてゐる事は世の中の最大危険の一つだ
口から外へ出さなければいい
出せば則ち雷火である
あなたは女だ
男のやうだと言はれても矢張女だ
あの蒼黒い空に汗ばんでゐる圓い月だ
世界を夢に導き、刹那を永遠に置きかへようとする月だ
それでいい、それでいい
その夢を現《うつつ》にかへし
永遠を刹那にふり戻してはいけない
その上
この澄みきつた水の中へ

そんなあぶないものを投げ込んではいけない

智恵子が積極的に高村光太郎に接近し、アトリエの新築にさいしてそのお祝いにグロキシニアを持参した。犬吠岬の再会で愛の芽生えを感じていたようにみえるが、「人に」でも結婚についてはふみきっていない。「おそれ」の高村光太郎は、この時点でも、まったく受動的であり、智恵子の発言を押しとどめ、天上の夢を現実にしようとしてはならない、と訓している。

私の心の靜寂は血で買つた寶である
あなたには解りやうのない血を犧牲にした寶である
この靜寂は私の生命《いのち》であり
この靜寂は私の神である
しかも氣むつかしい神である
夏の夜の食慾にさへも
尙ほ烈しい擾亂を惹き起すのである
あなたはその一點に手を觸れようとするのか

この第三連で「夏の夜の食慾」にふれているが、「涙」「おそれ」と同時に発表された、同年八月一〇日作の詩「夏の夜の食慾」は末尾に

この食慾を棄てにゆけ
夏の夜の食慾を
みたせども、みたせども
なほ欲し、あへぎ、叫び狂奔するこの食慾をすてにゆけ
あの美しい國へ、あの不斷の花のかをる國へ――

としめくくっているけれども、作中

色情狂のたくらみの果てしもないやうに
夜はこうこうと更け渡つても
私の魂は肉體を脅かし
私の肉體は魂を襲撃して
不思議な食慾の興奮は

みたせども、みたせども
なほ欲し、あへぎ、叫び、狂奔する

とあるとおり、「夏の夜の食慾」は彼の烈しい擾乱を惹き起す情欲を意味する。「狂奔する」という言葉から後年の「狂奔する牛」を想起してもよい。「おそれ」の第四連を読む。

いけない、いけない
あなたは靜寂の價を量らなければいけない
さもなければ
非常な覺悟をしてかからなければいけない
その一個の石の起す波動は
あなたを襲つてあなたをその渦中に捲き込むかもしれない
百千倍の打擊をあなたに與へるかも知れない
あなたは女だ
これに堪へられるだけの力を作らなければいけない
それが出來ようか

あなたは其のさきを私に話してはいけない
いけない、いけない

高村光太郎と結婚することは智恵子が彼の生のエネルギーに翻弄されることだ。もっといえば彼の性的情欲に応えることだ。貴方にはそんな冒険をしてはいけない、と説く。

御覧なさい
煤烟と油じみの停車場も
今は此の月と少し暑くるしい靄との中に
何か偉大な美を包んでゐる寶藏のやうに見えるではないか
あの青と赤とのシグナルの明りは
無言と送目との間に絶大な役目を果たし
はるかに月夜の情調に歌をあはせてゐる
私は今何かに圍まれてゐる
或る雰圍氣に
或る不思議な調節を司る無形な力に

そして最も貴重な平衡を得てゐる
私の魂は永遠をおもひ
私の肉眼は萬物に無限の價値を見る
しづかに、しづかに
私は今或る力に絶えず觸れながら
言葉を忘れてゐる

私は無形の力によって平衡をえているという趣旨に尽きるが、比喩は巧みとはいえない。そこで最終連の三行で終る。

いけない、いけない
靜かにしてゐる此の水に手を觸れてはいけない
まして石を投げ込んではいけない

「おそれ」は多弁にすぎて、すぐれた詩とはいえない。静かな水、高村光太郎の心、に触れるとは、愛してはいけない、ということだろうし、石を投げる、とは結婚して性的関係をもつすることを意味するだろう。ここで高村光太郎が何らかの智恵子の申出を拒否し、その「いみじき事」のために「涙」を流すのだが、あきらかに高村光太郎は智恵子に愛情をいだき、しかも、それを受け入れてはならない、という自制から二人は歎きをともにするわけである。

ここで、想起しておくべきことは、同じ一九一二（明治四五）年七月二一日作だから、明治天皇崩御の直前に書き、同年八月号の『スバル』に発表された詩「友の妻」である。友は柳敬助。その結婚した相手の女性は智恵子を高村光太郎に紹介した柳八重子である。

友よ
君の妻は余の敵なり
君の妻を思ふたびに、余の心は忍びがたき嫉妬の爲に顫へわななく
君を余より奪ふものは君の妻にして
君に對する余の友情を滑稽化せむとするものも君の妻なり
さればすべての友の妻は余の呪ふところとなる

という第一連にはじまるが、何故「余の敵」であるかは、次の第四連で説明されている。

友よ
君の妻は性の力を有す
何ものか此れに敵し得む
されば
人生の最も深き興味あり、最も大なる意味を有するたのしき忘我の瞬間は
常にある境遇にのみ起る
君の友の如きは此の時塵埃の如し
君は此の荘嚴なる事件の面前にあつて
平日の友情と稱するものを思はば
殆ど滑稽に近き不自然を笑はざるを得ざらむ

高村光太郎は、結婚すれば妻はその「性の力」によって、夫の性欲を支配し、人格を制御すると考えていた。だから「友の妻」においても「君は到底その妻の奴隷となり終れるなり」と書いているのではないか。高村光太郎が智恵子の愛を受け入れることを拒否した理由には、そうした恐怖、危惧もその一部をなしていたのではないか。

ここで「おそれ」において「靜かにしてゐる此の水に手を觸れてはいけない」とあるのが、このと

き高村光太郎は心の静寂をとり戻していることを意味するとすれば、彼のいうデカダンスの時期はすでに終っていたのではないか、という疑問を生じる。「智惠子の半生」で高村光太郎は「不安と焦躁と渇望と、何か知られざるものに對する絶望とでめちやめちやな日々を送り、遂に北海道移住を企てたり、それにも忽ち失敗したり、どうなる事か自分でも分らないやうな精神の危機を經驗してゐた時」柳敬助に智恵子を紹介された、と書いているが、じつは精神の危機はすでに終っていたのではないか。「智恵子の半生」の文章は、ある意味で、智恵子を美化し、事実を歪曲しているように思われる。

全集の年譜には、北海道移住の企てに失敗した高村光太郎が「生きる道を求めての苦悩と模索。時に頽廃の淵に耽溺し、紅燈の巷にさまよう。家督一切を弟豊周に委ねることを父に申し出たのもこの頃」である。この当時の状況を高村豊周『光太郎回想』によって見てみる。

「北海道に行く前に、兄は一時浜町河岸に下宿したりしているが、この頃の兄は本当に苦しそうだった。ばかに機嫌がいいかと思うと、ひどく機嫌が悪くなって、僕など、

「どうして兄貴はあんなに気難かしいんだろう。」

とはらはらした憶えがある。お嫁さんや銅像会社では責められ、琅玕洞も駄目、北海道移住も失敗するし、前年からその年にかけては例のモナ・リザのことも起っている。このままではこれからの生活の方途もつかない。いろいろの問題が積重なって、今で言えばノイローゼというところだった。兄にとっても重大な決心だったと思うが、この頃、家の跡を継ぐのは嫌だと言い出している。その

頃の事だから、当然家をつぐのは総領に決っていたし、まして家の仕事である彫刻をやっているのは兄一人なのだから、これは仕方のないことなのだが、自分はそれを放棄する、自分には出来ない、と改まって父に言い出した。

「家もいらない、地所もいらない。それから父の残す財産、動産であれ不動産であれ、何一つ自分は欲しいと思わない。その代り親戚からも、弟子達からも、全部から解放してもらいたい。自分は家事から一切手を引くが、道利には出来そうもないから、それは豊周にやってもらうより仕方がない。総領として自分がやらなければならない一切を豊周に任せる。だから自分をうっちゃって、一人きりにして置いてくれないか。」

その申し出を聞いて、僕も父に呼ばれた。

「光太郎がこんなことを言うんだが。」

そういう父も腹の中では非常に困惑していた。僕はまだ二十才そこそこなので、そんな難かしい大問題とも感じない。

「兄貴にやれることなら、俺にだってやれるだろう。それで兄貴が羽を伸してどこでも飛んで歩く方が幸せなら、兄貴の名代位俺がつとめたっていい。親類づきあいや弟子の世話位なもので、家とか土地とか、そんなものはたかがしれている。そんなことに拘泥して、兄貴にいらいらされたり、仕事が出来なかったりしたんでは家中が却ってたまらない。」

そんな風な気持で、僕は大ざっぱに考えていた。

兄は自分で働いて、自分で食って、思うがままにやってみたい。しかし父や母の下にいたのではどうしても束縛される。何でも好きなようにやるという訳にはいかない。天涯孤独なら、それが出来る、そんな考えだったのだろう。その話はなんとなく父の流儀で「それもよかろう」位のところで終ってしまったが、父は

「まあやって見るがいいや。どうせ又帰ってくるんだろう。そんなことを言ったって、世間なんてものは、そう口で言うようにはいくもんじゃない。」

腹の中ではそんな風に思って、兄の言分を聞いていたのだと思う。兄の書いたものを見ると智恵子と結婚するについて、それを父に申し出たように取れるけれど、実はもっと以前にそういう話が既にあったわけだ。」

高村光太郎が家督相続の権利を放棄することの法律的意味を理解していたとは思われない。家督相続権を放棄することは、同時に家督相続者としての義務から解放されることである。つまり、たんに親の資産を相続によって取得しないことだと高村光太郎は考えていたようだが、親の面倒をみ、親をみとる義務からも解放されることをも意味するから、豊周にこのような義務をも併せておしつけたわけである。しかし、高村光太郎としては家督相続の権利を放棄するほどの犠牲を払ってえたものが、現在の彼の「静か」な「静寂」な心なのだ、と「おそれ」で彼は智恵子に語ったのであろう。この家督

相続の問題は、もっと広い意味では、父光雲の息のかかった世界から離れて自立し、そのために文展のような展覧会に出品せず、美術学校教授のような職に就かず、社会的に知られないことも、あえて辞さない、といった彼の強烈な自立心によって得たものだというのであろう。しかも、私には筋が通らないとしか思われないが、そのために遊興などの費用を小遣いとして貰ったり、光雲の下職ないし代作によって報酬をうけとることが、彼のそうした自立心と矛盾するとは考えていなかった。

ついでだが、一九一一年六月、彼が家督一切を弟豊周に委せると言ってからほぼ一年後に、駒込林町二五番地にアトリエを新築してもらっている。豊周の『光太郎回想』によれば「当初の予定は平家木造瓦葺二十七坪五合で、総出来一坪につき五十円、合計千三百七十五円という計算だったが、結局一切合せてかかった費用が二千二百九十九円七十八銭五厘の総締になっている。当時の建築は坪三十五円位が普通だから、五十円というのはかなり高い」という。こういうアトリエに住むことは、家督相続をしないという立場からみると、甚だしい矛盾なのだが、高村光太郎はそうは感じなかったらしい。あるいは、終局的には豊周が所有権を相続するのだから、このアトリエを新築してもらうのも、無償で使用することも当然と考えていたのかもしれない。

そういう意味で、高村光太郎の生き方は、矛盾しているし、矛盾していることを意識さえしなかったらしいが、彼の選んだ生き方がきわめて独自である以上、結婚すれば、そうした独自の生き方による苦労を共にしなければならない。智恵子にそんな苦労を共にさせるにはしのびない、ということも

「おそれ」で高村光太郎は智恵子に訓したのであり、たぶん同じような趣旨のことを明治天皇崩御前、日比谷公園の松本楼で氷菓を手にしながら説いたのかもしれない。

※

しかし、犬吠岬で出会って以降、高村光太郎は智恵子の愛情にこたえることとなる。

瓦斯の暖爐に火が燃える
ウウロン茶、風、細い夕月

という二行を第一節とし、四〇行近い第二連から成る「或る宵」は一九一二（大正元）年一〇月二三日作だが、この末尾一六行を引用する。

我等は爲すべき事を爲し
進むべき道を進み
自然の掟を尊んで

行住坐臥我等の思ふ所と自然の定律と相戻らない境地に到らなければならない
最善の力は自分等を信ずる所にのみある
蛙のやうな醜い彼等の姿に驚いてはいけない
むしろ其の姿にグロテスクの美を御覧なさい
我等はただ愛する心を味へばいい
あらゆる紛糾を破つて
自然と自由とに生きねばならない
風のふくやうに、雲の飛ぶやうに
必然の理法と、内心の要求と、叡智の暗示とに嘘がなければいい
自然は賢明である
自然は細心である
半端物のやうな彼等のために心を悩ますのはお止しなさい
さあ、又銀座で質素な飯《めし》でも喰ひませう

観念過多であって、最後の一行を除けば、具体的イメージに欠けており、すぐれた詩とはいえないが、ここでいうことによれば、愛は自然と同義であり、自然の摂理にしたがい、愛をもって社会と立

ち向かっていく、ということにちがいない。自然はロダンに学んで以来、高村光太郎の生活の原理であった。そういう意味で「或る宵」は注目に値する。ただ「自然」は人工と対立する意味と「おのずから」という意味とがあり、ロダンが説いたのは前者であり、高村光太郎がロダンから学んだのも前者の意味の「自然」だが、この詩にいう「自然」はおおむね前者の意味で用いられているが、「自然と自由とに生きねばならない」の「自然」は後者の意味で用いられているように思われる。このとりちがえは後年になって深刻になるので、一応留意しておきたい。

ついで、同年一一月二五日作、『朱欒《ザンボア》』第二巻一二号、同年一二月刊に発表された「郊外の人に」でたからかに高村光太郎は智恵子に対する愛情をうたいあげる。

わがこころはいま大風《おほかぜ》の如く君にむかへり
愛人よ
いまは青き魚《さかな》の肌にしみたる寒き夜もふけ渡りたり
されば安らかに郊外の家に眠れかし
をさな児のまことこそ君のすべてなれ
あまり清く透きとほりたれば
これを見るもの皆あしきこころをすてけり

また善きと悪しきとは被ふ所なくその前にあらはれたり
君こそは實《げ》にこよなき審判官《さばきのつかさ》なれ
汚れ果てたる我がかずかずの姿の中に
をさな兒のまこともて
君はたふとき吾がわれをこそ見出でつれ
君の見いでつるものをわれは知らず
ただ我は君をこよなき審判官《さばきのつかさ》とすれば
君によりてこころよろこび
わがしらぬわれの
わがあたたかき肉のうちに籠れるを信ずるなり
冬なれば欅の葉も落ちつくしたり
音もなき夜なり
わがこころはいま大風の如く君に向へり
そは地の底より湧きいづる貴くやはらかき溫泉《いでゆ》にして
君が淸き肌のくまぐまを殘りなくひたすなり
わがこころは君の動くがままに

はね　をどり　飛びさわげども
つねに君をまもることを忘れず
愛人よ
こは比《たぐ》ひなき命の靈泉なり
されば君は安らかに眠れかし
悪人のごとき寒き冬の夜なれば
いまは安らかに郊外の家に眠れかし
をさな兒の如く眠れかし

智恵子の清浄無垢な心が鏡のように彼の善悪のすべて映しだす、それ故、智恵子こそが汚れ果てた彼の審判を司るのだ、という。「いまは青き魚の肌にしみたる寒き夜もふけ渡りたり」といった、すぐれた表現をふくむとはいえ、「君が清き肌のくまぐまを残りなくひたすなり」といった、卓抜な表現をふくむとはいえ、この詩を秀作というのを私は躊躇する。たしかに高村光太郎の智恵子によびかけた愛情はこんなにも烈しく、やさしいものだったとは思うのだが、あまりに智恵子が理想化され、現実感に乏しいように感じるからである。

なお、当時、智恵子は雑司ヶ谷に住んでいたが、そのころの雑司ヶ谷は畑や林の多い郊外であったという。

そこで、智恵子と性的交渉のなかった時期を代表する名作として、「深夜の雪」を引用しておく。

あたたかいガスだんろの火は
ほのかな音を立て
しめきつた書齋の電燈は
しづかに、やや疲れ氣味の二人を照す
宵からの曇り空が雪にかはり
さつき牕《まど》から見れば
もう一面に白かつたが
ただ音もなく降りつもる雪の重さを
地上と屋根と二人のこころとに感じ
むしろ樂みを包んで軟かいその重さに
世界は息をひそめて子供心の眼をみはる
「これみや、もうこんなに積つたぜ」
と、にじんだ聲が遠くに聞え

やがてぽんぽんと下駄の歯をはたく音
あとはだんまりの夜も十一時となれば
話の種さへ切れ
紅茶ものうく
ただ二人手をとつて
聲の無い此の世の中の深い心に耳を傾け
流れわたる時間の姿をみつめ
ほんのり汗ばんだ顔は安らかさに満ちて
ありとある人の感情をも容易《たやす》くうけいれようとする
又ぽんぽんぽんとはたく音の後から
車らしい何かの響き——
「ああ、御覧なさい、あの雪」
と、私が言へば
答へる人は忽ち童話の中に生き始め
かすかに口を開いて
雪をよろこぶ

雪も深夜をよろこんで
数限りもなく降りつもる
あたたかい雪
しんしんと身に迫つて重たい雪が――

ここには激情はない。静寂がある。静寂の中、一言会話を交わすだけで、愛情をあたためている二人がいる。ほのぼのとした二人の愛情がしめやかに読者に伝えられる作品である。一九一三(大正二)年二月一九日作、『詩歌』三月刊に発表された作である。

続いて、上高地における出会いがある。「智恵子の半生」中、高村光太郎は次のとおり書いている。

「大正二年八月九月の二箇月間私は信州上高地の清水屋に滞在して、その秋神田ヴヰナス倶樂部で岸田劉生君や木村荘八君等と共に開いた生活社の展覽會の油繪を數十枚畫いた。其の頃上高地に行く人は皆島々から岩魚止を經て徳本峠を越えたもので、かなりの道のりであつた。その夏同宿には窪田空穂氏や、茨木猪之吉氏も居られ、又丁度穂高登山に來られたウエストン夫妻も居られた。九月に入つてから彼女が畫の道具を持つて私を訪ねて來た。その知らせをうけた日、私は徳本峠を越えて岩魚止まで彼女を迎へに行つた。彼女は案内者に荷物を任せて身輕に登つて來た。山の人もその健脚に驚いてゐた。私は又徳本峠を一緒に越えて彼女を清水屋に案内した。上高地の風光に接した彼女の喜は實に大きかつた。それから毎日私が二人分の畫の道具を肩にかけて寫生に歩きまはつた。彼女は其の頃肋膜を少し痛めてゐるらしかつたが山に居る間はどうやら大した事にもならなかつた。彼女の作畫はこの時始めて見た。かなり主觀的な自然の見方で一種の特色があり、大成すれば面白からうと思つた。私は穗高、明神、燒岳、霞澤、六百嶽、梓川と觸目を悉く畫いた。彼女は其の時私の畫いた自畫像の一枚を後年病臥中でも見てゐた。その時ウエストンから彼女の事を妹さんか、夫人かと問はれた。友達ですと答へたら苦笑してゐた。當時東京の或新聞に「山上の戀」といふ見出しで上高地に於ける二人の事が誇張されて書かれた。多分下山した人の噂話を種にしたものであらう。それが又家族の人達の神經を痛めさせた。十月一日に一山擧つて島々へ下りた。德本峠の山ふところを埋めてゐた桂の木の黄葉の立派さは忘れ難い。彼女もよくそれを思ひ出して語つた。」

犬吠岬に滞在中の高村光太郎を智恵子が訪れたと同じく、ここでも智恵子が高村光太郎を追って訪ねている。ただし、その間には「深夜の雪」にみられるような愛情が二人の間に育っていたのだから、そう驚くに値しないが、不便な上高地まで追ってくることは高村光太郎にとっても思いがけなかったようである。

ここで高村光太郎は智恵子の絵について、「かなり主観的な自然の見方で一種の特色があり、大成すれば面白からうと思つた」と書いている。「智恵子の半生」において高村光太郎は智恵子をかなり美化していると思われるが、彼女の油絵に関しては評価はきびしい。一種の特色があるというけれども、「大成」しない限り、評価にたえない、と判断したと言っているにひとしい。この文章中、終始、彼は智恵子の清純素朴な性格を讃美しているけれども、油絵については生涯認めなかったと解される。

興味ふかいことは、智恵子が妹か、夫人かとウェストンに質問され、友達だと答えたところウェストンが苦笑した、という記述である。友達というには親しすぎるとみられたからこそウェストンは苦笑したのであり、血族のような親しさが二人の間にみられることにウェストンは関心をもったにちがいない。全集の年譜には「九月には智恵子も上高地に来て、一緒に絵を描く。この山上で婚約」と記されている。この婚約はたんに将来結婚することを約束したという意味ではなく、将来結婚を公表することを約束して事実上性的関係をもつこととなった、という意味である、と私は解する。そう解してはじめてウェストンの苦笑も理解できるし、後にみる『道程』中の作「晩餐」「淫心」などが結婚披露宴に先立って書かれていることも理解できるのである。高村光太郎が智恵子との婚姻を本郷区役所に届出たのは、彼女の発病後の一九三三（昭和八）年八月二三日であり、これは「病む智恵子の今後の生活の安泰を配慮した決断」であった、と年譜に記されている。「ロダンとロオズとは戸籍上他人であつた。死期の遠くない事を知つた彼等は縁戚者の慫慂のままに、一九一七年一月二十九日、火の氣の無いムウドンの家の食堂で正式の結婚式を擧げた」と高村光太郎は一九二七（昭和二）年四月アルス刊の著『ロダン』に書いている。かりにロダンに倣ったのでないとしても、高村光太郎は婚姻届のような形式を無視し、智恵子もそうした高村光太郎の思想に異議を唱えることはなかった。全集の年譜、一九一四（大正三）年一二月二二日の項に次の記載がある。
「智恵子と結婚。上野精養軒で披露が行われ、親族の他に正木直彦、藤島武二、与謝野寛・晶子夫妻、田村松魚・俊子夫妻、柳敬助・八重夫妻らが出席する。冬には珍しい暴風雨の夜だった。人間のあるべき姿を追い求めて、二人の共棲の試みが始められる。以後智恵子は高村を名乗るけれど、二人の合意で長く婚姻届は無視される。」

高村豊周『光太郎回想』によれば、「特別に結婚式などやらなかった」というから、キリスト教、神道等による儀式めいたものはなく、たんに宴会だけが催されたようである。ただ、この披露宴を智恵子が重視していたことは、それ以前は長沼智恵子という名で書簡等を書いていたが、この披露宴を境に高村智恵子と名乗ったことから推測される。しかし、この高村智恵子は社会的に認知された通称ではあっても、正式な姓名ではないこと、したがって、たとえば海外旅行のための旅券を高村智恵子の名前では取得できないこと、まだ婦人参政権が認められていなかった時代だから問題とならなかったけれども、もし婦人参政権が認められていたなら、長沼智恵子の名でしか投票できなかったことなど、どこまで智恵子は認識していたか。私は年譜にいう「二人の合意」に一抹の疑義をもっている。

この結婚披露宴について『光太郎回想』に次の記述がある。

「兄は羽織はかま、智恵子は紋つき、江戸づま、勿論角かくしなどはない普通の宴会の服装だった。精養軒は西洋料理屋だが、母だの藤岡よねだの長沼せんだのは洋食というものが食べられない。それでその人の分だけ別に伊予紋から日本料理のお膳をとって、洋食のずっと並んでいる間に、ちゃんと黒塗のお膳が並べてあったという、今から思えば滑稽なこともあった。」

西洋料理店だからというなら、高村光太郎、智恵子が和装というのも滑稽だし、それにもまして、高村光太郎の母とよ、智恵子の母セン、高村光太郎の従妹藤岡よねは、西洋料理の作法を知らないことを恥ずかしく感じたにちがいない。高村光太郎のイギリス好みが、こうした中途半端な宴会を強行させ、二人の母親に恥ずかしい思いをさせ、その費用を高村光太郎、智恵子の二人が負担したはずはないから、ずいぶんと我侭勝手だという感がふかい。（母センは戸籍名、書簡の宛名などに「せん」と表記されているが、以下「セン」に統一する。）

私は一九一三（大正二）年一一月四日作、『文章世界』同年一二月刊に発表された「山」も上高地体験にもとづくと考える。

山の重さが私を攻め園んだ
私は大地のそそり立つ力をこころに握りしめて
山に向つた
山はみじろぎもしない
山は四方から森厳な静寂をこんこんと噴き出した

たまらない恐怖に
私の魂は滿ちた
ととつ、とつ、ととつ、とつ、と
底の方から脈うち始めた私の全意識は
忽ちまつぱだかの山脈に押し返した

「無窮」の力をたたへろ
「無窮」の生命をたたへろ
私は山だ
私は空だ
又あの狂つた種牛だ
又あの流れる水だ
私の心は山脈のあらゆる隅隅をひたして
其處に滿ちた
みちはじけた

山はからだをのして波うち
際限のない虚空の中へはるかに
又ほがらかに
ひびき渡つた
秋の日光は一ぱいにかがやき
私は耳に天空の勝鬨をきいた

山にあふれた血と肉のよろこび！
底にほほゑむ自然の慈愛！
私はすべてを抱《だ》いた
涙がながれた

イメージが混乱してわかりにくい詩だが、作者は自然と一体化する喜悦をうたっていると解して誤りはあるまい。制作の時期からみて「山」が上高地からみた穂高などの山々を指すことも間違いあるまい。見落とすことのできないのは「狂つた種牛」という句である。これは当然、後年の作の「狂奔する牛」と同じ牛でなければならない。そう解すれば最終連は自然にいだかれて情欲を成就した歓喜と、その歓喜から自らながれでた涙と解することができるであろう。私はこの作からも二人が上高地において性的関係をもったと解する。

※

ところで、この時期から高村光太郎の作品には倫理的、道徳的ないし教訓的な作品が頻出するようになり、また冬への讃美もはじまることも特徴的である。

その一として「牛」をあげる。一九一三(大正二)年一二月七日作である。

牛はのろのろと歩く
牛は野でも山でも道でも川でも
自分の行きたいところへは
まつすぐに行く
(中略)
牛は後《あと》へはかへらない

足が地面へめり込んでもかへらない
そしてやつぱり牛はのろのろと歩く

（中略）

牛は非道をしない
牛はただ爲《し》たい事をする
自然に爲たくなる事をする
牛は判斷をしない
けれども牛は正直だ
牛は爲たくなつて爲た事に後悔をしない
牛の為た事は牛の自信を強くする
それでもやつぱり牛はのろのろと歩く
何處までも歩く
自然を信じ切つて
自然に身を任して
がちり、がちりと自然につつ込み喰ひ込んで
遲れても、先になつても

自分の道を自分で行く

（下略）

まだ数十行続くが、以下は省略する。私は若いころ、こういう詩が嫌いであった。押しつけがましく、余計な事だと思った。実際、この詩は多弁にすぎて、詩としての結晶度に乏しい。詩として魅力があるともいえないし、感動も与えない。ただし、こういう作品に、いかに生きるか、の教訓を得、感動する読者が多いことは承知しているつもりである。

しかし、いま、公平にみれば、これは高村光太郎の自戒の詩として読むべきであり、すぐれた詩とはいえないけれど、まったく共感の余地のない作品とは考えない。ただ、ここで「自然」という言葉の用法に混乱があることに注意しておきたい。「自然に爲たくなる事をする」の「自然に」は「おのずから」の意であり、「自然を信じ切つて」「自然に身を任して」の「自然」は人工に対立する「自然」である。つまり、ロダンのいう自然である。

詩集の題を振られた「道程」は一九一四（大正三）年二月九日作、同年三月刊の『美の廃墟』に発表されたときは百二行であった。全集二五三頁所収の最終形は次のとおりである。

僕の前に道はない

僕の後ろに道は出來る
ああ、自然よ
父よ
僕を一人立ちにさせた廣大な父よ
僕から目を離さないで守る事をせよ
常に父の氣魄を僕に充たせよ
この遠い道程のため
この遠い道程のため

この最初の二行を読むと、何と傲慢な作者だろう、と私は感じる。この「自然」はロダンのいう自然だが、いま読み返してみても、第二行は不要と考える。「僕の後ろに道は出來る」とは、その道を後からくる人々が利用することであろう。そう読むと、自分がはじめて他人の役に立つ道を切りひらいてやるのだ、という意味に解され、いかにも嫌味である。しかも続く七行が理解しにくい。やはり初出を参照しなければなるまい。初出詩の冒頭から読んでいくと、冒頭に「どこかに通じてゐる大道を僕は歩いてゐるのぢやない」とはじまって、「僕の前に道はない」と続くのであり、読みすすむと自分が歩いてきたさんたんたる道を見て

僕は自然の廣大ないつくしみに涙を流すのだ
あのやくざに見えた道の中から
生命《いのち》の意味をはつきりと見せてくれたのは自然だ
僕をひき廻して眼をはぢき
もう此處と思ふところで
さめよ、さめよと叫んだのは自然だ
これこそ嚴格な父の愛だ

とあるので、自然こそ自分に生命の意味を教えてくれた父であり、自分の進むべき道を教えてくれたのも自然である父の愛だ、というのであろう。そして末尾に

子供は父のいつくしみに報いたい氣を燃やしてゐるのだ
ああ
人類の道程は遠い
そして其の大道はない

自然の子供等が全身の力で拓いて行かねばならないのだ
歩け、歩け
どんなものが出て來ても乘り越して歩け
この光り輝やく風景の中に踏み込んでゆけ
僕の前に道はない
僕の後ろに道は出來る
ああ、父よ
僕を一人立ちにさせた父よ
僕から目を離さないで守る事をせよ
常に父の氣魄を僕に充たせよ
この遠い道程の爲め

とあるので、最終形の七行は、ああ、自然よ、父である自然よ、僕を子供から一人立ちできる成人にしてくれた広大な父である自然よ、僕から目を離さないで守ってください、常に自然のもつ気魄で僕を充たしてください、この遠い道程を僕が歩みゆくために、という意味に解することができる。

ここには自然にすべてが隠されているという高村光太郎の年来の信条があり、ロダンに学んだ「自然」があり、いわば智恵子と共に困難な生を生き、きりひらく道程を見まもり、その気魄を与えてください、といった祈りに似た思想をうたった作と解することができる。

このように自戒、自省の詩と解しても、やはり教訓的で、おしつけがましく、最終形は言葉足らずであって、『道程』という秀逸な詩集の表題作としてふさわしいとは思われない。

冬が來る、冬が來る
魂をとどろかして、あの強い、鋭い、力の權化の冬が來る

一連二行、六連から成る「冬が來る」は右の第六連で終っているが、これは一九一二（大正元）年一〇月二三日作であり、犬吠岬での出会い後間もない作だが、ここでは冬の到来に対する懸念、危惧が感じられる。ところが、上高地以後の一九一三（大正二）年一二月六日作の「冬の詩」ではその「一」を

冬よ、冬よ
躍れ、さけべ、腕を組まう

と結び、その「二」でも

冬よ、冬よ
躍れ、さけべ、足をそろへろ

と結んでいるように、冬の到来を待ちかまえるかの感があり、同年同月五日作の「冬が來た」では、その第三連に

冬よ
僕に來い、僕に來い
僕は冬の力、冬は僕の餌食だ

とうたって冬を迎撃する姿勢を示している。

「牛」などにみる道徳的、教訓的な詩が智恵子と共に生きることの困難をのりこえていこうとする高村光太郎の決意を示し、あるいは自省、自戒を示していると同様、これらの冬の詩は、観念過剰で、すぐれているとはいえないが、彼の勇猛果敢なゴチック的精神をあらわしている。

3

詩集『智恵子抄』の前期を私は「晩餐」に終るとみる。『道程』では「晩餐」「五月の土壌」「淫心」と続いて「秋の祈」で終わっている。「晩餐」は一九一四（大正三）年四月二五日作、『智恵子抄』の中でも、高村光太郎の全作品をとおしても、屈指の作である。

暴風《しけ》をくらつた土砂ぶりの中を
ぬれ鼠になつて
買った米が一升
二十四銭五厘だ
くさやの干《ひ》ものを五枚
澤庵を一本
生姜の赤漬
玉子は鳥屋《とや》から
海苔は鋼鐵をうちのべたやうな奴

薩摩あげ
かつをの鹽辛

湯をたぎらして
餓鬼道のやうに喰ふ我等の晩餐

ふきつのる嵐は
瓦にぶつけて
家鳴《やなり》震動のけたたましく
われらの食慾は頑健にすすみ
ものを喰らひて已が血となす本能の力に迫られ
やがて飽滿の恍惚に入れば
われら靜かに手を取つて
心にかぎりなき喜を叫び
かつ祈る
日常の瑣事にいのちあれ

生活のくまぐまに緻密なる光彩あれ
われらのすべてに溢れこぼるるものあれ
われらつねにみちよ

われらの晩餐は
嵐よりも烈しい力を帯び
われらの食後の倦怠は
不思議な肉慾をめざましめて
豪雨の中に燃えあがる
われらの五體を讃嘆せしめる

まづしいわれらの晩餐はこれだ

具体的な食材をたたみかけるようにあげる第一連、餓鬼道のような晩餐という第二連、第三連の祈りに似た静寂と魂の充実感、第四連で燃え上がる肉欲、第五連の驚くべき見事なしめくくり。現実感にあふれ、意外な結びに至る精緻に展開する構成、緊迫した声調など、これはまことに非凡な作品である。

「晩餐」に続く「五月の土壌」は

五月の日輪はゆたかにかがやき
五月の雨はみどりに降りそそいで
野に
まんまんたる氣魄はこもる

という第一連にはじまり、

わが足に通《かよ》つて來る土壌の熱に
我は烈しく人間の力を思ふ

という最終連に終る、一九一四（大正三）年五月一六日作の詩であり、こうした自然讃美、人間の生命讃歌は高村光太郎の作品にみられる特徴だが、私見では現実感に乏しく、陰影のない平凡な作としか思われない。

問題は続く「淫心」である。一九一四（大正三）年八月二七日作、『我等』同年九月号に発表された作品であり、ことわるまでもなく結婚披露宴に先立つ作品である。この事実に若干こだわるのは、結婚披露宴の後に、彼ら二人は駒込林町二五番地のアトリエで同棲しはじめたのであり、その証拠として、全集別巻所収の智恵子書簡が、一九一四（大正三）年一二月一一日付封書（智恵子書簡番号二五）では発信人は、「雑司谷七一一　長沼智恵」、同年同月一二日付封書（智恵子書簡番号二六）では発信人は「福島県二本松　長沼智恵」とあり、同年一二月二九日付封書（智恵子書簡番号二七）ではじめて発信人が「駒込林町二五　高村智恵」と変ることが示されているからである。ただ、たとえば「晩餐」に描かれた晩餐を共にした夜、智恵子が雑司ヶ谷に帰宅したとは考えにくいから、披露宴以前にも随時アトリエに泊ったことはありうると思われるが、はたしてそうか。披露宴以前には智恵子はつねに長沼姓を名のり、雑司ヶ谷に住んでいるという建前で暮らしていたことからみると、披露宴の日に結婚したと考え、男女間の性的交渉をもつことと事実上の結婚をすることとは別に考えていたのでろう。彼らは時に形式を重視し、時に形式を無視した。これも高村光太郎の矛盾した生き方のあらわれかもしれない。ただ、ここで心にとめておいてよいのではないかと思われることは、智恵子は「別居結婚」という思想をもっていたようにみえるからである。

田村とし子が『文章世界』一九一二（大正元）年一〇月号に発表した「悪寒」は田村とし子の智恵子に対する同性愛的心情を書簡形式で表現した作品として知られており、作中、「あなたは何とかが崎とかから、たつた一枚の端書を下すつたばかりです」と記し、さらに、

「あなたの端書をおだしになつた何とかが崎とかには、あなたの大好きなYさんが遊びに行つておいでのやうですね。あの端書にこれから山の奥へ行くとありましたが、今頃は何處の山の奥で、自由な戀にあなたの初心《うぶ》な瞳子《ひとみ》をふるはしてゐる事かと思ふと、私は自分のからだの中の血汐が鹽つぱくなつてくるやうな氣がします。」

とあるのは、「何とかが崎」は犬吠岬を指し、智恵子に宛ててこの作品が書かれていることは確かである。その上で『新潮』一九一三年一月号に「遊女」と題して発表され、後に「女作者」と改題された、同じ田村とし子の作品には

「ある限りの女の友達の内で、自分ぐらゐくだらない女《もの》はないとこの女作者は思つた。殊に二三日前に例《いつも》にもなく取り澄ましてやつて來たある一人の友達の事が考へられた。その女は近い内に別居結婚をすると云つて行つたのである。たいへんに戀し合つてゐる一人の男と結婚をするまでになつたけれども、同棲をしない結婚をするのださうである。さうして一生離れて棲んで戀をし合つて暮らすのだと云ふ事だつた。

「自分の親さへ親と思ふ心はないのに、他人の親まで、私の親にするなんて、そんな事は兎ても私には出来ないわ。結婚したつて私は自分なんですもの。私は私なんですもの。戀と云つたつてそれは人の爲にする戀ぢやないんですもの。自分の戀なんですもの。自分の戀なんですもの。」

八重齒を見せながらその女はこの女作者に斯う云つた。」

と記し、さらに、「その女友達が肉と云ふものは絶對に斥《しりぞ》ける夫婦と云ふものを作らうとしてゐるらしい未通女氣《おぼこぎ》とでも云ひ度いものに、この女作者の胸はもやくにされた。女友達の戀の相手がどんな人だかはこの女作者は知らなかつた。新らしい藝術家と云ふ事だけは噂によつて知つてゐた。」と書いている。

田村とし子がここで描いた女友達が智恵子であることは間違いあるまい。田村とし子は性的関係をもたない別居結婚を考えていたようである。そうとすれば、智恵子は性的交渉に嫌悪をいだいていたか、あるいは臆病だったので、別居結婚を夢みたのであろう。それでも、別居しながらも、雑司ヶ谷から駒込林町のアトリエに通い、事実上、別居結婚にふみきったときには「晩餐」で描かれたような性的情欲に溺れた、とも思われる。それでもこれから読む「淫心」における「をんなは多淫」と言われるほど淫蕩であったとは、別居結婚という発想をもつ女性としてはかなり考えにくいように思われる。『智恵子抄』では省かれた「淫心」は次のとおりである。

をんなは多淫
われも多淫
飽かずわれらは
愛慾に光る

縱橫無礙の淫心
夏の夜の
むんむんと蒸しあがる
瑠璃黑漆の大氣に
魚鳥と化して躍る
つくるなし

われら共に超凡
すでに尋常規矩の網目を破る
われらが力のみなもとは
常に創世期の混沌に發し
歷史はその果實に生きて
その時劫を滅す
されば
人間世界の成壞は
われら現前の一點にあつまり

われらの大は無邊際に充ちる

淫心は胸をついて
われらを憤らしめ
萬物を拜せしめ
肉身を飛ばしめ
われら大聲を放つて
無二の榮光に浴す

をんなは多淫
われも多淫
淫をふかめて往くところを知らず
萬物をここに持す
われらますます多淫
地熱のごとし
烈烈――

私には「人間世界の成壊は／われら現前の一點にあつまり／われらの大は無邊際に充ちる」という三行の意味が理解できない。ことに「人間世界の成壊」「われらの大」が何を意味するか正確には分らない。だが、「人間世界の成壊」を「人間世界の天地」と解し、「われらの大」を「われらの偉大さ」と解することが許されるとしても、この第三連は、たかだか性愛讃美に過多という感がつよい。しかし、ここまで率直に性愛、性的情欲を肯定し、告白し、讃美した詩は他に例をみまい。高村光太郎の独自性のあらわれであることははっきりしているのだが、私としてははたしてこれは真実であるかどうか、強い疑問をもつ。高村光太郎が性欲抑制剤を用いなければ過すことのできない日々があったことからみて、彼自身が性欲旺盛であったことは疑問の余地が無いのだが、智恵子もこの歌にうたわれたように「多淫」、地熱のごとく、烈々たる淫心の持主であったかどうか、大いに疑問をもつ。こうした詩を公表されたら、智恵子としてははげしい羞恥心を覚え、人前に出るのも躊躇するだろう。この詩に書かれたように智恵子が「多淫」、淫蕩であったとしても、高村光太郎には智恵子に対する思いやりがない。まして智恵子が真実そうでなかったとすれば、高村光太郎の独断であったとすれば、どうか。かりに智恵子が性的交渉にさいし快感を覚えたような徴候を示したとしても、それがどれほどの恍惚たる反応であるかは、男性には分りようがない。この詩は高村光太郎の独断であり、彼にはつつしみがないように、私は感じている。

「秋の祈」は『道程』巻末の詩であり、一九一四（大正三）年一〇月八日作である。

秋は嘵嘵《りやうりやう》と空に鳴り
空は水色、鳥が飛び
魂いななき
清浄の水こころに流れ
こころ眼をあけ
童子となる

多端紛雑の過去は眼の前に横はり
血脈をわれに送る
秋の日を浴びてわれは静かにありとある此を見る
地中の営みをみづから祝福し
わが一生の道程を胸せまつて思ひながめ
奮然としていのる
いのる言葉を知らず
涙いでて

光にうたれ
木の葉の散りしくを見
獣《けだもの》の嘻嘻として奔《はし》るを見
飛ぶ雲と風に吹かれる庭前の草とを見
かくの如き因果歴歴の律を見て
こころは強い恩愛を感じ
又止みがたい責《せめ》を思ひ
堪へがたく
よろこびとさびしさとおそろしさとに跪《ひざまづ》く
いのる言葉を知らず
ただわれは空を仰いでいのる
空は水色
秋は喨喨と空に鳴る

浄化された魂の静かで美しい祈りの詩である。しかし現実感に乏しく、読者に訴えかけるものは弱い。感銘は淡いが、『道程』をこのように完結させることが高村光太郎の真意であったにちがいない。

第四章　「猛獣篇」（第一期）の時代

1

「あどけない話」はいわゆる円本、改造社版『現代日本文学全集』第三七篇『現代日本詩集・現代日本漢詩集』所収の「高村光太郎集」に収められているのを中学初級のころはじめて読んで以来、私が忘れがたく、好ましく感じてきた小品である。

智恵子は東京に空が無いといふ、
ほんとの空が見たいといふ。
私は驚いて空を見る。
櫻若葉の間に在るのは、

切つても切れない
むかしなじみのきれいな空だ。
どんよりけむる地平のぼかしは
うすもも色の朝のしめりだ。
智恵子は遠くを見ながら言ふ、
阿多多羅山《あたたらやま》の山の上に
毎日出てゐる青い空が
智恵子のほんとの空だといふ。
あどけない空の話である。

幼い私はこういう他愛のない夫婦の会話が詩として不思議な感銘を与えることに、高村光太郎の非凡な才能を感じた。やがて、成人し、ことに東京の大気汚染が話題となってから、この詩は大気汚染の問題を一九二八（昭和三）年五月の時点で先取りしている作と読むことができる、と考えるようになった。いま、私は、作者高村光太郎は、この智恵子の発言を文字どおり「あどけない話」とうけとり、高村光太郎は、智恵子の、恋いこがれた「阿多多羅山の山の上」の「ほんとの空」を信じていなかった、と考え、だからこそ「あどけない話」と題した、と考える。それ故、ここには夫婦としての会話は成り立っていないし、夫婦の間の心の通い合いが失われていると考える。そういう意味で、この詩はきわめて悲劇的な作品である、というのが現在の私の解釈である。その後、一九三一（昭和六）年三月「美の監禁に手渡す者」を書くまで、『智恵子抄』所収の作はない。そして、全集の年譜一九三二（昭和七）年の項に次の記載を見る。

「七月十五日朝、智恵子は眠りから覚めない。その画室に睡眠剤アダリンの空の瓶が残され、壁に新しいキャンバスが立てかけてあった。遺書には光太郎への愛と感謝と、義父光雲への謝罪の言葉だけが書きつけられていた。早い発見と処置はあやうく智恵子の生命を救う。」

実際、「美の監禁に手渡す者」は彫刻、絵画などの美を金に換えることの理不尽、その美を所有者が閉じ込めることの不当を主題とする詩であって、作中

　がらんとした家に待つのは智恵子、粘土、及び木片《こつぱ》、

の一行はあるので『智恵子抄』に収められたのであろうと思われるが、智恵子への愛や智恵子との生活をうたった作品ではない。そういう意味で、智恵子の発狂以前、二人の関係をうたった作品の最後に位置するのは、「あどけない話」であるといってよい。私は「あどけない話」に夫婦の会話が存在しない、彼らの間に心の通い合いがない、と指摘したが、そのことは高村光太郎がすでに認識して

いたように思われる。その事実を明らかにする作として「傷をなめる獅子」をあげることができる。
これは一九二五（大正一四）年三月二四日作、草稿メモに〈猛獣篇〉とあり、『抒情詩』同年四月号に
発表されたさい、題名に「（――猛獣篇より――）」と注があったと全集解題に記されている。

獅子は傷をなめてゐる。
どこかしらない
ぼうぼうたる
宇宙の底に露出して、
ぎらぎら、ぎらぎら、ぎらぎら、
遠近も無い丹砂《たんしや》の海の片隅、
つんぼのやうな酷熱の
寂寥の空氣にまもられ、
子午線下の砦《とりで》、
とつこつたる岩角の上にどさりとねて、
獅子は傷をなめてゐる。

そのたてがみはヤアヱのびん髮、
巨大な額は無敵の紋章、
速力そのものの四肢胴體を今は休めて、
靜かなリトムに繰返し、繰返し、
美しくも逞しい左の肩をなめてゐる。

獅子はもう忘れてゐる、
人間の執念ぶかい邪智の深さを。
あの極樂鳥のむれ遊ぶ泉のほとり
神の領たる常綠のオアシスに、
水の誘惑を神から盜んで、
きたならしくもそつと仕かけた
卑怯な、黑い、鋼鐵のわなを。

肩にくひこんだ金屬の齒を
肉ごともぎりすてた獅子はかう然とした。

憤怒と、侮蔑と、憫笑と、自尊とを含んだ
ただ一こゑの叫は平和な椰子の林を震撼させた。
さうして獅子は百里を走つた。

今はただたのしく傷をなめてゐる。
どこかしらない
ぼうぼうたる
つんぼのやうな孤獨の中、
道にはぐれても絶えて懸念の無い
やさしい牝獅子の歸りを待ちながら、
自由と濶歩との外何も知らない、
勇氣と潔白との外何も持たない、
未來と光との外何をも見ない、
いつでも新らしい、いつでもうぶな魂を
寂寥の空氣に時折訪れる
目もはるかな宇宙の薫風にふきさらして、

獅子は傷をなめてゐる。

この傷ついた牡獅子は高村光太郎自身、あるいは彼の心に棲みついた、反俗、反秩序の精神をもつ、あらあらしい猛獣である。この猛獣、この詩における獅子は、社会がしかけた罠にはまって傷ついている。そして社会秩序の鋼鉄の鎖をひきちぎって、百里を走り、秩序の外で、傷をなめている。

詩の末尾に近い「自由と濶歩との外何も知らない、／勇氣と潔白との外何も持たない、／未來と光との外何をも見ない、／いつでも新らしい、いつでもうぶな魂」の持主は、傷ついた牡獅子であるか、あるいは、はぐれて見失った牝獅子であるか、どちらとも解しうるであろう。しかし、「いつでも新らしい、いつでもうぶな魂」という表現から、また、この魂を待ちながら、牡獅子が傷をなめているとしか解せないので、牝獅子を指すと解したい。

ここで作者は何を訴えたいのか。牡獅子は牝獅子とはぐれ、牝獅子がやがて自分の許に帰ってくるであろう、それまで、反俗、反秩序の精神のために社会秩序から蒙った傷をなめながら牝獅子を待っている、ということがこの詩の主題である。いいかえれば、一九二五（大正一四）年三月、「傷をなめる獅子」を書いた時点ですでに、高村光太郎は智恵子を見失っている、彼女との心の通い合いを失くしていた。そのように高村光太郎が自覚していたと考えない限り、この詩が書かれたはずがない。

2

さて、高村光太郎と智恵子が結婚披露宴を催し、駒込林町二五番地のアトリエに同棲しはじめた時期に戻って、「傷をなめる獅子」等を書くに至った生活をふりかえることとする。

「父との關係」において、高村光太郎は次のとおり記している。

「一九一四年（大正三年）私の三十二歳の時、智恵子は私の妻となつた。上野精養軒に於ける結婚披露式の晩は珍らしいほどの恐ろしい豪雨であつた。父は結婚したら一切自力で生活しろと私に宣言し、私もその氣であつた。それから駒込のアトリエに於ける智恵子と二人の窮乏生活がはじまり、兩親にも分らず、友人にも知られない貧との戰を押し通して、ただめちやくちやに二人で勉強した。

一九二四年（大正十三年）頃からふと又木彫をはじめ、これが父の氣に入り、又世人にも迎へられ、木彫を作ればともかくもいくらかの金が確實にとれるやうになつて、父も少し安心したやうであり、又智恵子も追々母に好かれるやうになつて母も滿足した。」

つけ加えれば一九一五（大正四）年には一篇の詩作もない。一九一六年には九篇、一九一七年に二篇、一九一八年、一九一九年には一篇の詩作もなく、一九二〇年に三篇の詩作があるが、見るべき作品はない。一九二一（大正一〇）年に発表した「雨にうたるるカテドラル」までの間、高村光太郎の詩作はほとんど休眠状態にあった。

全集の年譜は一九一五年の項に次のとおり記載している。

「貧しい中にも充実した芸術精進。父は結婚とともに経済的な自立を求めたけれど、収入は相変わらず父の下職としての賃金とわずかな稿料だけだった。昼間は制作、夜は執筆の日々が続く。しかし志向されたのは、後に「検討するのも内部生命／蓄積するのも内部財宝」とうたった個の鍛冶。彫刻の魂は光太郎の内心に疼いて、その心を絵画や詩歌の世界から引き戻す。詩作なし。「ロダンの言葉」を訳し始める。」

「この年、第十五銀行委嘱による「園田孝吉胸像」を完成。注文による最初の彫刻だった。銀行にはアメリカで知り合った佐藤五百巌や熊井運祐がいて、なにかと力を貸してくれた。」

この園田孝吉胸像については、高村光太郎は『知性』一九四〇（昭和一五）年五月号に発表した「自作肖像漫談」中、次のとおり書いている。

「私が日本へ歸つてから初めて人にたのまれて肖像を作つたのは園田孝吉男の胸像であつた。相州二の宮の園田男別邸へ寫生に行つたり、その著書「赤心一片」を精讀したりしてほぼ見當をつけて作つた。男は長く十五銀行の頭取だつた人で、戰時獻金運動の早期主唱者であつた。その當時は最善を盡したのだが今日見ると製作にまだ疎漏なものがある。大震災の時男は二の宮邸で亡くなられたが、震災後、東京の邸宅でその胸像を再び見る機會を得た。ブロンズの色が美しくなつてゐた。」

この文章にいう「園田男」の「男」は戦前の華族制度にいう男爵である。この文章の続きを引用する。

「その後私は日本の彫刻界にあまり立ち交らないやうな事になつたので、私自身に直接に註文してくる人はめつたになかつた。私が彫刻を作るといふ事を世人は知らない程であつた。光雲翁はあとが續かないとよくみんなが言つた。私は妻の智恵子の首を幾度でも作つて勉強してゐたものの、金がとれないので、父の仕事の原型作りを常にやつて生計の足しにしてゐた。父の依頼された肖像の原型を大小いろいろ作つた。大半は忘れてしまつた。十數箇年に亙る此の間の私の米櫃仕事は、半分は父の意見に從ひ、半分は自分の審美判斷に從つた中途半端な、さういふ原型物であつた。折角苦心した肖像が父の仕事場で、星出し針で木彫に寫される時むざんに歪められてしまふやうな事も少くなかつた。松方正義老公の銀像、大倉喜八郎男夫妻の坐像、法隆寺貫主の坐像などが記憶にのこつてゐる。松方老公のは助手として父に伴いていつて三田の邸宅で寫生した。老公は自分はビスマルクに似てゐると人がいふと言つて居られた。そして額の中央が特に高く隆起してゐるといつて私に觸らせてみせたりした。此の銀像は甚だ幼稚な出來であつた。大倉男はあまり肖ると機嫌が悪かつた。こせこせ寫生などするやうでは駄目だと言はれた。當時蒙古方面の踏査から歸られたばかりで颯爽として居た。私は何と言はれても叮嚀に寫生して歸つて來た。法隆寺貫主には父の宅でお目にかかり、寫眞をとらせてもらひ、其を參考にして油土で等身大の原型を作つた。これは木彫に寫された時大變違つてしまつた。曾て帝展に出品されたのがその木像である。貫主のやうな清淨な、靜かな、深さのある人の肖像を自分の思ひ通りに製作したいなと思ひながら、結局父の木彫に都合のいいやうに作つた。父の仕事の下職としては隨分愚劣なものもかなり作つた。

その年月の間に私はアメリカ行を計畫してその資金獲得のために彫刻頒布會を發表したが入會者があまり少くて、物にならずに終つた。モデルを十分使つて勉强する事も出來ないので智惠子がしばしばモデルになつた。彼女のからだは小さかつたが比例がよくて美しかつた。

彫刻頒布會を發表した頃、日本女子大學の櫻楓會から校長成瀨仁藏先生の胸像をたのまれた。丁度先生はその時永眠せられてしまつた。お目にかかつたのも逝去數旬前の病床に於いてであつた。この胸像はなかなか出來上らず、毎年一個平均ぐらゐに原型を作つては壞し、大震災の午前十一時五十八分四十五秒も丁度その胸像をいぢつてゐる時であつた。その胸像は先生の十七回忌の年にやつと出來上つて目白の講堂に納めた。長くかかつたわりに思ふやうに良く出來なかつたので恥かしく感じた。その時代に中野秀人君や黃瀛君や住友芳雄君の首も作つた。住友君のが一ばん良かつた。

今美術學校と黑田記念館とにある黑田淸輝先生の胸像は二三年かかつて其後つくつた。これは黑田先生を學生時代によく見てゐたので作りよかつた。先生の頭蓋の形の特異さが殊に彫刻的に面白かつた。所謂法然《ほふねん》あたまである。この頃から私もだんだん彫刻性についての自分自身の會得に或る信念を持つやうになつた。」

この文章の結びは次のとおりである。

「私は智恵子の首を除いては女性の肖像をあまり作つてゐない。はるか以前に歌人の今井邦子女史の胸像をつくりかけたのに、途中で粘土の故障でこはれてしまつたのは惜しかつた。幸ひ寫眞だけは殘つてゐて女史の隨筆集の插畫になつてゐる。女史の持つ精神の美と強さとが幾分うかがはれるかも知れない。あの首は大理石で完成するつもりで石まで用意してあつたのである。これからは機會を捉へて日本女性の新鮮な美を肖像としてたくさん作つて置きたい。一體に女性のよい肖像彫刻は思つたよりも少い。これは美しく作るといふ成心を作者が持ち易いためではないかと思ふ。ロダンのノアイユ夫人などは最も優れた作の方で、この高雅な女流詩人の精神と肉體との美が遺憾なく表現されてゐて、それを見てゐると人間の誇を感ずる。私は出來れば日本女性の簡潔な、地についた美が作りたい。お手本になつてくれる人がたくさんあればいいと思ふ。」

いったい、高村光太郎は肖像彫刻の依頼をどれほどうけたのか。全集の年譜によると、一九一八（大正七）年の項に、「十月四日〜十日、佐渡に行く。かねてから依頼されていた新詩社の歌人で、実業家でもあった渡辺湖畔の父金六の肖像制作のため。この胸像はその後長くかかりながら完成しなかった」とあり、翌一九一九（大正八）年、成瀬仁蔵の胸像の依頼があったことは本人が記しているとおりだが、完成したのは十四年後であった。以降智恵子発狂に至るまでの間、私の見落としがあるかもしれないが、高村光太郎は肖像彫刻の依頼を受けていない。前掲文章の今井邦子の肖像は一九一六（大正五）年の制作だが、年譜には依頼によると記載されていない。写真で見る限り、「今井邦子胸像」は、美貌であるが、強靭さもなく、精神性もない。

一九一七年秋、高村光太郎は高村光太郎彫刻会を企画し、そのパンフレットに「園田孝吉胸像」と「智恵子の首」の写真を付したというが、うつむいた智恵子の写真からは出来栄えが分らない。ところが、この彫刻会の機会に作られたという「草の芽」と愛称されている「裸婦坐像」は、清純、心を洗われるかの感があり、しかも生命力が少女の体から溢れ出るかのような充実感を持っている傑作である。モデルは全集別巻の「造形作品目録（彫刻）」の59の記載によれば「百合子という横浜の水商売の女性で、一時かくまったのを感謝し、モデルを務めた。智恵子も一緒に写生している」という。水商売というが、一五、六歳にしかみえない。「モデルいろいろ」の中で、高村光太郎は「モデルも極くたまにしか使へなかつたのである。その上、あれほど聰明な女性であつた智恵子でも私がモデルを使ふことを内心よろこばなかつた傾きのあることを知つて」いたというが、この「裸婦坐像」の少女のばあい、自身が写生したというから、決して嫌ったわけではあるまい。逆に、今井邦子のばあい、美貌として知られ、かつ歌人として名をなしている女性の肖像を、結婚後一年も経たない時期に作ることを不快に感じたのは、むしろ当然の心理だったのではないか。そういう意味で、智恵子も嫉妬心をもった普通の女性であった。

興味ぶかいのはこの「高村光太郎彫刻會」のパンフレットである。趣意書と思われる文書と規約とから成り、趣意書めいた文書に次のとおり記されている。

「わたくしは古今の偉大な藝術を此上も無く尊敬いたしますが、現今の日本藝術界を代表する所の浅膚なる藝術を嫌忌いたします。そして諸種の事情纏綿する事多い公私展覧會乃至藝術上の諸團體に關係して、其腐芥を取ることを好みません。そこで常に孤立獨行の姿で居ります。従つてわたくしには世上に於ける名聲がありません。しかし實力はあります。わたくしの彫刻は尠くとも根蔕の無い砂上の家ではありません。外面的に見ても、わたくしは自分の彫刻が世界の藝術的市場に持ち出されて差支無いのみならず、必ず確固たる市價を得べきものだといふ事を疑ひません。」

客観的にみれば、うぬぼれた大言壮語としかみえないし、日本人として珍しい謙抑の心遣いのない文章である。こうした文章に抵抗を感じるのが世人一般である。

「そこで今度の戰爭終結後、適當の時に、紐育市で個人展覧會を開かうと言ふ氣になりました。ボーグラム先生も喜んでゐてくれます。

ところでこの稍大規模の計畫に對する資金がありません。世上に名聲の無いわたくしが斯かる餘分の財を持つてゐるわけはありません。しかし、どうしてもこの足を展ばしたい、どうしても押し出したい、このままでゐては事によると内に鬱積したなりで終るかも知れないと感ぜられます。

それで、思ひ切つて江湖に自己を推薦し、今度此會を起しました。」

以下省略するが、帝展における受賞などによる名声がなければ、芸術作品が売れない日本と違って、作品に価値を発見すれば買手がつくアメリカで個展を開くことを計画したのであろう。戦争終結後とは第一次世界大戦の終結後という意である。日本の美術界の情実などを非難し、「わたくしには世上に於ける名聲がありません。しかし實力はあります」と言い切る高村光太郎は意気軒昂たる気概に充ちている。しかし、上記したとおり、この種の自己宣伝、自己主張は日本人好みではない。かえって反感をよび、賛成者を失うことにもなるおそれが強かったのではないか。

この趣意書めいた文章にまして興味ふかいのは「高村光太郎彫刻會規約」である。

（彫刻會ノ目的）
彫刻家高村光太郎ヲシテ後顧ノ憂ナク製作ニ沒頭セシメ、戰爭終結後、適當ノ時紐育市ニ第一回個人展覽會ヲ開催セントスル資金調達ノ爲メ此會ヲ組織ス。

（方法）
會員ハ別記ノ表ニ示サレタル次第ニヨリ高村光太郎ニ製作ヲ依頼ス。

（製作ノ依頼、拂込）
會員ハ入會ノ時、作品價格ノ半額ヲ彫刻會ニ拂込ム。他ノ半額ハ作品完成ノ時作品ト引換ニス。
彫刻會ノ會計ハ作家ノ實父帝室技藝員高村光雲コレヲ監査保證ス。

（作品配附ノ時期）

作品ハ入會ノ月ヨリ六箇月乃至三箇年以内ニ入會順ニヨリ會員ニ配附セラル。但シ會員ノ多寡ニヨリテ遲速アルベキニヨリ入會ノ時確カナルコトヲ通知ス。

萬一約束ノ期ヲ過ギテ作品未完成ノ時ハ拂込濟ノ金額ヲ一時會員ニ返戻シ、完成ノ後作品ト全金額トヲ引換ニス。

（會員對作家）

會員ハ作家ノ藝術ニ信頼シ、作家ヲシテ自由ニ其思フ所ヲ盡サシム。

（肖像ニ就テ）

肖像製作ノ時ハ會員自身作家ノ工房ニ臨ムカ、或ハ作家會員ノ邸ニ參ジテ製作ス。寫眞ニヨル故人ノ肖像製作ハ多クノ場合謝絕ス。

（會計上ノ責任）

會員ハ中途退會セラルル事無キ樣セラレタシ。萬一止ムヲ得ズシテ中途退會セラルル場合ニハ既ニ拂込濟ノ金額ニ該當スル組ノ作品ノ配附ヲ受ク。但シ此場合ニハ作品完成ノ時期順次操下ガル事ヲ承知セラレタシ。

（作品上ノ責任）

會員間ニ配附セラルル作品ハ悉ク「原作《オリジナル》」ナリ。但シ第四ノ組ノ作品ニ限リ作家ノ都合ニヨリテハ同一原作ヨリ数個ヲ作ルコトアルベシ。

（高村光太郎彫刻會展覽會）

彫刻會々員諸氏間ニ所藏スル高村光太郎ノ彫刻五十點以上ニ至ラバ、此ヲ一場ニ集メテ我國公衆ノ觀覽ニ供ス。

（事務）

入會其他一切ノ事務ハ左ノ所ニ於テ取扱フ。

東京市本郷區駒込林町二十五番地
高村光太郎彫刻會事務所

右の文書に「表」が附されており、「番外」「第一ノ組」「第二ノ組」「第三ノ組」「第四ノ組」の五組に分類、番外の五千五百円以下、二千五百円、一千五百円、六百円、三百円と順次会費が少額になり、番外は材料が鋳金木材とあり、その他は鋳金、木材、大理石、とあり、大きさが番外の高さ凡そ五尺―七尺から、順次、四尺―等身大、三尺―四尺、二尺―三尺、一尺―二尺と小さくなり、それぞれについて置くに適する場所の記述がある。

この彫刻会に入会し、半額を支払っても、どういう作品を高村光太郎が作ってくれるのか分らない。会員はいわば不見転《みずてん》で長ければ三年間、いつ渡してくれるか分らない作品を待って買うわけである。

ちなみに『週刊朝日』編「値段の明治大正昭和風俗史」によれば、一九一六（大正九）年の総理大臣の月給が一千円、一九一四（大正七）年の公務員の初任給が七〇円とあるから、よほど富裕な階層に属しない限り、入会できない。

この彫刻会の企画ほど、高村光太郎の世間知らずであったことを示すに適した例はないであろう。失敗に終って当然であった。それでも高村豊周『光太郎回想』によれば、「一つの作品を幾つか鋳造したものも入れて、延数十二、三ではなかったろうか。それも大きな注文はさっぱり無く、殆どが三百円級ばかりだった。三百円で売れたとしても、百円位は実費にかかるから、兄の手取は二百円。二百円で二ケ月生活出来たとしても、十点位では二年ももたない。頒布会というものはリプロダクションが一つでも多くなければ成立たないが、兄のは作って暮すだけが、やっと出来るか出来ない位の貧困な状態だった」という。又、肖像にしても、父光雲が口をきくと、注文はとれるのだが、高村光太郎は生きている人間がモデルにならなければ作らない、という。いったい肖像はなくなった人を偲ぶために製作を依頼するのが普通だから、高村光太郎の希望をいれるなら、肖像の依頼はない、とも書いてある。

自活のために、高村光太郎は翻訳に努力した。一九一五（大正四）年、毎月のようにロダンの各種の文章を訳出して『スバル』等の雑誌に掲載、一九一六年一一月、北原白秋の弟、北原鉄雄の阿蘭陀書房から『ロダンの言葉』を出版した。豊周は『光太郎回想』に、「クリスチャンの学生がバイブルを読むように、学生達に大きな強い感化を与えている。実際、バイブルを持つように若い学生は「ロダンの言葉」を抱えて歩いていた」という。ところが、北川太一の聞き書で、高村光太郎は「阿蘭陀書房ではとうとう印税をよこさなかった。北原さんの弟の本屋で、一銭もなくてはじめたんだ。あれはあの頃のベストセラーだったな。」と語っている。私には高村光太郎に厳しく印税を取り立てることのできない、江戸っ子的な気弱さと、北原鉄雄の、兄の友人だから喧ましいことはいうまい、という図太さによるものだったろう、と想像する。後年『智恵子抄』の著作権使用料を受け取れなかったのも似たような事情であったろう。

ここで豊周が記述している『光太郎回想』における高村光太郎夫妻の「窮乏生活」の実情を引用しておきたい。

「これから兄の所謂、二人だけの誰にも知られぬ窮乏生活がはじまるわけで、結婚して、自分のことは自分でする様に父から申し渡された、と兄は言っているが、外から見ていても、何とか自立しようとし、彫刻の道にも骨身を削り、頒布会なども計画し、兄の気構えは見えていた。勿論、自分でお金を儲けろと言ったところで儲かる訳のものではないので、結局父に依存せざるを得ないのだが、父にしてみれば、それでも、遊ばなくなり、積極的に仕事をしようという兄を見るのは嬉しかっただろうと思う。努力していて、それで足りなくて父の力を借りるのだから、全く親がかりの時とは、父の方でも気持が違う。

そんな状態だから、兄の言う窮乏生活にしても、世間並とはすこし違う。あとでは長沼家の没落にともなって、その面倒も見なければならず、父にも相談出来ない苦しいやりくりをしたようだが、兄自体の生活がそんなに結婚早々さしせまって窮乏したことはない筈だ。

事実兄の家の生活は僕達よりも贅沢だった。例えば、朝など兄のところに行くと、

「そっちはもう飯は済んだかい。こっちはいま朝飯なんだ。」

という。その食卓を見ると、パンにトマトだのアスパラガスだのキャベツだの新鮮な立派なものを皿にのせて、ヨーロッパ風の朝飯だ。それにマヨネーズなんかかけてたべている。こっちでは朝は味噌汁にお新香、海苔の二三枚がつく位だ。勿論そんな時ばかりではないだろうが、こっちは殆んど年中同じで、むこうは金が入ると贅沢している。だから兄のいう貧乏生活はあまりあてにならない。世間一般とは物差が違う。

こんなこともあった。あの時分僕の家でお客用に買っていた煎茶は百匁二円で、これはどこにいっても大威張、普通上流の家でもお客に出しているお茶だった。兄は松住町の伊勢丹の並びにあった大阪屋というお茶屋が買いつけだったが、ある時、兄の家にゆくべきお茶が、間違って僕のところに届いたことがある。兄の普段使っているそのお茶が、なんと十二円か十三円の品物なのだ。つまり玉露だ。そんなものをふだんに使っている家庭などどこにもありはしない。兄の困り方というのは言わばそんな困り方だった。」

智恵子に宇治玉露を賞味した美しい文章「画室の冬」という随筆がある。紹介したいが省く。一九三九（昭和一四）年に高村光太郎に「へんな貧」という詩があり、

この男の貧はへんな貧だ。
有る時は第一等の料理をくらひ、
無い時は菜つ葉に芋粥。

という三行にはじまる詩だが、高村光太郎の食生活はこういうものだったにちがいない。
高村光太郎自身の発表による彫刻作品として、私は一九一八（大正七）年作の「手」を第一にあげたい。一九二六（大正一五）年頃には、「中野秀人の首」、「黄瀛の首」があり、前者は力弱いが、感興あさく、後者が中国大陸の風土を思わせるような、大きな風格と人格を表現しているように感じている。木彫作品は、「蟬」、「桃」等にいたってはどれも素晴しい技量、ゆたかな感情にあふれる傑作であると考える。要するに、智恵子発狂前に、高村光太郎は彫刻家としてもっとも充実していたように思われる。

※

この時期、高村光太郎はじつに多くの翻訳を発表、刊行しているが、『ロダンの言葉』正統を別とすれば、もっとも重要な翻訳は、全集年譜の一九二一（大正一〇）年の項に「智恵子のために訳す」とされ、同年一〇月に刊行されたヴェルハーレン訳詩集『明るい時』であると考える。（高村光太郎は「ヹルハアラン」と表記しているが、以下、現在の通常の表記にしたがい、高村光太郎自身の文章中の表記を除き、「ヴェルハーレン」と表記する。）

この訳詩集について、高村光太郎は序文中次のとおり記している。

「此の譯詩集は選集ではない。代表作を集めたのではなくて、前述の理由から、むしろヹルハアランとしては一種特別なものに屬する戀愛詩が主要な部分となつてゐる。」

「前述の理由」とはおそらく次の文章をいうにちがいない。

「詩の飜譯は結局不可能である。意味を傳へ、感動を傳へ、明暗を傳へる事位は出來るかも知れないが、原《もと》の「詩」はやはり向うに殘る。其を知りつつ譯したのは、フランス語を知らない一人の近親者にせめて詩の心だけでも傳へたかつたからである。」

『智恵子抄』の「目次並作品年表」にみられるとおり、高村光太郎は智恵子に関する詩は「大正三・四」（一九一四年四月）作の「晩餐」から「大正一二・三・一一」（一九二三年三月一一日）作の「樹下の二人」までの間、空白がある。正確には「晩餐」の後に、一九一四年八月二七日作の「淫心」から以後、ほぼ九年間彼は「樹下の二人」まで智恵子に関する詩を書いていない。訳詩集『明るい時』はこの空白の期間を埋めるために、「二人の近親者」、すなわち、智恵子のために翻訳されたものであり、そういう意味で、看過できない。もちろん『明るい時』に収められた三〇篇を紹介することは出来ないので、二篇だけ紹介する。はじめは「四」である。

夜の空はひろがり
睡れるしづけさの上を
月は見張つてゐるかのやう。

すべて實にきよくあかるく、
すべて實にきよく實にほのかだ、
空のなか、愛らしい風景の湖水の上。
湖水をさわがすものとては、水のしづくが
蘆から落ちて
ひびいて、やがて水に消えてしまふばかり。

だが私はあなたの手を自分の手の中に取り、
あなたのしつかりした眼は、その誠に滿ちた力で、
かくもやすらかに私をおさへてゐる。
そして私は眞によく一切事《いつさいじ》の平和の中にあなたを感ずる、
何ものも、ほんのいささかの怖れの影さへ、
たとひ一瞬間でも、亂せはしない、
この聖《せい》なる心の落ちつきを、
安らかに睡る幼兒《をさなご》のやうにわれらの中に睡つてゐるこの心の落ちつきを。

ここでうたわれているのは、静かで、穏やかな、やすらぎの中にはぐくまれる愛である。ここには「深夜の雪」に似た情趣がある。次に「一二」を引用する。

火のやうな恍惚の眼をして
なんと容易《たやす》く彼女は有頂天になることぞ。
生活に面《めん》してはあんなにひたすら
やさしくおとなしい彼女が。

今宵《こよひ》とても、ただの一瞥《ひとめ》が彼女を烈しく捉へ
ただの一語《ひとこと》が彼女を運んで
まじりけ無い歡びの庭へ連れて行つた、彼女が其處では
女王でもあり又同時に召使でもあつたあの庭へ。

彼女はへりくだる、しかしわれらは燃える。
されば、われらの心に互に滿ちあふれた
あの驚くばかりの幸福を受けるため
二つの膝を折る者であつたのだ。

われらは聽いた、われらの腕が捕へた
あの猛烈な喘ぎ激する愛の、こころのうちに、靜まり默るのを、
そしてこの精氣ある無言が
われらの曾て知らなかつた言葉を語るのを。

これは「晩餐」や「淫心」と同じく性愛、情欲を讃美した詩だが、高村光太郎の作に比べて、はるかに透明であり、直接的でなく、なまなましくない。喘ぎ、激した二人はやがて静かな沈黙の中に愛をあらためて確めているようにみえる。

このようなヴェルハーレンとマルト夫人の関係は高村光太郎と智恵子との間の関係と、ふかい愛情で結ばれていたという点で共通していても、事実はかなり異なる。

一九一三（大正二）年三月一五日作の「人類の泉」では

あなたは本當に私の半身です
あなたが一番たしかに私の信を握り
あなたこそ私の肉身の痛烈を奥底から分つのです

とうたい、

あなたは私の爲めに生れたのだ
私にはあなたがある
あなたがある　あなたがある

とうたいおさめている。同じ年、一二月九日作の「僕等」では

僕のいのちと　あなたのいのちとが
よれ合ひ　もつれ合ひ　とけ合ひ
渾沌としたはじめにかへる

とうたい、

あなたの抱擁は僕に極甚《ごくじん》の滋味を與へる
あなたの冷たい手足
あなたの重たく　まろいからだ
あなたの燐光のやうな皮膚
その四肢胴體をつらぬく生きものの力
此等はみな僕の最良のいのちの糧《かて》となるものだ
あなたは僕をたのみ

あなたは僕に生きる
それがすべてあなた自身を生かす事だ

とまで言いきっている。

高村光太郎の智恵子に対する愛は、彼が彼女の肉体を支配することであり、これによって二人が一体化することであり、彼女が彼をたのみ、彼に生きることが彼女自身を生かすことだ、とまで、傲慢とさえ思えるほど、高村光太郎は言いきるかたちでの愛であった。これは智恵子がいかに高村光太郎を愛していたにせよ、ずいぶんと智恵子にとって過酷な、むごい愛であった。「僕は自分のこころよさがあなたのこころよさである事を感じる」とも言っているが、彼女の「こころよさ」は彼の独断にすぎない。いつまで智恵子はこうした情欲に満ちた愛に耐えられるか。

ヴェルハーレンのばあい、たがいに相手の人格を認めあった上での愛であった。こうしたヴェルハーレンのマルト夫人に対する愛の詩を智恵子のために訳したことは、あるいは高村光太郎が智恵子に対する愛のかたちを考え直していたのかもしれない。そう考えることによって、「猛獣篇」の詩篇、「樹下の二人」以降の作品をよりよく理解できるように思われる。

3

詩人として高村光太郎が復活したのは、『明星』一九二一（大正一〇）年一一月刊に発表した「雨にうたるるカテドラル」の制作であった。

おう又吹きつのるあめかぜ。
外套の襟を立てて横しぶきのこの雨にぬれながら、
あなたを見上げてゐるのはわたくしです。
毎日一度はきつとここへ来るわたくしです。
あの日本人です。

とはじまり、行空きを計算に入れなくても、約一一〇行にも達するこの詩は、あまりに饒舌なようにみえる。それでも、

おうノオトルダム、ノオトルダム、
岩のやうな山のやうな鷲のやうなうづくまる獅子のやうなカテドラル、

灝氣《かうき》の中の暗礁、
巴里の角柱《かくちゆう》、
目つぶしの雨のつぶてに密封され、
平手打の風の息吹《いぶき》をまともにうけて、
おう眼の前に聳え立つノオトルダム　ド　パリ、
あなたを見上げてゐるのはわたくしです。
あの日本人です。
わたくしの心は今あなたを見て身ぶるひします。

とか、また

おう又吹きつのるあめかぜ。
その中で
八世紀間の重みにがつしりと立つカテドラル、
昔の信ある人人の手で一つづつ積まれ刻まれた幾億の石のかたまり。
眞理と誠實との永遠への大足場。

あなたはただ默つて立つ、

といった句に接すると、自ら高揚し、パリのノートルダム寺院のゴチック建築の雄大さに恍惚たる陶酔を覚えている作者に共感することができる。

高村光太郎がパリから帰国したのは一九〇九（明治四二）年だからすでに十余年以前の記憶を作者は追憶している。もちろん当時彼はすでに『ロダンの言葉』を刊行し終えているから、翻訳中、さまざまに回想を新たにする機会があったにちがいない。私は必ずしもゴチック建築を好まないので、この詩の饒舌な、感情のたかぶりに共感できない。しかし、この作品が日本人の西洋文明に接触した体験の感動と震撼をまざまざと記録した不滅の作であることを疑わない。

※

ここで『明星』一九二三（大正一二）年四月号に発表した、同年三月一一日作の「樹下の二人」にふれるのがおそらく通常の順序であろう。しかし、その前に、私は二、三の作品にふれておきたい。その一は『明星』一九二二年四月号に発表した「眞夜中の洗濯」である。

闇と寒さと夜ふけの寂寞とにつつまれた風呂場にそつと下りて
ていねいに戸をたてきつて
桃いろの湯氣にきものを脱ぎすて
わたしが果しない洗濯をするのはその時です。

すり硝子の窓の外は窒息した痺れたやうな大氣に滿ち
ものの凍てる極寒が萬物に麻醉をかけてゐます。
その中でこの一坪の風呂場だけが
人知れぬ小さな心臓のやうに起きてゐます。

湯氣のうづまきに溺れて肉體は溶け果てます。
その時わたしの魂は遠い心の地平を見つめながら
盥の中の洗濯がひとりでに出來るのです。
氷らうとして氷よりも冷たい水道の水の仕業です。

心の地平にわき起るさまざまの物のかたちは

入りみだれて限りなくかがやきます。
かうして一日の心の營みを
わたしは更け渡る夜に果てしなく洗ひます。

息を吹きかへしたやうな鷄の聲が何處からか響いて來て
屋根の上の空のまんなかに微かな生氣のよみがへる頃
わたしはひとり默つて平和にみたされ
この桃いろの湯氣の中でからだをていねいに拭くのです。

家常茶飯の顚末を描いた小品だが、私は好ましい作品と考える。体を洗うと同時に、作者は作者の心を洗っている。その心にはその地平とさまざまの物のかたちが沸き起り、いり乱れ、輝いている。その心に沸き起るのは智恵子に対する、さまざまな思いと解してはいけないだろうか。作者は孤独である。智恵子が同じ家に住んでいようといまいと、作者の孤独なたたずまいに変りはない。かりに智恵子が帰郷していなかったとすれば、どうして体と心を洗濯している作者がこんなに孤独にみえるのか。あるいは、この詩から作者の孤独を推測するのは誤りかもしれない。入浴することは、体を洗うだけではない、心を洗うことでもあるのだ、と作者は言いたかったのだと解すれば、それで足りるのかもしれない。そう解しても、この詩は家常茶飯の些末にも詩があることを示している。
もっと問題とすべきは『雄弁』一九二二（大正一一）年一一月号に発表した「沙漠」であろう。

ずつしり思い熱氣に燃えた沙の海だ
明る過ぎてぎらぎら暗い地平線だ
しんかんとして音波に滿ちた靜けさだ
恐ろしい力の息をひそめた蓄積だ
きはまり無い圓さだ
有り餘る虛無だ
獅子と駝鳥の樂園だ
萬軍の神の天幕だ
沙漠、沙漠、沙漠、沙漠
ひそかにかけめぐる私の魂の避難所だ

獅子は「傷をなめる獅子」として、駝鳥は「ぼろぼろな駝鳥」として、それぞれ「猛獸篇」の中の作として後に描かれた動物である。沙漠は、いわば猛獣たちの楽園であり、この楽園こそが彼の「魂の避難所」であるという。「猛獣篇」については一九二〇（大正九）年八月刊の『時事新報』に「私の事」と題して、すでに次のとおり高村光太郎は書いている。

「私のからだの中には確かに手におへない五六頭の猛獣が巣喰つてゐる。此の猛獣のため私はどんなに苦んでゐるか知れない。私をしてどうしても世人に馴れしめず、社會組織の中に安住せしめず、絶えず原野を戀い、太洋を慕ひ、高峰にあこがれ、野蠻粗剛孤獨不羈に傾かしめるのは此の猛獣共の仕業だ。私は人一倍人なつこく、溫い言葉と春のやうな感情とに常に飢ゑてゐるのだが、此の猛獣のおかげで然ういふ甘露の味を味ふ事が實にすくない。

それ故私の内にある猛獣にびくともしないほど寛大な友達を稀に得ると、私は溺れんとする者が救助者にしがみつく様な信頼を傾けて其の心をつかむ。たとひ少數でも現に斯かる友達を持つ事は私の幸福がまだ此世に惠まれてゐる事のしるしだ。私は一生かゝつても此の猛獣を必ず驅り出す。そのためにはどんな冒險をも厭ふまい。オルフオイスの様に此の猛獣を意のまゝに統御し得る力が得たい。此の力は人間からは來ないだらう。其は人間以上の事に屬する。」

「猛獣篇」と付記された作品は一九二四（大正一三）年一一月二三日作、翌二五年、『明星』一月号に発表された「清廉」にはじまるが、「沙漠」はおそらく「猛獣篇」の先駆をなす作品であろう。世人に馴れることができず、社会組織とも調和できない世界は「沙漠」であり、この沙漠は猛獣たちの楽園である。すでに引用した「傷をなめる獅子」がもぎすてた「肩にくひこんだ金屬の齒」とは社会秩序、社会組織のしがらみであり、鉄鎧のような重圧である。「傷をなめる獅子」が孤独であるように、高村光太郎が「私の事」で書いた猛獣たちも「野蠻粗剛孤獨不羈」であった。

4

そこで、ようやく「猛獣篇」の検討にとりかかるのだが、私の考えでは、その第一期は一九二四年の「清廉」にはじまり、一九二八年の「ぼろぼろな駝鳥」に終る。そして、『道程』所収の「淫心」（一九一四年作）を最後として、途絶していた智恵子に関する第一期の詩篇は一九二三年の「樹下の二人」によってほぼ十年の空白期を経て再開、智恵子発狂前の最後の作、一九三一年作の「美の監禁に手渡す者」を中期として、智恵子関係の詩は彼女の発狂後の一九三五年作の「人生遠視」にはじまる後期に分れる。いわば、若干のずれはあっても、「猛獣篇」第一期の作品は『智恵子抄』（高村光太郎が省いた智恵子関係の作品を含む）の中期の作品とほぼ同時期に書かれており、両者は密接に関連しあっている、と私は考える。すでに見たとおり「傷をなめる獅子」において牡獅子がはぐれてしまった智恵子を見失ってることの自覚によるとしか考えようがない。

高村光太郎が智恵子を見失っていたのではないか、彼と彼女の心が通い合うことなく、おたがいに孤独感をふかめていたと思われる「猛獣篇」（第一期）の時期の彼らの関係をかいまみさせる文章として、『高村光太郎資料　第六集』所収の深尾須磨子の回想「高村智恵子」がある。

「千葉県の北条に、初めてホテルができたというので、与謝野夫妻を中心に、平野万里、西村伊作、石井柏亭、高村夫妻その他を加えた一行十余人が、一泊の予定で出かけたのは、たしか大正十一年早春のことだつた。」

という。大正一一年は、「沙漠」が書かれた年であり、「樹下の二人」が書かれる前年である。

「翌日は午後の出発まで、うららかな日ざしのなかを、めいめいが思いおもいに、なぎさからなぎさを伝つて歩いた。私のかなり前方に光太郎のうしろ姿があり、そのまたはるかな前方に智恵子のうしろ姿があつた。よく見ると、砂に足をとられながらも、智恵子は前へ前へとぐんぐん歩いていくのだつたが、その早いこと、彼女を呼ぶ光太郎のほうは振りかえりもせず、まるでなにかに追いすがるように、飛鳥の早さで遠ざかつていく智恵子の姿を見つめつつ、私は一種異様な予感めいたものを覚えずにはいられなかつた。

その智恵子が帰りの車中では私のとなりに座つたので、なにか話しかけたいような気持にかられたが、わざと黙つていた。やがて智恵子がとぎれがちに私に声をかけた。彼女がいつたのは、良人に死別してまもない私へのいたわり言葉ではなく、孤独がほんとうの人間の姿だから、というようなつきつめたものだつた。」

渚を行く智恵子はひたすら高村光太郎から逃走を試みていたかにみえる。帰りの車中でも、ことさら彼を遠ざけて深尾須磨子の隣に座ったのであろう。智恵子の孤独感には鬼気迫るものがある。こうした彼女の孤独感が彼を孤独に追いこんだにちがいない。

「猛獸篇」（第一期）、『智恵子抄』中期の作品はこうした二人の関係から生れた。その具体的な発現を見ることとしたい。

※

その検討に先立ち、一九二四（大正一三）年一〇月刊の『明星』同年第五号掲載の「工房より」五〇首、同誌一一月刊の同年第六号に掲載された「工房より」三〇首、翌一九二五（大正一四）年一月刊の同誌同年第一号掲載の「工房より」八首を見ておきたい。一九二四年には、高村光太郎は詩は「春駒」「清廉」の二篇しか発表していないので、これらの短歌八八首はこの年の彼の詩作に代るものと考えるからである。以下、私の好む作を紹介する。

しきりに櫻の幹をいそぎのぼる蟬は止まりてなきはじめたり
子供等に蟬を分けてもらひたりうれしくてならず夕めしくふにも

ぢりぢりときしる蟬の音すみゆけば耳にきこえずただ空に滿つ
生きの身のきたなきところどこにもなく乾きてかろきこの油蟬
小刀《こがたな》をみな研ぎをはり夕闇のうごめくかげに蟬彫るわれは
羽を彫り眼だまをほれば木の蟬もじつと息して夕闇にはふ
ひつそりと翼をさめてゐる蟬のつばさ手ずれてやや光りたり

ここまで一連の蟬をうたった作から抄出したが、私としては「羽を彫り」が佳唱であり、ついで「小刀をみな」も同じく佳唱にあげたい。

檜の香部屋に吹きみち切出の刃さきに夏の雨ひかりたり
はだか身のやもりのからだ透きとほり窓のがらすに月かたぶきぬ
木に彫るとすればかはゆきはだか身の守宮の子等はわが床に寝る
手にとれば眼玉ばかりのやもりの子咽喉なみうたせ逃げんとすなり
ひとむきにむしやぶりつきて爲事《しごと》するわれをさびしと思ふな智惠子
熊いちご奥上州の山岨《やまそば》にひとりたうべてわれ熊となる

熊いちごの一首など、高村光太郎ならではの佳作であろうし、「手にとれば」もやはり独自の作である。続く三首は熊いちごの一首と一連の作である。

しづかなる我にはあれど人界を去ればたちまち山風にのる
何ならん人間界に立ちまじるこのうつそ身の外なるものは
正直にまをせばかかる荒山に棲む四足のわれは族かも

この一連は「猛獣篇」にいう猛獣たちが巣喰っているという、作者の心と通じる境地にちがいない。

こつそりと母の背ながし小娘は湯氣を身に着て立ち去りにけり

少女のさりげない行為にみる母への思いやり、「湯氣を身に着て」という表現の巧みさにみられるとおり、高村光太郎は歌人としても決して凡庸ではなかった。

山坂の道し遠けど人目なくば抱き來ましを都の智惠子

この野性的な大胆さはやはり高村光太郎ならではの作といってよい。

水ばかりのみてこの日は過ぎたりとうまき支那めしをくひつつわが思ふ
ていねいにかさなり合ひてまんまろく玉菜のあつ葉たたまるやさしさ
かたつむり早く角出せと思へどもじつと静まり蘭の根にねむる
店さきに機織る娘何織ると問へど答へねばその手を見てをり
腹へりぬ米《よね》をくれよと我も言ふ人に向はずそらにむかひて
腹へりて死ぬこともあらん銭といふわりなきものをいやしむるゆゑ
柘榴の實はなやかにしてややにがしたぐひなきまでくらしあかるし

「水ばかり」の作、「腹へりぬ」「腹へりて」の二首はすべて彼の窮乏の率直な告白である。と同時に、飢餓に対して強い体質の表現である。「ていねいに」「柘榴の實」に対象の確信に迫るこまやかな観察があり、ことに後者は木彫の名作のモチーフをなすものであろう。高村光太郎の歌作は野太く、強く、しかも纎細で、まことに個性的である。

※

「猛獣篇」は一九二四年作の「清廉」にはじまり、翌一九二五（大正一四）年作の「傷をなめる獅子」に続き、さらに同年六月一七日作の、「狂奔する牛」に続く。「狂奔する牛」は全集の解題にあるとおり一九一三（大正二）年夏、智恵子と共にいた上高地での出来事である。つまり、一〇余年以前の見聞を回想して書かれた作品であり、『智恵子抄』に収められており、「猛獣篇」が『智恵子抄』中期の作品と密接な関係を持つことを明らかにしている作品である。

ああ、あなたがそんなにおびえるのは
今のあれを見たのですね。
まるで通り魔のやうに、
この深山のまきの林をとどろかして、
この深い寂寞の境にあんな雪崩をまき起して、
今はもうどこかへ往つてしまつた
あの狂奔する牛の群を。

今日はもう止しませう、

畫きかけてゐたあの穗高の三角の尾根に
もうテル　ヴエルトの雲が出ました。
槍の氷を溶かして來る
あのセルリヤンの梓川に
もう山山がかぶさりました。
谷の白楊《はくやう》が遠く風になびいてゐます。
今日はもう畫くのを止して
この人跡たえた神苑をけがさぬほどに
又好きな焚火をしませう。
天然がきれいに掃き清めたこの苔の上に
あなたもしづかにおすわりなさい。

あなたがそんなにおびえるのは
どつと逃げる牝牛の群を追ひかけて
ものおそろしくも息せき切つた、
血まみれの、若い、あの變貌した牡牛をみたからですね。

けれどこの神神しい山上に見たあの露骨な獣性を、
いつかはあなたもあはれと思ふ時が來るでせう、
もつと多くの事をこの身に知つて、
いつかは靜かな愛にほほゑみながら——

智恵子は牝牛の群を追う牡牛の烈しい情欲に脅えている。ここで私たちは「淫心」を思いおこさねばならない。

をんなは多淫
われも多淫
飽かずわれらは
愛慾に光る

という第一節、そして

をんなは多淫

われも多淫
淫をふかめて往くところを知らず
萬物をここに持す
われらますます多淫
地熱のごとし
烈烈――

という最終節、これらでうたわれたが、高村光太郎が「多淫」であり、性的情欲に地熱のように燃え盛り、充足したことは間違いない。彼は性欲抑制剤を常用するほどに性欲の強い人物であった。だが、智恵子はどうだったのか。「淫心」における「をんなは多淫」は高村光太郎の独断、智恵子への誤解だったのではないか。そのように解するのが正当であることを「狂奔する牛」が示している。

智恵子は牡牛のあらあらしい情欲を怖れている。彼女は性的欲望に淡白ないし臆病であったか、あるいは性欲を嫌悪していたのではないか。「あの露骨な獣性を、／いつかはあなたもあはれと思ふ時が來るでせう」というのが一九二五（大正一四）年なのだから、この時点でも牡の獣性を智恵子はあわれと思っていなかったことが分る。ここで一九一三（大正二）年一一月作、『道程』所収の「山」を想起する必要がある。作中

私は山だ
私は空だ
又あの狂つた種牛だ

という三行が含まれていた。これは彼らの上高地行の翌年の作だから、ここにいう「狂つた種牛」とは「狂奔する牛」の露骨な獣性をあらわに、ものおそろしく息せき切った、牝牛の群を追う血まみれになった牡牛であり、この牡牛に、高村光太郎は彼自身を見ていたのである。

この「狂奔する牛」は、そういう意味で、高村光太郎の智恵子に対する贖罪の詩であり、彼女の赦しを乞う作と解することができるだろう。

そもそも、『道程』中の「晩餐」「淫心」にかかわらず、彼ら二人の間では性的不和があったのではないか。いうまでもなくその原因は高村光太郎の過剰な、異常なほどの性欲にあった。そして、このことは智恵子の発狂の遠因の一つとなったといえるのではないか。智恵子は「この頃の智恵子は病気がちで、同棲後も一年のうち三、四か月は郷里で過ごした」と全集の年譜、大正九年（一九二〇）の項に記されている。高村光太郎自身も「智恵子の半生」中「私と同棲してからも一年に三四箇月は郷里の家に歸つてゐた。田舍の空氣を吸つて來なければ身體が保たないのであつた」と記し、「例へば生活するのが東京でなくて郷里、或は何處かの田園であり、又配偶者が私のやうな美術家でなく、美術に理解ある他の職業の者、殊に農耕牧畜に従事してゐるやうな者であつた場合にはどうであつたらうと考へられる。或はもつと天然の壽を全うし得たかも知れない。さう思はれるほど彼女にとつては肉體的に既に東京が不適當の地であつた」と記している。智恵子にとって高村光太郎のような美術に厳しい批評眼をもつ男性を夫にもったことの不幸は後に述べるが、一年に三、四カ月は郷里に帰らなければ生活できないということはまことに異常である。

智恵子の健康については、「智恵子の半生」中、「女子大で成瀬校長に奨勵され、自轉車に乘つたり、テニスに熱中したりして頗る元氣溌剌たる娘時代を過したやうであるが、卒業後は概してあまり頑健といふ方ではなく、様子もほつそりしてゐて、一年の半分近くは田舎や、山へ行つてゐたらしかつた」と書いている。この文章からは卒業後は一年の半分近くは田舎や山で静養していたかのようにみえるが、事実はそうではなかった。

智恵子の卒業後の生活については北川太一『画学生智恵子』に収録された福本洋子の伝える藤井勇《ゆう》の回想がある。藤井勇は日本女子大英文学科の四回生、群馬県立高崎高女の英語教師として高崎に仮寓していた。智恵子が藤井勇を訪ねたさいの模様が次のとおり記されている。

「一晩語り明かすと、翌朝は早々に画板をかついで、あの撫で肩の片方に引っかけ、「山へ登ってくる」と、なよなよした姿で、袴をはき、草履で軽々と高崎駅の方へ消えてしまった、いつものくせで、首をちょっとかしげ、片方の肩を上げて。あとはさっぱり消息がない。何事もないだろうか、女の身で山への一人旅――と私は毎日心配していた。

半月余り経つと、ちえ子さんは漂然と戻って来た、画板には美しい秋の山を描いて。榛名へ行って来たそうな。湖の美しさをしきりに讃えていた。此のころ、あの人の画風は変って来ていた。かつて女子大時代、文芸会で劇の背景を描いてくれた頃の写実的な絵とは違って、感覚ばかりで絵具をぬりたくった絵。その頃仏蘭西辺《あた》りで流行の新しい画風であるそうだけれども、私にはさっぱりこんな絵はわからなかった。

二、三日休むと、又例の格好でふらりっと出て行く。別の方向から妙義へ登るのである。あの人の健脚は実に驚くべきもので、あの柔和なやさしい身体つきで、スタスタと大股に歩き出すと、何里でも、又どんな険しい山道でも平気である。途中の農家に一夜の宿を頼み、行く先々で、十年の知己《ちき》のように親しくなり、無事目的地に達して、思うままの仕事をしてくる。彼女の何処にこういう魅力がひそんでいるのか、不思議でならなかった。無口で、話をするのも口の中でもごもご言うようなあの人、でも人なつっこい物の言い方、態度は誰にも親愛の気持ちをいだかせるのに違いない。」

右は年譜の一九〇九（明治四二）年の項に「十月中旬～十二月、智恵子は高崎の学友藤井勇の家や沼津の大熊ヤスの実家を拠点に、榛名、妙義の山々や秩父、三保、沼津等に写生旅行」とある事実に対応すると思われる。

年譜には、翌一九一〇年「六月、智恵子は体調をくずし、房州（北条・館山）に滞在」という記事があり、さらにその三年後、一九一三（大正二）年の項の冒頭に

「一月〜二月、智恵子は、学校で油絵の指導をしたこともある新潟県北蒲原郡安田村の女子大の後輩旗野すみを訪ねて滞在。絵を描いたり馬に乗ったり、当時としては新しいスキーに興じたりする。すみがのち佐藤信哉と結婚して立川に住んでからも、数少ない友として親交があった。

この後、智恵子の健康はやや傾く。肋膜等の不調がすでにあった。」

とある。

若干、体調を崩すことはあっても、この後、同じ一九一三年の夏に上高地で高村光太郎と出会っているのだから、同棲までの智恵子はスポーツ好きで健脚な女性であり、病弱とはほど遠い。それが同棲後一年に三、四カ月は郷里に帰らなければ生活できないこととなったのは、高村光太郎との性生活、食生活等をふくめた生き方に智恵子が順応できなかったからではないか。

一九五〇（昭和二五）年八月刊の新潮社版『島崎藤村全集』付録「藤村研究」第一二号に「「夜明け前」雑感」と題された談話筆記が収められている。この中で、高村光太郎は次のとおり書いている。

「たゞ一つ言ひたいことは、あれには精神が書いてあつて肉體が書いてないですね。僕としてはやはりそれがほしいんですよ。智恵子を看病したので色々その方のことも調べたんですが、人間は心配だけではどんなにひどくても絶對に精神は狂はないものなんですよ。あの當時、どんな食生活性生活

をしてゐたか、實際の肉體生活があればもつと必然性が出ると思ふんですよ。」
智恵子の食生活、性生活が彼女の発狂の原因として重要な意味をもつと考えていたからこそ、高村光太郎はこうした感想を抱いたにちがいない。そこで、読者は高村光太郎と智恵子との関係についても知らなければならない。すでに引用したように

水ばかりのみてこの日は過ぎたりとうまき支那めしをくひつつわが思ふ

有る時は第一等の料理をくらひ、
無い時は菜つ葉に芋粥。

こういう不規則な食生活は、高村光太郎の独身時代からの習慣だが、そうした食生活を智恵子が共にすることに、智恵子が適合できたか、どうか。高村光太郎はまるで気にしていない。こうした独善的な、独りよがりの態度が性生活についてもあったにちがいない。その事実を明らかにしているのが、「狂奔する牛」であり、こうした事情からも一年に三、四カ月間、智恵子は郷里で静養しなければならなかったと解すべきである。

※

順序は逆になったが、『智恵子抄』所収の作品の中、中期は一九二三（大正一二）年三月一一日作、『明星』同年四月号に発表された「樹下の二人」にはじまる。すでに記したとおり、一九一四年作の「淫心」以来、ほぼ九年間の空白がある。

みちのくの安達が原の二本松松の根かたに人立てる見ゆ

の短歌が題名の左に添えられた「樹下の二人」は次のとおりである。

あれが阿多多羅山、
あの光るのが阿武隈川。

かうやつて言葉すくなに坐つてゐると、
うつとりねむるやうな頭《あたま》の中に、
ただ遠い世の松風ばかりが薄みどりに吹き渡ります。

この大きな冬のはじめの野山の中に、
あなたと二人靜かに燃えて手を組んでゐるよろこびを、
下を見てゐるあの白い雲にかくすのは止しませう。

あなたは不思議な仙丹を魂の壺にくゆらせて、
ああ、何といふ幽妙な愛の海ぞこに人を誘ふことか、
ふたり一緒に歩いた十年の季節の展望は、
ただあなたの中に女人の無限を見せるばかり。
無限の境に烟るものこそ、
こんなにも情意に惱む私を淸めてくれ、
こんなにも苦澁を身に負ふ私に爽かな若さの泉を注いでくれる、
むしろ魔もののやうに捉へがたい
妙に變幻するものですね。

あれが阿多多羅山、
あの光るのが阿武隈川。

ここはあなたの生れたふるさと、
あの小さな白壁の點點があなたのうちの酒庫《さかぐら》。
それでは足をのびのびと投げ出して、
このがらんと晴れ渡つた北國《きたぐに》の木の香に滿ちた空氣を吸はう。
あなたそのもののやうなこのひいやりと快い、
すんなりと彈力ある雰圍氣に肌を洗はう。
私は又あした遠く去る、
あの無頼の都、混沌たる愛憎の渦の中へ、
私の恐れる、しかも執着深いあの人間喜劇のただ中へ。
ここはあなたの生れたふるさと、
この不思議な別箇の肉身を生んだ天地。
まだ松風が吹いてゐます、
もう一度この冬のはじめの物寂しいパノラマの地理を教へて下さい。

あれが阿多多羅山、

あの光るのが阿武隈川。

必ずしも参考になるとは思わないが、この作品について語っている「樹下の二人」という散文を高村光太郎は『婦人公論』一九五一（昭和二六）年一〇月号に発表しているので、一部、紹介しておく。

「智恵子は東京に居ると病氣になり、福島縣二本松の實家に歸ると健康を恢復するのが常で、大てい一年の半分は田舍に行つてゐた。その年（大正九年春）も長く實家に滯在してゐたが、丁度叢文閣から「續ロダンの言葉」が出てその印税を入手したので、私はそれを旅費にして珍しく智恵子を田舍の實家に訪ねた。智恵子は大よろこびで、二本松界隈を案內した。二人は飯坂溫泉の奥の穴原溫泉に行つて泊つたり、近くの安達が原の鬼の棲家といふ巨石の遺物などを見てまはつた。或日、實家の裏山の松林を散歩してそこの崖に腰をおろし、パノラマのやうな見晴しをながめた。水田をへだてて酒造りである實家の酒倉の白い壁が見え、右に「嶽《だけ》」と通稱せられる阿多多羅山（安達太郎山）が見え、前方はるかに安達が原を越えて阿武隈川がきらりと見えた。」

「樹下の二人」は冒頭、中間、末尾にくりかえされる二行、その二行における「ア」音の頭韻がきいていて、美しい。また、親しまれている作品である。しかし、ここではすでに二人の間の一体感は失われている。むしろ、智恵子は変幻きわまりない魔もののような存在として、桃源郷のような別の世界である、故郷の住人であり、作者は遠く離れて住まざるえない。松の根方に立つ智恵子を高村光太郎は遠く見やるばかりである。これは一見、やさしい恋愛詩のようにみえながら、愛を見失った孤独者の独語とみるべきかもしれないし、せいぜい心残りの傷心の作とみるべきかもしれない。

さらに推測すれば、前々年の一九二一年、智恵子のために翻訳したヴェルハーレンの『明るい時』などは、ヴェルハーレンとその妻マルト夫人との間のような、平穏でありながら、たしかな絆で結ばれた愛を智恵子との間で取り戻し、回復したい、という切望に似た、高村光太郎の希望によるものかもしれない。彼ら二人の心が遠く離れていることは「樹下の二人」以前から気づいていたこととしても決してふしぎでない。

『智恵子抄』の中期はこうして始まり、その翌年から「猛獣篇」の最初の作「清廉」が書かれることとなる。「清廉」とはこころが清らかで私利私欲がないことをいうと辞書は説明している。

それと眼には見えぬ透明な水晶色のかまいたち
そそり立つ岩壁のががんと大きい
山巓の氣をひとつ吸ひ込んで
ひゆうとまき起る谷の旋風に乗り
三千里外
都の秋の櫻落葉に身をひそめて

からからと鋪道に音《ね》を立て
觸ればまつぴるまに人の肌をもぴりりと裂く
ああ、この魔性のもののあまり銳い魂の
世にも馴れがたいさびしさよ、くるほしさよ、やみがたさよ

愛憐の霧を吹きはらひ
情念の微風を斷ち割り
裏にぬけ
右に出で
ひるがへり又決然として疾走する
その行手には人影もない
孤獨に醉ひ、孤獨に巢くひ
茯苓《ふくりやう》を嚙んで
人間界に唾を吐く

ああ御《ぎよ》しがたい清廉の爪は

地平の果から來る戌亥《いぬゐ》の風に研がれ
みづから肉身をやぶり
血をしたたらし
湧きあがる地中の泉を日毎あびて
更に銀いろの雫を光らすのである
あまりにも人情にまみれた時
機會を蹂躙し
好適を弾き
たちまち身を虚空にかくして
世にも馴れがたい透明な水晶色のかまいたちが
身を養ふのは太洋の藍碧《らんぺき》
又一瞬にたちかへる
あの山巓の氣

これは高村光太郎のあらゆる詩作のなかでもっとも難解な作品かもしれない。憶測にすぎないと批判されるのを前提として言えば、第一連に描かれたような山岳の風景は上高地を思わせる。さらに、

智恵子の臨終をうたった「レモン哀歌」に

　昔山巓《さんてん》でしたやうな深呼吸を一つして

という一行がある。山巓という言葉を高村光太郎はこの「清廉」と「レモン哀歌」の二篇でしか用いていない。あるいは他にあるかもしれないが、この二篇を結びつけて解することが不当とは思えない。そう解したとすれば、想像の動物かまいたちが象徴するものは、智恵子の世俗離れした清らかさであり、あるいは、高村光太郎と智恵子が上高地ではぐくんだ清らかな愛と解することは誤りであろうか。この清らかさは都会の世俗の中で寂しく、狂おしく、やみがたく、馴れ親しむことはできない。戌亥の風、西北の風にのって、俗界を疾走すれば、孤独に巣くうより仕方はないし、そこで、自らの肉身を傷つけ、血をしたたらすこととなる。だから、「かまいたち」は上高地に帰らなければならないのだが、都会人である作者は「かまいたち」に傷つけられなければならない。こういう意味と解することが妥当ではないか。

　世俗の間に生活し、高村光太郎は、智恵子の清らかな愛のために、始終、眼に見えないながら、傷つき、血を流している。清浄無垢の智恵子もまた世俗に傷ついている。「清廉」はそうした高村光太郎の苦衷を表現した作品であり、智恵子との愛の破綻、高村光太郎の苦痛をうたった作である、と私は解する。

※

「猛獣篇」の詩篇中「傷をなめる獅子」「狂奔する牛」についてはすでに述べた。「猛獣篇」中、次の作品は一九二六（大正一五）年二月五日作、『詩人倶楽部』第一巻第一号所掲（同年四月刊）の「鯰」である。

盥の中でぴしやりとはねる音がする。
夜が更けると小刀の刃が冴える。
木を削るのは冬の夜の北風の爲事《しごと》である。
煖爐に入れる石炭が無くなつても、
鯰よ、
お前は氷の下でむしろ莫大な夢を食ふか。
檜の木片《こつぱ》は私の眷族、
智恵子は貧におどろかない。

鯰よ、
お前の鰭に劒があり、
お前の尻尾に觸角があり
お前の鰓《あぎと》に黒金の覆輪があり、
さうしてお前の樂天にそんな石頭があるといふのは、
何と面白い私の爲事への挨拶であらう。
風が落ちて板の間に蘭の香ひがする。
智恵子は寝た。
私は彫りかけの鯰を傍へ押しやり、
研水《とみづ》を新しくして
更に鋭い明日の小刀を瀏瀏と研ぐ。

鯰は猛獣とはいえないけれども、高村光太郎にとって猛獣とは「社會組織の中に安住せしめず、絶えず原野を戀い、太洋を慕ひ、高峰にあこがれ、野蠻粗剛孤獨不羈に傾かしめる」ものたちであった。高村光太郎が鯰の木彫にうちこむことは彼に金銭をもたらさないかもしれない。窮乏を強いるかもしれない。そこで「智恵子は貧におどろかない」という詩句が出現する。これは高村光太郎の希望にすぎない。彼が鮟を彫ることに智恵子は力を貸すことはできない。そこで智恵子は早々と寝て、高村光太郎は孤独の中で、彼の仕事、鮟を彫するという為事のために、小刀を研ぐのである。高村光太郎は鮟の鰭に、鮟の尻尾に、鮟の鰓に、そうした鮟のかたちに憑かれている。「鮟」は愛すべき小品だが、高村光太郎の孤独をうたった作であり、ここには、一体感を失った智恵子の微妙な感情がその陰翳を投げかけている。

続く「象の銀行」が滞米中の困窮した留学生の孤独をうたった作であることは、すでに第一章で記したとおりである。一九二六（大正一五）二月の作であり、孤独の淵に及んだ高村光太郎が渡米時の困窮と孤独を思い出して書いたものだが、そのような思い出に彼を誘う境遇であったにちがいない。「苛察」も同じ一九二六年二月作であり、「象の銀行」は七日、「苛察」は二八日に作られている。この事実からみると、「苛察」もセントラル・パークの動物園における体験にもとづいているのではないか。

大鷲が首をさかしまにして空を見る。
空には飛びちる木の葉も無い。
おれは金網をぢやりりんと叩く。
身ぶるひ――さうして

大鷲のくそまじめな巨大な眼が
鎗のやうにびゆうと來る。
角毛《つのげ》を立てて俺の眼を見つめるその兩眼を、
俺が又小半時じつと見つめてゐたのは、
冬のまひるの人知れぬ心の痛さがさせた業《わざ》だ。
鷲よ、ごめんよと俺は言つた。
この世では、
見る事が苦しいのだ。
見える事が無殘なのだ。
觀破するのが危險なのだ。
俺達の孤獨が凡そ何處から來るのだか、
このつめたい石のてすりなら、
それともあの底の底まで突きぬけた青い空なら知つてるだらう。

檻に閉じ込められて自由を奪われている鷲の孤獨を観察することはつらい。観察している「俺」も孤独なのだ。「俺達の孤獨が凡そ何處から來るのだか」、底の底まで青い空なら知っているだろう、とこの詩はいうが、鶩の孤独はともかく、作者の孤独が何処から来るか、彼は知らない、という。しかし、何故孤独であるか、つきつめて考えることは彼にはできない。
これら二篇に続いて『智恵子抄』所収の「夜の二人」「あなたはだんだんきれいになる」の二篇があるが、この二篇に先立ち、龍星閣から刊行された『智恵子抄』では省かれた作に一九二六（大正一五）年二月二三日作、『彫塑』同年三月刊に発表された、「金」がある。

工場の泥を凍らせてはいけない。
智恵子よ、
夕方の臺所が如何に淋しからうとも、
石炭は焚かうね。
寝部屋の毛布が薄ければ、
上に坐蒲團はのせようとも、
夜明けの寒さに、
工場の泥を凍らせてはいけない。
私は冬の寝ずの番、

水銀柱の斥候《ものみ》を放つて、
あの北風に逆襲しよう。
少しばかり正月が淋しからうとも、
智恵子よ、
石炭は焚かうね。

これは明らかに智恵子に対する叱責である。如何に台所が寒くても、寝室が寒くても、台所や寝室の寒いのは我慢して、作業場に石炭を炊いて粘土を凍らせてはならない。生活よりも制作の方がもっと大切なのだ。そのことを理解せよ、と高村光太郎はいう。二人の心はかなりにかけ離れていることは確実といってもよい。

ここで、「夜の二人」等『智恵子抄』所収の二篇が続き、「猛獣篇」所収の「雷獣」が続くが、これらに先立ち、知られた作「ぼろぼろな駝鳥」を採りあげることとする。

何が面白くて駝鳥を飼ふのだ。
動物園の四坪半のぬかるみの中では、
脚が大股過ぎるぢやないか。

頸があんまり長過ぎるぢやないか。
雪の降る國にこれでは羽がぼろぼろ過ぎるぢやないか。
腹がへるから堅パンも食ふだらうが、
駝鳥の眼は遠くばかり見てゐるぢやないか。
身も世もない様に燃えてゐるぢやないか。
瑠璃色の風が今にも吹いて來るのを待ちかまへてゐるぢやないか。
あの小さな素朴な頭が無邊大の夢で逆まいてゐるぢやないか。
これはもう駝鳥ぢやないぢやないか。
人間よ、
もう止せ、こんな事は。

高村光太郎の生涯の詩作の中でも抜群の名作であることに疑問の余地はない。私は高村光太郎がたまたま上野動物園を通りかかったさいの嘱目の作と憶えていた。そして駝鳥を檻に閉じこめておくことの無残さに対する憤りをうたって普遍性をもつに至ったものと考えてきた。そのことが誤りだったとは思わない。しかし、これは同時に、「象の銀行」「苛察」につらなる作品であり、これらの動物たちが無残に檻に閉じ込められている孤独への共感が憤りに転化した作、と考える。

戻って『智恵子抄』所収の「夜の二人」を読む。

私達の最後が餓死であらうといふ豫言は、
しとしとと雪の上に降る霙《みぞれ》まじりの夜の雨の言つた事です。
智恵子は人並はづれた覺悟のよい女だけれど
まだ餓死よりは火あぶりの方をのぞむ中世期の夢を持つてゐます。
私達はすつかり默つてもう一度雨をきかうと耳をすましました。
少し風が出たと見えて薔薇の枝が窓硝子に爪を立てます。

主題が鮮烈、イメージが美しく、一読忘れがたい作品だが、はたしてこれを詩として評価すべきか。これこそあどけない話として聞くことはできるけれども、真摯な会話としてはありえない。作者は智恵子の回答を夢としかうけとっていない。ここには妻への思いやりがない。倫理的にいえば、妻を養うほどのことは夫の義務である。自分には生活費が稼げないから餓死するより他はない、というのは冗談である。結局は光雲の下職、代作によって生活していたのだから、見方によれば、これは嗤うべき戯言である。智恵子の真実の心に耳を傾けようとしていない。

つけ加えれば、くりかえし書いてきたとおり、高村光太郎は飢餓に対して強靭な体質だったようである。一九二四年一〇月刊および一一月刊、そして二五年一月刊の『明星』に発表した「工房より」八八首からすでに若干を紹介したが、飢餓に関する短歌をさらに数首引用しておく。

おどろくな支那のボオイよあまり多くわが喰ふといへど喰はぬなり明日は
腹へりてさびしくなりぬ空を見ん十一月のうららけき空を
腹へるはきよらかにして好ましと我がかたりつつ友の飯くふ

だからといって、こうした食生活を同棲している智恵子に強いることは著しく反倫理的である。一九二七（昭和二）年一月六日作、『詩壇消息』同年二月一日刊に掲載された「あなたはだんだんきれいになる」は、私の好まない作である。

をんなが附屬品をだんだん棄てると
どうしてこんなにきれいになるのか。
年で洗はれたあなたのからだは
無邊際を飛ぶ天の金屬。
見えも外聞もてんで歯のたたない

中身ばかりの清冽な生きものが
生きて動いてさつさつと意慾する。
をんながをんなを取りもどすのは
かうした世紀の修業によるのか。
あなたが黙つて立つてゐると
まことに神の造りしものだ。
時時内心おどろくほど
あなたはだんだんきれいになる。

付属品とは通常なら衣服の類と考えられる。貧しくなって、衣服類をだんだん捨てていくことを意味する。事実、高村光太郎は「智恵子の半生」の中で「彼女は獨身時代のぴらぴらした着物をだんだん着なくなり、つひに無装飾になり、家の内ではスエタアとズボンで通すやうになつた」と書いている。ところが、この詩では彼女のからだが綺麗になったという。これは高村光太郎の独語であり、智恵子との会話を欠いている。彼女がどんな服装を望んでいたかは分らない。

「猛獣篇」中の「雷獣」は

焰硝くさいのはいい。
空氣をつんざく雷の太鼓にこをどりして、
天から落ちてそこら中をかけずり廻り、
きりきりと旗竿をかきむしつて、
いち早く黒雲に身をかくすのはいい。
雷獣は何處に居る。
雷獣は天に居る。颪の生れる處に居る。
山に轟くハツパの音の中に居る。
彈道を描く砲彈の中に居る。
鼠花火の中に居る。
牡丹の中に、柳の中に、薄の中に居る。
若い女の絲切歯のさきに居る。
さうして、どうかすると、
ほんとの詩人の額の皺の中に居る。

とあるように、これまでの「猛獣」たちのように檻の中に閉じ込められて苦悩する動物ではない。しかし、「清廉」のかまいたちと同様、架空の獣は檻の中に閉じこめられることなく、自在に出没し、狂暴に人を傷つける。この獣は詩人の額に皺を刻むのである。雷の太鼓にこおどりして、そこら中をかけずり廻り、出没自在に出現し、また隠れている存在である。しいていえば、彼を孤独に追いこむ存在である。

一九二六(大正一五)年六月一二日作、『明星』七月刊に発表された「雷獣」と同じく、一九二八(昭和三)年三月二四日作、『草』同年四月刊の第六号に発表された「龍」も同じく自由な架空の動物である。

一天の黒雲を咄嗟に破り、
大洋の波を漏斗《じようご》に吸ひあげ、
あんたんたる熱帯の島かげに、
ぎりぎりとまき起す水の柱を
斜に光るは爪、
縦につんざくは
尾端の劍、
眼を射る火花の
一瞬、

海底を干して、
洞穴にへうへうの風をよび、
氣壓の鬱血に
暴烈の針をさし、
たちまち見え、たちまち隱れ、
天然の素中に
清涼無敵の秩序を
投げて
天上する彼、
龍。

架空の動物、龍に何を仮託しているのか分らないので止むをえないかもしれないが、この作品は現実感が乏しい。しかし、世俗に「清涼無敵の秩序」を確立することを龍に期待し、仮託したと解すれば、ついにそうした秩序が確立されることなく龍は天上に昇り去るのだから、高村光太郎の絶望を語ったといえるかもしれない。そう解すれば、「猛獣篇」第一期の最後に置くのがふさわしいともいえるだろう。

他方、『智恵子抄』所収の作には、智恵子の発狂前、一九二八（昭和三）年八月一六日作、『東方』同年九月（第五号）刊に発表された「同棲同類」と一九三一（昭和六）年三月一二日作、『鬣』同年四月刊に発表された「美の監禁に手渡す者」の二作がある。前者は

――私は口をむすんで粘土をいぢる。
――智恵子はトンカラ機《はた》を織る。
――鼠は床にこぼれた南京豆を取りに來る。
――それを雀が横取りする。

という四行にはじまり、

油蟬を伴奏にして
この一群の同棲同類の頭の上から
子午線上の大火團がまつさかさまにがつと照らす。

という三行で終る。智恵子も、私も、鼠も雀も同類の存在にすぎない。ここには智恵子に対する愛は

ない。

後者は、美あるいは芸術品を金銭にかえ、公衆に閲覧させることなく私有することの理不尽を怒った作だが、

がらんとした家に待つのは智恵子、粘土、及び木片《こっぱ》、
ふところの鯛焼はまだほのかに熱い、つぶれる。

とうたわれており、智恵子は情景の中の一景物にすぎない。
このような二人の関係の中で、智恵子は発狂したのであった。

※

こうして「猛獣篇」第一期と『智恵子抄』中期の作品は終るのだが、この間、看過できない作品が若干存在する。その中、何としても一九二九（昭和四）年一月二二日作、『文芸レビュー』同年三月刊に発表された「首の座」、同年五月二五日作、『富士山詩人』同年六月刊に発表された「上州湯檜曾風景」の二篇は紹介しておきたい。前者は次のとおり。

麻の實をつつく山雀《やまがら》を見ながら
私は今山雀を彫つてゐる。
これが出来上ると木で彫つた山雀が
あの晴れた冬空に飛んでゆくのだ。
その不思議をこの世に生むのが
私の首をかけての地上の仕事だ。
そんな不思議が何になると、
幾世紀の血を浴びた、君、忍辱《にんじよく》の友よ、
君の巨大な不可抗の手をさしのべるか。
おお否み難い親愛の友よ、
君はむしろ私を二つに引裂け。
このささやかな創造の技《わざ》は
今私の全存在を要求する。
この山雀が翼をひろげて空を飛ぶまで
首の座に私は坐つて天日に答へるのだ。

山雀を彫ることは高村光太郎の全存在を賭けた仕事であった。そうした覚悟がなければ、芸術作品の創造はできないと信じていたにちがいない。忍辱の友とはおそらくベートーヴェンを指す。その理由は一九二七年四月九日作の「二つに裂かれたベエトオフエン」という詩があり、同作中、

彼は憤然として紙をとる。
怒の底から出て來たのは、
震へる手で書いてゐるのは、
おゝ、何のテエマ。
怒れる彼に落ちて來たのは、
歡喜のテエマ。
彼は二つに引き裂かれて存在を失ひ、
今こそあの超自然な靜けさが忍んで來た。

とあるからである。「二つに引き裂かれ」るとは全存在を失うことである。二つとは憤怒と歓喜である。高村光太郎は全存在を失っても、山雀を彫る。その覚悟をこの詩で展開して私たちに与えるイメー

ジが私たちの心を震撼させる。
後者の「上州湯檜曾風景」は次のとおりの作品である。

峯から峯へボウが響いて
大穴《おほあな》の飯場《はんば》はもう空《から》だ。
山と山とが迫れば谷になる。
谷のつきあたりはいつでも厖大な分水嶺の容積だ。
トンネルはまだ開《あ》かない。
二千人の朝鮮人は何處にゐる。
土合《どあひ》、湯檜曾《ゆびそ》のかまぼこ小屋に雨がふる。
角膜炎の宿屋の娘はよく笑ふ。
湯けむりに巻かれて立つおれの裸の
川風涼しい右半身に鶯、左にリベツト。
輕便鐵道《ガソリン》、鐵骨、セメント、支那めし。
三角山に赤い旗。
――ハツパが鳴るぞ、馬あ止《と》めろよ――

又買ひ出されて來た一團の人夫。
おれの朴齒が縱に割れて、
二千の軀《むくろ》の上に十里の山道がまつ青だ。

いうまでもなく、この詩が私たちを感動させるのは最終行にあり、朝鮮人労働者に対する烈しい同情である。全集の年譜には一九二三（大正一二）年九月一日の関東大震災にさいし、「アトリエを下町からの避難者に開放して、何か月かを四畳半にこもる」とあるが、朝鮮人虐殺にはふれていない。いったい高村光太郎は朝鮮問題にも、植民地問題にも、中国大陸への侵略についても、関心がなかった。それが戦争下の彼の行動となり、詩作となったのだが、それだけにこの「上州湯檜曾風景」は異色であり、彼の詩作中、特異だが、感興ふかいことは間違いない。高村光太郎は朝鮮人労働者の悲惨な実態を目にし、同情しても、それが朝鮮の植民地支配に由来することまでは思想としてつきつめて考えていなかったのではないか。

※

さて、私はすでに「同棲同類」に「智恵子はトンカラ機《はた》を織る」という句があるのを見てきた。また、

「智恵子の半生」の中で「配偶者が私のやうな美術家でなく、美術に理解ある他の職業の者、殊に農耕牧畜に従事してゐるやうな者であつた場合にはどうであつたらうと考へられる」と書いていることも記した。さらにまた、上高地で彼女の油絵をはじめて見たとき「かなり主観的な自然の見方で一種の特色があり、大成すれば面白からうと思つた」と書いているのも見てきた。

「智恵子の半生」は彼女の追悼の文章だから、もう少し別の表現もありえたのではないかと思われるが、上高地で見た作品は、客観的に風景を描いていないし、将来はともかく、その時点では評価できないと思ったと言っているわけである。この文章の中には次の一節もある。

「或年、故郷に近い五色溫泉に夏を過して其處の風景を畫いて歸つて來た。その中の小品に相當に佳いものがあつたので、彼女も文展に出品する氣になつて、他の大幅のものと一緒にそれを搬入したが、鑑査員の認めるところとならずに落選した。」

「相當に佳い」とは、まあ見られる、ひょっとしたら入選するかもしれない、という意味であろう。

「大幅のもの」は感心しなかったから、批評していないのであろう。

「彼女は最善をばかり目指してゐたので何時でも自己に不滿足であり、いつでも作品は未完成に終つた。又事實その油繪にはまだ色彩に不十分なもののある事は爭はれなかつた。その素描にはすばらしい力と優雅とを持つてゐたが、油繪具を十分に克服する事がどうしてもまだ出來なかつた。」

とも書いている。高村光太郎は恐らく率直に批評したにちがいない。彼女の美点、長所を伸ばすように教育するより、欠点を指摘することに正直すぎたのではないか。

「彼女はいつの間にか油繪勉強の時間を縮小し、或時は粘土で彫刻を試みたり、又後には絹絲をつむいだり、其を草木染にしたり、機織を始めたりした。二人の着物や羽織を手織で作つたのが今でも殘つてゐる。同じ草木染の權威山崎斌氏は彼女の死んだ時弔電に、

袖のところ一すぢ青きしまを織りて
あてなりし人今はなしはや

といふ歌を書いておくられた。結局彼女は口に出さなかつたが、油繪製作に絶望したのであつた。」『高村光太郎資料　第六集』所収の平塚らいてう「高村智恵子さんの印象」には「智恵子さんの芸術について、高村さんが徹底的な批判を加えたため、智恵子さんは自信を失つてしまつたのだ——ということも聞いていました」とある。「智恵子の半生」の記述からみても、あながち事実に反するとはいえないのではないか。

私は配偶者が高村光太郎でなかったら、彼女が油絵製作に絶望することもなかったのではないか、と考える。そこまで悲痛に思いつめられ、しかも、彼ら夫婦の間の会話は途絶えていた。

※

「猛獣篇」の諸作は、『智恵子抄』の空白期間にかわり、智恵子を見失った高村光太郎が上高地を回想して傷つき、また、孤独を歎いて、心中飼いならした猛獣たちをうたった作品群であった。

第五章　『智恵子抄』（その後期）と「猛獣篇」（第二期）

1

全集の年譜は一九三二（昭和七）年の項の記述はその冒頭をすでに引用したが、続く文章をふくめ、ふたたび引用する。

「七月十五日朝、智恵子は眠りから覚めない。その画室に睡眠剤アダリンの空の瓶が残され、壁に新しいキャンバスが立てかけてあった。遺書には光太郎への愛と感謝と、義父光雲への謝罪の言葉だけが書きつけられていた。早い発見と処置はあやうく智恵子の生命を救う。八月九日まで九段坂病院に入院。この頃、母たちは世田谷区太子堂二三六番地に移っていた。

その分裂症状が何に由来するかを誰も確かに言うことは出来ない。或いは血筋と言い、或いは実家をめぐる心労とも、芸術上の苦悩とも言う。しかし自ら選び取った光太郎と共に生きる生そのものもまたその部分を負わなければならない。一組の男女がすべての人工の権威に背き、人間の名において生きることを願った時、窮乏はたちまち二人を襲い、俗声は四囲に満ちる。その中での飽くなき芸術精進、錯綜する要因、きしむ内部。しかも選ばれた生を二人は避けない。そして張りつめた糸が切れる。」

「智恵子の半生」中、高村光太郎は次のとおり記している。

「智恵子が結婚してから死ぬまでの二十四年間の生活は愛と生活苦と藝術への精進と矛盾と、さうして闘病との間斷なき一連續に過ぎなかつた。彼女はさういふ渦巻の中で、宿命的に持つてゐた精神上の素質の爲に倒れ、歡喜と絕望と信頼と諦觀とのあざなはれた波濤の間に沒し去つた。」

「大正三年に私と結婚した。結婚後も油繪の研究に熱中してゐたが、藝術精進と家庭生活との板ばさみとなるやうな月日も漸く多くなり、其上肋膜を病んで以來しばしば病臥を餘儀なくされ、後年郷里の家君を亡ひ、つづいて實家の破産に瀕するにあひ、心痛苦慮は一通りでなかつた。やがて更年期の心神變調が因となつて精神異狀の徵候があらはれ、昭和七年アダリン自殺を計り、幸ひ藥毒からは免れて一旦健康を恢復したが、その後あらゆる療養をも押しのけて徐々に確實に進んで來る腦細胞の疾患のため昭和十年には完全に精神分裂症に捉へられ、其年二月ゼームス坂病院に入院、昭和十三年十月其處でしづかに瞑目したのである。」

全集の年譜および「智恵子の半生」において要約されている、智恵子の発狂に至る経緯を個々にとりあげて検討したい。

その第一は、智恵子の生家、長沼家の没落である。

智恵子の父、長沼今朝吉は一九一八（大正七）年五月九日に死去した。家督を継いだのは、長男、啓助であった。彼は一八九七（明治三〇）年一〇月四日生まれ、一八八六（明治一九）年五月二〇日生まれの智恵子より一一歳年少であった。すなわち啓助は家督を相続したとき、二一歳になるか、ならずの若さであった。

全集の年譜、一九二八（昭和三）年の項には次の記述がある。

「五月十一日、詩「あどけない話」を書く。今朝吉の死後、家庭内の問題や、商売上の手違いから傾きかかっていた長沼家は、智恵子や光太郎のたびたびの助言にもかかわらず、どうしようもない状態になっていた。智恵子の、郷里との別離の予感は疑いもない。」

さらに年譜の一九二九（昭和四）年の項の末尾に次の記述がある。

「この年、長沼家が破産し一家は離散する。智恵子の母センと姪春子は前年六月嫁いだばかりの、福島市にすむ妹セツの婚家斎藤新吉方に身を寄せる。智恵子の健康もすぐれないが、身を養うべき郷里の家はもう無い。」

セツは一九〇一（明治三四）年六月生まれの妹であり、智恵子より一六歳年少である。

全集の年譜は、一九三一（昭和六）年の項に、高村光太郎が六月一日、父と赤城山に登り、同月下旬、面疔を病み入院した旨を記述した後、次のとおり続けている。

「この頃、福島の斎藤家に事あり、智恵子の母センはセツや春子と上京、府下中野町仲町十六番地に住む。智恵子はそのことを光太郎に秘して告げない。智恵子は母たちに書く、「高村にはやはり何もいはずにしまひませう。ぢき出てしまへば、いはなくてもすむのだから。」」

さらに同年八月九日から一カ月あまり高村光太郎は三陸旅行のため家を空けたが、全集の年譜に「智恵子の精神変調に気付いたのは、留守に智恵子に呼ばれてアトリエを訪れた母センや春子だった」と記述されている。

高村光太郎自身も「智恵子の半生」中に「昭和六年私が三陸地方へ旅行してゐる頃、彼女に最初の精神變調が來たらしかつた。私は彼女を家に一人殘して二週間と旅行をつづけた事はなかつたのに、此の時は一箇月近く歩いた。不在中泊りに來てゐた姪や、又訪ねて來た母などの話をきくと餘程孤獨を感じてゐた樣子で、母に、あたし死ぬわ、と言つた事があるといふ」と記している。このときの精神変調は後年の発狂後の挙動に比しよほど穏かであったらしい。母センにしても姪の春子にしても智恵子の挙動に困惑した気配はみえない。

※

北川太一の『智恵子相聞―生涯と紙絵』と題する著書の第三章「天と地のはざま」中の「長沼家崩

壊」の項に次のとおり記されている。

「長沼家の実質的な崩壊がいつ始まったかを確定する資料はありません。」

「大正十五年頃には、父のあとを継いだ弟啓助が母や妹たちとの同居をこばむ不和を伝えます。すでに心おきなく憩うべき郷里の家はないのです。昭和初頭、東京から始まった金融恐慌はたちまち福島にも波及し、昭和二年六月の福島商業銀行休業を手始めに銀行の倒産がつぎつぎに続きます。今朝吉亡きあとの放漫な経営も災いして、昭和二年三年と徐々に長沼家の土地家屋は分散売却され、昭和四年の暮れまでにはそのほとんどが他人名義に変りました。昭和五年一月の啓助の住所はすでに福島市に変わっています。資産をめぐる啓助と母たちとの争いはその後もつづき、十月には智恵子も母側の証人として福島地方裁判所の法廷に立ちます。興味半ばの「断髪姿というモダンぶりで出廷、大いに注目された」（昭和5・11・11『福島民報』）などという報道は、光太郎も智恵子も悲しませたに違いありません。追い討ちをかけるように、十二月に『福島民報』は、元福島商業銀行川俣支店長斎藤新吉の業務上横領事件公判を伝えるのです。新吉は長沼家の破産後、母や春子たちが身を寄せていた妹セツの夫です。」

高村光太郎も「智恵子の半生」において長沼家問題にふれている。

「彼女の家系には精神病の人は居なかつたやうであるが、ただ彼女の弟である實家の長男はかなり常規を逸した素行があり、そのため遂に實家は破産し、彼自身は悪疾をも病んで陋巷に窮死した。」

「自分の貧に驚かない彼女も實家の沒落にはひどく心を傷めた。幾度か實家へ歸つて家計整理をしたやうであつたが結局破產した。二本松町の大火。實父の永眠。相續人の遊蕩。破滅。彼女にとつては堪へがたい痛恨事であつたらう。彼女はよく病氣をしたが、その度に田舍の家に歸ると平癒した。もう歸る家も無いといふ寂しさはどんなに彼女を苦しめたらう。」

なお、年譜の一九三一（昭和六）年の項に「智恵子は母たちに書く、「高村にはやはり何もいはずにしまひませう。ぢき出てしまへば、いはなくてもすむのだから。」」とあることを記したが、この言わないこととしたのは「福島の斎藤家に事あり」という事件を指すと思われる。この手紙を智恵子が書いたのは、全集別巻所収の、一九三一年六月二八日付（智恵子書簡番号六〇）だが、前年一二月に斎藤新吉に対する業務上横領事件の公判が開かれたことからみれば、このころ、斎藤新吉は、勾留されていたのではないか。そうでないと「ぢき出てしまへば」という「出てしま」うという意味が理解しにくい。公判の結果、無罪、執行猶予、あるいはごく短期の懲役刑を予想していたのではないか。事実、一九三四（昭和九）年には、斎藤新吉一家は知人の手引きで黒松の防風林の中の小高い砂丘の上にある、九十九里浜真亀納屋の田村別荘に住み、母センもこの家に同居していたので、智恵子はここで転地療養することになったのであった。

ここで、長沼家の没落が智恵子の心情に与えた打撃について、しめくくっておく。

「智恵子の半生」に高村光太郎は「彼女もいつかは此の都會の自然に馴染む事だらうと思つてゐたが、

彼女の斯かる新鮮な透明な自然への要求は遂に身を終るまで變らなかつた」と書いているとおり、帰郷してその身を養うべき実家を失ったことがその第一にあげられるであろう。

第二に、たとえば一九二五（大正一四）年一〇月一〇日付（智恵子書簡番号四四）にみられるように

「啓さんも来月迄は一生懸命につつしんで働いて下さい　そして将来家内心をあはせて一生懸命に働き　皆が平和にたのしく　家業をつづけてゆく事を祈つてゐます　意志を強固にもつて下さい　米山の二百株なんて馬鹿な事すると大事ですよ　あれ程新聞にもサギの会社の事が出てゐるのに恐ろしくないのでせうか

二本松の株はその後どうしたのです　はふつて置いてはまた半年分利子がふえるでせう　心配してゐます。あれからどうしたのですか」

これは母セン宛だが、センを含め啓助ら一同宛ての激励、忠告、警告の手紙でもある。こうした努力にもかかわらず、啓助とセンらとは不和になり、遺産相続の係争となり、結局は倒産、一家離散に至る、その間の数年間にわたる心労も智恵子をふかく傷つけたろう。

※

「智恵子の半生」はまたこう書いている。

「彼女がつひに精神の破綻を來すに至つた更に大きな原因は何といってもその猛烈な藝術精進と、私への純眞な愛に基く日常生活の營みとの間に起る矛盾撞着の惱みであつたであらう。」

という二つの原因をあげて、彼女の芸術精進とこれに対する高村光太郎の批評はすでに記したところと若干重複するが、あえてくりかえし、高村光太郎のいうところを引用する。

「彼女は繪畫を熱愛した。女子大在學中既に油繪を畫いてゐたらしく、學藝會に於ける學生劇の背景製作などをいつも引きうけて居たといふ事であり、故郷の兩親が初めは反對してゐたのに遂に畫家になる事を承認したのも、其頃畫いた祖父の肖像畫の出來榮が故郷の人達を驚かしたのに因ると傳へ聞いてゐる。この油繪は、私も後に見たが、素朴な中に澁い調和があり、色價の美しい作であつた。」

途中だが、「澁い調和」、「色價の美しい作」といいながら「素朴な」作ときりすてる批評眼に高村光太郎の厳しさがある。

「卒業後數年間の繪畫については私はよく知らないが、幾分情調本位な甘い氣分のものではなかつたかと思はれる。其頃のものを彼女はすべて破棄してしまつて私には見せなかつた。僅かに素描の下描などで私は其を想像するに過ぎなかつた。」

想像にすぎないなら、情調本位な甘い気分のもの、とまで言わなくてもよいと思われるが、つねに高村光太郎は率直であった。

「私と一緒になつてからは主に靜物の勉强をつづけ幾百枚となく畫いた。風景は故郷に歸つた時や、山などに旅行した時にかき、人物は素描では描いたが、油繪ではつひにまだ本格的に畫くまでに至らなかつた。彼女はセザンヌに傾倒してゐて自然とその影響をうける事も强かつた。私もその頃は彫刻の外に油繪も畫いてゐたが、勉强の部屋は別にしてゐた。彼女は色彩について實に苦しみ惱んだ。そして中途半端の成功を望まなかつたので自虐に等しいと思はれるほど自分自身を責めさいなんだ。或年、故郷に近い五色溫泉に夏を過して其處の風景を畫いて歸つて來た。その中の小品に相當に佳いものがあつたので、彼女も文展に出品する氣になつて、他の大幅のものと一緒にそれを搬入したが、鑑査員の認めるところとならずに落選した。」

この最後の部分はすでに引用したが、五色温泉で描いた油絵は決して少なくなかったはずである。この事実は「その中の小品」という口吻から窺えることができる。この小品を除いては、すべて高村光太郎の評価にたえるものではなかった。一緒に搬入した「他の大幅のもの」も同じである。

「それ以來いくらすすめても彼女は何處の展覽會へも出品しようとしなかつた。自己の作品を公衆に展示する事によつて何か內に鬱積するものを世に訴へ、外に發散せしめる機會を得るといふ事も美術家には精神の助けとなるものだと思ふのであるが、さういふ事から自己を內に閉ぢこめてしまつたのも精神の內攻的傾向を助長したかも知れない。」

配偶者である高村光太郎が認めない作品を展覧会に出品し、公表したところで気晴らしにすぎない。智恵子が高村光太郎のすすめに応じなかったことは当然であった。そこで、彼女の画業について、高村光太郎は次のとおり結論的に評価している。

「彼女は最善をばかり目指してゐたので何時でも自己に不満足であり、いつでも作品は未完成に終つた。」

「いつでも作品は未完成に終つた」というのは真実ではあるまい。五色温泉における作品はすべて完成していたはずである。高村光太郎の眼にはまだ手を入れる余地のある作品であったという趣旨ではないか。

「又事實その油繪にはまだ色彩に不十分なもののある事は爭はれなかつた。その素描にはすばらしい力と優雅とを持つてゐたが、油繪具を十分に克服する事がどうしてもまだ出來なかつた。彼女はそれを悲しんだ。時々はひとり畫架の前で涙を流してゐた。偶然二階の彼女の部屋に行つてさういふところを見ると、私も言ひしれぬ寂しさを感じ慰の言葉も出ない事がよくあつた。」

思いやっても涙ぐましい光景である。配偶者が高村光太郎でなかったら、智恵子もこれほど辛い思いをしなかったろう。まさに平塚らいてうが記していたとおりだったにちがいない。平凡なサラリーマンなら、たとえ美術の愛好家であっても、色彩を使いこなせていない、などと批評することはなかったにちがいない。智恵子は始終そういう指摘を高村光太郎からうけていたから、自作の画架を前にして涙を流していたのであり、そういう智恵子の心境が理解できるから、高村光太郎も寂しさに襲われるわけである。智恵子が高村光太郎を配偶者として選んだことは、なまじアマチュアでない、真の画家であろうと志していただけに不幸であり、悲劇的な結びつきであった。

2

しかし、自分の芸術的才能に絶望する芸術家は数知れない。選ばれた、ごく少数だけが生きのこり、他は教師になるとか、その他、さまざまな身過ぎの手立てを講じて生きていくのであって芸術に絶望して発狂するわけではない。

遺伝子的要因を度外視すれば、智恵子の高村光太郎に対する極度の全身的な愛情、その愛情のために智恵子が高村光太郎の生き方に同調したことが、彼女の発狂の主な原因ではないか。「智恵子の半生」から引用する。

「彼女は裕福な豪家に育つたのであるが、或はその爲か、金錢には實に淡泊で、貧乏の恐ろしさを知らなかつた。私が金に困つて古着屋を呼んで洋服を賣つて居ても平氣で見てゐたし、勝手元の引出しに金が無ければ買物に出かけないだけであつた。」

古着屋に洋服を売ることを止めさせるだけの目途がなければ、黙って見ている他はないし、勝手元に金がない以上、買物に出かけられないのも当然のことである。これは彼女が金銭に淡泊であるかどうかとは関係ない。

「いよいよ食べられなくなつたらといふやうな話も時々出たが、だがどんな事があつてもやるだけの仕事をやつてしまはなければねといふと、さう、あなたの彫刻が中途で無くなるやうな事があつてはならないと度々言つた。」

高村光太郎としては智恵子と共に餓死するよりも彫刻が大切なのであり、智恵子はどうなってもよかった。そういう高村光太郎の考えを智恵子は受け入れていた。智恵子としても「あなたの彫刻」が大切なのであって、彼女自身の作品に執着していない。『智恵子抄』中の「夜の二人」をふたたび引用する。一九二六（大正一五）年三月一一日作である。

私達の最後が餓死であらうといふ豫言は、
しとしとと雪の上に降る霙《みぞれ》まじりの夜の雨の言つた事です。
智恵子は人並はづれた覺悟のよい女だけれど
まだ餓死よりは火あぶりの方をのぞむ中世期の夢を持つてゐます。
私達はすつかり默つてもう一度雨をきかうと耳をすましました。
少し風が出たと見えて薔薇の枝が窓硝子に爪を立てます。

私達の最後が餓死であろうという予言は高村光太郎の口から出たにちがいない。智恵子が火あぶりの方を望んだ、という言葉はその事実を裏付けている。くりかえし書いてきたとおり、そもそも高村光太郎は飢餓に強い体質であった。

自分たちは餓死するにちがいない、いえ、餓死するよりは火あぶりにしてほしい、そんな会話をかわす夫婦は、ことに、そのように話しかける高村光太郎は異常である。そうした異常な話題にまともに応答して、火あぶりの方がいい、と言うのは、よほど神経が図太くなければならない。こうした会話が智恵子を狂気に追いこんでもふしぎでない。こうした会話が成り立つのは、高村光太郎からよほど離れた位置に智恵子が立っているからである。他方、高村光太郎はこれを異常と感じていない。そのことを翌日作の「聖ジヤンヌ」が示している。

神さまから言ひつかつた事をするのは當りまへだ
ほんとにさうだ、田舎の處女《ピユセル》よ
それは人間同志で作り上げた此の世にとつて
すこし生眞面目すぎて不都合になるのだけれど
それはちつとも利口な事ではないのだけれど
君の不馴れな眼は何と私の胸をせいせいさせるよ

結局少しでもあの聲をきく者は
一人ぼつちになるのだね
此の世の邪魔になるのだね
火あぶりか
うゑ死にか
ああ、だが何とうつとりさせる聲だらう

ジャンヌ・ダルクは神の声を聴いた。高村光太郎にとって彫刻ないし美術は神から授けられた仕事である。そういう仕事で生きていくことは俗世には不真面目にみえるだろうし、馬鹿げたこととみえるだろう。だから、私の前に待っているのは火あぶりか、餓え死にか。神の声にしたがって、そのようにして死ぬことは何とうっとりさせることか。高村光太郎がここでうたっていることは、そうした恍惚感である。ここには智恵子は視野にはいっていないのだが、こういう生き方に同調していくことは可能なのか。智恵子の発狂はその回答といってよい。

※

はたして高村光太郎はどこまで窮乏していたのか。いざとなれば、父光雲の下職をすれば生活費を得ることはできた。だから真に窮乏したことはない。ただ、自立するため、努力しようとしたことも間違いない。

高村光太郎が理想主義者であったことは間違いない。しかし、理想主義を実現するには彼の発想はつねに現実離れしていた。まず、一九一七（大正六）年秋の「高村光太郎彫刻會」についてはすでに述べた。この規約がいかに非現実的であるかについてはくりかえさない。ただ、会員はかなりの金額の半額を前払する必要とすること、どんな作品を作るかは高村光太郎を信頼すること、写真による故人の肖像の製作は多くの場合謝絶する、といった規約の条項が、いかに傲岸、世間知らずであるか、本人は気づいていなかった。当然こうした企画は成り立たない。

全集によれば、智恵子と同棲しはじめる前の一九一四（大正三）年に「老人の首」（ブロンズ）がある。これは幕府瓦解により零落した旧武士の老人をモデルにした名作だが、もちろん依頼による作品ではない。智恵子と同棲しはじめた後一九一五（大正四）年から一九二三（大正一二）年までの間の作品として、まず第一に「園田孝吉胸像」があげられる。「この胸像のブロンズは今日でも園田家のどこかに保存されてゐるかと思ふが、原型の石膏型は焼けた。この像は私がフランスから歸つてイの一番に外部から依頼されて作つたものなので自分では特別に印象深かつた。園田孝吉翁は十五銀行の頭取を長くしてゐた財界人で、その方面でいろいろ功績のあつた人だといふことであつた。「赤心一片」

などといふ著書もあり、教養のふかい人であった」と「焼失作品おぼえ書」で回顧している歴史的作品である。これは一九一五（大正四）年作である。

一九一六年には「今井邦子胸像」、「智恵子の首」、「裸婦坐像」があるが、いずれも依頼による作品とは思われない。ただし、「裸婦坐像」はすでに記したとおり、高村光太郎の初期造型作品中の傑作である。一九一七年作の「婦人像」は、同年三月三一日付図師尚武宛封書（書簡番号八五）からみて依頼による作品であり、「渡辺金六胸像」は翌一九一八年七月二一日付渡辺湖畔宛封書（書簡番号一二三四四）等からみて依頼による作品にちがいない。

同じ一九一八年には「手」、「足」、「腕」、「ピアノを弾く手」があるが、いずれも依頼による作品ではないと思われる。

同年作の「ヒポクラテス胸像」は、全集の解説に「十五銀行の熊井運裕が彫刻会の機会に光太郎に委嘱し、東京帝国大学医学部の呉建に贈ったもので、呉の没後沖中重雄に引き継がれた」とあり、委嘱作品である。その余は一九一八（大正七）年に光雲の代作、「浅見与一右衛門銅像」があるだけである。

この他、一九一八（大正七）年、「水野勝興像」、「水野実枝像」があるようだが、一九一五年から一九二三年の間、依嘱されて製作したのが僅か四点あるいは六点はいかにも少ない。光雲の下職が主なる仕事とならざるをえない。

ところが、一九二四（大正一三）年から一九三一（昭和六）年の間は、主として木彫を製作している。一九二四年に「魴鮄」、「蟬1」、「蟬2」、「蟬3」、「やもり」、「柘榴」、翌一九二五年に入って「鯰1」、「うそ鳥」と続き、大正末作の「栄螺」、一九二六年の「蟬4」、一九二七年の「桃」、一九二九年の「山雀」、一九三〇年の「白文鳥」、「蓮根」、一九三一年の「鯰3」と木彫作品が続く。全集の年譜一九二四年の項に次の記載がある。

「九月、木彫小品を頒つ会を発表する。木彫は父にも世人にも迎えられ、作れば幾らかの金が確実に取れるようになる。智恵子もこれを愛して懐に入れて歩いたりした。この会を契機に「魴鮄」「蟬」「柘榴」「鯰」など、厳しくもまた温かい木彫の小宇宙が創造され、肖像彫刻も多産、智恵子も健康な数年を過ごす」とある。

しかも、この年一一月、「猛獣篇」最初の詩「清廉」を書いている。

ところが、同じ年譜の一九二七（昭和二）年四月一七日の項には「実生活の変革で生活は窮乏を極め、手から口への仕事に時間を取られるようになる。ロダン流の、従ってほとんどの芸術家のような生活態度を変えてゆこうと考える」とある。

この「実生活の変革」とは長沼今朝吉の死後、家庭内の紛争により、智恵子の実家の没落にともない、高村光太郎と智恵子夫妻の実生活が変革を余儀なくされたことを意味するだろう。ただ、木彫作品はほとんど一九二六（大正一五）年までの大正時代に集中しており、昭和に入ると、一九二七年の

「桃」、一九二九年の「山雀」、一九三〇年の「白文鳥」、「蓮根」、一九三一年の「鯰3」の五点を数えるのみである。

一方、一九二八（昭和三）年二月七日作の「ぼろぼろな駝鳥」、同年三月二四日作の「龍」で「猛獣篇」第一期は終っている。「猛獣篇」が一体感を失った智恵子との関係から高村光太郎の心に棲みついた猛獣たちを飼いならし、その孤独感を癒す意味があったと同様、木彫小品の製作も、たんに生活の資を得るためだけでなく、彼の心の癒し、慰めであったと同時に、智恵子との平穏で静かな愛情を求める手段でありえたのではなかろうか。「猛獣篇」第一期の制作と木彫小品の製作の時期がほぼ合致することは偶然とは思われない。ただし、「猛獣篇」第一期が終って後、一九二九年に「首の座」、一九三六年に「鯉を彫る」、さらに、一九三八年に「孤坐」が書かれており、「孤坐」は明らかに「猛獣篇」第二期と同時期の作である。また一九四〇年に「蟬を彫る」の作がある。

ところで高村光太郎の木彫小品を頒つ会の広告がじつに興味ぶかいので、ふれることとする。『明星』一九二四（大正一三）年九月号に掲載された文章である。

「木彫小品」と「を頒つ」の間に「鳥蟲魚介」「蔬菜果蓏」の各四字を二行に小さい活字で挿入して題名としている。以下が本文。

「平日研究のモデル費にあてる爲、斯ういふ會を又催します。今度は途中でお斷りするやうな事をしません。そして永く續けます。

○圖題木材の種類其他によつて、會費は三種。
參拾圓　　六拾圓　　百圓
拂込は幾回拂にても構ひません。申込及び御送金は小生宛又は「明星」發行所宛。
○作品は申込後およそ一箇月以内に御渡しの事。但し會費全部拂込濟の上。箱は附かず。入用の向には別に調製せしめます。
○圖題は一切小生まかせの事。」
次いで申込所として高村光太郎と『明星』発行所の住所、名称の記載があり、振替番号も記載されている。

こういう広告を見て購入申込をする人はよほど高村光太郎を信頼している人に限られるだろう。三〇円、六〇円、一〇〇円の三種で、作品にどういう違いがあるのか。木材の種類だけの違いなのか。大きさに違いないのか。図題は作者まかせである以上、鯰であれ茄子、胡瓜であれ、購入者の好みは作者は考えない。全額前払して一カ月以内に渡さなかったらどうなるか、もっぱら作者の信義による。

『明星』一九二四年一一月刊に「近状」という文章を寄せて苦衷を訴えている。
「私の木彫小品の會は、私の好み通りあまり急々でなく入會してくれる人が少しづつあつてうれしい。あまり澤山の入會者が一度にあるよりも、ぽつぽつ彫つてぽつぽつ頒ちたいのが本意である。モデル費を捻出するのが目的であるから靜かにやつてゆきたい。何しろ日の餘、時の餘を以て木をいぢるのであるから、數からいつてもむやみと澤山は出來ない。」

結局一九二四年から一九三一年の間に製作した木彫小品は合計一六点である。平均すれば一年について二点にすぎない。

約束どおりに、一カ月以内に一点ずつ会員に頒布されたとすれば、おそらく、少なくとも三、四〇点の木彫小品が製作されたにちがいない。全集の年譜に記されているとおり、高村光太郎の木彫小品は、厳しく温く、それでいて愛らしい傑作が多い。高村光太郎が約束を守らなかったことは、彼を窮乏させたことが気の毒であるというにとどまらず、多くの傑作が製作されなかったことでもあり、それが私としてはまことに残念である。

しかも、高村光太郎は同様のことをくりかえす習性をもっていた。一九二三（大正一二）年六月刊の『明星』に「高村光太郎人體素描」という広告を掲載し、

「私の平日作る素描の小さな人體エチウドを分かちます。一枚十圓、二十圓の二種。半月以内に届けます。額ぶちのいる人は額ぶち代及び送料として五圓五十錢を添へる事。」

と記して、募集した。ところが、翌月刊の『明星』には「「一隅の卓」より」と題する文章中、次のとおりの文章を掲載した。

「私の素描頒布はたうとう中止した。申込んでくれた人々の好意に對しては實に感謝してゐる次第であるが、いよいよ素描を送らうと思つて始末をしはじめると急に悲しいやうな氣持になつて、どうして

も此の自分のエチユウドを金錢と代へるのが堪らなくなつてしまつた。いろいろ思ひ直した結果、やつぱり中止する事にした。せめてちやんとした畫になつてゐるものならば、又別かも知れないが、どうもエチユウドでは氣がさす。私に好意を持つてくれた人々に心からお詫びをする。」

ずいぶんといい気なものである。もしちゃんとした絵画であったとすれば、尚更手放して金銭に代えることはできなかったろう。まことに矛盾の多い人格の持主であった。

一九二五年には、光雲の代作を除き、翌年第一回聖徳太子奉讃美術展に出品された塑造「老人の首」、一九二六年には「松方巌胸像」、「黄瀛の首」、「中野秀人の首」、「女の首」、「男の胸像」もこの時期の製作と推定され、昭和に入って、一九二七年、「東北の人」、「智恵子の首」石膏、翌一九二八年「住友芳雄胸像」、一九二九年、「馬」、というように、大いに彫刻に精力を注いでいる。しかし、「松方巌胸像」を除き、依嘱による作品はないようにみえる。

要するに、「中野秀人の首」にしろ、「黄瀛の首」にしろ、「智恵子の首」にしろ、みなその首に高村光太郎が造型的魅力を感じ、製作したものであり、彫刻家として、注文に応じて製作するよりも、自分が製作したいものを製作するのが、彼の生き方であった。だから生活費は光雲の代作ないし下職としての手間賃に依存せざるをえなかった。

一九一九（大正八）年に依頼されてから一九三三（昭和八）年の納品までにさらに十余年を延引した「成瀬仁藏胸像」に至っては、論外としか言いようがない。

このような理想主義にもとづき、高村光太郎は自ら気に入った彫刻作品だけしか製作せず、しかもこれを金銭に代えることを潔しとしなかったので、彫刻では生活が成り立たないとつよく自覚していたにちがいない。

全集の年譜、一九二七（昭和二）年の項に「実生活の変革で生活は窮乏を極め」たとあることはすでに記した。こうした「実生活の変革」について智恵子が相談にのっていたとは思われないし、そうしたことを窺わせる記述は見当らない。

ニューヨーク、パリ時代から高村光太郎は空腹、飢餓に馴れていたし、このことは一九二四年『明星』所載の「工房より」の歌作にも明らかにされていた。こうした状況に高村光太郎は耐えることのできる強靭な体をもっていた。光雲の下職、代作の仕事がなければ、彫刻といえども、好みで選んだ仕事しかしない高村光太郎としては、それなりの覚悟があったろう。しかし、智恵子にこうした生活は耐えられたか。高村光太郎を愛するが故に、智恵子はこうした生活に耐えた。しかし、年に三、四カ月から半年、毎年、郷里で保養しなければならなかった。帰るべき故郷がなくなったとき、彼女は追いつめられた心境におちこみ、実生活の変革を余儀なくされたにちがいない。

高村光太郎は島崎藤村『夜明け前』には食生活と性生活が描かれていない、と語った。「狂奔する牛」からみて、智恵子は高村光太郎の旺盛な性的欲望にこたえられるほど烈しい性的情欲はもっていなかったのではないか。智恵子は高村光太郎の彼だけが耐えられる不規則で気ままな食生活、彼の旺盛な性欲に応えられるような性生活をふくめた生活信条、生活様式を共にすることを強いられた。これもまた、智恵子を狂気に追いやる重大な原因たりえたであろう。

※

『智恵子の半生』からもう一節引用する。

「ところで、私は人の想像以上に生活不如意で、震災前後に唯一度女中を置いたことがあるだけで、其他は彼女と二人きりの生活であつたし、彼女も私も同じ様な造型美術家なので、時間の使用について中々むつかしいやりくりが必要であつた。互にその仕事に熱中すれば一日中二人とも食事も出來ず、掃除も出來ず、用事も足せず、一切の生活が停頓してしまふ。さういふ日々もかなり重なり、結局やつぱり女性である彼女の方が家庭內の雜事を處理せねばならず、おまけに私が晝間彫刻の仕事をすれば、夜は食事の暇も惜しく原稿を書くといふやうな事が多くなるにつれて、ますます彼女の繪畫勉強の時間が喰はれる事になるのであつた。詩歌のやうな仕事などならば、或は頭の中で半分は進める事も出來、かなり零細な時間でも利用出來るかと思ふが、造型美術だけは或る定まつた時間の區劃が無ければどうする事も出來ないので、この點についての彼女の苦慮は思ひやられるものであつた。彼女はどんな事があつても私の仕事の時間を減らすまいとし、私の彫刻をかばひ、私を雜用から防がうと懸命に努力をした。」

右の文章で高村光太郎はいろいろ弁明しているけれども、彼と智恵子との二人の生活では、つねに高村光太郎の時間が優先され、智恵子はその時間を犠牲にして、家事を処理しなければならなかった。智恵子はその画業に精進することができたとはいえ、彼らの家庭はかなり家父長制的であった。そのように高村光太郎が意識的に家父長的権利を行使したわけではないかもしれないが、智恵子と高村光太郎との夫婦関係、愛情がそのような家庭をつくらせたのだと思われる。

智恵子はまた、光雲夫妻にも嫁としてよく仕えたようである。高村豊周『光太郎回想』には「智恵子には（中略）兄の家にいってみても、結婚前に感じたような、別に新らしい女ということもない。父にも母にもよく気をつかってくれる世間一般の良家の娘と変らないので、父も非常に安堵した。それで何のかのと父も母もよろこんで兄の家に話込みにいった」とある。光雲夫妻の相手をすれば、それだけ智恵子の画業や家事の妨げとなったはずだが、智恵子が苦情をいった気配はない。また、同書に「智恵子も父とはよく話し、父や母が本当に好きになって、ロシヤ風の刺繍をしたクッションなどを作っては、

「これ使って下さい。」

と父のところにとどけたりした。父がひどく喜んで、愛用していたのを憶えている。」とある。

3

はりつめた気力の限界を智恵子は早くから予感していたのかもしれない。一九三八（昭和一三）年六月二〇日、智恵子発狂後七年経った時の作に「山麓の二人」がある。

二つに裂けて傾く磐梯山の裏山は
険しく八月の頭上の空に目をみはり
裾野とほく靡いて波うち
芒《すすき》ぼうぼうと人をうづめる
半ば狂へる妻は草を藉《し》いて坐し
わたくしの手に重くもたれて
泣きやまぬ童女のやうに慟哭する
――わたしもうぢき駄目になる
意識を襲ふ宿命の鬼にさらはれて
のがれる途無き魂との別離

その不可抗の豫感
——わたしもうぢき駄目になる
涙にぬれた手に山風が冷たく觸れる
わたくしは默つて妻の姿に見入る
意識の境から最後にふり返つて
わたくしに縋る
この妻をとりもどすすべが今は世に無い
わたくしの心はこの時二つに裂けて脱落し
闃《げき》として二人をつつむ此の天地と一つになつた

全集の年譜一九三三（昭和八）年の項に
「八月二十三日、本郷区長に婚姻を届け出る。病む智恵子の今後の生活の安泰を配慮した決断である。二十四日夜、二人で東京を発ち、二十五日には安達村飯出の長沼家の菩提寺満福寺に墓参、午後川上温泉に向かった。以後青根温泉を経て、九月一日には土湯温泉の不動湯、四日には塩原と温泉を巡ったが、帰って来た時には智恵子の症状は更に悪化していた。」
同年八月二五日付セン宛葉書（書簡番号二七五）には

「今日久しぶりにて二本松萬福寺にまゐりちゑ子と一緒にお墓に香華を手向けました、役場へも一寸立寄りました、午后磐梯山下の川上温泉に投宿、無事、東京はまだお暑さ烈しき事と存じます、お二人とも御身御大切に、此所は夜分大層涼し、」

とある。センの住所は世田谷区太子堂四六七となっている。

「山麓の二人」は『智恵子抄』所収の作品中でも絶唱というべき名作である。智恵子は半ば狂っている。しかし、半ば意識ははっきりしている。その半ばはっきりした意識が、自分が完全に理性を失う日が近いのではないか、と感じさせる。そう感じることで智恵子は慄然とし、恐怖におののいている。半ば狂った智恵子を見まもっている高村光太郎も、そうした智恵子の発言に、やはり完全に狂う日が間近いことを実感する。そして未来を思いやって同様に慄然とし、未来に恐怖する。二人にはそれ以上言葉はない。物音一つしない静寂が彼らをつつんでいる。悲しみに沈み、慟哭したい思いを、こうした詩として書きつけたのは、このことのおこった一九三三年から五年後の一九三八年であった。ここには途方にくれ、暗黒の無明を未来にみている二人の男女がいる。彼らの悲劇のいたましさが私たちの心にふかく刻みこまれる。

したがって、『智恵子抄』に収められた順序と異なり、制作年時とも異なり、この作品は「風にのる智恵子」等より、うたわれた事実の時期は早い。この詩では智恵子は聖化されていない。発狂を危惧する人間と、その危惧が現実化するであろうと感じる衝撃をうけた人間との極限的苦悩がここに造型されている。
これに反し、「風にのる智惠子」も「千鳥と遊ぶ智惠子」も感銘ふかい作にはちがいないが、秀作とはいいにくい。この作でもはや智恵子は人間界から脱けだした、聖化された存在である。「風にのる智惠子」は一九三五（昭和一〇）年四月二五日作、『書窓』同年五月刊に発表された作である。

狂つた智惠子は口をきかない
ただ尾長や千鳥と相圖する
防風林の丘つづき
いちめんの松の花粉は黄いろく流れ
五月晴《さつきばれ》の風に九十九里の濱はけむる
智惠子の浴衣《ゆかた》が松にかくれ又あらはれ
白い砂には松露《しようろ》がある
わたしは松露をひろひながら
ゆつくり智惠子のあとをおふ
尾長や千鳥が智惠子の友だち
もう人間であることをやめた智惠子に

恐ろしくきれいな朝の天空は絶好の遊歩場
智恵子飛ぶ

末行の「智恵子飛ぶ」は初出のさいにはなく、後に加えられた句である。空想としても飛躍がすぎるように思われるが、どうであろうか。智恵子が「人間であることをやめた」ことの証しとして、あるいは必要といえるかもしれないのだが、私は若干の疑問をもつ。
「千鳥と遊ぶ智恵子」は一九三七年七月一一日作、『智恵子抄』にはじめて収められた作品である。

人つ子ひとり居ない九十九里の砂濱の
砂にすわつて智恵子は遊ぶ。
無數の友だちが智恵子の名をよぶ。
ちい、ちい、ちい、ちい、ちい――
砂に小さな趾《あし》あとをつけて
千鳥が智恵子に寄つて來る。
口の中でいつでも何か言つてる智恵子が
兩手をあげてよびかへす。

ちい、ちい、ちい――
兩手の貝を千鳥がねだる。
智惠子はそれをぱらぱら投げる。
群れ立つ千鳥が智惠子をよぶ。
ちい、ちい、ちい、ちい、ちい――
人間商賣さらりとやめて
もう天然の向うへ行つてしまつた智惠子の
うしろ姿がぽつんと見える。
二丁も離れた防風林の夕日の中で
松の花粉をあびながら私はいつまでも立ち盡す。

作者が見ることのできるのは智恵子の後ろ姿だけである。それでも、後ろ姿をみつめて作者は立ちつくす。

「風にのる智恵子」も「千鳥と遊ぶ智恵子」も『智恵子抄』中の感動的な作であり、高村光太郎の生涯の作品を見渡しても印象にのこる作品であることは疑いない。それは愛というものの一方通行的性質をとらえているからである。たがいに愛をかわすことは奇蹟にひとしい。愛とはつねに一方通行であり、無償、むくわれることのないことをその本質としている。

※

高村豊周『光太郎回想』によれば、智恵子がアダリン自殺をはかってから「本当に意識が回復するまでに、一週間はかかったろうか。なんでも十日間位は病院にも運べなかった。どうやら動かせるようになって、どこが良いだろうと相談をうけたが、僕は丁度九段坂病院に入って退院したばかりだったので、「病院としても清潔で、医者も懇意にしているから、あそこがいいでしょう」と九段坂病院を推薦した。しかし暑さもひどい時で、この病院にはあまり長く居らず、八月九日にはアトリエに戻ってきた。

病院は退院したけれど、その頃から頭の方は加速的に悪くなっていったようだ」とあり、続けて「郷里を見せたり、温泉まわりをしたら、幾らかいいだろうと言って、二本松から川上、青根、土湯、塩原と智恵子が兄と二人で旅をしたのはその翌年の夏だったが、これは結果としてはかえって悪く、上野駅に帰り着いた時の兄は、本当に弱りきっていた。」

この旅行の間の出来事が「山麓の二人」に描かれたのだろうが、豊周の筆致からみると、「山麓の二人」も美化、虚構が施されているかもしれない。豊周の文章の引用を続ける。

「この頃には乱暴な行動も手に負えなくなり、兄がやむを得ず出かける時は、戸を釘づけにするようなこともあったらしい。僕は暴れている現場に行き合せたことはないけれど、家内は時々それも見た。

こんな話も聞いている。兄が夜遅く帰って来ると、アトリエのそばの交番のところで、

「東京市民よ、集れ！」

と智恵子の声がする。びっくりして坂をかけ上ってみると、智恵子が仁王立ちに立って、沢山の人の真中で大きな声で演説している。なだめすかして連れ戻ったが、それに似たことは屢々あり、巡査が父の家にまで注意に来たこともあった。」

途中を省略して引用を続ける。

「智恵子の病状は百方手をつくしても良くならないし、このまま置けば、近所にも益々迷惑がかかる。一方、父の体が悪くなって、東大病院に入院する。いろいろ考え合せてみて、昭和九年の五月、兄は智恵子を千葉県九十九里浜にいた母や妹の家にあずけることにした。一つには空気のいい自然の中で、気のおけない母のそばに休ませたら、幾らか快方にむかうかも知れないという、藁にもすがるような願いもあったのだろう。殆ど毎週、東京から九十九里まで兄は見舞い、父が死んで、つれ戻すまで変らなかった。しかし、転地先での智恵子の病状を、兄は僕達には話さなかった。」

父光雲の死に至る経過に関する豊周の文章は省略する。

「父は生前、僕を呼んで、

「これだけの金があるんだが、俺は死ぬ前にこういう風に分けようと思うんだ。」

と自分で罫紙に鉛筆で書いたものを見せられた。当時の金で総額十万円、父は家では倹約していたけれども、外へは金ばなれがよかったから、金がたまる方ではなかったが、それでも十万円といえば相当な額だ。それを兄に三万円、僕に三万円、外国にいた道利に一万五千円、山端の姉や妹の喜子にもそれぞれ分けるようになっていた。これには誰にも文句がないので、父の死後、遺産はその遺志通り分配された。

家や地所は初めから兄との約束があったわけだし、

「俺の代りにやってくれたのだから、当然、豊ちゃんの持つべきものだ。」

と兄が言ってくれたので、これも親戚に異議はなかった。しかし貰いはしたものの、僕の痩せ腕で、果してこの家を持ちこたえていけるだろうか。人手に渡すようなことがあってはそれこそ恥かきだし、とんでもないものを兄から引うけてしまって、これは苦しいと僕は僕なりに思い悩んだ。僕はもらった金を工芸運動に使ってしまったが、兄にはそれが大事な生活費や智恵子の医療費になった。父がいなくなれば、もう困った時に、借りるところはないのだし、事実それ以後、僕のところに、金の話で来たことは一度もなかった。」

かつて「家もいらない、地所もいらない。それから父の残す財産、動産であれ不動産であれ、何一つ自分は欲しいと思わない」と言って豊周に父母の面倒を押しつけた高村光太郎が、財産分与として三万円という大金を受けとるのは、ずいぶん虫のいい話だと思うが、高村光太郎の生き方、あらたまった表現をすれば、生活様式では、彫刻でも文学でも生活費に始終不自由したはずだし、目前の智恵子の療養費を考えると、高村光太郎は、かりに恥じるところがあったとしても、背に腹はかえられず、というとおり、三万円を受けとらざるをえなかったにちがいない。しかし、私は高村光太郎はこうしたことに矛盾も羞恥も感じない人格であったと考え、かなりに抵抗感を覚える。

※

智恵子が千葉県山武郡豊海村真亀の田村別荘内斎藤新吉方の母センに預けられて転地したのは一九三四（昭和九）年五月七日であった。五月九日付のセン宛の封書（書簡番号二九一）は心遣いこまやかで心をうつので引用したい。

「拝啓　昨日午后二時に無事歸宅しました。今度はいろいろ御世話さまに相成り御禮の申様もありません、齋藤さん御夫婦にも何卒よろしくお傳へ下さい。　長い間ちゑ子を中心に生活してゐたため、今ちゑ子の居ない此の家に居るとまるで空家に居る様な氣がします。病氣のちゑ子がふびんでなりません。どうぞよろしく御看護願ひ上げます。この病氣は非常に氣ながに、せかず靜かに療養させる外はないのでそのおつもりに願ひます。東京の事はかへつて忘れる方が病氣のためにはよろしいと思ひます。毎日輕い運動、散歩、新鮮な食物が何よりに存じます。便通毎日一度はあるやうに。風呂は三日おき位でよいかと思ひます。生水をのませない様に御注意下さい。どうしても一度沸騰した湯ざましをやつて下さい。病人は時々我がままをするかも知れませんがみな病氣の故と思つて御かんべん下さい。小生は藥のなくなる頃參上します。今日はあとの洗濯やら夜具類其他の整理をしてゐます。明日から仕事にかかります。久しぶりに仕事が出來ます。五圓だけ封入します。此はあなたと節子さんのお小遣としてお納め下さい。いろいろ申上げたけれど今日は此で失禮します。皆様によろしく、五月九日　光太郎　長沼母上様　〈ちゑ子の毎日の様子をよくても惡くても、そのままに時々ハガキで御通知下さい。〉〈昨夜モモ引など小包でお送りしました、〉〈ちゑ子宛のハガキはよんでやつて下さい。〉」

便通、風呂、湯ざましの水をのませることなど、高村光太郎の智恵子への深い愛情にふれる感がある。同日付、書簡番号二九二の幼少時代からの親友、水野葉舟宛の葉書も感動的で、涙を催す類のものである。

「久しく御無沙汰してゐましたが君の方は皆御無事ですか、ちゑ子は一時かなりよくなりかけたのに最近の陽氣のせゐか又々逆戻りして、いろいろ手を盡したが醫者と相談の上やむを得ず片貝の片田舍にゐる妹の家の母親にあづける事になり、一昨日送つて来ました。小生の三年間に亙る看護も力無いものでした。鳥の啼くまねや唄をうたふまねしてゐるちゑ子を後に殘して歸つて來る時は流石の小生も涙を流した。」
　智恵子を片貝海岸の母の許に預けてきた空虚感といたましい智恵子の病状の悲哀が、こうした葉書を書かせたのであろう。（なお母セン宛手紙に同封した五円は「あなたと節子さんのお小遣」とある。「節子」は斎藤新吉の妻、智恵子の妹セツである。）
　さて、その後、高村光太郎は、セン宛にじつに頻繁に葉書で連絡している。以下すべて一九三四年における書簡番号と日付である。
　二五三四・五月一二日
　二五三五・五月一三日
　二五三六・五月一六日
　二五三八・五月一八日（二一日薬持参）
　二五三九・五月二三日
　二五四〇・五月二六日（二八日薬持参）
　二五四一・五月三〇日
　二五四二・六月二日（六日薬持参）
　二五四三・六月八日（昨日無事帰宅）
　二五四四・六月一〇日（一七日参上）

二五四五・六月一四日（一七日薬持参）
二五四六・六月一八日（今日無事帰宅）
二五四七・六月二〇日
二五四八・六月二一日
二五四九・六月二四日（二七日参上）
二五五〇・六月二九日（昨日無事帰宅）
二五五一・七月三日（七日参上）
二五五二・七月八日（今日無事帰宅）
二五五三・七月一五日（一八日参上）
二五五四・七月一九日（さきほど無事帰宅）
二五五五・七月二三日
二五五六・七月二六日（二九日参上）
二五五七・七月三〇日（只今無事帰宅）
二五五八・八月二日
二五五九・八月三日（一〇日参上）
二五六〇・八月六日（一〇日参上）

二五六一・八月一〇日（さきほど無事帰宅）
二五六二・八月一五日（二〇日参上）
二五六三・八月二三日（三〇日か三一日参上）
二五六四・八月二六日（三一日参上）
二五六五・九月二日（昨日無事帰宅）
二五六七・九月五日（一一日参上）
二五六八・九月一四日
二五六九・九月一八日（二二日参上）
二五七〇・九月二一日（二二日にかえ二四日参上）
二五七二・一〇月一日（六日参上）
二五七三・一〇月八日（昨日無事帰宅）
二五七五・一〇月一〇日（光雲死去）
二五七六・一〇月三〇日（昨日無事帰宅）
二五七七・一一月九日・大網駅にて（「さきほどはちゑさんが悲しさうだつた」）
二五七八・一一月二〇日（昨日無事帰宅）
二五七九・一一月二六日（二九日参上）

二五八〇・一一月三〇日（無事帰宅）
二五八一・一二月五日（八日参上）
二五八二・一二月九日（「今朝はちゑさんがいつになく變調だつたので案じてゐます」）
二五八三・一二月九日（「今度は一度東京へ連れて來てみようかと思つてゐます」）
二五八四・一二月九日夕（「ちゑさんのこの病氣は小生今後の運命をも決する大難であります、（中略）事によつたら今度參上の時は一度ちゑさんを東京に連れて來ようかと考へてゐます。」）
二五八五・一二月一七日（二〇日参上）

こうして一二月二〇日、年譜の記載によれば「九十九里にも置けなくなった智恵子をアトリエに連れ戻るが、帰宅後も連日連夜の狂躁状態に徹夜が続く」ということとなる。

なお、右の一覧表に「参上」とあるのは、高村光太郎が参上のつもりであると葉書に書いているという趣旨である。たとえば一一月二六日の葉書に「二九日参上」とあるのは二九日参上するつもりであると高村光太郎が通知しているという趣旨であり、事実、彼は二九日に赴き、一泊、翌日帰宅してその旨を三〇日は葉書で通知している。

それにしても、じつに筆まめに連絡、ほとんど一週間に一度の割合で九十九里まで見舞に出かけた高村光太郎の愛情は尋常人のよくすることではない。

しかも、その間、九月一八日付（書簡番号二五六九）には「今日啓助さんが來ましたがよく言ひきかして帰しました。金は渡さず罐詰を進呈しました。宿の拂ひは警察立合の上で拂ってあげようと思って居ります」と知らせている。

しかも同じ一九三四年、九月二八日には、麹町区裁判所内検事宛次のような封書（書簡番号二五七二）を書いている。

「拝啓　今日はとりいそぎ平服のままにて參上失禮致しましたが義弟長沼修二の件につき　種々御配慮に與り忝く存じました、

然るところ折角貴官の御寛大な御所置により小生今後の監督を御約束して當人をお引取り申し、まづ何よりもと存じ理髪と入浴に遣はしましたところ　それなり當人歸り來らず　只今既に深更と相成り　當人金も三、四圓程度しか持たぬ事とて　心痛に堪へません、

小生老父の病氣絶望を宣言せられ居るため　つひ附添ひ行かざりしが手落と存じますが　何にせよ監督不行屆の條申わけございません、

御約束せし責任上此段ともかくも御報告致したく、併せて　今日の御禮あつく申述べます、尙　修二儀はどうにかして探し出し保護を加へたいと存じ居ります、」

セン宛一一月二〇日付葉書（書簡二五七八）では、修二を立川の東京府農事試験場の場長に引受けてもらったが、はたして修二が辛抱できるか、と心配している。年譜の一九三四年の項の一二月二〇日の記述の末尾には、「弟啓助の金銭無心。修二の就職もまだ決まらない」とある。智恵子の精神が正常

であったなら、こうした弟たちの不行跡について、羞恥のため居たたまれないように感じたろう。啓助も修二も性格破綻者のようにみえる。

全集の年譜、一九三五（昭和一〇）年の項に次の記載がある。

「一月二十二日、智恵子の狂気に触れた詩「人生遠視」を書く。途絶えていた詩作は病める智恵子をうたうことで徐々に再開される。」

「智恵子は諸岡存の発熱療法などを試みたが、次第に危険な行動が加わるようになり、一人で看とる限界を超える。病気がいくらかでも好転したら、東京のどこかに家を借りて母や弟と住まわせ、回復を待ちながら仕事したいなどとも思い惑う。しかし病状は回復の兆しを見せず、自宅療養は不可能になる。

二月末、智恵子を品川区南品川六丁目一四四一番地のゼームス坂病院十五号室に入院させ、院長斎藤玉男の治療に委ねる。斎藤は昭和六年以来、府立松沢病院副院長でもあった。」

帰宅後の智恵子の動静は一九三五年一月八日付中原綾子宛封書（書簡番号三〇六）がよく示している。

「おてがみは小生を力づけてくれます、一日に小生二三時間の睡眠でもう二週間ばかりやつてゐます、病人の狂躁狀態は六七時間立てつづけに獨語や放吟をやり、聲かれ息つまる程度にまで及びます、拙宅のドアは皆釘づけにしました、往來へ飛び出して近隣に迷惑をかける事二度。器物の破壞、食事の拒絕、小生や醫師への罵詈、藥は皆毒藥なりとてうけつけません、今僅かに諸岡存博士の發熱療法といふのにたよつてゐます、もう三回注射しました。注射すると熱が四十度近く出て、其で幾分でも恢復の途につくのだといふ事です、まだ效果は見えませんが四五回はやつてみるつもりです、女性の訪問は病人の神經に極めて悪いやうなのであなたのお話をきく事が出來ません、手がミでお教へ下さるわけにはゆきませんか。今大急ぎでこれだけ。亂筆御免下さい。　一月八日夕　高村光太郎　中原綾子様　〈病人は發作が起ると、まるで憑きものがしたやうな、又神がかり狀態のやうになつて、病人自身でも自由にならない動作がはじまります、手が動く首がうごくといつたやうな。〉〈病人の獨語又は幻覺物との對話は大抵男性の言葉つきとなります、或時は田舎の人の言葉、或時は候文の口調、或時は英語、或時はメチヤクチヤ語、かかる時は小生を見て仇敵の如きふるまひをします、〉」

　どのように智恵子は高村光太郎を罵り、また仇敵のようにふるまったのか。高村光太郎の独自の生活様式ないし生き方、食生活、性生活、窮乏と、一方で窮乏に耐えられる体質と富裕な時の惜しまぬ贅沢、といった極端な生き方に同調することは誰にもできることではない。智恵子は高村光太郎にふかい全身的な愛情を注いだために、そうした特異な生き方に耐えた。耐えることが智恵子に苦悩をもたらさなかったはずはない。その忍耐の極限まで到達したとき、内攻していた苦痛が爆発した。私は智恵子の罵言、仇敵をみるようなふるまいは、そうした内攻していた苦痛の発言であり、行動であったと考える。

　高村光太郎は一月二二日付中原綾子宛封書（書簡番号三一〇）中、「チヱ子は今日は又荒れてゐます、アトリエのまん中に屹立して獨語と放吟の法悦狀態に沒入してゐます、さういふ時は食物も何もまつたくうけつけません、私はただ靜かに同席して書物などよんでゐます」と書き、同じ中原綾子宛二月八日付封書（書簡番号三一二）では、「此頃はちゑ子は興奮狀態の日と鎭靜狀態の日とが交互に來てゐます、ひどく興奮して叫んだり怒つたりした日のあと急に又靜かになり、大きに安心してゐると又急に荒れ始めるといふ狀態です、よく觀察してゐますと智恵子の勝氣の性情がよほどわざはひしてゐるやうに思ひます、自己の勝氣と能力との不均衡といふ事はよほど人を苦しめるものと思はれます」と書いている。

これは端的にいえば、能力のない高望みを捨てられないほどに、智恵子は勝気だったということだろう。高村光太郎は智恵子の画業の評価についても冷酷、冷静、私情をまじえなかったが、彼女の性格の理解についてもまことに冷酷、冷静、私情をまじえなかった。こうした理解と愛情とが共存する、高村光太郎はそういう矛盾をかかえこんだ人格であった。

※

『歴程』一九三九（昭和一四）年四月刊に発表した「某月某日」中、高村光太郎は次のとおり書いている。

「私は智恵子を病院に訪問して十五分かそこらの面會をして來る度にめちゃめちゃに打ちのめされる。極度に疲れて往來を歩くのにも足が重く、街頭の景物が皆しらじらしいもののやうに見える。何か異國をさまよつてゐるやうな氣がする。電車にのると忽ち頭の奥が睡くなり、眼をあきながら我知らずこくりとやる。物の音が遠くなり、萬象ことごとくサイレント映畫のやうな不氣味さを呈する。全く食慾が無くなつて夕刻になつても蕎麥一つ喰へず、その癖いつまでも歩いて居たく、家へ歸る氣になれず、咽喉を干からびさせて夜半まで街をうろうろしてしまふ。困憊の極自家にたどりついてそのまま横になると、智恵子の晝間の姿や言葉がありありと眼の前によみがへる。狂氣と人はいふが、狂氣の人のいふ言葉はわれわれのよりも眞理に近い。狂氣の人のいふ事をきいてゐると、われわれの生活の方が悪いやうに思へて來る。極度に純粹になれば人は誰でも狂氣になるにちがひない。極度の純粹には社會性の存在する餘地がない。社會性の喪失する時當然その人は社會から閉め出される。それを人が狂人とよぶ。純粋である事を理想としながら、しかもあまり純粋すぎる事は人間に許されない。そこまで行つてしまつては人間相互の聯絡が斷たれる。純粹性を保ちながら人間相互の疎通を圖るところに人間倫理の眞意がある。」

この文章の前半が智恵子を狂気に追いこんだ高村光太郎の心の暗黒面である。「風にのる智恵子」「千鳥と遊ぶ智恵子」を陽画とすればここに陰画が描写されている。「風にのる智恵子」等二作品で智恵子は聖化されたが、聖化されない、ナマ身の人間である智恵子に接することの苦悩がここに語られている。いいかえれば、こうした苦悩の裏面として智恵子は聖化されなければならない。
　この文章の後半は社会性を保つことと人間としての純粋さを両立させることの困難を説いている。本来、高村光太郎は既成の社会秩序を無視し、俗世に背を向け、反社会的に生きてきたはずであった。ところが、そうした反社会性を貫きながら、人間としての純粋さを保つことはできない。智恵子は高村光太郎に倣って、社会に反抗し、俗世に背を向けて生きようとしながら、なお彼女の純粋さを保とうとしたが、それは両立しえないものであった。そのために智恵子は狂気した。また、智恵子の狂気による高村光太郎に対する痛罵も「眞理」なのではないかという反省を彼に強いたであろう。高村光太郎が智恵子に自責、贖罪の意識をもったことは当然であった。それが智恵子を聖化した一因ではあるが、次の「ばけもの屋敷」はその間の事情をよく語っている。『書窓』一九三五（昭和一〇）年五月刊に「風にのる智恵子」を発表してから約半年後『コスモス』同年一一月刊に発表した作である。

　主人の好きな蜘蛛の巣で荘厳《しやうごん》された四角の家には、
　傳統と叛逆と知識の慾と鐵火の情とに荘嚴された主人が住む。
　主人は生れるとすぐ忠孝の道で叩き上げられた。
　主人は長じてあらゆるこの世の矛盾を見た。
　主人の內部は手もつけられない浮世草紙の累積に充ちた。

主人はもう自分の眼で見たものだけを眞とした。
主人は權威と俗情とを無視した。
主人は執拗な生活の復讐に抗した。
主人は默つてやる事に慣れた。
主人はただ觸目の美に生きた。
主人は何でも來いの圖太い放下《はうげ》遊神の一手で通した。
主人は正直で可憐な妻を氣違にした。

夏草しげる垣根の下を掃いてゐる主人を見ると、
近所の子供が寄つてくる。
「小父さんとこはばけもの屋敷だね。」
「ほんとにさうだよ。」

末尾四行は不要にみえるかもしれない。しかし、この四行は高村光太郎夫妻の生活を彼自身が客観的にみていることを示している。反俗精神と嘱目の美に生きた主人、その主人の独自の生き方、生活様式に殉じて狂気した妻。これは「ばけもの屋敷」といわれても致し方ない、という高村光太郎の烈しい自責の言葉と解されるであろう。

※

『智恵子抄』は「山麓の二人」の後、一九三八（昭和一三）年八月二七日作の「或る日の記」、一九三九年二月二三日作の「レモン哀歌」、一九四一年六月一一日作の「荒涼たる帰宅」、一九三九年七月一六日作の「亡き人に」、一九四〇年三月三一日作の「梅酒」と続いている。

これ以前、一九三六年一二月一一日作、『中央公論』昭和一二年一月号所掲の「堅冰いたる」で高村光太郎のいわゆる戦争詩ははじまっているし、一九三七年七月七日作、『改造』同年八月号所掲の「よしきり鮫」により「猛獣篇」第二期がはじまっている。

『智恵子抄』所収のこれらの作品を読む前に、木彫に関連する詩の若干を読みたい。第一は「山麓の二人」に続く、一九三八（昭和一三）年七月四日作、『河』同年八月刊に掲載された「孤坐」である。

物すごい深夜の土砂降りが家をかこむ
鼠も居ない落莫の室《へや》にひとり坐つて
彫りかけの木彫りの鯉を押へてゐる

掌《てのひら》は鱗にふれて不思議につめたく
そこらの四隅《よすみ》にそこはかとなく
身に迫るものがつまつて來る
鯉の眼は私を見てゐる
私は手を離さずに息をこらし
夏の夜ふけの土砂降りに耳を傾ける
どこか遠い土地に居るやうな氣がする
現世でないやうな氣がして來る

智恵子が死去するより数カ月前の作だが、高村光太郎はすでに現世でない、幻の中に生きているように感じている。この作品を書いた当時、高村光太郎は未完に終った木彫作品「鯉」を製作していたようである。智恵子を見失っているとき、高村光太郎は現実に居場所を失っている。切実な孤独感をよみとるべき作品である。

一九四〇年二月一一日作、『詩と美術』同年二月二九日刊に掲載された「蟬を彫る」も右の「孤坐」の詩境にきわめて近い。

冬日さす南の窓に坐して蟬を彫る。
乾いて枯れて手に輕いみんみん蟬は
およそ生きの身のいやしさを絶ち、
物をくふ口すらその所在を知らない。
蟬は天平机《てんぴやうづくゑ》の一角に這ふ。
わたくしは羽を見る。
もろく薄く透明な天のかけら、
この蟲類の持つ靈氣の翼は
ゆるやかになだれて迫らず、
黑と緑に裝ふ甲冑をほのかに包む。
わたくしの刻む檜の肌から
木の香たかく立つて部屋に滿ちる。
時處をわすれ時代をわすれ
人をわすれ呼吸をわすれる。
この四疊半と呼びなす仕事場が
天の何處かに浮いてるやうだ。

「生きの身のいやしさを絶ち」、「木の香たかく立つて部屋に满ちる」蝉はさながら智恵子の象徴であるかの如くにみえる。この作品にも作者の現実喪失感がふかく、作者は智恵子を見失っている現世にその居場所を失っている。智恵子去って二年、作者の喪失感はつよい。

かつて智恵子の発狂前、「首の座」において一九二九年、山雀を彫る作者は次の二行でこの作を結んだ。ふたたび引用すれば次のとおりである。

この山雀が翼をひろげて空を飛ぶまで
首の座に私は坐つて天日に答へるのだ。

作者の彫る木彫の山雀が翼をひろげて空を飛ぶ夢想に首を賭けるという。ここには智恵子との平穏な生活をとり戻したいという、不可能も可能にしようとする、高村光太郎の強烈な願望が認められるのではないか。ここでは高村光太郎は現実にその居場所を失っていなかった。その居場所を彼はいまは失っている。

※

智恵子がその紙絵の制作を始め、その創作に熱中していたのもおそらくこの時期であった。全集の年譜によれば、一九三五（昭和一〇）年二月末智恵子を品川区南品川六丁目一四四一番地のゼームス坂病院に入院させたことはすでに記したが、翌一九三六年の項に「結核昂進のためかこの頃から智恵子にやつれが目だつ。作業療法として始めた折り紙などの手芸は、徐々に初期の紙絵制作に移行したと思われる」とあり、一九三八年一〇月五日に智恵子は死去、「孤坐」は同年七月四日作だから、ほぼこの時期とみて大過あるまい。

『智恵子抄』所収の随筆「智恵子の切抜繪」は『新風土』一九三九年二月刊に掲載された、この事情を回想した文章である。

「精神病者に簡單な手工をすすめるのはいいときいてゐたので、智恵子が病院に入院して、半年もたち、昂奮がやや鎭靜した頃、私は智恵子の平常好きだつた千代紙を持つていつた。智恵子は大へんよろこんで其で千羽鶴を折つた。訪問するたびに部屋の天井から下つてゐる鶴の折紙がふえて美しかつた。そのうち、鶴の外にも紙燈籠だとか其他の形のものが作られるやうになり、中々意匠をこらしたものがぶら下つてゐた。すると或時、智恵子は訪問の私に一つの紙づつみを渡して見ろといふ風情であつた。紙包をあけると中に色がみを鋏で切つた模樣風の美しい紙細工が大切さうに仕舞つてあつた。其を見て私は驚いた、其がまつたく折鶴から飛躍的に進んだ立派な藝術品であつたからである。私の感嘆を見て智恵子は恥かしさうに笑つたり、お辞儀をしたりしてゐた。」

文章の途中だが、智恵子の動作を思いやると私など涙ぐましい思いに駆られる。

「その頃は、何でもそこらにある紙きれを手あたり次第に用ゐてゐたのであるが、やがて色彩に對する要求が強くなつたと見えて、いろ紙を持つて來てくれといふやうになつた。私は早速丸の内のはい原へ行つて子供が折紙につかふいろ紙を幾種か買つて送つた。」

途中を省略する。

「智恵子は觸目のものを手あたり次第に題材にした。食膳が出ると其の皿の上のものを紙でつくらないうちは箸をとらず、そのため食事が遲れて看護婦さんを困らした事も多かつたらしい。千數百枚に及ぶ此等の切拔繪はすべて智恵子の詩であり、抒情であり、機智であり、生活記録であり、此世への愛の表明である。此を私に見せる時の智恵子の恥かしさうなうれしさうな顔が忘れられない。」

美しく、やさしい回想である。この切抜絵を高村光太郎は「ちゑ子のカミゑ」と題する桐箱に揮毫しているという。それ故、「切絵」とも「切抜絵」ともよばれているが、一九五一年六月の東京銀座資生堂画廊での展覧会以降は「紙絵」とよぶようになった、と全集の解題に記されている。

一九五〇年四月一九日から三〇日まで盛岡市川徳画廊で智恵子の紙絵展が開催された。この展覧会を見たときの感想を「みちのく便り　三」と題して高村光太郎は『スバル』同年七月刊に発表している。この文章で彼は智恵子の紙絵の特質を懇切に解説しているので紹介したい。

「智恵子の作は造型的に立派であり、藝術的に健康であつた。知性のこまかい思慮がよくゆきわたり、感覺の眞新らしい初發性のよろこびが溢れてゐた。そして心のかくれた襞からしのび出る抒情のあたたかさと微笑と、造型のきびしい構成上の必然の裁斷とが一音に流れて融和してゐた。

ここにある切拔繪の取材は日常座右の觸目であり、傾向としてはレアリスムであるが、既に抽象畫派の境域を超えて來たものであるから、ただの素朴寫實主義の幼稚に居るものではない。色調と積量との比例均衡に微妙な知性美がゆきわたり、一片の偶然性もゆるされてゐない。しかも自由で、自然で、潤澤で、豐饒で、時には諧謔的でさへある。のり卷、お皿のさしみ、うぐひす餅、イカの脊骨とカラストンビ、多くの花々、溫室ブダウ、小鳥とキウリ、小鳥とワラビ、果ては實物の藥包等々。みな潑剌としてゐた。これらの繪はみな色のある紙片をいろいろに切拔いて臺紙の上に貼つて作られてゐる。智恵子はマニキユアに使ふ小さな反つた鋏で紙を切拔き、それを形象の造型せられるやうに貼り合せて一つの繪畫を作り上げてゐる。繪畫としてのトオンを紙の色と色とのせり合ひと親和とによつて得てゐる。一枚の包み紙の鼠色が高貴な銀灰色ともなるのである。紙を切る鋏の使ひ方と切つた紙を臺紙に貼る技術とには殆と人間業でないものがある。極度のメチエである。」

油絵具を克服できなかった智恵子が油絵具から解放され、色紙の色彩によってこれほど高度の作品を残したことは、この悲劇的女性のための救いである。

4

『智恵子抄』後期と「猛獣篇」第二期との関係を考えてみたい。

『智恵子抄』後期は一九三五（昭和一〇）年一月二二日作の「人生遠視」にはじまり、同年四月二五日作の「風にのる智恵子」、一九三七年七月一一日作の「千鳥と遊ぶ智恵子」、同年七月一二日作「値《あ》ひがたき智恵子」、一九三八年六月二〇日作の「山麓の二人」、同年八月二七日作の「或る日の記」、一九三九年二月二三日作の「レモン哀歌」、一九四〇年三月三一日作の「梅酒」、一九四一年六月一一日作の「荒涼たる歸宅」の九篇を指し、その間、一九三八年一〇月五日、智恵子は他界している。

「猛獣篇」第二期は、一九三七年七月七日作の「よしきり鮫」、同年七月八日作の「マント狒狒」、同年七月一〇日作の「象」、一九三八年四月四日作の「森のゴリラ」、同年四月八日作の「潮を吹く鯨」の五篇を指し、草稿に「猛獣篇」の指定がないと全集の解題に記されている「北冥の魚」は含めないこととする。「よしきり鮫」他二篇は智恵子死去の一年三カ月ほど前、「森のゴリラ」等二篇は智恵子死去の半年ほど前の作であり、『智恵子抄』後期の作品中その核心をなす作品と同時期の作である。これら相互の関係を探ることが無意味とは思われない。この中、「よしきり鮫」、「潮を吹く鯨」の二作は一九三一年八月から九月、高村光太郎が三陸を旅行したときの見聞に触発された作と思われ、その留守中、智恵子が最初の精神変調を生じているので、五篇とも智恵子の発狂と結びつけて考えるのが自然であろう。

まず「よしきり鮫」を読む。

眼をあけて死んでゐる君もうろくづ。
女川《をながは》の水揚場に眞珠いろの腹はぬらりと光る。
どうしても君の口は女のももをくはへるやうに出來てゐる。
難破船をかぎつけると君はひらりとからだをひるがへし、
倒さになつてそれは愛撫に似たすれちがひに
やはらかな女のももをぐいともぎる。
君の鋸歯は骨を切る。
君は脂肪でぎらぎらする。
君の鰭は廣東港へ高價で賣られ、
君の駄肉はかまぼことなる。
くひちぎる事の快さを知るものは、
君の不思議な魅力ある隠れた口に

總毛だつやうな慾情を感じて見つめる、
このコンクリートの水揚場の朝河岸に
からころとやつて來る浴衣がけのあの餌《ゑさ》どもを。

いかにも獰猛に「やはらかな女のもも」をぐいともぎり切るのは、烈しい情欲である。そのように獰猛に、無残に女体の腿や肢、肉体をくいちぎり、餌食にした鮫が、いまは女川の水揚場のコンクリートの上に無造作に横たわり、下駄ばき、浴衣がけの見物客の眼にさらされた、憐れ、悲惨な姿となっている。鰭だけは高価に売れるかもしれないが、胴体は蒲鉾の材料になるだけだ。捕獲されていなければ、見物客も餌になるだろうが、いまの変りはてた身上では、女の腿をくいちぎったこともはかない過去となっている。いま「よしきり鮫」は罰せられているのだ。

そのように解したとき、よしきり鮫は美術家とみていい。いや、むしろ、高村光太郎自身を描いているとみてよい。智恵子を彼の生活信条、生活様式に合わせるように生活させ、その結果、彼女を発狂させてしまえば、彼にはもう何も残らない。「よしきり鮫」には女体をむさぼった過去しか彼に残されていないという悔いが認められないか。この作品にはそういう虚無感、空虚感が投影しているのではないか。そう解すると、ここには高村光太郎の自責、自己批判の心情もこめられていると解されるのではないか。

次に「マント狒狒」を読む。

檻の中のマント狒狒は瞋恚にくるふ。
怒ることに眼くらみ
憤ることに我を忘れる。
尖つた鼻と逆立つ簑毛とまつかな尻とを誰に恥ぢよう。
檻をゆさぶり鐵に噛みつきひとり荒れて
疲れを知らぬ永遠の業火。
物くふことにみづからを罵り、
情事はただ異性虐殺。
笑はうとして怒號し
泣かうとして叫喚する。
鬱血の胸ぐるしさに身をふるはせ、
なんともかとも裂けはじける内の力に
ああマント狒狒はきやらけんだ阿修羅となる。
決して馴れず、

決して脱落せず、
此世に絶えず目をみはつて
彼はただ怒る、怒る。

「猛獣篇」第一期においては、「白熊」も「象の銀行」、「ぼろぼろな駝鳥」も檻の中に閉じこめられているし、「鯰」でさえ盥の水の中に閉じこめられている。「マント狒狒」もまた檻の中に閉じ込められている。ただ、「白熊」や「象の銀行」において動物たちは、憤りを秘めながらも、それなりに馴らされている。しかし、「マント狒狒」はひたすら瞋恚に狂い、怒号し、叫喚する。檻を揺さぶり、鉄に噛みつこうとしても、檻から抜けだすことはできない。「猛獣篇」第一期の「傷をなめる獅子」は骨の肉ごと罠をくいちぎり、百里を走ってはぐれた牝獅子を待っている。ここで見過すことができないのは「情事はただ異性虐殺」という句である。きつく縛りつけている社会秩序の檻の中で、マント狒狒に似た作者は、情事はただ異性を虐殺したにすぎなかったのだと自覚し、笑うこともできない。泣くこともできない。ただ怒ることしかできない。この憤怒、瞋恚は、やはり、俗世の罠の中で、情事により智恵子を狂気に追いこんだ高村光太郎の自責に由来するのではないか。「風にのる智恵子」などの詩作で彼女を聖女化した、あるいは聖化せざるをえなかった高村光太郎の心情はまさに自責にもとづく憤りだったと解すべきではないか。

次に「象」を読む。

象はゆつくり歩いてゆく。
一度ひつかかつた矢來の罠はもうごめんだ。
蟻の様に小うるさい人間どものずるさも相當なものだが、
何處までずるいのかをたのしむつもりで
おれは材木を運んだり藝當をしたり
御意のままになつて居てみたが、
この蟻どもは貪慾の天才で
齒ぎしりしながら次から次へと兇器を作つて同志打したり
おれが一を果せば十を求める。
おれを飼ひ馴らしたつもりでゐる
がまんのならない根性にあきれ返つて
鎖をきつて出て來たのだ。
今に鐵砲でもうつだらう。
時時耳を羽ばたきながらジヤングルの樹を押し倒して

象はゆつくり歩いてゆく。

宮沢賢治の童話「オツベルと象」と怖ろしいほど似た作だが、ここでも象が高村光太郎自身を仮託しているとすれば、彼は俗世間のしきたり、しがらみ、束縛から解き放され、互いに殺し合う人間社会のジャングルの外へ歩み出す決意を固めている。やがて、鉄砲で射殺されることも覚悟しているはずである。

これら三篇はいずれも詩としてすぐれているとはいえないが、智恵子病んで六年における心境として読めば、それなりの感銘がないわけではない。

「猛獣篇」（第二期）の第四作、第五作はすでに記したとおり、智恵子死去のほぼ半年前の作である。「森のゴリラ」は次のとおりである。

岩なす大男、毛もくじやらのゴリラ。
たちまち身をひるがへせば梢にあり、
枝から枝へ身を投じ、
森をゆさぶり風をおこす。
なぜ人間が彼をねらふのか、

なぜライフルがだしぬけに藪から出るのか、
彼にはさつぱり合點がゆかぬ。
彼は此の原始林の土着民、
飢ゑてくひ渇いて飲み、
疲れてねむり腹をたたいて戯れる。
それがなぜ悪いのか彼にはわからぬ。
時時コルクの帽子をかぶつた白人の群が
此の森林に仇しに來る。
遠まきにして卑怯な狙撃、
ゴリラは仲間をかずかずうたれた。
危害にあへば危害をかへす。
彼は人間をたたきつぶし、
あぶないライフルを幾本も折つた。
おれのせゐではないといふ。
いまだに解せない此の襲撃を今日もうけて
岩なす大男毛もくじやらのゴリラは、

まるで輕業のやうな神出鬼沒で
森の巨木をゆさぶりかへし
あとはしんとしてもう何處にも居なくなつた。

一見したところ、欧米先進国の植民地支配に対する反感を描いた作のようにみえるが、そうかもしれないし、そうでないかもしれない。一九三八年にはいわゆる支那事変、アジア太平洋戦争が始まっており、日本軍部の大義名分は中国における植民地解放だったからである。しかし、そうとすれば、この詩の末行「あとはしんとしてもう何處にも居なくなつた」が理解しがたい。

むしろこの詩は高村光太郎が、智恵子の発狂をふくめ、俗世の規範を無視し、自由な野生児として生きて、さんざん苦難をなめてきた、そうした歎きなのではないか。そう解すれば末行は、最終行はそうした野生児の死を暗示し、その死への哀悼の辞と解されるであろう。

第五作「潮を吹く鯨」を読むことにする。

金華山沖の黑潮に五月が來て、
海は急に大きくなり
青セロファンのテントの樣に明るくなつた。

きらびやかに流れる波は眞晝の日に瞬き
針路は陸地にいささか寄つた。
一度潮を吹いた抹香鯨は又深くもぐり
巨大な頭の重量を水にのせかけ、
鹽の濃いなめらかな此の暖流のうれしさに
今は心を放つて限りなき思に耽つた。
イルカでもなくシヤチでもなく
抹香鯨で自分があるのを
世にも仕合せだと鯨は思ふ。
ああ現在は争ひがたい。
現在以外を鯨は見ない。
存在の頂點をつねに味ひ、
鯨は假定に觸れず形而上に參入しない。
うつうつとねむるに似た思に鯨は醉ひ、
未知の陸地の近よるけはひを
半ばおそれ半ばよろこび、

もう一度高く浮いて五月の空へ
息一ぱいの潮を虹と吹いた。
牡鹿半島の鮎川港に鳴る警笛を
この厖大な樂天家は夢にも知らない。

鯨に高村光太郎が彼を仮託しているとすれば、これは現状をありのまま受容する、諦めに似た覚悟を示した作といえるだろう。彼を待つものは怖れか、喜びか、分らないのだが、警笛により、破滅、おそらく智恵子の死の予告も気にとめないこととしたのである。

私は「猛獣篇」第二期を智恵子の最晩年、『智恵子抄』後期にひきつけて解しすぎているという批判をうけるかもしれない。それでも私は、「猛獣篇」第二期五篇は、『智恵子抄』後期と切りはなして考えることは誤りであると信じる。これら五篇はいずれも詩として貧しいけれども、智恵子の最晩年、高村光太郎の心の奥ふかく、渦巻いていた想念であり、うごめいていた獣であると考えなければ、これらの作品を何故彼が書いたか、解しえないからである。

5

智恵子没後、『智恵子抄』最終期の作品の中、一九三七年七月一二日作の「値《あ》ひがたき智恵子」、一九三八年八月二七日作の「或る日の記」は鑑賞に値しないと考える。一九三九年七月一六日作の「亡き人に」は

雀はあなたのやうに夜明けにおきて窓を叩く
枕頭のグロキシニヤはあなたのやうに默つて咲く

と初めて智恵子が訪ねてきたときに持参したグロキシニヤの思い出を暗示した二行にはじまり、一連各二行、七連から成る詩だが、その第五、六連は次のとおりである。

私はあなたの子供となり
あなたは私のうら若い母となる

あなたはまだゐる其處にゐる
あなたは萬物となつて私に滿ちる

私には充分理解できないけれども、高村光太郎は自らを幼児退化し、うら若い智恵子にすがる幼児と規定することによって、智恵子の発狂から死に至る危機を克服しようとしたのであろう。彼は智恵子の発狂、死が、彼の生き方に殉じたためであると自覚し、その責任を切実に実感していた。自らを幼児化することはその責任回避の手段であった。

一九三九（昭和一四）年二月二三日作、『新女苑』同年四月号に掲載された「レモン哀歌」は次のとおりである。

そんなにもあなたはレモンを待つてゐた
かなしく白くあかるい死の床で
わたしの手からとつた一つのレモンを
あなたのきれいな歯ががりりと噛んだ
トパアズいろの香氣が立つ
その數滴の天のものなるレモンの汁は
ぱつとあなたの意識を正常にした
あなたの青く澄んだ眼がかすかに笑ふ

わたしの手を握るあなたの力の健康さよ
あなたの咽喉に嵐はあるが
かういふ命の瀬戸ぎはに
智恵子はもとの智恵子となり
生涯の愛を一瞬にかたむけた
それからひと時
昔山巓《さんてん》でしたやうな深呼吸を一つして
あなたの機關はそれなり止まつた
寫眞の前に插した櫻の花かげに
すずしく光るレモンを今日も置かう

美しく、切ない作だが、陰翳に乏しく、感銘は淡いように思われる。
一九四〇（昭和一五）年三月三一日作、『蠟人形』同年五月刊に発表された「梅酒」はさりげない作品だが、かえってしみじみとした情感に富んだ佳唱である。

死んだ智恵子が造つておいた瓶の梅酒《うめしゅ》は

十年の重みにどんより澱んで光を蔵《つつ》み、
いま琥珀の杯に凝つて玉のやうだ。
ひとりで早春の夜ふけの寒いとき、
これをあがつてくださいと、
おのれの死後に遺していつた人を思ふ。
おのれのあたまの壊れる不安に脅かされ、
もうぢき駄目になると思ふ悲に
智恵子は身のまはりの始末をした。
七年の狂氣は死んで終つた。
厨に見つけたこの梅酒の芳《かを》りある甘さを
わたしはしづかにしづかに味はふ。
狂瀾怒濤の世界の叫も
この一瞬を犯しがたい。
あはれな一個の生命を正視する時、
世界はただこれを遠巻にする。
夜風も絶えた。

静寂な孤独感、切々たる智恵子への思い、慕情が心をうつ名作といってよい。一九四一年六月一一日作の「荒涼たる歸宅」は『智恵子抄』の巻末に収めるのにふさわしい、現実感にあふれる痛切な名作である。

あんなに歸りたがつてゐた自分の內へ
智恵子は死んでかへつて來た。
十月の深夜のがらんどうなアトリエの
小さな隅の埃を拂つてきれいに淨め、
私は智恵子をそつと置く。
この一個の動かない人體の前に
私はいつまでも立ちつくす。
人は屛風をさかさにする。
人は燭をともし香をたく。
人は智恵子に化粧する。
さうして事がひとりでに運ぶ。

夜が明けたり日がくれたりして
そこら中がにぎやかになり、
家の中は花にうづまり、
何處かの葬式のやうになり、
いつのまにか智恵子が居なくなる。
私は誰も居ない暗いアトリエにただ立つてゐる。
外は名月といふ月夜らしい。

近親者の死に出会った人はたぶん同様な体験、心情をもつであろう。葬儀が最近親者の心情にかかわりなく、葬儀社その他により、きまった行事のように、順序よく進行し、最近親者がのけ者にされたように、ただ立ちすくみ、悲しみにくれるといった情景は、多くの人々の経験することであろう。そうした疎外感と愛する者を失った悲しみをこれほど見事にうたいつくした作は類をみない。

第六章　アジア太平洋戦争の時代

1

戦争礼讃、戦意鼓舞ないし昂揚する詩、これらを一括して戦争詩とよぶとすれば、高村光太郎はおびただしい戦争詩を書いた。その端緒をどの作に求めるべきか。まず一九三六（昭和一一）年一二月一一日作、『中央公論』翌年一月号に掲載された「堅冰いたる」を検討する必要がある。

乾の方百四十度を越えて凛冽の寒波は來る。
書は焚くべし、儒生の口は箝すべし。
つんぼのやうな萬民の頭の上に
左まんじの旗は瞬刻にひるがへる。

世界を二つに引裂くもの、
アラゴンの平野カタロニヤの丘に満ち、
いま朔風は山西の邊疆にまき起る。
自然の數學は嚴として進みやまない。

漲る生きものは地上を蝕みつくした。
この球體を清淨にかへすため
ああもう一度氷河時代をよばうとするか。
晝は小春日和、夜は極寒。
今朝も見渡すかぎり民家の屋根は霜だ。
堅冰いたる、堅冰いたる。
むしろ氷河時代よこの世を襲へ。
どういふほんとの人間の種が、
どうしてそこに生き殘るかを大地は見よう。

この詩の第一行は経度一四〇度西方のヨーロッパに「凛冽の寒波」が襲来しているという意であろ

う。第二行には句点が付されており、第三、四行と区切られているようにみえるが、第二行ないし第四行を一連に読み、ナチスによる焚書坑儒に比すべき学問の弾圧、民衆をつんぼ桟敷においたような情報の遮蔽、こうした状況下にあるナチス・ドイツの政権の確乎たる支配と解するのが妥当と思われるし、第六行はスペインの人民戦線政府に対するフランコ将軍に統率された軍部の蜂起によるスペイン内乱の勃発を指すにちがいない。第七行はこの年一一月、当時の日本軍部の傀儡政権であった内蒙古政府軍が関東軍の支援をえて綏遠省に侵入した、いわゆる綏遠事件を意味するであろう。

第一連は、こうした情勢を描いて、「自然の數學は嚴として進みやまない」と結んでいる。第二行ないし第四行だけを読めば反ナチズムの意がこめられているようにみえるが、「世界を二つに引裂くもの」という第五行からみて、世界が二つに、ファシズムと反ファシズムとに分裂した動乱の時代が到来したが、この動乱は自然の摂理であり、とどめられない、という感想で結んでいるのであり、高村光太郎はいずれのイデオロギーにも与していないと解すべきであろう。

そして、第二連に進むと、この動乱がさらに発展して氷河期のような時代に入り、地上を蝕む生物のうち、生き残るにふさわしいものだけが生き残るのを見よう、という。「堅冰いたる」とは、むしろ堅氷きたれ、氷河期よきたれ、というノアの洪水を待つにひとしい願望の句であろう、と私は解する。

一九三五（昭和一〇）年八月三一日作『中央公論』同年一〇月刊に発表された「秋風をおもふ」の冒頭八行は次のとおりである。

ああ汗くさいじとじとの夏の重壓をふりきるためなら
よし二六ミリの大傾斜でもおいでなさい。
日本列島を縦にざぶざぶ洗つてください。
洗ふものを洗つてしまへば、
たとへ飛びちるものは飛び散つても
きれいな明るいセロファン風の秋の風が
その時遠い天上から逆しまに落ちて來て
さつと人間の生きた肺を吹きぬくでせう。

「堅氷いたる」の「堅氷」もこの秋風と同工異曲であり、現代社会の錯雑紛糾を一掃し、新鮮な人間、社会の到来に対する希求をうたう作と解する。

その背後には秀作「ばけもの屋敷」における

主人は正直で可憐な妻を氣違にした。

という自省があり、

その幽暗の水底に力をあつめて鯉は動ぜぬ。

という「鯉を彫る」の暗愁があり、「寸分も身動きが出來んよ、追ひつめられたよ。」と書いて「血の塊りを一升」はいて死んだ「荻原守衛」の死があった。ちなみに「ばけもの屋敷」は一九三五年九月作、「荻原守衛」は翌年八月二八日作であり、「堅氷いたる」は「荻原守衛」からほぼ四カ月後の作である。それ故、「堅氷いたる」は絶望的に人類の未来を見、自棄的な希望を語った作であって、戦争詩の出発点とみるのは適当でない。

「堅氷いたる」以前の作「もう一つの自轉するもの」について検討しておくべきだったかもしれない。一九三二(昭和七)年四月二五日作、『文学表現』五月刊に発表された作である。この年三月一日、傀儡政権満州偽帝国が建国を宣言している。

春の雨に半分ぬれた朝の新聞が
すこし重たく手にのつて
この世の字劃をずたずたにしてゐる

世界の鐵と火藥とそのうしろの巨大なものとが
もう一度やみ難い方向に向いてゆくのを
すこし油のにじんだ活字が教へる

とどめ得ない大地の運行
べつたり新聞について來た櫻の花びらを私ははじく
もう一つの大地が私の內側に自轉する

第三連第二行の「櫻の花びら」は軍部を暗示するだろう。この花弁をはじくとは、軍部の活動に背を向けるという暗意であろう。高村光太郎は、軍部ないし日本政府の政治的、軍事的方針に背を向け、自身の内部の信念に殉じようとしている。

この詩にみられる高村光太郎の精神はきわめて健全である。ただ見過しえない字句がある。「世界の鐵と火藥」は戦争であり、「そのうしろの巨大なもの」とは戦争に導くダイナミズムであり、これは「やみ難い方向に向いてゆく」といい、「とどめ得ない大地の運行」という。「堅冰いたる」においても、「自然の數學は嚴として進みやまない」といっている。この自然はロダンのいう自然ではない。おのずから、という意から由来し、歴史的必然性の意として用いている。満州偽帝国の建国以来、高村光太郎はこれをやみ難い方向、とどめ得ない大地の運行と考え、歴史的必然と考えていた。高村光太郎が信じてきた「自然」という観念が「歴史的必然」といった意味に変っていった。「もう一つの自転するもの」にも「堅冰いたる」にも、これらを戦争詩の萌芽、出発とみるべき思想は語られていなかった。これらの時点で高村光太郎の精神は健全であったが、その思想にはすでに危ういものを孕んでいた。

2

高村光太郎の戦争詩の最初の作は、「秋風辭」である。「秋風起兮白雲飛　艸木黄落兮雁南歸——漢武帝——」をエピグラフとする「秋風辭」は次のとおりである。

秋風起つて白雲は飛ぶが、
今年南に急ぐのはわが同胞の隊伍である。
南に待つのは砲火である。
街上百般の生活は凡て一つにあざなはれ、

涙はむしろ胸を洗ひ
昨日思索の亡羊を歎いた者、
日日缺食の惱みに蒼ざめた者、
巷に浮浪の夢を餘儀なくした者、
今はただ澎湃たる熱氣の列と化した。
草木黄ばみ落ちる時
世の隅隅に吹きこむ夜風に變りはないが、
今年この國を訪れる秋は
祖先も曾て見たことのない厖大な秋だ。
遠くかなた雁門關の古生層がはじけ飛ぶ。
むかし雁門關は西に向つて閉ぢた。
けふ雁門關は東に向つて碎ける。
太原を超えて汾河渉るべし黄河望むべし。
秋風は胡沙と海と島島とを一連に吹く。

一九三七（昭和一二）年九月二九日作、『都新聞』一〇月三日付に発表された作である。格調高い詩である。「街上百般の生活は凡て一つにあざなはれ」とは、私たちの日常がすべて戦争に織りこまれる、といった意であろう。続いて、戦地に赴く者との別れの涙もむしろ心を洗いきよめ、思索の迷路に嘆いた者も、日々の食事にことかいた者も、浮浪者も、すべて熱気につつまれて一体化した、隊伍にくみこまれた、といったほどの意であろう。

この年七月七日盧溝橋事件により北支事変がおこり、八月には上海を攻撃、支那事変に発展した。まさにそうした時期の作である。

太原を超えて汾河渉るべし黄河望むべし。

という文語調をまじえたこの詩が極めて格調が高いことは疑いない。雄勁にして壮絶、国民の戦意を鼓舞し昂揚させるに余りあるといってよい。

しかし、この詩には一人の中国人も視野に入っていない。なぜ、太原を超え、汾河を渉り、黄河を望むべきか、を語っていない。いわばこの戦争の正義を語っていない。無批判に戦争を讃美し、戦争を肯定している。そういう意味で、これはデマゴーグの作である。しかも、格調が高く措辞ととのっているだけに、かえって破廉恥という感がつよい。

同年一二月一九日作、『中外商業新聞』一九三八年一月五日号に掲載された「未曾有の時」も見過ごすことのできない作である。

未曾有の時は沈默のうちに迫る。
一切をかけて死んで生きる時だ。
さういふ時がもう其處に來ている。
迫り來るものは假借せず、
悠久の物理に無益の表情はない。
吾が事なほ中道にあり、
世の富未だ必ずしも餓莩《がへう》を絶つに至らず、
人みな食へないままに食ひ
一寸先きの闇を衝いて生きる日、
枚《ばい》を銜んで迫り來るものは四邊に滿ちる。
既に余が彫蟲の技は余を養はず、
心をととのへて獨り坐れば
又年が暮れて歴日はあらためられる。
巷に子供ら聲をあげて遊びたはむれ、

冬の日は穩かにあたたかく霜をくづし
紫陽花の葉は凋み垂れて風雅の陣を張り、
山雀は今年もチチと鳴いて窓を覗きこむ。
すべて人事を超えて窮まる處を知らない。
さればしづかに強くその時を邀《むか》へよう。
一切の始末を終へて平然と來るを待たう。
悉く傾けつくして裸とならう。
おもむろに迫る未曾有の時
むしろあの冬空の透徹の美に身を洗はう。
清らかに起たう。

一九四四(昭和一九)年三月刊の詩集『記録』に収められたときは次の前書きが付されていた。
「昭和十三年正月發表。昭和十二年七月七日つひに盧溝橋事件が勃發した。北支事件は支那事變に擴大され、日本は英米といふうるさい大きな力に遠慮しながら不利な戰を戰ひ、しかも抗日支那の夢を破らんとして甚大な戰果をあげた。未だ戰になれざる國民の間にも報國の熱意は烈しく、困苦に對する覺悟も出來さうになつた。」

私にはこの詩はかなり理解しにくい。『記録』の前書きを参照して、しいて解釈すれば、第四行の「迫り來るもの」、第一〇行の、「枚《ばい》を銜んで」（物音立てることなく、ひそかに）「迫り來るもの」は英米のように思われるし、第五行の「悠久の物理に無益の表情はない」とはいわゆる支那事変は悠久の物理的原理にしたがうものだから、無益な現象ではない、といったほどの意味ではないか。「世の富未だ必ずしも餓莩を絶つに至らず」とは、未だ餓死者がいなくなるほどには日本は豊かでない、という意味というより中国には、餓死者が尽きないと言うのであろう。むしろ、私が、ここで問題にしたいことは、未曾有の時とは、「一切をかけて死んで生きる時だ」という句である。ここで、高村光太郎は、死ぬことが生きることなのだ、と説いている。いいかえれば、死ぬことが生きることの意味を全うすることなのだ、ということを説き、私たち庶民にその覚悟をうながしている。おそらく応需の作だろうが、ここまで言う資格を誰が持つことができるか。私はこうした句を軽々に記した高村光太郎に憤りを覚える。

「秋風辭」を戦時の高村光太郎の代表作というなら、「地理の書」も同じく代表作とみてよい。一九三八年五月九日作のこの詩は七〇行に近い大作である。第一連は次のとおりである。

深い日本海溝に沈む赤粘土を壓して
九千米《メートル》突の絶壁にのしかかる日本島こそ

あやふくアジヤの最後を支へる。
崑崙は一度海に沒して又筑紫に上る。
兩手をひろげて大陸の沒落を救ふもの
日本南北の兩彎は百本の杭となり
そのまん中の大地溝《フォッサマグナ》に富士は秀でる。

日本こそ英米先進諸国の植民地化されたアジアを支える最後の砦だ、と地形になぞらえて日本の高邁な使命を説明するこの第一連だけをとってみても、高村光太郎の非凡な才能を認めざるをえない。

大地のブロック縱横にかさなり
斷層數知れず
絕えずうごき
絕えず震ひ
都會はたちまち灰燼となり
海はふくれて海嘯《よだ》となる。
決してゆるさぬ天然の氣魄は

ここに住むものをたたき上げ
危険は日常の糧となり
死はむしろ隣人である。

私たちの国土がしばしば地震にみまわれて都会が壊滅することもあり、津波に襲われて犠牲者をだすことは確かだが、こうした危険が「日常の糧」となるというのは事実に反する。まして「死はむしろ隣人である」などとはいえない。こうして自然災害に遭遇することが多いことを理由に、私たちが死と馴れているとし、戦場で死ぬことを惧れないかのようにいうのは修辞の粉飾にすぎない。
「地理の書」の最終連は次のとおりである。

稲の穂いちめんになびき
人満ちみちてあふれやまず
おのづからどつと堰を切る。
大陸の横壓力で隆起した日本彎が
今大陸を支へるのだ。
崑崙と樺太とにつながる地脈はここに盡き

うしろは懸崖の海溝だ。
退き難い特異の地形を天然は
氷河のむかしからもう築いた。
これがアジヤの最後を支へるもの
日本列島の地理第一課だ。

日本の人口過剰が日本人をアジア大陸に追出させて、アジアの盟主としてアジアを支え、もはや退くことのできないのが、地政的にみた日本の位置なのだ、という。

ここには言辞だけがあって思想がない。内容は空疎、徒らに日本の大陸進出を地政的に正当化しようとする意図だけがある。しいていえば、欧米先進国のアジア大陸を植民地化している現状をその最終端で支えるのが日本の使命であるということを地理になぞらえて語ったといえるかもしれない。全集には「地理の書」につづいて「山麓の二人」「孤坐」という、しみじみ私たちの心をうつ、詩人が思いをふかくこめた絶唱ともいうべき作品が収められている。このような卓越した詩が、同時に、「地理の書」のような言辞を弄して大陸侵略を正当した事実を見るのは、悲しく、つらい。

「地理の書」を書いた同じ一九三八年、ほぼ三カ月後に『智恵子抄』に収められた「或る日の記」を書き、高村光太郎は『新女苑』一〇月刊に発表している。その末尾五行を引用する。

智恵子狂ひて既に六年
生活の試練鬢髪爲に白い
私は手を休めて荷造りの新聞に見入る
そこにあるのは寫眞であつた
そそり立つ廬山に向つて無言に並ぶ野砲の列

この作品で荷造りしているのは水墨画である。第一連に

上高地から見た前穂高の岩の幔幕
墨のにじんだ明神岳のピラミツド

とあることからみて、彼が智恵子と婚約したとされている上高地を回想した作にちがいない。高村光太郎はここで彼らがかわした愛を回想し、彼女の狂気による苦難の歳月をふり返り、新聞を見やると、その新聞には中国侵略の野砲の列の写真が掲載されているのに気づくのだが、どうしてここで「廬山に向つて無言に並ぶ野砲の列」と結ばれなければならなかったか。おそらく二つの解釈が成り立つ。一

つは、智恵子との愛、彼女の発狂とこれにともなう回顧にふけっていた作者が、彼の置かれている社会的状況の厳しさに気づいた、という解釈である。もう一つは、逆に、そうした社会的状況の中でも、彼は智恵子との愛、彼女の狂気、その後の苦難の日々に想念をめぐらせているのだ、という解釈である。私は後者の解釈を採りたいと思うのだが、これは私の高村光太郎への身贔屓によるかもしれない。あるいは、彼は公私の生活に分裂していたのかもしれない。

「或る日の記」に続き、一九三八年九月一四日作の三連から成る作、「吾が同胞」の第二連、第三連を引用する。

或日私は戦闘帽をまばゆくかぶり、
水を引いた四斗樽の前に位置を占め、
二列に並んではにかむ女性軍にバケツを渡す。
群長團員ののどかな風景の中に、
おもちやのやうな二キロの焼夷彈は忽ち盡き、
まま事のやうな訓練は夏の木蔭でもうすんだ。

私は路をかへりながら考へる、

この平和な滑稽でさへある吾が同胞の作業について、
しかも海を越えて進むあの力の移動の荘厳さについて、
いざとなると必ず死よりも強い神々となる
吾が不思議な無比の同胞について。

駄作という他ない作だが、いわゆるバケツリレーによる消火活動は実際の空襲にさいしてまったく無益であったが、この訓練が「まま事」のようなものと高村光太郎自身が認識していたことは彼が健全な批評眼をもっていたことを示している。しかし、同胞が大陸における戦場において「必ず死よりも強い神々となる」という作者の言葉に私は注目する。この時期、一九三八年、三九年という時期以降、高村光太郎はくりかえし死が間近いことを自覚するよう、人々に説いていた。一九三八年一二月一九日作の「新しき御慶」は『福岡日日新聞』一九三九年一月一日付等に掲載された作だから、応需による作にちがいないが、その末尾四行

この正月死も亦語るべし。
さかんなる死と犠牲とは全地を彩る。
死をいつでもそこに置いて

敢然として拝賀するお正月だ。

といい、一九三九年六月二八日作、『読売新聞』七月四日付に発表された、これもたぶん応需の作「事變二周年」では

殖民地支那にして置きたい連中の貪慾から
君をほんとの君に救ひ出すには、
君の頭をなぐるより外ないではないか。
われらの「道」を彼らの利權に置きかへようと、
世界中に張られた網の目の中で
今日も國民はいのちを捧げる。

という。中国の植民地解放のためには中国と戦争するより他はなく、そのために日本人は死をいとわないという。高村光太郎の無知はいいたいたしい。

また、同年七月一三日作、『東亜解放』八月一日刊に掲載された「君等に與ふ」は

長い間支那南北を争はせて
漁夫の利をせしめてゐたのは誰だ
今又日本と支那とを喧嘩させて
同じ利をせしめようとしたのは誰だ

とはじまる。高村光太郎の歴史認識の誤りには目を覆いたい気さえ覚えるのだが、この詩の末尾に

時が來たのだ
歴史の歩み方はのつぴきならぬ
われらは一人のこらず死ぬ氣でゐる
死んで生きる道をとるばかりだ

と結ばれているのを読むと、高村光太郎は常軌を逸しているという感がふかいのだが、これら一連の作の頂点をなす作は一九四一（昭和一六）年一二月一九日作、真珠湾攻撃後の『婦人公論』一九四二年一月刊に掲載された「必死の時」であった。これは「秋風辭」「地理の書」と並び、戦時下の高村光太郎の代表作とみるべき作であり、高村光太郎の戦争責任が問われて当然の作である。以下その末尾の

みを引用する。

必死の境に美はあまねく、
烈烈として芳ばしきもの、
しづもりて光をたたふるもの、
その境にただよふ。

ああ必死にあり。
その時人きよくしてつよく、
その時こころ洋洋としてゆたかなのは
われら民族のならひである。

この詩については後に「暗愚小傳」に関連してふたたび詳細に採りあげるつもりだが、この詩は若者として、生きることの未練を捨てさせ、生きることの思惑にこだわることなく、虚心に、死に赴くことをうながしている。私たちの生のいさぎよく、芳ばしく、光をたたえ、美しいのは、茶の花が白く咲き、桐の葉が枯れるのにひとしい天然の理である、という。

多くの国民は満州偽帝国の正統性を信じていた。満州偽帝国の安定を保つには北支那を勢力下におくことが必要と教えられた。中国国民党政府が抗日戦争を継続するのは、植民地の権益維持を目的とする英米先進国の援助による、と考え、そのために、中日戦争が泥沼化、と意識しないまでも、長期化して、解決の見込みがないと感じていた。

高村光太郎が無知であったように、多くの国民は無知であり、純真であった。私たちが後に歴史として知った事実の多くについて盲目であった。この詩はそういう純真無垢な若者を隊列に赴くようにうながす作であった。まことに高村光太郎の罪責は重い。

この時期、「山麓の二人」、「或る日の記」以降、『智恵子抄』所収の「レモン哀歌」、「亡き人に」、「梅酒」、「荒涼たる歸宅」が書かれているが、ここでそれらにはふれない。これらの戦争讃美、戦意昂揚の詩篇の背後にあるものとして、まず「つゆの夜ふけに」をあげたい。一九三九年六月一一日作、『中央公論』同年七月刊に発表された詩である。

ミケランジエロは市民と共にあつた。
花と文化と人間の都フイレンツエを護るため、
ただ權勢と陰謀と利己とに燃える四方の外敵、
わけてメヂチ一族の暴力に備へるため、

義と純潔との表象、
あのダビデやピエタに注いだ力を十倍にして
都の南サン・ミニヤアトの門に要塞を築いた。
土木と兵器とに紀元をひらいた。

という第一節にはじまり、第二節の第一行に

ミケランジエロは市民と共に破れた。

と書き、第四節の第一行に

ミケランジエロは人間と共にあつた。

と書き、第五節は

老いたるミケランジエロは稀に語つた。

と書き、

九十歳の肉體は病み何處にも樂な居場所が無かつた。
一日床《とこ》にねて彼は死んだ。

と結んでいる。高村光太郎もミケランジェロに倣って国民と共にあることを願っていたと考えることはおそらく誤りではない。

また、一九三九年九月二一日作、『改造』同年九月刊に掲載された「銅像ミキイヰツツに寄す」では

君はポオランド獨立を叫んで民族を歌ひ、
諸國の志士を詩で鞭うち詩で呼びさまし、
コンスタンチノオプルでコレラで死んだ。
君の詩はポオランドの血に活性を與へた。
つひにピルスヅスキイ元帥が君に應へた。
ポオランドは獨立した。

とブールデル作の銅像に寄せて書いている。ミキイッツはポーランド独立運動の志士である。日中間の戦争は、高村光太郎の視点では、中国を欧米先進国の支配から独立させることであった。彼は中国、日本の志士を詩で鞭うつことを日本の詩人の使命と考えたのではないか。

一九四〇年七月二三日作、『改造』同年八月刊に発表した「無血開城」は、ドイツ軍の六月一六日のパリ入城の後に書かれた詩だが、次のとおり結んでいる。

フランスは光榮ある文化を荷つて
重税の下に明日を行かう。
物理は力學の理法を曲げない。
わが愛するフランス土着の民よ。
政治を超えて今こそ君等が
あのゴオルの强靱さに立ちかへる時だ。
文化がいかに民族を救ふかを證《あかし》する時が來たのだ。

政治的にナチス・ドイツ支配下にあっても、フランスの文化は民族を救う、という。これは後に見る、我が国の敗戦時の「一億の號泣」や「雪白く積めり」の結句と似ているが、戦時下において敗戦国民フランス人への激励であり、こういうことも彼は詩作の動機でなければならないと考えていたと思われる。

さらにまた、詩として表現しなかったが、おそらく戦時下、ヴェルハーレンの晩年を思い浮かべていたにちがいない。一九三三（昭和八）年八月刊『岩波講座世界文学』の第九回配本『近代作家論』所収の「ヹルハアラン」中、次のとおり記している。

「彼の晩年の心境は同情に値する。あんなに信をつないだ人類文化の進展途上に又しても襲ひかかつた大災厄。しかもあんなに誇としてゐた歐羅巴人種の蠻行。一九一四年のドイツ軍の白耳義侵入は彼を極度に驚かし怒らした。彼の持つものとも見えなかつた憎悪の激情がドイツに向つて燃え上つた。戰時の詩集としては「戰爭の赤い翼」（Les Ailes rouges de la guerre, 1916.）一巻がある。戰爭の惨禍と無辜の民の怨恨の叫と傷ける人類愛への挽歌と蹂躪された故國白耳義への望郷と敵國民衆への覺醒の呼びかけとを強い抒情と敍事とに託す。中の可憐な小詩「一九一五年の春」の如きさへ殆と卒讀に堪へない哀愁の響を持つ。彼は故國白耳義救援の爲に立ち、著書に講演に訪問に席の暖まる暇も無く東奔西走したが、ルウアン市での講演の歸途一九一六年十一月二十七日過つて汽車の車輪に觸れて轢死した。」

高村光太郎は、詩人とは愛国者と同義でなければならない、と考えていたのではないか。このような思想的背景から「秋風辭」から「必死の時」にいたる詩篇を書くこととなった、と私には考えられる。

3

一九四一年一二月九日、高村光太郎は「十二月八日」と題する詩を書き、『婦人朝日』一九四二年二月刊に発表した。

記憶せよ、十二月八日。
この日世界の歴史あらたまる。
アングロ・サクソンの主權、
この日東亞の陸と海とに否定さる。
否定するものは彼等のジヤパン、
眇たる東海の國にして
また神の國たる日本なり。

そを治《しろ》しめしたまふ明津御神《あきつみかみ》なり。
世界の富を壟断するもの、
强豪米英一族の力、
われらの國に於て否定さる。
東亞を東亞にかへせといふのみ。
彼等の搾取に隣邦ことごとく瘦せたり。
われらまさに其の爪牙を摧かんとす。
われら自ら力を養ひてひとたび起つ、
老若男女みな兵なり。
大敵非をさとるに至るまでわれらは戰ふ。
世界の歴史を兩斷する
十二月八日を記憶せよ。

ここで高村光太郎は対米英等諸国に対する戦争が先進諸国のアジア諸国の植民地的支配に対する解放の挑戦であるという。これはいまだにわが国の一部にみられる見解である。いうまでもなく私はそうは考えない。米英等に代って、わが国が東南アジア諸国の利権を収奪するための戦争であったし、直接的には中国における泥沼化した戦争を打開するため、もっと直接的には石油の獲得を目指したものであったと考える。

※

ここで注意すべきことは、「十二月八日」と題する詩において、はじめて高村光太郎がその戦争観を「明津御神」「神の國たる日本」という言葉、思想によって語ったという事実である。これまで、このような言葉を彼は用いなかったし、このような言葉で戦争を正当化したことはなかった。

一九四〇（昭和一五）年は神武天皇紀元二六〇〇年にあたった。同年一月一日刊の『婦人公論』に発表した「紀元二千六百年にあたりて」は前年一一月二六日作と解題に記されているので、応需の作にちがいないが、この詩には

天皇《てんわう》はわれらの親《みおや》、
その指さしたまふところ、
天然の機《とき》おのづから迫り、
むかしに變らぬ久米の子等は海を超えて

今アジヤの廣漠の地に戰ふ。

という句はあるが、天皇が明津御神、すなわち、明津神、いいかえれば、現人神（あらひとがみ）であるというような考えは認められないし、神の国日本、神国日本という思想も窺うことはできない。つまり、中国大陸における戦争にとどまっていた時期には、高村光太郎の戦争詩にも、現人神というような神がかり的な言葉は用いられていなかったし、思想にたよることもなかった。高村光太郎が無知であったにしても、彼は中国における戦争を欧米先進国の中国植民地化に反抗して国民党政府をわが国とともに戦うように促すための戦争であり、植民地利権を守るために欧米先進国は国民党政府を援助するのだと考えていた。一九三九年六月二八日作、『読売新聞』七月四日刊に発表された「事變二周年」に、

殖民地支那にして置きたい連中の貪慾から
君をほんとの君に救ひ出すには、
君の頭をなぐるより外ないではないか。

と書いているのがその例である。だから、かれは中国における戦争を正義の戦争と考えていた。

しかし、一九四二年一二月二日作の「神これを欲したまふ」では

天祐を保有したまふ明津御神
神の裔なるわれらをよばせたまふ。

といった句があり、敗戦が必至にみられる時期、一九四四年一〇月七日作の「神州護持」でも

畏みて現人神《あらひとがみ》におはします
すめらみことに仕《つか》うまつる。
（中略）
神州の臣民いま憤然として起つ。

とうたっている。アメリカ、英国等を相手に戦争することになれば、これらの国々の偉大な国力、生産力を知っているだけに、日本は神国であり、現人神である天皇を戴いている国だから、敗北することはありえない、という神がかり的な考えにたよらざるをえなかった。ここで高村光太郎は思想的に大きく転回したといってよい。これが戦後の「暗愚小傳」中の「眞珠灣の日」における

宣戰布告よりもさきに聞いたのは
ハワイ邊で戰があつたといふことだ。
つひに太平洋で戰ふのだ。
（中略）
天皇あやふし。
ただこの一語が
私の一切を決定した。

という一節につながっている。

しかも、真珠湾攻撃によりアメリカ太平洋艦隊のほとんどを壊滅させたという赫々たる戦果の報道に多くの国民は狂喜し、昂奮したが、高村光太郎はこのような戦果に一瞥もしていない。彼の観点からみれば、中国大陸における戦争が終結しないのは米英先進国が国民党政府を援助しているためであり、その結果、米英と戦端を開くよう追いつめられたのだが、米英を相手の戦争となれば、とても緒戦の戦果に狂喜、昂奮などしていられない、という心境であったにちがいない。それが、神国日本、現人神に彼を頼らせることとなったものと思われる。

※

山本五十六提督の塔乗機がアメリカ空軍により撃墜されたとき、すでに戦争は転機を迎えていたと私は考える。一九四三（昭和一八）年六月一六日作、後に『記録』に収められた「われらの死生」は高村光太郎がこの戦争の犠牲者に対して責任を負うべき作品である。『記録』には次の前書がある。

「昭和十八年六月十六日作。山本元帥の戰死、ガダルカナル島將兵の挺身、アッツ島勇士の玉碎といふ事實の報道は此戰爭の峻烈な眞相を世人の身近に感ぜしめ、物的戰力の飛躍的増强が焦眉の急なる事を痛感せしめた。臨時議會に於て企業整備の具體策闡明せられ、擧國一大軍需工廠の意味が强調せられた。チヤンドラ・ボース氏來朝。」

大本営がガダルカナル島の将兵の撤退を決定したのはその前年、一九四二年一二月三一日であった。ひき続き、一九四三年四月一八日連合艦隊司令長官山本五十六戦死、五月三〇日アッツ島日本守備隊全滅、この後一一月二五日マキン・タラワの日本守備軍が全滅した。高村光太郎は「ガダルカナル島将兵の挺身」と書いているが、当時は「ガダルカナル島将兵転進」と報道されていた。しかし庶民は「転進」とは退却の意であると理解していた。これら全滅した将兵を救出すべき海空戦力を日本はすでに失っていた。「擧國一大軍需工廠」化するといっても、軍需産業の生産に要する物資もなければ労働力もなかった。この年いわゆる学徒動員、徴兵年齢の一年引下げ等もあり、労働人口自体が欠乏していた。客観的にいえば、すでに敗戦は決定的であった。こういう時点で「われらの死生」は『文芸』一九四三年七月刊に「山本元帥の英霊に捧ぐ」特輯の一篇として発表されたのであった。

死が生よりも生きるとは
生が死を壓倒するのだ。
充ちあふれた生の力が
死を超えて死を死なしめない。
わが事終れるにあらず、
わが事無限大に入るのである。
かくの如き生なくして
かくの如き死も亦ない。
自己の力自己の極限を破り、
逆つて精神の微粒界に突入する。
かくの如く人を死なしむるは
天寵人にあつきなるかな。

「わが責果されたり」と
彼國のネルソンはいふ。
わが責果されたりとは神かけて
われらの誰がおもはう。
七生報國の念々つもつて
われらは無窮の天壌をゆく。
責を果して手をあげるのは
彼等、ネルソンに倣ふが故だ。
われらが山本元帥その死によつて
まことに生を現成した。
生ならず、死ならず、
無始より無終にいたる
われら民族精神の奔流
ひとへに滔々たるを見るのみだ。
元帥一波をあげて
萬波たちどころに起る。

われらの死生とはただこれだ。

戦死により生を全うするだけでは責任を果したことにはならない。七生報国、生死一如の生死こそ日本人の所以だ、といった趣旨であろう。こうして私たちを死に駆り立てたことについて高村光太郎は、自分が暗愚にして大本営発表を信じたためだというが、こういう作を書いたことは情報の問題ではない。情報がどうであろうと、こうした死生観をもたなければ書くことのできる作ではない。私は高村光太郎を許しがたく感じる。

サイパン陥落後にはさすがに高村光太郎といえども事態を正視したようである。一九四四（昭和一九）年九月一七日作の「米英來る」は次のとおりである。サイパン島の日本軍が全滅、多くの日本人居留民が自死したのが同年七月七日であった。その後、制海権、制空権を完全に持つに至ったB29爆撃機は自由に日本本土を空襲し、焼土化することとなった。

南海に颱風孕み、
颱風火を吹いて熱鐵まさに雨降らんとす。
米英來る。吾を圍んで來る。
米英の大、曩日《なうじつ》の元《げん》に百倍す。

北米全土あげて是れ兵器廠。
海を蔽ひ、空を蔽ひ、
天日を暗くして來り襲はんとするもの、
あり餘る鐵量と爆薬と、
極まりなき残忍と譎怪《けつかい》多奇の謀略と、
彼等が浪費の性癖を傾け盡して
今や之を我に擬せんとし、
既にその鋭鋒を孤島無援のわが同胞に加ふ。
米英の兵器天文學的數量を擁し、
米英の戰法常に奔馬の如しと雖も、
わが神州の民眞に生死の間をくぐり、
眞に心むなしく　君命を身に捧じ、
自若として必勝不惑の道に徹する時、
米英の大、つひに突如落盤の如く崩潰せん。
わが神州をめぐりて黑潮と親潮と
天然絶妙の牆壁をなす。

我は知らず、米英千萬の精兵、
いづれの處に悉く身を没せんとするかを。
ただ我は知る、
日本海溝の深さ、正に九千米に餘ある事を。

いま日本を襲おうとしている戦力はかつての元寇に百倍するといい、敵国米英は武器爆薬の類もあり余るほど有し、その戦法は奔馬の如く自在である、という。ここでは高村光太郎は正確に事態を認識している。しかし、なお、敗戦を信じていない。あるいは信じまいとしている。それは「神州の民」が「君命を身に捧じ」自若として必勝の信念を迷うことなくもっているからだといい、やがて米英軍は日本海溝に溺れるだろう、という。こうした信条が正気の沙汰と思わないのは歴史が教えているからではない。当時十六、七歳であった私でさえ、日本の敗戦を必至であると理解していた。この詩の前半を冷静に読めば高村光太郎も敗戦必至と感じていたはずである。この詩の後半はほとんど読むにたえない。

こうした正視できないような詩を高村光太郎は書き続けた。一九四四年一〇月二日作、『週刊少国民』一〇月一五日刊に発表された「最大の誇に起つ」は次のとおりである。

日本が神の國だといふことを
敵アメリカは否定する。
天壌無窮の寶祚《あまつひつぎ》といふことを
敵アメリカはせせら笑ふ。
海を船で埋め、
空を飛行機でいつぱいにして
日本本土へ上陸し、
東京へ入城し、
日本人を思ふ存分侮辱しようと
敵アメリカは公言する。
北はアッツ、南はマキン、タラワ、
サイパン、テニヤン、大宮島、
太平洋の離れ小島《をじま》の數々を
山のやうな犠牲を惜まず、
手段をつくして
敵アメリカは吾から奪つた。

離れ小島を守る吾が忠勇の将兵軍屬、
そこに住む老若男女の吾が同胞、
皆ことごとく討死し、
生きて辱《はづかしめ》をうけた者は一人もゐない。
これこそ神の國のならはしで、
日本本土の斷じて犯されない其のいはれは
この烈々たる氣象にある。
この烈々たる氣象に觸れる仇敵は
最後に必ず全滅する。
日本は神の國、
寶祚《あまつひつぎ》は天壤無窮、
この最大の誇に起つわれら少國民こそ
いかなる災害をも乘り越えて
必ず敵アメリカに
屈服の白旗《はくき》を立てさせる。

神国日本という信仰の名の下、戦意高揚を「少国民」にうながした高村光太郎の罪悪はまことに重いが、この内容空疎な詩がどれほど少国民に訴えたかは疑わしい。しかも、この時点で日本の庶民は他の処世の方法を知らなかった。

一九四五年三月二八日作（あるいは一八日作）、『婦人之友』四月二四日刊に発表された「戰火」は短いだけに、当時の高村光太郎の心境の結末をみるような、一応読むにたえる作品といえるかもしれない。

戰は人に迫りて未練をすてしむ。
萬死の間に生きて
人はじめて生活の何たるかを知る。
すがすがしいかな
眞に戰ひ極むるものの日常。
皇國戰火をくぐつて
いよいよ純にして大ならんとす。

全集では続いて掲載されている「琉球決戰」は一九四五年四月一日、まさにアメリカ軍が沖縄に上陸した日の作であり、翌二日付の『朝日新聞』に発表された。

神聖オモロ草子の國琉球、
つひに大東亞戰最大の決戰場となる。
敵は獅子の一撃を期して總力を集め、
この珠玉の島うるはしの山原谷茶《さんばるたんちや》、
萬座毛《まんざまう》の緑野《りよくや》、梯梧《でいご》の花の紅《くれなゐ》に、
あらゆる暴力を傾け注がんずる。
琉球やまことに日本の頸動脈、
萬事ここにかかり萬端ここに經絡す。
琉球を守れ、琉球に於て勝て。
全日本の全日本人よ、
琉球のために全力をあげよ。
敵すでに犧牲を惜しまず、
これ吾が神機の到來なり。
全日本の全日本人よ、

起つて琉球に血液を送れ。
ああ恩納《おんな》ナビの末孫熱血の同胞等よ、
蒲葵《くば》の葉かげに身を伏して
彈雨を凌ぎ兵火を抑へ、
猛然出でて賊敵を誅戮し盡せよ。

こういう作品を読むと、私たちは日本本土住民は沖縄の人々に赦しを乞うしかないように思われる。「全日本の全日本人よ」と呼びかけても本土の住民になしうることはなかった。空しい応援の言辞にすぎない。こうして沖縄の人々を多く死に追いやったことは、たんに高村光太郎の犯した罪とはいえない。彼は日本本土の住民を代弁したのであった。

ただ、もっと客観的にいえば、これよりはるか以前、制空権、制海権を失った時点で、日本は降伏し、沖縄戦は避けるべきだったし、そもそも対米英に戦端を開いたことが誤りであった。それはともかく、敗戦に至るまで、高村光太郎は多くの戦争讃美、戦意高揚のための詩を書いた。その責任を彼がどう考えたかは次章で検討したい。

なお、一九四四年九月一八日作の「美しき落葉」と題する詩がある。

私は交番の前で落葉をひろつた。
篠懸木《すずかけのき》の大きな落葉だ。
軸を持つて日にすかすと、
金色と緑青《ろくしやう》とが半々に
この少しちぢれた羽團扇《はうちは》を染め分ける。
私は落葉が何でも好きだ。
落葉はいつでもたつぷりあつて温かで
さらさらしてゐて執著はなく、
風がふけば飛び、
いつのまにか又いちめんに積み重なつて
秋の日をいつぱいに浴びてゐる。
落葉の匂ひは故國の匂ひ、
わけて落葉を焚く青い煙《や》の親しさよ。
ああ林間に紅葉《こうえふ》を焚《た》いて酒を煖めた
昔の人のゆかしさよ。
今あたたむる酒はなくとも、

人よ、君の庭に山と積む落葉を焚《や》いて
君が家庭農園の加里を得たまへ。
私は拾つた篠懸木の一枚の葉を
如何に木で彫らうかと考へてゐる。

高村光太郎の戦争詩群の中にこうした詩を見いだすと、ふっとはりつめた気が休まる感がある。高村光太郎もこうした解放感を覚えるときがあったにちがいない。彼のすぐれた作品とは比すべくもないけれども、戦争詩の間の一篇として注意を払ってもよいだろう。

4

戦争期において高村光太郎はどういうことを考えていたのかを見ておきたい。
一九四一(昭和一六)年六月、第一回中央協力会議に「第六部　教育文化に關する事項」、「二、文化、藝術に關するもの」の第一八五号として、「藝術による國威宣揚について」と題して高村光太郎は大政翼賛会に次の提案をしている。

「提案理由
藝術力による國家性格の明示は、他民族をして皇國の威風を仰がざるを得ざらしむる精神的根本的の壓力であり、此を忽にする時は世界をして皇國國力の厚みを疑はしむるに至る。
建設案
一、樞軸國側との藝術親善のみならず、ひろく世界の中立的國家並に敵性國家に對しても文書機關誌の類或は現品を以て本格的日本藝術、殊に現代繪畫彫刻工藝建築等の特質美點を宣揚するに努め、皇國に對する他民族の誤れる認識を匡す事。」
高村光太郎は芸術作品をドイツ、イタリアのような枢軸国だけでなく、アメリカ、イギリスのような敵性国にも雑誌や現品を以て「宣揚する」という。まだ戦端を開いていないとはいえ、どのような手段で宣揚するか、これによる日本の芸術作品の紹介がいったい国威宣揚に役立つのか。高村光太郎は芸術作品の普遍性を信じ、その政治的効果を信じていたようである。日本のこうした芸術活動をつうじて、「他民族の誤れる認識」、すなわち、日本の中国侵略に関する「誤れる認識」を正すことができると考えていたようである。しかし、誰も本気でこうした提案を議論するつもりはなかったろう。高村光太郎は大政翼賛会の会議におけるコメディアンにひとしかったにちがいない。それだけ、かれの心理が鬱屈したことは想像に難くない。

高見順との対談において「戦争中、三河島の飲み屋へよく行つておられたんじゃないですか」とい

う質問に答えて

「近いからね。翼贊會で晝間會議があるでしよう。それでむかむかしてるから、歸りには三河島へ行つて飲んじやつて、それでやつと寢たんですよ。歩くとすぐ前の所ですからな。」

と答え、さらに高見が「そうですか？　ずいぶんありますよ」と言うと、高村光太郎は

「あのころ「歩け歩け」だから、平氣なんですよ。朝鮮人部落があつてね、その朝鮮人が好きなんですよ。そこの飲み屋へ行つたんです。」

と答え、高見順がさらに

「傳說があつたんですよ。高村さんが三河島の隱亡と一緒に飲んでるつて。（笑聲）死んだ武田麟太郎が行つた時、高村さんがいらしつたんですけれども、聲をかけちや惡いと思つて默つてた、とかいう隨筆を書いてます」。

とかさねて質問すると、

「あのころは盛んだつたから。朝鮮人は敬老思想があるんです。どんな喧嘩でも老人が出て行くと納まるんですよ。それだもんだから、ぼく、よく利用されて……。」と答えている。

なお「歩け歩け」は高村光太郎の一九四〇年九月二五日作、日本放送協会の国民歌謡として日夜放送され、当時一世を風靡した歌謡曲「歩くうた」である。

高村光太郎の独自の発想としてはまた、芸術家の工場派遣がある。一九四一年一二月八日、たまた

ま真珠湾攻撃の行われた日の『読売新聞』に談話筆記として掲載された「美を失つた職場」がその一例である。以下がその全文である。

「私は先ごろ用があつて上州赤城の方へ出かけ、東武線で歸つてきた。太田驛へ電車が着いたのは夕方でちやうど職工さんの避け時だつた。忽ち車内はもの凄い腕力沙汰の修羅場となつた。これがもし全國に瀰漫して職工さんたちが荒つぽくなり生活をなくしたら……國民士氣の源泉は健康な精神生活だ。それは日常の素樸な美の力によつて培はれる。この美を失つたときの人心の荒廢――考へてもゾツとする。そこに美術家の使命があるのだが……それでは何を爲すべきか。藝術家は秀れた藝術品を國家に捧げればよいのだともいはれよう。だがそれだけでよいのか。今一般の美術家は去就に迷つてゐる。なかには藝術品を獻納したり慰問品として贈つてゐる人もあるが、そこには秩序ある動き方、働き方がない。美術家にもつと氣持ちよく迷ひもなく働ける組織が欲しい。その一方法として厚生省で美術家を徵用し國民住宅の設計に參加させまた工場の規模に應じて美術家をその工場の設計囑託または顧問にする。それからイタリアなどでやつてゐるやうに建築費の一部を美術のために割くことを事業家に強調する。しかし工場を高價な美術品で飾れといふのではない。建築の素材をそのまゝ用ひそれに應じた手法で食堂を、合宿所を美化すればよいのだ。これは決して金が特別かゝる事ではない。そしてその題材に職場の光景を採り入れゝば職工さんの精神生活を豊かにし、働くことの意義も喜びもそれを通じて自ら浸透して行く。」

高村光太郎は明らかに芸術家一般を特権階級化している。こうした見解が政府、軍部はもちろん一般公衆にもうけ入れられるとは思われない。彼がいうような役割を担い、貢献できる芸術家はごく一部にすぎないだろう。青年たちについては、むしろ徴兵して軍務に就かせることを軍部は希望するだろうし、壮年の芸術家は、それなりの業績を挙げている者は別として、工場等の労働者として働かせることを政府は希望するだろう。実際に行われたことは、一部の文筆家に戦記を書くよう徴用し、一部の画家に戦争画を描かせることであった。高村光太郎は芸術家を特権階級化し、芸術の実用効用を過大に評価している。

高村光太郎はまことに夢想家であった。

5

一九四二年七月から一二月刊まで『婦人公論』に「日本美の源泉」という題で連載され、『高村光太郎選集』編集時に改題加筆訂正された「美の日本的源泉」と題する評論がある。戦後の加筆訂正があるとはいえ、戦中戦後の高村光太郎の美の本質についての考え方を窺うことができる評論である。ここで彼は普遍的な、あるいは、多様な、美を論じない。もっぱら日本の美について語っている。いわば日本回帰といってよい。

高村光太郎はまず、「世界の美の源泉として最も猛威をふるつてゐるのはギリシヤ—ロオマ系と、ビザンチン—ゴチック系との二つであらう。共にアリヤン民族の美の大系譜である。今日の歐米諸民族の美の源泉は悉く此の二系統にその母體を持つ。歐洲に於ける如何に飛び離れた新らしい美も此の二系統の外に出る事は出來ない。彼等の美的教養の限界がそれをゆるさないのである。歐米の國力は殆ど世界を制覇してゐたので、今日まで彼等の美は卽ち世界の美となつた」といい、「東亞に於ては古來漢民族の美の源泉が優勢を占めてゐて、東亞の美といへば卽ち支那系の美であるやうに世界に認められてゐた。歐洲の學者の多くは日本の美をも支那系と目してゐる。少くとも支那美の一傍系と見てゐるやうである。大和民族に獨立の美の一大源泉があつて、まつたく世界のいづくにも類を見ない特質を持つてゐる事を正しく認識してゐる者は少い」と慨嘆し、次のとおり記して序言としている。

「日本に於ける大和民族の美の源泉は深く神々の世の血統の中にある。幾千年の歷史の起伏を經て、美の相貌には種々の變化を見たが、美の本質に於ては今も太古の如くである。太古は今の如く新らしく、古事記は今日の書である。日本に於ける美の源泉は古來人知れず世界の一隅に涌きつづけてゐた。涌いては海に流れてゐたため、自尊氣質の支那には素より認められず、まして日本を支那の屬國ぐらゐに長い間思つてゐた歐米諸民族には知られるわけもなく、獨り天地の奧處に自らをますます深めてゐたのである。われわれの持つ美の源泉は今日までまだ人類の間によく知られなかつた程新鮮無比、健康にして闊達な、又みやびにして姿高いものであり、それが日本美術史上の遺品の中にさまざまの形態となつてあらはれてゐる。私はその中から眼につく幾つかの例を擧げてわれわれ民族の美の特質が如何に世界に於ける新らしい美の源泉として、今後の人類文化に匡正と豊潤とを與ふべきかをたづねてみよう。」

この序はいささか神がかり的であり、また、ナショナリスティックにみえる。

※

高村光太郎はまず「埴輪の美」を説いている。「埴輪といふのは上代古墳の周邊に輪のように並べ立てた素焼の人物鳥獣其の他の造型物であつて、今日はかなり多數に遺品が發掘されてゐる。これはわれわれの持つ文化に直接つながる美の源泉の一つであつて、同じ出土品でも所謂繩文式の土偶や土面のやうな、異種を感じさせるものではない。」

ここには縄文文化に対する、現代における評価と違う、一種の偏見が認められると思うが、これは「埴輪の人物はすべて明るく、簡素質樸であり、直接自然から汲み取つた美への満足があり、いかにも清らかである」とし、「此の清らかさは上代の禊の行事と相通ずる日本美の源泉の一つのあらはれであつて、これがわれわれ民族の審美と倫理との上に他民族に見られない強力な樞軸を成して、綿々として古今の歴史と風俗とを貫いて生きてゐる」という鑑賞と結びついている。

埴輪の美をその明るさや清らかさに認めることはどうであろうか。まして、これを禊の行事と結びつけることには、私は同意しえないのだが、これが戦時下における高村光太郎の埴輪の美の見方であった。

とはいえ、私自身、埴輪に美を認めることは当然であり、その美を明るさ、清らかさといった精神性に見ているのではなく、造形性にみているという違いである。

次に高村光太郎は「法隆寺金堂の壁畫」をとりあげている。

ここでは、日本史上の危機に「聖徳太子のやうな曠古の大天才が此世に顯れて一切の難事業を實に見事に裁決させられ」、「國是は定まり、國運は伸び、わけて文化の一新紀元が劃せられた」と記し、「聖徳太子の日本美顯揚の御遺蹟は現に大和法隆寺に不滅の光を放つてゐる」ということを前書のように述べている。

その上で、「寫眞に掲出した畫面は西方阿彌陀淨土の一部であり、本尊阿彌陀佛の脇侍、向つて右側の多分觀世音菩薩の像であらうと思ふ部面の上半に過ぎないが、まことに美の一片は美の全體であると言はれる通り、これだけでも其の壁畫の美の如何なるものであるかを窺ふに十分である。埴輪で見た清らかさの美が又此處にも在る。ここには又節度の美がある。高さの美がある。肉體を超えた精神至上の美がある。」ここにいう高さとは品位の高さをいうことがこれに続く文章から明らかである。

ここでも、清らかさ、節度、気品といった精神を問題にして、その高さ、在りように美がある、と見るのはどうであろうか。戦時下の精神主義に通じる見方に高村光太郎も影響されているのではないか。

　第三に高村光太郎は「夢違観音」を論じている。

「夢違観音は所謂天平前期にあたる作であるが、この像の持つ美の要素には十分注目すべきものがあり、日本美の特質を深く包藏してゐる。（中略）この像には既に大陸の影響が十分に消化せられて、日本美獨特のものが備つてゐるが、前に述べた清らかさ、高さ、精神至上、節度といふやうなものに加へ、更に疑念なき人なつこさの美がある。これが大和民族の本能から來てゐるところに意味がある。（中略）かういふ清らかな人なつこさは世界の美の源泉中に類が無い。そして又この美は世界に一つの新らしい美を開く。」

　気品が高いとか、清らかな感じを与える美の存在は理解できるが、人なつこさとなると、親しみといった以上に分りにくい。ただ、ここでももっぱら精神的な美を説いて、造形的になぜそうした美を生んでいるのかを説明していない。ここでも、高村光太郎は時代の風潮に乗っているという感がふかい。さらに、高村光太郎のいうゴチック精神から遠く離れた「美」を説いているというべきだろう。

※

高村光太郎はまた「神護寺金堂の薬師如來」を説いている。

「京都神護寺に嚴存する木彫薬師如來立像を美の日本的源泉の一つとして今特記しようとするには説明がいる。この所謂弘仁期直前に製作せられた一木造りの如來像は世間普通には晩唐様式の模倣であつてむしろ日本的性格の甚だ少いそれゆゑ其様式もあまり永續きしなかつたものとして考へられてゐる。一應尤もなのであるが、さてその晩唐の本家たる大陸にこれだけの內容と技術とを持つた優れた佛像は無い。その晩唐様式の影響といふのは唯わずかに衣襞の線條の形式や全體の様式の形骸にとどまつてゐて、その生命とするところは晩唐のだらけた駄作とは根本的に正反對である。概して多くの寫眞は撮影のかげんで殆どその面影もわからないのであるが、此像の持つ眞劒な原始力は世界に類を求め難いほど特異なものである。飛鳥白鳳や天平にもなかつた精神內奥の陰影がその形象の上に深く刻みつけられてゐる。刀刃を以て木材を刻み彫り成すことに造型の心理的意味が加はり、この棒立ちの薬師如來に精神形象の具體化が生れた。意力の發現がこれほど眞摯に行はれてゐるものは少い。美の切實性は日本からこそ起るのが當然である。われわれは今斯の如き藝術を求める。われわれの祖先は斯の如きものを遺した。」

高村光太郎はこの仏像のどういうところに意力が発現されているか、美の切実性が認められるか、説明していない。ここでも、彼は精神しか説いていないことに私は失望する。

高村光太郎は次いで「藤原期の佛畫」をとりあげている。

「水墨畫の美、もとより日本美の雄なるものである。しかし日本に藤原期の佛畫ある事を忘れてはならない」といい、「藤原期は、天平弘仁の彫刻隆盛の後をうけて繪畫興隆の機運に惠まれた時代であり、一方には壁畫をはじめとして大小の掛幅が作製され、又一方には宮廷生活の需要に應じた「源氏物語繪卷」のやうな繪卷物の類が創作せられた。いづれも色彩美のよろこびに溢れたものであつて、壁畫掛幅のやうな建築との色彩調和に俟つものは當然の事としても、繪卷物のやうな單獨鑑賞の繪畫にしても「源氏物語繪卷」の如きは「つくり繪」と謂はれる胡粉ぬり重ねによる色彩の諧和豐麗を志してゐる」と記し、高野山に蔵せられる「聖衆來迎圖」の一部、観世音菩薩像について、次の通り説いている。

「叡山横川の僧都源信の「往生要集」に基く往生極樂の信仰をまのあたりに畫きあらはした宗教畫として、まことに壯麗無比、法悦無上の美が此處にある。「當に知るべし、是の時に佛は大光明を放ち、諸の聖衆と倶に來つて、引接し擁護したまふなり。惑障相隔てて見たてまつること能はずと雖も、大悲の願疑ふべからず。決定して此の室に來入したまふなり。」「命終らんとする時に臨み、合掌叉手して南無阿彌陀佛と稱へしむ。佛の名を稱ふるが故に、五十億劫の生死の罪を除き、化佛の後に從つて、寶池の中に生る。」かういふ淨土敎の雄大な幻想が、さながら色彩の交響樂となつて藤原期の佛畫の一々に遍滿する。寫眞の觀世音菩薩像にしても金銀五彩の調和そのものであり、且つ又その個々の色彩の質が持つ高度の美に至つては、如何に當時の畫人の美意識の極度に洗煉されてゐたかがうかがはれる。殊に今日まで褪色もしないでゐる紺青臙脂の美は比類がない。」といい、その上で「色彩に於ける美の日本的源泉は決して低い浮世繪などの中に存在せずして、遠く高い藤原期にあり、しかもそれが絶妙のものである事を世界にもあまねく知らしめたい。さうしてわれわれは此の源泉から深く汲んで堂々たる交響樂的色彩美を今後の日本美の有力な一要素たらしめたい」と結んでいる。

たぶん高村光太郎の指摘するとおり、藤原期の絵画に色彩の美があることは事実にちがいないが、たとえば浮世絵には色彩は別として構図の妙といったものもあるはずである。また、こうした色彩の美が高村光太郎自身のゴチック的精神、ロダン評価などとどのようにかかわるのか、語られていないことを私は遺憾に感じる。

※

最後に高村光太郎は「能面「深井」」と題して能面について論じ、「日本美の奥深い含蓄性」と説いている。

「能面は物まね演技の劇中人物を表現すべきものであるといふ條件が、その製作者をして勢ひ活世間の人間の面貌にまづ注視を向けしめた。しかも佛像の類と違つて賢愚雅俗のあらゆる人面の藝術的表現を餘儀なくさせた。これは人を救ふ佛でなくて、佛に救はれる煩惱の徒である。これは尊崇措かざる聖者の肖像ではなくして、浮世になみゐる妄執に滿ちた憐愍すべき餓鬼の相貌である。賢愚おしなべて哀れはかない運命の波に浮沈する盲龜の面貌である。」

「能面の美は演技上の必要から來た其の表情の縹渺性に多く基いてゐる。喜怒哀樂をむき出しに表現せず、そのいづれでもなく、又そのいづれでもあるやうな、含みを深く湛へた美の性格を極限の境にまで追及して得た此の奥深い含蓄性は、世界に類を見ない美の日本的源泉として、今日われわれの內にこんこんと湧いて已まない無限の力を與へてくれる。「般若」のやうな激情の面でさへ、怒であると同時に、悲でもあり、のしかかる强さであると同時に、寂しい自卑自屈の弱さでもある。」

「寫眞の「深井」は中年の女性の美とさびしさと、その人生的な味ひとを魂もろとも遺憾なく表現してゐる。此寫眞を見てゐると、いつしらず人間界の深い、遠いところに明滅する美の發光體を心に感ずる。」

能面のもつ奥深い含蓄性を指摘することは能面のはたすべき役割からいって当然かもしれない。また、この「深井」の鑑賞はまことにこの能面の美の真相を抉りだしている感がある。私にはこの「深井」の美の本質はゆたかな人生経験を経た中年の女性の凄絶な寂寥と孤独を洞察したことから生じているようにみえる。つまり、高村光太郎がその彫刻において追求したものを「深井」は表現しているように思われ、「含蓄性」といったものよりもはるかに厳しく人間の相貌を凝視した製作者の眼から生れたように感じている。そういう意味で私は「深井」に美の発光体をみる高村光太郎の見解には同意する。

※

高村光太郎が「美の日本的源泉」で説いたところは、若干の留保はあっても、おおむね正しいように思われる。しかし一九四一年という時点でこういうことを論じたのは、彼の内心からの欲求によるというより、時局に迎合したためかもしれない、と私には感じられる。それは、すでに記したとおり、彼のゴチック精神とのかかわりが明らかにされていないからである。あるいは戦争期、高村光太郎のゴチック精神は揺らぎ、日本の伝統美に惹かれたのではないか、とも思われる。この事実は、戦後の彼の言動によって検証されるであろう。この「美の日本的源泉」という発想が戦後の彼の審美観とかかわっていることは後にみるとおりである。

第七章　「自己流謫」七年

1

「暗愚小傳」は敗戦後の高村光太郎の詩作の中核をなしている。しかし、私はこれを評価できない。ところが、全集に「暗愚小傳斷片」という題のもとに「暗愚小傳」から抹消された二篇の作品が収められている。二篇ともすぐれているが、ことに第二篇「わが詩をよみて人死に就けり」は「暗愚小傳」所収のすべての作品よりも私たちの心をうつ詩である。

爆彈は私の內の前後左右に落ちた。
電線に女の大腿がぶらさがつた。
死はいつでもそこにあつた。
死の恐怖から私自身を救ふために

「必死の時」を必死になつて私は書いた。
その詩を戦地の同胞がよんだ。
人はそれをよんで死に立ち向つた。
その詩を毎日よみかへすと家郷へ書き送つた
潜航艇の艇長はやがて艇と共に死んだ。

全集の解題には次のとおり記されている。
「「暗愚小伝」のはじめのプランに書きつけられ、抹消して「一切亡失」に変ったもので、発想はすでに昭和二十一年五月十一日の日記に〈「余の詩をよみて人死に赴けり」を書かんと思ふ〉として現われる。草稿は二百字詰養徳社原稿用紙の裏面に記されている。正確な制作年代はわからない。」
「必死の時」はその一部をすでに読んできたが、あらためてふたたび、全文を引用する。一九四一（昭和一六）年一一月一九日作、『婦人公論』一九四二年一月号に掲載された。真珠湾攻撃により、中国における戦争が対米英諸国に対するアジア太平洋戦争に発展する以前に書かれ、真珠湾攻撃の後に公表された作であり、そういう意味でまことに時機を得た作品であった。

必死にあり。

その時人きよくしてつよく、
その時こころ洋洋としてゆたかなのは
われら民族のならひである。

人は死をいそがねど
死は前方より迫る。
死を滅すの道ただ必死あるのみ。
必死は絶體絶命にして
そこに生死を絶つ。
必死は狡智の醜をふみにじつて
素朴にして當然なる大道をひらく。
天體は必死の理によつて分秒をたがへず、
窓前の茶の花は葉かげに白く、
卓上の一枚の桐の葉は黄に枯れて、
天然の必死のいさぎよさを私に囁く。
安きを偸むものにまどひあり、

死を免れんとするものに虚勢あり。
一切を必死に委《ゐ》するもの、
一切を現有《げんう》に於て見ざるもの、
一歩は一歩をすてて
つひに無窮にいたるもの、
かくの如きもの大なり。
生れて必死の世にあふはよきかな、
人その鍛錬によつて死に勝ち、
人その極限の日常によつてまことに生く。
未練をすてよ。
おもはくを恥ぢよ。
皮肉と駄駄とをやめよ。
そはすべて閑日月なり。
われら現實の歴史に呼吸するもの、
いま必死の時にあひて
生死の區區たる我慾に生きんや。

心空しきもの満ち、
思ひ專らなるもの精緻なり。
必死の境に美はあまねく、
烈烈として芳ばしきもの、
しづもりて光をたたふるもの、
その境にただよふ。

ああ必死にあり。
その時人きよくしてつよく、
その時こころ洋洋としてゆたかなのは
われら民族のならひである。

高村光太郎はデマゴーグとしての詩を多く公表した。「必死の時」はその中でも出色の作にちがいない。素朴な青年たちは、この詩を読み、必死は絶体絶命、人が死を急がなくても、死が前方から来ることを覚悟したとしてもふしぎはない。この詩を読んだために潜航艇の艇長が死んだことは確実といってよい。「必死」は手許の『三省堂国語辞典』には名詞としては一として「①かならず死ぬこと。

「――の覚悟（カクゴ）」②死を覚悟すること。「――の形相（ギョウソウ）」とあげ、③として将棋にいう「必至」を見よという記号を記し、二として「〔ほかのことはかえりみず〕全力をつくすようす。「――に反対する」」をあげている。『岩波国語辞典』には、名詞としては「①その事態の中で必ず死ぬと覚悟すること。また、（生死を顧みず）全力をそそぐこと」とあり、②として「将棋で、次の手で必ず詰みとなるような形」をあげ、②は「必至」とも書くと説明している。「必死の時」において、

人は死をいそがねど
死は前方より迫る。

といい、

安きを偸むものにまどひあり、
死を免れんとするものに虚勢あり。

とあることからみれば、この詩にいう「必死」とは「必ず死ぬこと」と解するのが自然であり、かりにそうでないとしても、死を覚悟して全力をそそぐことを意味する、と読者は解するであろう。

潜航艇の艇長は、この詩の思想に殉じ、死を免れんとするものに虚勢あり、と考え、すすんで死に就いたにちがいない。このように青年たちの心を導き、鼓舞し、死に導いたことに、高村光太郎は責任をとらなければならない。しかし、「わが詩をよみて人死に就けり」を彼は「暗愚小傳」中に収めなかった。ただ、高村光太郎のために弁解すれば、この詩は後年の回想であって、「必死の時」を書いたときの状況ではなかった。「わが詩をよみて人死に就けり」にいう

爆彈は私の內の前後左右に落ちた。
電線に女の大腿がぶらさがつた。

は確実に一九四五年四月一三日夜、駒込林町で空襲にあったときの情景だから、

死の恐怖から私自身を救ふために
「必死の時」を必死になつて私は書いた。

というのは事実に反する。高村光太郎の虚構である。前述のとおり、「必死の時」はアジア太平洋戦争に発展するより以前、一九四一（昭和一六）年一一月一九日の作である。高村光太郎のために弁解

すれば、事実に反するので「わが詩をよみて人死に就けり」を「暗愚小傳」から省いたのかもしれない。
しかし、「わが詩をよみて人死に就けり」が記した情景、心境の下で「必死の時」が書かれたということは間違いであっても、「必死の時」を読んで死に就いた青年が存在したことは事実である。彼の戦争詩は「必死の時」に限らず、夥しいが、すでに引用した一九四三年六月一六日作、『文芸』同年七月号に発表された「われらの死生」の一部をふたたび引用する。

死が生よりも生きるとは
生が死を壓倒するのだ。
充ちあふれた生の力が
死を超えて死を死なしめない。
わが事終れるにあらず、
わが事無限大に入るのである。
かくの如き生なくして
かくの如き死も亦ない。
自己の力自己の極限を破り、
迸つて精神の微粒界に突入する。

かくの如く人を死なしむるは
天寵人にあつきなるかな。
（中略）
われらが山本元帥その死によつて
まことに生を現成した。
生ならず、死ならず、
無始より無終にいたる
われら民族精神の奔流
ひとへに滔々たるを見るのみだ。
元帥一波をあげて
萬波たちどころに起る。
われの死生とはただこれだ。

「われらの死生」の死生観は、要するに、死によって生がその意味を全うするということであり、七生報国こそ国民の生死の意味である、という観念論である。その愚昧さはいまとなれば見易いが、高村光太郎はその当時、その愚昧さに気づくことなく、将兵を励まし、死に赴かせたのであった。

「わが詩をよみて人死に就けり」を「暗愚小傳」から抹消することによって、高村光太郎は彼の詩が多くの将兵を死に赴かせたことの責任を回避したのである。

同じく「暗愚小傳」から削除された「暗愚小傳斷片」中のもう一篇「(死はいつでも)」は、戦争末期の庶民の心情を正確に描いた傑作といってもよい。

死はいつでもそこにゐた。
人は生きる爲に生きず、
死ぬ爲に生きた。
巷の壯年はつぎつぎに引きぬかれた。
引きぬかれて大陸へ行つた。
行けば大凡《おほよそ》かへらなかつた。
つひに死は生活に飽和した。
死の脅威が人をやけくそに追ひこみ、
いつ來るか分らぬ運命の不安に
人は皆今日の刹那に一生をかけた。

おそらくこの名作は「暗愚小傳」の主題とは合致しない作であった。ただ、死によって生を全うする、という思想によって、高村光太郎が多くの詩を書いたことは間違いない。

※

「暗愚小傳」は「家」七篇、「轉調」二篇、「反逆」二篇、「蟄居」二篇、「二律背反」五篇、「爐邊」二篇から成る。

「暗愚小傳」は本質的に戦争期における行動、ことに詩作についての高村光太郎の弁解の書である。

「家」は憲法発布のさいの感想を記した「土下座」にはじまり、おじいさんがちょんまげをきった「ちょんまげ」、「郡司大尉」の悲壮な決行に興奮したことなど、「日清戰爭」は原田重吉玄武門破りをおじいさんが「みんな禁廷さまのおためだ」と語ったこと、父光雲の「御前彫刻」、日清戦争後の遼東還附による「建艦費」のこと、光雲作「楠公銅像」から成り、結局は天皇に対する忠義をたたきこまれた少年時代の回顧である。

「轉調」は「彫刻一途」と「パリ」の二篇から成り、前者に

いつのことだか忘れたが、

私と話すつもりで來た啄木も、
彫刻一途のお坊ちやんの世間見ずに
すつかりあきらめて歸つていつた。
日露戰爭の勝敗よりも
ロヂンとかいふ人の事が知りたかつた。

という社会的無関心と彫刻への情熱、さらに「パリ」では「私はパリで大人になつた」と青春前期の自己を回想、「反逆」では「親不孝」「デカダン」で青春期の反抗が語られ、「蟄居」では「美に生きる」において智恵子との生活、「おそろしい空虚」において智恵子没後の心境が語られる。「おそろしい空虚」は「暗愚小傳」中読むにたえる作であるので、後にとりあげる。

「二律背反」は「協力會議」と「眞珠灣の日」の二篇などの五篇から成る。前者では、末尾に

會議場の五階から
靈廟《モオゾレエ》のやうな議事堂が見えた。
靈廟のやうな議事堂と書いた詩は
赤く消されて新聞社からかへつてきた。

會議の空氣は窒息的で、
私の中にゐる猛獸は
官僚くささに中毒し、
夜毎に曠野を望んで吼えた。

と弁解している。

次の「眞珠灣の日」こそ「暗愚小傳」の核心をなす弁明の辞なので、全篇を引用する。

宣戰布告よりもさきに聞いたのは
ハワイ邊で戰があつたといふことだ。
つひに太平洋で戰ふのだ。
詔勅をきいて身ぶるひした。
この容易ならぬ瞬間に
私の頭腦はランビキにかけられ、
昨日は遠い昔となり、
遠い昔が今となつた。

天皇あやふし。
ただこの一語が
私の一切を決定した。
子供の時のおぢいさんが、
父が母がそこに居た。
少年の日の家の雲霧が
部屋一ぱいに立ちこめた。
私の耳は祖先の聲でみたされ、
陛下が、陛下がと
あへぐ意識に眩《めくるめ》いた。
身をすてるほか今はない。
陛下をまもらう。
詩をすてて詩を書かう。
記録を書かう。
同胞の荒廢を出來れば防がう。
私はその夜木星の大きく光る駒込臺で

ただしんけんにさう思ひつめた。

これが高村光太郎のその時点における反応であったとすれば、かなり奇異というべきかもしれない。私にはこの高村光太郎の反応は敗戦後における彼の弁解としか思われない。ハワイ、マレー沖海戦の赫々たる戦果に国民のほとんどは狂喜し、酩酊したような興奮につつまれていたのであつた。「天皇あやふし」といった気持が湧いたとすれば、むしろ敗色濃厚、東京大空襲などがはじまった時点以降であった。それが軍部、政界の上層部で情報に詳しい人々を除く、庶民の反応であった。ただ、すでに「十二月八日」について記したとおり、対米英宣戦布告により、高村光太郎は現人神である天皇を戴く神国日本という神がかり的思想をいだくに至ったことを思って、私は、この作品は「暗愚小傳」の核心をなすと考える。

続く「ロマン　ロラン」においては高村光太郎はその後半に次のようにいう。

——パトリオチスムの本質を
君はまだ本氣に考へないのか。
あれ程ものを讀んでゐて、
君にはまだヴエリテが見えないのか。

ペルメルの上に居られないのか。
今のまじめなやうな君よりも
むしろ無頼の昔の君を愛する。——
さういふ時に鳴るサイレンは
たちまち私を宮城の方角に向けた。
本能のやうにその力は強かつた。
私には二いろの詩が生れた。
一いろは印刷され、
一いろは印刷されない。
どちらも私はむきに書いた。
暗愚の魂を自らあはれみながら
やつぱり私は記録をつづけた。

「一いろは印刷されない」作とは、北川太一に語った、筑摩書房の竹之内静雄に渡して焼失した『石くれの歌』にちがいないが、全集に一九四五年八月作として収められている「小曲二篇」に続き「制作年代不明」として収められている「石くれの歌」と題する四行詩二篇がある。

○

石くれは動かない
不思議なので
しやがんで
いつまでも見てゐた

○

あかい佐渡石が棄てたやうに
小徑のわきに置いてある
これひとつだけが
この林泉の俗をうけない

このような水準の詩であれば印刷されることなく、滅失したことを惜しむに値しない。いったい

「二いろの詩」を書くとは、ふつうに考えれば二つの相矛盾する詩心をもつ、発想をもつ、ということだが、私たちが内面《うちづら》・外面《そとづら》をもつように社会的に公表できない内心の情念をもつこともありえないわけではない。それ故、一人の人間として、内面の心情と外面の心情とを論として書き分けることは、至難だが不可能ではあるまいと私は考える。

それにまた、高村光太郎がパトリオチスムについて読んだり、考えたりした時期があったとは信じがたい事実である。かつて石川啄木が高村光太郎を訪ねたとき、啄木は「時代閉塞の現状」や大逆事件について語りたかったにちがいないが、高村光太郎は啄木と語り合うつもりはなかった。それほどに「国家」についても政治や国際関係についても彼は関心をもっていなかった。しかし、敗戦必至の状況は高村光太郎にも庶民の誰にも、日常の生活に深刻な影響をもたらしていた。

それに印刷された詩であっても、戦争詩とはいえない作もある。すでに引用した「美しき落葉」は必ずしもすぐれているとはいえないが、高村光太郎ならではの作である。しかし、くりかえし引用することは差し控える。

「暗愚小傳」の「二律背反」の末尾から二番目の作「暗愚」は戦時下、それも敗戦間近い時期の高村光太郎の日常を描いて秀逸である。

金がはいるときまつたやうに

夜が更けてから家を出た。
心にたまる膿のうづきに
メスを加へることの代りに
足は場末の酒場に向いた。
――お父《とう》さん、これで日本は勝てますの。
――勝つさ。
――あたし晝間は徴用でせう。無理ばつかし言はれるのよ。
――さうよ。なにしろ無理ね。
――おい隅のおやぢ。一ぱいいかう。
――齒ぎり屋もつらいや。バイトを買ひに大阪行きだ。
――大きな聲しちやだめよ。あれがやかましいから。
――お父さん、ほんとんとこ、これで勝つんかしら。
――勝つさ。
午前二時に私はかへる。
電信柱に自爆しながら。

ここでは敗戦を必至と感じている庶民たちが会話している。敗戦必至と感じながら、そうだと認めてはならないと誰もが自覚している庶民がいる。誰もが自暴自棄になっている。本音をいえない心情が内攻している。特攻隊が自爆していることは誰もが知っている。高村光太郎も庶民の一人として彼らに共感している。自分にできることは何か。酩酊の末、電信柱にぶつかって、自らを傷つけるほどのことしかできない。戦争末期の庶民の心情を鮮かに描いた佳作である。

敗戦時の回想「終戦」は次のとおりである。

すつかりきれいにアトリエが焼けて、
私は奥州花巻に來た。
そこであのラヂオをきいた。
私は端坐してふるへてゐた。
日本はつひに赤裸となり、
人心は落ちて底をついた。
占領軍に飢餓を救はれ、
わづかに亡滅を免れてゐる。
その時天皇はみづから進んで、

われ現人神《あらひとがみ》にあらずと説かれた。
日を重ねるに従つて、
私の眼からは梁《うつばり》が取れ、
いつのまにか六十年の重荷は消えた。
再びおぢいさんも父も母も
遠い涅槃の座にかへり、
私は大きく息をついた。
不思議なほどの脱却のあとに
ただ人たるの愛がある。
雨過天青の青磁いろが
廓然とした心ににほひ、
いま悠々たる無一物に
私は荒涼の美を満喫する。

「終戰」と題したこの作品において、「日本はつひに赤裸となり」とは、植民地のすべてを失い、国土は焦土と化したことをいうのであろう。「人心は落ちて底をついた」とは人心頽廃した、というのであろう。天皇の人間宣言後、「眼からは梁《うつばり》が取れ」とは天皇信仰から解放された、というのであろう。「六十年の重荷」とは天皇信仰を中心とする日本的倫理であろう。その後に「人たるの愛」があるとは、そうした日本的倫理から解放されたヒューマニズムがある、というのであろう。国土人心荒廃して、むしろ「美」だけを感じる、との意であろうが、ここには飛躍が大きすぎる。安易にすぎるというべきではないか。

「爐邊」は「報告（智恵子に）」と「山林」の二篇から成る。「報告」の後半でこういう。

　　あなたこそまことの自由を求めました。
　　求められない鐵の圍の中にゐて
　　あなたがあんなに求めたものは、
　　結局あなたを此世の意識の外に逐ひ、
　　あなたの頭をこはしました。

智恵子を発狂させたのは彼女が真の「自由」を求めたためであったといえるか。

あなたの苦しみを今こそ思ふ。

日本の形は變りましたが、
あの苦しみを持たないわれわれの變革を
あなたに報告するのはつらいことです。

とこの詩は結んでいるが、変革は占領軍により与えられた自由だ、というのであろう。あまりに安易、通俗的な見方であり、底の浅い詩である。
「暗愚小傳」の末尾は「山林」である。

私はいま山林にゐる。
生來の離群性はなほりさうもないが、
生活は卻て解放された。
村落社會に根をおろして
世界と村落とをやがて結びつける氣だ。
强烈な土の魅力は私を捉へ、
擊壤の民のこころを今は知つた。
美は天然にみちみちて

人を養ひ人をすくふ。
こんなに心平らかな日のあることを
私はかつて思はなかつた。
おのれの暗愚をいやほど見たので、
自分の業績のどんな評價をも快く容れ、
自分に鞭する千の非難も素直にきく。
それが社會の約束ならば
よし極刑とても甘受しよう。
詩は自然に生れるし、
彫刻意慾はいよいよ燃えて
古來の大家と日毎に交はる。
無理なあがきは爲ようともせず、
しかし休まずじりじり進んで
歩み盡きたらその日が終りだ。
決して他の國でない日本の骨格が
山林には嚴として在る。

世界に於けるわれらの國の存在理由も
この骨格に基くだらう。
圍爐裏にはイタヤの枝が燃えてゐる。
炭焼く人と酪農について今日も語つた。
五月雨はふりしきり、
田植のすんだ靜かな部落に
カツコウが和音の點々をやつてゐる。
過去も遠く未來も遠い。

かなりに思想が混乱しているが、ここに高村光太郎の戦後いかに生きるかの決意が語られているとみてよいだろう。山林、村落、土にこそわれわれの文化をつくる基礎があり、土の上にそうした文化をつくろうというのが、ごく若いころ、北海道移住を志したときからの彼の理想であった。敗戦後、太田村山口の山居で彼はその夢想を実現しようとしている。この夢想については後に彼の生活をみるときに検討したい。詩としては措辞も思想も整っていない感がつよいが、彼の「小傳」の到達点として読むなら、それなりに感興がある。

さて、「暗愚小傳」の「蟄居」から「おそろしい空虚」を読みたい。

母はとうに死んでゐた。
東郷元帥と前後して
まさかと思つた父も死んだ。

「東郷元帥と前後して」はいかにも冗句だが、この一行を書くことが彼の半生を回顧したときには必須だったのであろう。

智恵子の狂氣はさかんになり、
七年病んで智恵子が死んだ。
私は精根をつかひ果し、
がらんどうな月日の流の中に、
死んだ智恵子をうつつに求めた。

こうした詩句こそが『智恵子抄』の末尾にふさわしかったであろう。私たちの心にふかく沁み入る五行である。

智恵子が私の支柱であり、
智恵子が私のジヤイロであつたことが
死んでみるとはつきりした。

伴侶に先立たれたとき、自分の生が伴侶に支えられていたことを知るのは普遍的な心情といってよい。ただし、詩句としては凡庸である。

智恵子の個體が消えてなくなり、
智恵子が普遍の存在となつて
いつでもそこに居るにはゐるが、
もう手でつかめず聲もきかない。

手をとることもできず、声を聞くことができなくても、いつも死者を身近に感じることもまた、伴侶を失った者のつねにいだく心情である。しかし、表現は平凡である。

肉體こそ眞である。
私はひとりアトリエにゐて、
裏打の無い唐紙のやうに
いつ破れるか知れない氣がした。
いつでもからだのどこかにほろ穴があり、
精神のバランスに無理があつた。

「裏打の無い唐紙」といふ譬喩が卓越である。

私は斗酒なほ辭せずであるが、
空虚をうづめる酒はない。
妙にふらふら巷をあるき、
乞はれるままに本を編んだり、
變な方角の詩を書いたり、
アメリカ屋のトンカツを發見したり、
十錢の甘らつきようをかじつたり、

隠亡《おんぼ》と遊んだりした。

この乞われるままに本を編み、変な方角の詩を書いた、という二行を加えたのは余計であり、この詩の感動を淡くしてしまうので残念である。これらは、智恵子の死による心の空しさを埋めるというより、たんに高村光太郎が時流に流されたというにすぎない。

「空虚をうづめる酒はない」と知りながら、アメリカ屋のトンカツを発見、十銭の甘らっきょうをかじり、隠亡と酒を酌んだ、といったように収まるべきであった。高村光太郎の真意はそういうことであったにちがいない。戦後、高村光太郎は智恵子を思いだして多くの詩を書いているが、それらはもちろん、『智恵子抄』所収の作中でも「山麓の二人」「狂奔する牛」などに比敵する絶唱ではない、と私は考える。

※

敗戦のいわゆる玉音放送の行われた翌朝、高村光太郎は「一億の號泣」と題する詩を書き、この詩は『朝日新聞』『岩手日報』一九四五年八月一七日付に掲載された。

綸言一たび出でて一億號泣す
昭和二十年八月十五日正午
われ岩手花巻町の鎮守
鳥谷崎《とやがさき》神社社務所の疊に両手をつきて
天上はるかに流れ來《きた》る
玉音《ぎよくいん》の低きとどろきに五體をうたる
五體わななきてとどめあへず
玉音ひびき終りて又音なし
この時無聲の號泣國土に起り
普天の一億ひとしく
宸極に向つてひれ伏せるを知る
微臣恐惶ほとんど失語す
ただ眼《まなこ》を凝らしてこの事實に直接し
苟も寸毫の曖昧模糊をゆるさざらん
鋼鐵の武器を失へる時
精神の武器おのづから强からんとす

眞と美と到らざるなき我等が未來の文化こそ
必ずこの號泣を母胎としてその形相を孕まん

現在になってみれば、当時の庶民の号泣を思いやることは難しいし、この詩が庶民の多くの心情を代弁していることも理解しにくいかもしれない。しかし、この詩では国民は天皇に向かって敗戦に至ったことを詫びて号泣しているようにみえる。事実はそのような心情ではなかったと私は考える。国民は敗戦を信じられなかったために号泣したのだと考える。戦争の性質について、戦局の行方について、ほとんど無知であった高村光太郎のばあい、彼のすぐれた多くの詩を考えるとき、私は悲惨という感を禁じえない。最後の三行は敗者の強がりにすぎないが、彼は日本の真と美が世界的に普遍性をもち、それが日本の再生の基礎と考えていたようである。

その約二カ月後、一〇月一〇日、法事がとり行われた。制作年月日は必ずしも確定しがたいようであるが、「松庵寺」はこの法事を記し、しみじみとした悲哀感が心をうつ。

奥州花巻といふひなびた町の
淨土宗の古刹松庵寺で
秋の村雨ふりしきるあなたの命日に

まことにささやかな法事をしました
花巻の町も戦火をうけて
すつかり焼けた松庵寺は
物置小屋に須彌壇をつくつた
二疊敷のお堂でした
雨がうしろの障子から吹きこみ
和尚さまの衣のすそさへ濡れました
和尚さまは靜かな聲でしみじみと
型どほりに一枚起請文をよみました
佛を信じて身をなげ出した昔の人の
おそろしい告白の眞實が
今の世でも生きてわたくしをうちました
限りなき信によつてわたくしのために
燃えてしまつたあなたの一生の序列を
この松庵寺の物置御堂の佛の前で
又も食ひ入るやうに思ひしらべました

誰のためでもない。智恵子と自分とのためだけの荒廃した寺での法事に立ち会っている高村光太郎の心も秋雨にうたれている。

詩集『典型』の巻頭に配された「雪白く積めり」は高村光太郎の戦後の詩の中で、もっとも格調高く、感銘ふかい作というべきかもしれない。一九四五年一二月二三日作、『展望』一九四六年三月号に掲載された。その当時、情景の美、切実な心境にみち、感動をふかくしながら、反面、反撥を感じた記憶がある。

雪白く積めり。
雪林間の路をうづめて平らかなり。
ふめば膝を没して更にふかく
その雪うすら日をあびて燐光を發す。
燐光あをくひかりて不知火に似たり。
路を横ぎりて兎の足あと點々とつづき
松林の奥ほのかにけぶる。
十歩にして息をやすめ

二十歩にして雪中に坐す。
颪なきに雪蕭々と鳴つて梢を渡り
萬境人をして詩を吐かしむ。
早池峯《はやちね》はすでに雲際に結晶すれども
わが詩の稜角いまだ成らざるを奈何にせん。
わづかに杉の枯葉をひろひて
今夕の爐邊に一椀の雜炊を煖めんとす。
敗れたるもの卻て心平らかにして
燐光の如きもの靈魂にきらめきて美しきなり。
美しくしてつひにとらへ難きなり。

一読して感動したことは事実だが、高村光太郎ともあろう人が今さら「わが詩の稜角いまだ成らざるを奈何にせん」とは、何をいうのか。空疎な戦争詩を書いてきたことを弁解しているのか、とも思ったが、何故こんなことを言うのか理解できなかったし、末尾三行は、「一億の號泣」の末尾二行と同じく、いわば曳かれ者の小唄でないか、と感じたのであった。にもかかわらず

わづかに杉の枯葉をひろひて
今夕の爐邊に一椀の雜炊を煖めんとす。

といった句の現実感は私の胸にひしひしと迫ったのであった。

一九四六年一月一〇日作、『新岩手日報』同月一五日付に掲載された「國民まさに餓ゑんとす」という詩がある。途中の三行を引用する。

國民まさに餓ゑんとして
凶事國内に滿つ。
國民起つて自らを救ふは今なり。

末尾の四行は次のとおりである。

民を苦しめしもの今漸く排せらる。
眞實の政を直ちに興して、
一天の下、

われら自ら助くるの民たらんかな。

当時、米よこせ暴動の如きものが相次いだ。この詩はそうした庶民へのアジテーションの域を出ない。高村光太郎がこういう詩を書いていたことを読むのは悲しく、つらい。

戦後の作で注目すべきは「ブランデンブルグ」である。一九四七年一一月五日作、『展望』一九四八年一月号に発表された。

岩手の山山に秋の日がくれかかる。
完全無缺な天上的な
うらうらとした一八〇度の黄道に
底の知れない時間の累積。
純粋無雜な太陽が
バツハのやうに展開した
今日十月三十一日をおれは見た。

この年、一九四七年一〇月二四日付椛澤ふみ子宛書簡（書簡番号二八〇八）に「花巻滞在中にはレコードコンサートであのバッハの「ブランデンブルグ」をきいて感動した」とあるが、一〇月三一日の日記は存在しないので、一〇月三一日にも「ブランデンブルグ」を聞いたことは確認できないが、三一日に、ブランデンブルグを聞くかのように太陽に感動した、という趣旨であろう。「私は一時、一晩でも音樂をきかないと焦躁に堪へられない時期があつた」とかつて「觸覺の世界」で書いたことがあるが、高村光太郎は音楽、ことにベートーヴェンが好きだったようである。この詩の第二節は

「ブランデンブルグ」の底鳴りする
岩手の山におれは棲む。

と書いているが、枯葉の山に村に独居して、ブランデンブルグ協奏曲を幻聴として始終聞いていたようである。ところでこの詩の第四節は次のとおりである。

おれは自己流謫のこの山に根を張つて
おれの錬金術を究盡する。
おれは半文明の都會と手を切つて
この邊陬を太極とする。

おれは近代精神の網の目から
あの天上の音に聴かう。
おれは白髪童子となつて
日本本州の東北隅
北緯三九度東經一四一度の地點から
電離層の高みづたひに
響き合ふものと響き合はう。

私の見る限り、高村光太郎の詩の中で「自己流謫」の語を用いているのは、ここ一カ所である。自己流謫は権力によって流刑に処せられるのではなく、自らすすんで自身を流刑に処するという意味である。そういう意味では、「自己流謫」という語はふさわしくない、といま私は考えている。自ら自身を流刑に処するには、それなりの犯罪を犯したという意識がなければならない。高村光太郎は「暗愚」であったと自認した。暗愚であったために、大本営の発表をそのまま信じ、生育過程における天皇崇拝と相俟って、戦争を支持し、讃美し、国民の志気を鼓舞する詩を数多く書いた。しかし、これは国民として当然のことをしたまでのことだ、と考えていた。

それ故、彼に「自己流謫」の意識があったと考えるのは誤りである。山口分教場の代用教員であり、高村光太郎に山口に山荘を建てる世話をし、その後もいろいろ面倒をみた佐藤勝治の『山荘の高村光太郎』という著書がある。書中、「高村先生の思い出II」に、「マッカーサーの呼び出しを待つ先生」という章がある。ここで高村光太郎は佐藤に次のように語ったとある。

「戦争中の軍部の発表を信じ過ぎた僕の不明は恥かしい。けれども戦争が始まった以上は負けないために国民の志気を鼓舞するのが僕たちのつとめだった。それに今度の戦争は、今でこそ一方的に日本が悪く言われているが、日本には日本の正義があったのです。僕はマッカーサーが早く呼んでくれればいいと思っている。日本の歴史と正義についてよく話してやり度い。」

この言葉は正確ではないかもしれない。ただ、少くとも彼がいかなる責任をも感じていなかったことは間違いない。だから「わが詩をよみて人死に就けり」を「暗愚小傳」から削ったのであった。

※

「ブランデンブルグ」を書いてから、ほぼ半年後、一九四八年四月一〇日、高村光太郎は「人體飢餓」を書き、『心』七月刊に発表した。

彫刻家山に飢ゑる。

くらふもの山に餘りあれど、
山に人體の饗宴なく
山に女體の美味が無い。

たしかに高村光太郎がモデルを使った塑像製作等の意欲が充たされないことに飢餓感を覚えて、焦躁に駆られていたであろうことは想像に難くない。しかし、「人體飢餓」は七〇行におよぶ長編詩であり、さまざまの想いを書きつらねているが、次の末尾四行で終る。

彫刻家山に人體に飢ゑて
精神この夜も夢幻《ゆめまぼろし》にさすらひ、
果てはかへつて雪と歴史の厚みの中の
かういふ埋沒のこころよさにむしろ醉ふ。

このように終るのに至ると、環境に順応し、自足した心境に達したものと思われ、逆に飢餓感はそれほどに痛切なものではなかったのではないかと感じさせる。おそらく、そうした中途半端な心境がこの作品を読者の心に迫るものとしなかったのであろう。

この時期、いわば詩人としての高村光太郎の最晩年期、注目すべき作品は「吹雪の夜の獨白」と詩集の題名を採られた「典型」であろう。一九四九年冬の作と思われる「吹雪の夜の獨白」は次のとおりである。

外では吹雪が荒れくるふ。
かういふ夜には鼠も來ず、
部落は遠くねしづまつて
人つ子ひとり山には居ない。
圍爐裏に大きな根つ子を投じて
みごとな大きな火を燃やす。
六十七年といふ生理の故に
今ではよほどらくだと思ふ。
あの欲情のあるかぎり、
ほんとの爲事は苦しいな。
美術といふ爲事の奥は
さういふ非情を要求するのだ。

まるでなければ話にならぬし、
よくよく知つて今は無いといふのがいい。
かりに智恵子が今出てきても
大いにはしやいで笑ふだけだろ。
きびしい非情の内側から
あるともなしに匂ふものが
あの神韻といふやつだろ。
老いぼれでは困るがね。

「六十七年といふ生理」云々は、六七歳ともなれば、性欲をもてあまして困ることも少くなった、という趣旨にちがいない。しかし、性欲がなければ本当の美術の仕事はできない。しかも、その状態を超越したところで神韻が生じるのだろう、という。そうした心境を智恵子ははしゃいで喜ぶだろう、という。

これも夢想というべきだが、高村光太郎がここで本音を吐いているかどうか、分らないが、「狂奔する牛」などを考え合わせると感慨無量なものがある。いずれにせよ智恵子への性愛と詩との関係を陰翳ふかく、微妙に描いた作と考える。

最後に「典型」である。

今日も愚直な雪がふり
小屋はつんぼのやうに默りこむ。
小屋にゐるのは一つの典型、
一つの愚劣の典型だ。
三代を貫く特殊國の
特殊の倫理に鍛へられて、
内に反逆の鷲の翼を抱きながら、
いたましい强引の爪をといで
みづから風切の自力をへし折り、
六十年の鐵の網に蓋はれて、
端坐粛服、
まことをつくして唯一つの倫理に生きた
降りやまぬ雪のやうに愚直な生きもの。
今放たれて翼を伸ばし、

かなしいおのれの眞實を見て、
三列の羽さへ失ひ、
眼に暗緑の盲點をちらつかせ、
四方の壁の崩れた廢墟に
それでも靜かに息をして
ただ前方の廣漠に向ふといふ
さういふ一つの愚劣の典型。
典型を容れる山の小屋、
小屋を埋める愚直な雪、
雪は降らねばならぬやうに降り、
一切をかぶせて降りにふる。

これは正確な生涯の回顧とはいえまい。しかし、結局は明治、大正、昭和三代を支配した倫理のままに過ごしてきた愚直な生であった、と回想している心情の表現は卓抜である。私はこういう高村光太郎の弁解の論理を肯定しないけれどもその想いの切実さを疑わない。

2

高村光太郎の日記、一九四五（昭和二〇）年八月一五日の項に次の記述がある。
「曇　午前五時宗青寺へ。地藏流しといふ行事に參詣。北上川へ札を流す。5圓地藏さまへ。茄子6個1圓、往來にてかふ。校長さん歸宅。佐藤勝治氏來訪、山口へ小屋を建つる事を依賴、500圓材料入手の爲手交。正午鳥谷崎神社々務所ニテ天皇陛下の玉音錄音放送ヲキキ平和再建の詔書渙發を知る。〈二合〉」

佐藤勝治『山荘の高村光太郎』には花巻空襲のあった八月一〇日から「中二日たって、やっと警報も出なくなりましたから、自転車で花巻へ出て行きました。まず私の家にあたる所に行ってみますと、ほんとうに一物も残さず灰になっておりました。町の人たちはみな意気銷沈して、ウロウロ焼跡をかき回しております。私も何ということなく、その辺をほじくり回しておりましたら、向うの通りを、背の高い高村先生が、すっかり色のさめた国民服に、薄っ平な下駄をおはきになり、右手に飯盒をブラリと下げて、さっさと来るのが見えます。その姿は孤影悄然でなくて孤影昂然と見えました」と記し、次のとおり続けている。

「私は思わずかけよって、「先生……」と声をかけました。

「ほお……」

と先生は喜んで下さいました。

お聞きしますと、宮沢さんの所で、またまた焼け出されたところへ、爆撃から免がれて焼け残った町の高台に居る、佐藤昌さんという方が、自分の家に来てくれと言って来られたので、今そこに厄介になっているというお話でした。

佐藤昌氏は初代の花巻中学校（今の花巻北高校）の校長さんで、元の花巻の城跡の一角に居を構えておられました。そのお宅は、庭ごしに早池峯山を眺められる絶好の場所であります。

「その時私は、このままここに御厄介になって居ても、その中に、また焼け出されるのは当然のことだと思いましたので、

「先生、私のいる山口へおいでになりませんか。とてもいい所ですよ」

と申し上げたのであります。」

四月一三日の空襲で罹災した高村光太郎は疎開先の宮沢賢治の弟の宮沢清六家で八月一〇日再度罹災し、佐藤昌方に身を寄せていた。この当時、佐藤勝治は花巻の「町から西に二里の山麓にある、太田村（岩手県稗貫郡）の山口分教場に勤めて」いた。当時の分教場は「一年生から四年生までの生徒約三十名、職員は私一人という、あの「風の又三郎」の学校そのままの、萱葺きの大きな一軒家」であり、真中に講堂、「右側に教室一つ、左側に二坪の職員室と、八帖の宿直室と、せまい炊事場が取っ

てあるだけの、まことに殺風景な学校ですが、それでも私はとても愉快に暮しておりました。私の前任者の高橋氏が応召になったあと、誰もそこへ行く人がなくて、太田本校の校長さんが困っていたのでありますが、私は喜んで家族を引き連れてそこへ行ったのでありました。」と佐藤勝治は記し、また、次のとおり書いている。

「私は幸い学校に居るために、部落のかたがたの手厚いお世話を受け、町の人達には済まない程の、恵まれた、ゆっくりした暮しをさせてもらっておりました。先生を山口におよびしても、町に居るよりは、食べ物の心配はないし、爆撃の怖れも絶対にありませんので、こうお誘いしたのであります。けれども、人によっては、私にはとても気に入った山口でも、誰一人として転任を希望する者の無かったほどの草深いところですから、あるいは、いたってつまらない所かも知れません。

ところが先生は非常に喜ばれて、即座に、

「ぜひお願いしたい」

とこういわれたのであります。」

高村光太郎の日記の八月一三日の項には佐藤勝治に依頼した旨の記載はないが、一五日に五百円手渡していることからみて、佐藤勝治の記述に間違いあるまい。そこで、佐藤勝治は山口の部落会長駿河重次郎に「なんとか家を建ててくれるようにと頼」んだという。

佐藤勝治の著書からさらに引用する。

「あの頃は、家を建てるなどということは、ふつうには不可能な時代です。材料は無し大工もおりません。統制のきびしい、物資のすっかり欠乏した頃です。それが、町の中よりも、かえって、原始生活に近い、山の部落だからこそできたのです。木と萱と、みんなの労力があります。もっとも私たちの建てようとするのは、玄関あり居間あり勝手あり、風呂場ありといったふうのふつうの家ではありません。二間に三間の丸太作り、四方も屋根も萱で囲んで、出入口にはむしろをさげただけの、もっとも簡単な、雨露を凌げばそれでいいという建物です。今なら農家の堀立小屋で、豚小屋か物置の外には使い道がないでしょうが、あの敗戦直前の、空襲に大破壊された、住むに家なく、着るに物の無い当時をお考え下さい。こんな貧弱な家でも、一人で自由に住まえるということは、ずいぶん贅沢な気がしました。」

佐藤勝治が高村光太郎のために建てるという小屋がこんなものだということを、佐藤は高村光太郎に何時話したのだろうか。

四方も屋根も萱で囲み、出入り口はむしろを下げただけの小屋は、雨露は凌げるかもしれないが、零下二〇度にも達する寒気やふかい積雪の時期に生活できるとは思われない。

佐藤勝治はまた次のとおり書いている。

「はじめは、駿河さんが自分の山から木を伐り出して建ててくれるつもりで、先生も、ノートからはぎ取った紙に、鉛筆で図面を書いて私に渡しておりました。図面といっても、いま申したような丸太作りの原始住宅です。しかし、一応窓もあり、井戸もある――窓の戸は起すとそのまま日除けとなり、下げるとしまって戸締りになるという、昔の「しとみ戸」といいますか、しごく便利で風流なものです。よかったら二軒建てて、一方を住宅、一方を仕事場にされたいと図面も二枚できておりました。」

このような窓を、四方を萱で囲んだ小屋に付けることができるとは思われない。壁で四方をめぐらしていなければ、こうした窓をとりつけられないのではないか。高村光太郎が佐藤勝治に「ぜひお願いしたい」と頼んだ小屋と佐藤勝治とがイメージしていた小屋との間には、大きな齟齬があったようにみえる。佐藤勝治はこう書いている。

「そこで私は駿河さんに、

「幾らあったらよかんべ?」

「五百円もあったらよかんべ」

という話になったのであります。」

その結果、八月一五日の午前、高村光太郎は佐藤勝治に五百円手渡したのだが、その日の正午、事態は一変した。もう空襲の怖れはなくなったのだから、ここで考え直し、戦後の情勢の進展をみた上で、生活設計を立てるのが通常私たちの考えることである。しかも、この時点で高村光太郎は太田村山口の実地検分もしていない。普通の人なら、考え直したい、と佐藤勝治に申し入れたにちがいない。

しかし、高村光太郎は一旦依頼した以上、これを撤回できる気質の持主ではなかったようである。

佐藤勝治は「先生を山にお誘いしたのは、終戦直前――二日前であります。戦争が終ってみますと、とたんに、私は「あんな山の中に先生をおよびすることは無理だ。これからはもっともっと便利な所に、幾らでも立派な家が建てられる」と思いまして、

「もう山にいらっしゃらなくともいいではないでしょうか」

と極力やめて下さるようにお願いしたのであります。」

と記し、

「ところが先生は、

「いや、僕が山に入るのは、若い頃からの希望なのです。何も戦争と関係の無いことです。じっさい北海道で暮すつもりで、月寒まで行ったこともあります。そういう長い間の夢が、こんどはほんとうに実現するのですから、どうぞやめるなどといわないでやって下さい」

とおっしゃいます。」

と書いている。

全集の年譜、一九一一（明治四四）年の項にすでに見たとおり、「酪農で生活を立てて、土の中から自らの芸術を生もうと北海道移住を企てる」。五月「九日夜札幌着。明治三十九年に農商務省が創設した月寒種畜牧場に行くが、九日から吹き始めた強風と、道内二十数か所で発生した大山火事や大火。

その上、夢は夢でしかない現実との落差に失望して、月半ばにはたちまち帰る。石狩川流域地方を歩き、その風物に強く心を引かれた」とある。

月寒に行ったことは事実だが、夢は夢でしかない現実との落差に失望し、たちまち帰京したのだから、「月寒まで行ったことがある」ということは山口移居の理由にならない。ただ、土の中から自らの芸術を生みだしたい、という夢想に似た理想をもっていたことは事実だから、山口移居に固執したのは、半ばは佐藤勝治に「ぜひ」と頼んだ以上撤回できないという意地によるが、半ばは大地に根ざした文化、芸術を生み、育てる夢が高村光太郎を駆り立てたのではないか、と私は考える。

高村光太郎が佐藤昌らと太田村山口に赴き、実地を検分、部落会長駿河重次郎に挨拶したのは八月二一日であった。このとき、佐藤勝治の考えていた小屋がどういうものかを聞いたようである。八月二四日付椛澤ふみ子宛封書（書簡番号七六二）に「この太田村山口といふ地に数日前實地踏査にゆきましたところ、電燈もつかぬ不便の地ですが、風物人情殊の外よろしく大に氣に入りましたので、分教場から五六丁の距離にある山ふところの南面傾斜の林間に丸太小屋を一軒建てる事にきめ、一切をその青年にまかせて歸りました。今は井戸の試堀をやつてゐる筈です。丁度舊盆の農事休みの時季で人手があるわけです。井戸に水さへ出れば、そこの林を切りひらいて二間に三間の小さな開墾小屋を建てるのです。藁ぶき、藁圍ひ、土間だけの小屋で、寝るところだけ板の床を張ります。今は板の材がまるでありません。殊に花巻の火事以後大量に求められないのでやむを得ません」と知らせている。

藁と萱の違いはあるが、ほぼ佐藤勝治の考えていたとおりの小屋である。

その間、八月一九日付葉書（書簡番号七五六）で真壁仁に「そのうち太田村といふ山寄りの地方に丸太小屋を建てるつもりです。追々そこに日本最高文化の部落を建設の心算。戰爭終結の上は日本は文化の方面で世界を壓倒すべきです。十年計畫でやります」と書き、同日付水野葉舟宛葉書（書簡番号七五七）でも、ほとんど右に同じ文章を記した上で「昭和の鷹ケ峯といふ抱負です」と加えているし、同日付宮崎仁十郎宛葉書（書簡番号七五八）でも真壁仁らに記したのと同じ文章を記し、八月二四日は小森盛宛葉書（書簡番号七六〇）では「此所で開懇、數年後には最高文化の一領域をつくる氣でゐます」と語っている。高村光太郎はまさに意気軒昂、彼は洛北鷹ヶ峰に書画、陶芸などの芸術村を作った本阿弥光悦に倣うつもりであった。先走っていえば、太田村山口の独居自炊七年はこうした抱負が泡沫のように消え去った歳月であった。

※

ところで、佐藤勝治の著書によれば、彼が高村光太郎から受けとった五百円を駿河重次郎に渡したところ、「駿河さんは、二、三日たつとやって来て、

「いや、いいものがある。ここから一里ばかり山奥に、営林署の飯場があって、こんど払い下げる

という話だから、それを買い受けるといい」

というのです」とあり、「営林署の飯場の方は、もっと本物の建物で、材料も、栗など使って、なかなかしっかりしているというので、私は先生に相談しました。先生は、いっさい私にまかせるから、どうでもいいようにやってくれとおっしゃいます」ということで、花巻営林署が所管していた、もと宮手沢鉱山の飯場の払下げをうけることになった。九月一二日付水野葉舟宛封書（書簡番号七七三）に「太田村にはまだ小屋が建ちません。村の人が營林署から山小屋の小さなのを拂下げてもらつてそれを移したいとしてゐるやうです。丸太と藁の小屋よりも雪に強い方がよいといつてゐます。雪は四尺以上のやうな話で、零下二十度といふ事です。小生はじめての經驗なのでたのしみです。小生の耐寒力のいいためしになります」と書き送っている。

花巻病院長佐藤隆房に『高村光太郎山居七年』（以下『山居七年』という）という著書がある。佐藤隆房は宮沢賢治の主治医であり、最初の伝記の著者であり、私自身ごく若いころはじめて宮沢賢治について評論を書いたとき大いに参考にした記憶がある。『山居七年』に「九月十日、先生は手廻りのものだけもってぶらりと私の家に来ました。私の家では離屋の二階四畳半二間《ま》を空けておきました。住みついてから先生はここを濤湲楼《せんかんろう》と名づけました。室は南向に廊下があり北側にも廊下がありますす」とある。濤湲楼と名づけたのは夜半豊沢川の瀬音が聞こえるからだという。この部屋は、その後、高村光太郎が花巻に出てきて泊るとき、必ず使われることになる。『山居七年』に「昭和二十年九月

末頃　駿河重次郎氏談」として「お役所のことですから、払下げの手続きは面倒でしたが、とにかく三百円で払下げになりました。

九月の末の頃になって高橋幸太郎さんという大工が得られたので部落の人が総出で、その小屋を解体し、馬車も通れないのでめいめいが肩に担いで運び、四日程で組上ってしまいました。重次郎さんが天井を張りましょうかと申上げたところ、先生は

「この梁が面白いから天井は張らない方がいいです。」

といって天井は張らせませんでした。一番問題は壁です。素人がかかって何とか荒壁だけはつけました」という。

零下二〇度にもなるという寒さを凌ぐのに天井が役立つことは誰もが知ることである。天井は張らない方がいい、と高村光太郎が駿河重次郎に告げたのは、駿河重次郎がことさら「天井を張りましょうか」と訊ねたとき以外ありえないし、飯場の移築に高村光太郎は立会っていないから、駿河重次郎は組上がり、荒壁を塗った小屋を高村光太郎に引き渡したさいか、その後に、ことさら、この質問をしたにちがいない。その質問は、天井を張る手間を省きたかったからとしか思われない。そうでなければ、こんな質問をするはずがない。そう察した高村光太郎は梁が面白いから天井を張るに及ばないと答えたのであった。部落会長の機嫌をそこねたくなかったためでもあろうし、耐寒力をためすためであったためかもしれない。私には高村光太郎の江戸ッ子的な気兼ねのように思われる。

佐藤勝治の著書には山小屋を建てた当日の模様を次のとおり記している。

「さて、小屋を建てる当日は、朝まだ暗い中に、部落の人々が、一戸から一人ずつ出て——村には未だ屈強な男たちが帰っていないので、主に老人や、若い女の人たちですが、——一里の山奥へ入って行き、飯場を解体して、柱や垂木や戸を、一人で一つずつかついで、谷川をこえたり急な坂を下りたりして、運んで来たのであります。お昼までに運んで来て、休むひまもなく組立にかかりましたが、夕方までにはちゃんと棟上げを終えることができました。そこではじめてみんなは、祝い酒を飲んで手を叩いてうたったのであります。」

駿河重次郎が四日程で組上ったと語っているのは棟上げ後屋根を杉皮で葺いたり、荒壁を塗ったりしたのに三日程かかったからであろう。佐藤勝治は「払い下げから、出来上るまでの費用は、たしか、千六百円かかったと思います」と書いている。当初彼が駿河重次郎から聞いた見積り五百円の三倍を超す金額である。

ただし、全集の日記一九四五年の項の末尾に〔5〕として同年一〇月一日から一二月三一日までの収支の明細が記されている。これには、一〇月一八日に「勝治さんへ渡し」として三〇円、「流し代（大工）十月十九日　十月二十日　十月廿一日—廿六日迄」と注しており、一〇月三〇日に「勝治さんへ諸費用の爲」として七〇円支出している。その他、一一月二一日、二二日の項に「佐藤勝治氏へ・印刷費中へ進上」として三〇〇円の記載があるが、これは小屋の費用とは関係あるまい。しかし、払下代、飯場の解体、運搬、組立、棟上げ、壁塗り等の費用は記されていない。それ故、佐藤勝治のいう一六〇〇円については記載がないが、誤りとみるべき根拠はないので、正しいとみる他ない。そうとすると、一六〇〇円から払下代三〇〇円を差引いた一三〇〇円が部落の人々の収入となったわけである。日記の収支記録の流しの費用は高村光太郎が山口に移ってからの作業なので、別途記したものと思われる。ちなみに、この収支明細には一二月一日の項に「山口部落會御中」として五〇〇円、「山口青年會　男子部・女子部御中」として別に五〇〇円、「入村に際して寄附」と注して支出している。過分の費用を部落は高村光太郎に負担させているのだから、さらに計一〇〇〇円の寄附をするのは私には余計なように思われるのだが、疎開者の部落へのご機嫌とりの気の弱さと江戸ッ子気質の金離れの良さによるのではないか。

※

一九四五年一〇月一七日の日記によって高村光太郎が佐藤隆房邸から太田村山口へ移ったことが分る。同日の日記。

「曇、朝冷。　支度、院長さんよりヰスキー、かん詰等いろいろもらふ。箱に荷をつめる。　朝松茸飯、生いか。　奥さんに砂糖をもらふ。　十時半頃信一郎さん、精一さん、清六さん来る、信一郎さん精一さんリヤカーに荷物をのせて二ツ堰街道より山口行、午后二時半着、夕方二人リヤカーを引いて歸らる、〔原文の誤字は訂正している――筆者注〕
〔院長さんに板などもらふ、　宮澤家、院長さん等皆して見送り。　夜學校に村の人五人ばかり集まる、出て挨拶す。十一時半頃まで皆ゐる、〕」
『山居七年』によれば、高橋精一は賢治全集が出来上った時その記念品を宮澤清六さんから頼まれて駒込林町に届けたので高村光太郎と面識があったし、信一郎は清六の従弟である。なお、前述収支メモには一〇月一六日の項に「小使さん春吉さんへ　一〇．〇〇」「女中さん看護婦さん連へ　三〇．〇〇」と記されている。佐藤隆房邸で世話になったので礼として一〇円、三〇円を支払ったのであろう。ここでも高村光太郎は律義だし、金払いがいい。
翌一八日の日記。
「昨夜分教場に泊る。　佐藤氏奥さん子供衆花巻行、　午前中勝治さんの案内にて部落中の重な家に挨拶にゆく。駿河さん、田頭さん、兩戸來家、高橋さん、圓次郎さん宅也。　午后山の小屋にゆきて障子の紙をはりかける、夕方かへり、又分教場に泊る、　雨になる、
〔駿河さんへハカキ50枚、戸來兩家へ院長さんの紹介狀を出し、ハカキ30枚ツツ高橋さん（田頭さん）へハカキ30枚、もう一軒へも30枚、圓次郎翁へはナシ〕」
分教場に泊るとはただ一つの宿直室に佐藤勝治一家と同居することであった。こうして障子張りに

はじまる小屋の整備に分教場から高村光太郎は通うこととなった。

二〇日も障子張り、二一日「障子張り終る。流しをかついでゆく」。二三日「流し場をつくりかける」とあることとからみると、大工は流しを作ったが据えつけるための流し場は作らなかったのであろう。二五日「小屋にて流しをつくりかかる。俎板をつくる」。二七日「臺所流しをつくり終る」。二九日「午後臺所の外の溜を掘り箱をつくりかける」、三〇日「溜の箱」。三一日「自在カギをつくる」。一一月四日「流し外の水溜用の箱をつくる」、五日「流し場外の溜の箱を埋める」、六日「井桁の事」、「外に下水道つくる」、八日「井桁にかかる」。九日「井桁」。一二日「墨壺をつくつてゐる」、一三日「墨壺製作」。一四日「墨壺製作」、一五日「小屋にてスミツボ作成にかかつてゐる」、一七日「朝小屋行、スミツボ」。「夜はじめて小屋でねる。寒くなし」と日記に記している。

この間、一一月八日から少しずつ荷物を分教場から小屋へ運んでいた。この模様をたとえば、一一月一日付水野葉舟宛葉書（書簡番号八一二）に「十月十七日に此村に移轉してからまだ分教場（風又三郎そつくりの學校です）に御厄介になりながら毎日小屋に通つて雑作を自分で作つてゐます。昨日は爐の自在カギをつくりました。今度は井桁にかかります」と書いている。

井桁がなければ、掘り下げた穴の中から水を汲み上げるのは危険きわまりなく、実用にならない。自在カギがなければ囲炉裏が使用できない。紙を張っていない障子は、障子の用をなさない。一一月一六日椛澤ふみ子に宛てた葉書（書簡番号二七〇一）では「いよいよ此の十七日から小屋に移住します。

毎日通つて大工仕事をやつてゐます。道具類から造つて仕事をすすめるので中々大變です。墨壺、錐、水平器などといふものも皆自製です。机もつくり、お饍もつくり、重箱も戸棚も床の間も井桁も下水も雨戸も自分でつくります」と書いている。高村光太郎は建具、造作のない、いわばがらんどうの小屋を建ててもらうのに一五〇〇円か一六〇〇円を支払ったのであった。高村光太郎だからこそこうした建具、造作を自製できたのであって、余の人であれば、別に人手を頼み、その費用を負担し、時日を要したにちがいない。このような不備な小屋を引渡した駿河重次郎に誠意を認められるか。また、このような状態の小屋の引渡しをうけた佐藤勝治にも啞然とする。部落に対する多額の寄附は部落の人々から誠意をかち得るための代償だったかもしれない。

『山居七年』に一一月二三日に山小屋を訪ねた記述がある。

「山口分教場の校庭をすぎると低い土手があり、その土手をこせば、霜にいためつけられた秋草の野に、ほそぼそと人が踏んだあとの細い山道です。あたりの木々の葉は既に落ちつくし、刈りのこったススキの穂がさびしく立ち、冬枯れの雑木の中に松だけが緑濃く茂っている密林です。十分程でその家につきました。荒涼とした山の中に小さな杉皮葺の家が置き忘れたようにポツンとあります。

挨拶をして中に入りました。古びた材木が素面のままで乱雑に組まれた小屋で、天井がなく梁も屋根裏もあらわに見え、壁は荒壁でそれと柱や桁のすきまから光がさしこみます。入口の戸は板戸で入口のわきの窓は紙張り、畳三畳半で板間と囲炉裏とがあって土間の前に小さな水屋の流しがあり、家具らしい家具は何一つない。」

こうした吹雪になれば雪が吹きこむ小屋に高村光太郎は七年という歳月を過した。私には別の選択がありえたと思われる。山口に住むこととなったのは行きがかりであった。一面で彼はそれを与えられた宿命と感じたかもしれないが、他面では親友水野葉舟に語ったように、山村の小屋住まいに鷹ヶ峯のような芸術村をつくることを夢想していた。

3

山口における高村光太郎の生活は、大別して、農耕、執筆、講演、来訪者との応接の四に分れ、これらを支える日常の飲食等がある。まず食物についていえば、試みに一九四六年一月九日の日記を引用する。

「細かい雪しづかに降つたりやんだり。細かい雪はつもる。夜に入りて風出で時々雨もふり、雨だれの音がする。前方の松林に風の渡る音物凄し。朝八時頃になる。朝食麥飯、みそ汁（大根、ゴバウ、煮干）豆コブ、午前十時頃宮古より水原宏氏來訪、勝治さん途中まで案内せらる。初對面なり。コタツを未だつくらず、爐邊にて談話。四十二歳の由、氏もまだ獨身にて自炊生活をやつてゐる由。近く夫人をむかへるやうな話。スルメ四束、玉子1、バタ四半斤、馬肉百匁ほど、鱒一皿　タバコなどもらふ。談話小一時間にて辭去。今日盛岡より一番で來たよしにて今日の中に盛岡に歸るとの事。盛岡に生れたとの事なり。俳句はやりしが、別に文藝に關係はなしといはる。余を援助しくるる事不思議なり。長く結核性腎臓炎を病み、今やうやく健康になりし由の話。ひどく余に同情せらる。ひるめし白米にて早速カキ飯をつくる。久しぶりにて甚だ美味、ジヤガイモをむす。高菜つけもの。午后雑用　軟便あり。　水原氏に郵便物を托す。學校よりも氏に托して郵便物及びソバ粉少し届けらる。ソバ粉めづらし。ソバ湯をつくりのむ。　夜食ひるの殘飯をむす。尙中皿にてジヤガとカキとをむす、此もうまし。豆コブ、高菜つけもの、辛子。　明朝の麥飯を煮ておく。二度炊の方がよきやうなり。」

水原宏のように、文学に無縁な方からのこうした援助はその後も数年にわたって続いている。未知の人からの援助は水原宏に限らない。高村光太郎の人徳かもしれない。まして身近な佐藤隆房、宮澤清六といった花巻の知人は高村光太郎の身状を気遣って随時食糧品を届けていたし、部落の人々も餅、野菜等を始終恵んでいた。たとえば、同年一月一二日の日記を読む。冒頭は省略。

「七時頃おきる。　朝食殘飯をむす。みそ汁（大根ゴバウ人參煮干、馬肉少々）菜づけ。（菜づけ凍りて却てサクサクしてうまし）　朝食を片づけ、コタツを使つて新聞其の他のものを見てひるになり、ひる食新米を炊きはじめた時勝治さんが宮澤清六さん、信一郎さんを案内して來る。清六さんは初めてなり。健康さうに二人とも見える。清六さんに重箱にカキ、鱒の子、イカ煮つけ、魚肉一片（白味の肴何か分らず）、又すず子、抹茶一包、ゴマメ一包、出しコブ一束、それに坐ブトン一枚もらふ。信一郎さんに罐詰一個、シラス干一包もらふ。コタツにて談話数刻。三時頃信一郎さんが寫眞を三四枚うつし、辭去。雪ふかくして氣の毒なり。　雪又ふりしきる。」

といった調子である。日記を読んでいて気づくことは、高村光太郎は味噌汁に必ずダシを入れていることである。つねに本格的なのである。帰京後の藤川栄子との対話では、囲炉裏の一方の側で料理を作ると、食べる時には囲炉裏の反対側に坐って食べた、と語っている。料理人と客とを自ら区別していたわけである。

太田村山口の山小屋の高村光太郎はまた、抹茶を好んだ。一九四五年一〇月、まだ山小屋に移る以前、戦後の列車の切符の入手も難しく、極度の混雑の中、花巻の高村光太郎を見舞った椛澤ふみ子が、もっとも頻繁に抹茶を贈った人物として目立っている。この花巻訪問のさいの礼状、一〇月一四日付葉書（書簡番号二六九六）に「遠路いろいろと重いものを持つて來て下さつて、細かいあなたの心からの贈物をしんにありがたいと存じました。抹茶の御馳走になつた時は、遠い東北に居ることを忘れるほどでした」と書き、一九四七年三月一八日付葉書（書簡番号二七六四）に「御恵贈の抹茶二かんありがたくおうけとりいたしました。濃茶淡茶と揃へて下さつて一入忝く存じます。早速軒滴の音をききながら朝の爐邊に一喫、いひやうのない心の爽やかさを感じました」と伝え、一九四八年三月一七日付

ると、自分の藝術上の仕事にもさし
圍を明かに判斷してかかつてゐる。
ぜられ、農家などにあつては、勞働と
でないやうな錯覺を持つに至り、便利な
やうに考
へられる傾さへあるが、これはまことに馬
の仕事の出來
るのを目標とせねばならないこと言ふまでも
そのために神身を勞し
過ぎ、仕舞には何のために苦しんでゐるのか
望的破壞的な考へ方まで抱くに
至るやうな例もままあるのは氣の毒である。分
少し内輪なくらゐに始めるのがいいのだと
私は信じてゐる。

そんなわけで、私は極めて樂な程度の開墾のまねことのやうなことを去年の雪解後に始めたのであるが、驚いたことに、そんな程度のことでさへ素人の私をおびやかすに十分であつた。私の掌には長年の鑿だこが出來てゐて力仕事にかけては隨分自信があるのであるが、鑿のあたる所と馬鍬《まんが》のあたる所とは違ふと見えて、僅かなジヤガイモ畑の開墾で右の掌に血まめが三つばかり出來た。それがつぶれて一旦治つた後、皮下の深い所が膿み始めて、最初は痒く、やがてヅキヅキと痛み出して一週間ばかりは安眠も出來ない始末となつた。手首一面に腫れて二の腕の方までそれの犯して來る樣子が物凄いので、たうとう花巻町に出かけて花巻病院長さんに見てもらひ、その夜すぐに右掌を切開して膿を

出していただいた。それから毎日ガーゼの取りかへに病院通ひをするため一ケ月足らずは花巻町の院長さん邸に逗留しなければならなかつた。その一ケ月は丁度五月から六月にかけてのことなので畝作り、播種、施肥、その他栽培に一番肝要な時期だつたわけであるから、不在のままだつた私の開墾も畑もすつかり仕事が遅れてしまつた。六月末に山に歸つてみると、エン豆、インゲン、ジヤガイモなどはどうやら物になつたが、稗の苗などは雜草にすつかり食はれてしまつてゐた。一旦はびこり出した雜草はまだ不自由な右手の働きぐらゐでは中々退治がむつかしく、私の畑は雜草の中にいろんな作物が居留してゐるやうな狀態となり、實にさんたんたるものであつた。」

この文章は、この地域は酸性土壌なので、宮澤賢治が売りひろめるために奔走した炭酸カルシウム、いわゆるタンカルが有効なので、宮澤家の手を経て一車分この部落に配給してもらい、部落の農家の間で少しずつ分けたおかげで、ホウレン草もどうやら育ち、大豆、小豆などもうまくいった、などと記し、次の文章で結んでいる。

「太田村には清水野《きよみづの》といふ大原野があるが、此所に四十戸ばかりの開拓團が昨年からはいり、もうぽつぽつ家が建ちかけてゐる。私は酪農式の開拓農が出來るやうに願つて、なるべくそれをすすめてゐる。そして乳製品、ホウムスパン、草木染に望みをかけてゐる。」

文中明らかと思われるが、この右手掌の化膿による切開手術は開墾をはじめた第一年度、一九四六年の出来事であった。その後、こうした苦労をすることなく、順調に農作業をし、収穫していたよう

きると、きつと山の水でお湯をわかして、すぐお茶を入れて飲むんだ。山のも
れは非常にうまい」と語っている。高村光太郎の生活はこうした閑雅な面をも
こうした恵与に対する礼として高村光太郎は色紙、短冊、半折、あるいはあり
て贈った。この七年間はまた彼が書に精進した歳月であったということができる。
その反面、彼は盛岡在住の洋画家佐々木一郎からバターを贈られ、佐々木がバタ
知ると、常時佐々木と連絡をとり、佐々木をつうじバターを購入できるような手配を
いう意味で彼は栄養の摂取についてじつに周到であった。

※

高村光太郎が農作業の当初の苦労を記した文章に生前未発表に終った「開墾」がある。
「私自身のやつてゐるのは開墾などと口幅つたいことは言はれないほどあはれなもの
のまはりに猫の額ほどの地面を掘り起して去年はジヤガイモを植ゑた。今年は又こ
を起してやはりジヤガイモを植ゑるつもりである。外には三畝ばかりの畑を使
にいろいろの畑作をやつている。今のところそれだけである。無理をすることがいやなので自分の體力
と時間とに相當したことだけを今後もやつてゆくつもりである。無理に成績をあげるやうな、

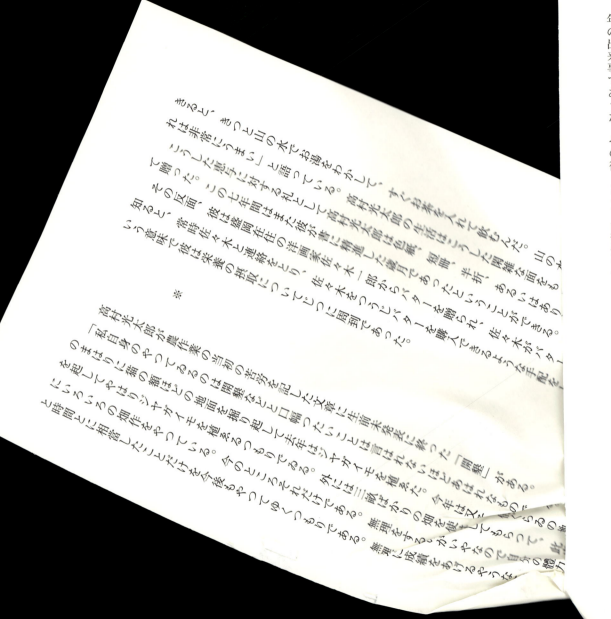

である。また、酪農などは生涯彼が夢想し、果たしえなかった仕事であった。

一九四七（昭二二）年八月二八日付高村美津枝宛葉書（書簡番号二七九六）に次のとおり知らせている。

「八月廿六日のおてがみ　今日來ました。お庭の作物のこと　おもしろくよみました。それではこちらの畑につくつてゐるものを書きならべてみませう。大豆、人參、アヅキ、ジヤガイモ（紅丸《ベニマル》とスノーフレイク）、ネギ、玉ネギ、南瓜（四種類）、西瓜（ヤマト）、ナス（三種類）、キヤベツ、メキヤベツ、トマト（赤と黄）、キウリ（節成《フシナリ》、長）、唐ガラシ、ピーマン、小松菜、キサラギ菜、セリフオン、パーセリ、ニラ、ニンニク、トウモロコシ、白菜、チサ、砂糖大根、ゴマ、ヱン豆、インギン、蕪、十六ササギ、ハウレン草、大根（ネリマ、ミノワセ、シヨウゴヰン、ハウレウ、青首、）など。以上の様です。十一月に林檎の木を植ゑます。」

高村美津枝は弟豊周の長女、光太郎の姪にあたる。彼女の質問に答えて、九月八日付葉書（書簡番号二八〇二）で次のとおり説明している。

「おテガミ見ました。自給自足の地方では　畑を作る以上この位のものを作るのは　あたりまへのことです。此間書き並べたものが同時に畑にあるわけではなく、次々と作つてゆくのです。

今年は里芋の類を作らずにしまひました。雨でくさつてしまつたのです。總體に成績はよくありません。

ジヤガイモは大きいのがたくさんとれました。畑の仕事では毎日汗みづくになります。

目白の學校はたのしいでせう。」

高村光太郎がどれほどの労力を費して、上記したような多種類、おそらく各種類が小量の野菜を栽培したかを日記にみることにする。畝つくり、播種、DDT散布、交配といった記述から、たんに畑手入、畑見廻りといった記述まで拾いあげると、見落しがありうるが、

一九四六年　七六日

一九四七年　一四三日

一九四八年　一一九日

という数字になる。農作業をするのは四月から九月、まれに十月にかかることもあるが、一日の作業時間はせいぜい一、二時間である。雨の日もあり、終日来客の相手をすることもあり、講演に出かけることもあるので、主として五月から八月に集中しているとしても、農作業に充てられる日は限られているし、一日の中で農作業に充てられる時間もごく限られている。その程度の日数、時間で一人を養うに足るほどの多種の野菜、根菜類の栽培は可能なのである。なお、一九四六年が比較的少いのは右掌の切開手術のため五月一六日から七月一六日まで日記の記載がないからにちがいない。

一九四九年、一九五〇年は日記が発見されていないので、どの程度の労力を要したかは確めることができない。

一九五一年は

五月一一日　今日スルガさん畑をおこしくれる
一二日　スルガさん畑手入
一四日　スルガさん畑手入
一七日　スルガさん畑手入
一九日　夕方スルガさんに種子をいろいろ托す

といった具合で駿河家に援助を依頼しており、私が日記に見つけることができた限りでは、高村光太郎が畑手入をしたのは九日にすぎない。これはこの年彼が彼のいう肋間神経痛を患っていたためかもしれない。

一九五二年に入ると五月に三日、六月に二日、七月に五日、八月に一日、農作業をした日数に数えられるのみだが、この年は十和田湖行等のため、また帰京のため、多忙であったからである。

こうしてみると、当初の開墾を別とすれば、高村光太郎にとって農作業そのものはさして辛いものではなかったはずである。ただし独居自炊にともなう雑事のすべてを考えれば、農作業はそのごく一部にすぎない。

4

高村光太郎が多忙だった理由の一は講演を依頼された機会が多く、講演に時間をとられたためと思われる。

「美の源泉」と題する談話筆記は、一九五〇年一月一六日、岩手県立図書館で行われた講演の筆記であるが、ここで、高村光太郎は「美の源泉」として、まずエジプトをあげ、次いでギリシヤがエジプトを圧倒したと述べ、エジプトとギリシヤとの間にアッシリア、バビロンがあり、その後にあるのはゴチックで、「これはキリスト教的源泉」であると言い、「それから御承知のとおり復興期になり、人間が豊かになつて中世紀から目覺めて古代の發掘をはじめた」と語り、「それから世界の美の源泉の中の非常に大きなのが支那であります」といったように、世界的に「美の源泉」を概観しているが、ここで目立つことはゴチックの否定である。彼は次のとおり語っている。

「ゴチック、これはキリスト教的源泉であります。ギリシヤとまるきり違います。根本的に反對です。」「ギリシヤから見ればゴチックの美はやせた骨ばつた觀念的なものだという風に見えます。」かつての「雨にうたるるカテドラル」の作者がこのような感想をもつようになったことを考えると感慨を覚えざるをえない。

封書（書簡番号二八四二）に
「おてがみを拝見、感謝して抹茶を待つてゐましたら十五日に到着、早速小包をほどきましたら、珍らしい甘味やらはじめてみる乾燥豆やらもあり、京都の濃茶、池田園の薄茶等が出て來て大喜びしました。
水を新らしくして湯を沸かし、濃茶淡茶と二杯いただきました。盛岡邊で入手したものと違つて粉が細いので白緑色のよい泡が立ち、香りもゆかしい氣がいたしました」
と記すなど、同種の礼状は無数といってよい。椛澤ふみ子は二三、四歳の若い女性だったようだが、こまやかな心遣いで高村光太郎を終始慰めていた。晩年の高村光太郎とふしぎに親しい関係をもった女性である。帰京後の國安芳雄（旧姓住友）との対談で高村光太郎は「これまでぼくが東京にいてできないような生活で、やりたかつた生活がそのまま自分でできるので、非常に愉快だつた。東京にいた頃は四疊半にいろりを切つて、そこで火をたいて、山の生活の眞似なんかしたものですよ。それが向うでできるのだからね。今度は本式なんだから愉快だつたね。千利休なんてのはあの眞似だと思つていた。壁は荒壁だし、窓はコマイが出ているし、茶室の通りなんだ。あれを利休なんかが眞似して、ああいうところでやりたかつたのだろうけれど、できないから、それでぜいたくにわざわざああいうものをこさえたのですよ。だからあそこで抹茶を立てると本式だ。そういうことは非常によかつたですよ。初めは抹茶なんかはなかつたが、東京からときどき人が來てもらえるようになつたから、朝起きると、きつと山の水でお湯をわかして、すぐお茶を入れて飲むんだ。山の水はいいですからね。それは非常にうまい」と語っている。高村光太郎の生活はこうした閑雅な面をもっていた。

こうした恵与に対する礼として高村光太郎は色紙、短冊、半折、あるいはありあわせの紙に揮毫して贈った。この七年間はまた彼が書に精進した歳月であったということができる。

その反面、彼は盛岡在住の洋画家佐々木一郎からバターを贈られ、佐々木がバターを入手できると知ると、常時佐々木と連絡をとり、佐々木をつうじバターを購入できるような手配をしていた。そういう意味で彼は栄養の摂取についていてじつに周到であった。

※

高村光太郎が農作業の当初の苦労を記した文章に生前未発表に終った「開墾」がある。

「私自身のやつてゐるのは開墾などと口幅つたいことは言はれないほどあはれなものである。小屋のまはりに猫の額ほどの地面を掘り起して去年はジヤガイモを植ゑた。今年は又その倍ぐらゐの地面を起してやはりジヤガイモを植ゑるつもりでゐる。外には三畝ばかりの畑を使はしてもらつて、此處にいろいろの畑作をやつている。今のところそれだけである。無理をするのがいやなので自分の體力と時間とに相當したことだけを今後もやつてゆくつもりである。無理に成績をあげるやうなことをすると、自分の藝術上の仕事にもさしひびくし、體力をも酷使するやうになるに違ひないので、その範圍を明かに判斷してかかつてゐる。體力酷使といふことは、一面自分でも大層勉强してゐるやうに感ぜられ、農家などにあつては、勞働といへば體力酷使を意味し、引いては體力酷使をしなければ勞働でないやうな錯覺を持つに至り、便利な機具などを使ふのは幾分勞働忌避を意味するもののやうに考へられる傾さへあるが、これはまことに馬鹿げたことで、體力を酷使せずに必要なだけの仕事の出來るのを目標とせねばならないこと言ふまでもない。むやみに計畫を壯大にしてそのために神身を勞し過ぎ、仕舞には何のために苦しんでゐるのか分らなくなり、果ては絕望的破壞的な考へ方まで抱くに至るやうな例もままあるのは氣の毒である。分相應よりも少し內輪なくらゐに始めるのがいいのだと私は信じてゐる。

そんなわけで、私は極めて樂な程度の開墾のまねことのやうなことを去年の雪解後に始めたのであるが、驚いたことに、そんな程度のことでさへ素人の私をおびやかすに十分であつた。私の掌には長年の鑿だこが出來てゐて力仕事にかけては隨分自信があるのであるが、鑿のあたる所と馬鍬《まんが》のあたる所とは違ふと見えて、僅かなジヤガイモ畑の開墾で右の掌に血まめが三つばかり出來た。それがつぶれて一旦治つた後、皮下の深い所が膿み始めて、最初は痒く、やがてヅキヅキと痛み出して一週間ばかりは安眠も出來ない始末となつた。手首一面に腫れて二の腕の方までそれの犯して來る樣子が物凄いので、たうとう花巻町に出かけて花巻病院長さんに見てもらひ、その夜すぐに右掌を切開して膿を出していただいた。それから毎日ガーゼの取りかへに病院通ひをするため一ケ月足らずは花巻町の院長さん邸に逗留しなければならなかつた。その一ケ月は丁度五月から六月にかけてのことなので畝作り、播種、施肥、その他栽培に一番肝要な時期だつたわけであるから、不在のままだつた私の開墾も畑もすつかり仕事が遅れてしまつた。六月末に山に帰つてみると、エン豆、インゲン、ジヤガイモなどはどうやら物になつたが、稗の苗などは雜草にすつかり食はれてしまつてゐた。一旦はびこり出した雜草はまだ不自由な右手の働きぐらゐでは中々退治がむつかしく、私の畑は雜草の中にいろんな作物が居留してゐるやうな狀態となり、實にさんたんたるものであつた。」

この文章は、この地域は酸性土壌なので、宮澤賢治が売りひろめるために奔走した炭酸カルシウム、いわゆるタンカルが有効なので、宮澤家の手を経て一車分この部落に配給してもらい、部落の農家の間で少しずつ分けたおかげで、ホウレン草もどうやら育ち、大豆、小豆などもうまくいった、などと記し、次の文章で結んでいる、

「太田村には清水野《きよみづの》といふ大原野があるが、此所に四十戸ばかりの開拓團が昨年からはいり、もうぽつぽつ家が建ちかけてゐる。私は酪農式の開拓農が出來るやうに願つて、なるべくそれをすすめてゐる。そして乳製品、ホウムスパン、草木染に望みをかけてゐる。」

文中明らかかと思われるが、この右手掌の化膿による切開手術は開墾をはじめた第一年度、一九四六年の出来事であった。その後、こうした苦労をすることなく、順調に農作業をし、収穫していたよう

こうした美の源泉について概観した上で、埴輪、百済観音、法隆寺の壁画、高野山の二十五菩薩などにふれ、「とにかく日本に美は確かにあるのですが非常に細い、山清水のようにとくとくと湧く、芭蕉の俳句のような源泉です。湧水はとくとくと流れて綺麗で、のどが乾いた時は非常にいい山清水のようなものです。掘らないから出て來ないけれども、今日ではほんとうの所をボーリングしています。そうするとそこからすばらしい源泉が湧出して來て、その流れがずいぶん遠くまで世界のすみずみにまで行き渡るものと思います。」

といっているが、これらの美の実質についてはこの談話筆記ではふれられていない。

ただ、この講演は一九四六（昭和二一）五月から一二月まで毎月一回太田村山口小学校で連続して行われた講演の談話筆記「日本の美」（全集第五巻所収）が、私見によれば、前述の「美の源泉」に続くもののように思われる。それは「日本の美」の第一節「埴輪について」中、「この前お話したやうに、日本の土地から涌き出してゐる、他に類例のない美を舉げて行かうと思ひます」と語りはじめているからである。

ここで高村光太郎は「縄文土器」は「大和民族のものではありません。美の觀念が違ひます」と言い、次のように語っている。

「外國では或る概念理論を通じて自然をみる。つまり人間的な喜びとか、なやみがあつて、それから自然をみるのが多いのですが、大和民族は直接に自然を讚美しそれに見入るのです。端的な寫實性、これが日本で持つてゐる一つの源泉です。埴輪には美の表現からいふと明るさがあります。この明るさは元來我が國の美の根本で、造型美術、文學からみても、どこの國より明るいのです。」

「次は埴輪の面白さです。きつと專門家があつて作つたと思ひますが、下部は圓筒、上の方も中はがらんどうです。目の切り方などなかなかうまく、人間の表情がよく出てゐます。切り拔いた後で、その周りを指で壓して泣いた顏、笑つた顏、表情を要領よくつかまへ、なかなか近代性を持つてゐると思ひます。一番肝腎な事だけを感じとり、瑣末なことは感じなかつたやうで、大まかな全體性をよくつかんでゐます。」

「日本の彫刻は埴輪に歸らなくてはならない。」

かつて一九四二年『婦人公論』に連載した「美の日本的源泉」では「埴輪の人物はすべて明るく、簡素質樸であり、直接自然から汲み取つた美への滿足があり、いかにも淸らかである」と「淸らかさ」を強調していたのに、ここでは「明るさ」、「面白さ」を強調し、製作の技巧を説いている。

第二節は、「佛像について（古式の笑）」と題している。

「今日は、推古天平時代の佛像にあらはれた微笑、古式の笑についてお話したいと思ひます。これはよその國にはまだ理解されない美で、世界の人々がこの美についてわかると、かういふ一種の美が世界にふえることになるものです。」

「飛鳥時代の佛像の微笑は非常に高い美の表現です。これは日本で現はれた美の範疇です。」

「法隆寺の夢殿の救世観音についてお話します。非常に生き生きしてゐる佛像ですが、寫眞にはなかなかよく撮れませんので、寫眞をみただけではわかりません。聖徳太子の等身像といはれ、終始太子のお側に仕へてゐた人が太子を追慕するあまりつくつたものと思はれます。たしかに觀音像の形式とは違つてゐて、形を考へて造つたのではありません。

現在、左右均齊の美とかいふことも、それは今こじつけたので、ともかくも形をつくつて、その中へ太子の魂をとつておかうと思つて造つたのです。だから生きてゐます。顏は頑固な顏でどこも四角ばつてゐますが、口は笑つてゐます。この笑ひは自然に出てきた笑ひで、わざわざ選んで造つたのではありません。スマイル　スリープでもありません。これは悲しいすごい表情です。慈悲の意味は表面に出てゐないで、むしろ人間の社會を、大きな杏のやうな目を見ひらいて見守つてゐます。推古朝をじつと見つめてゐます。だからこの救世観音の前に立つてそれを見上げることはできません。もうそこに立つてをれない感じがします。すごくてこはい表情なのです。魂へひびくやうなこの微笑はよその國には見られません。」

「美の日本的源泉」では「古式の笑」への言及はなく、むしろ清らかさ、気品などを強調していた。微笑のかたちがここではるかに具体的に語られている。

第三節は「能面について」説いている。

「肖像などでもいいものは當人以上に當人であることがあります。本人を手本にしてつくつたものなのに、つくつたものが本物で、生きた人になり、生きてゐる人はバックになつてしまひます。日本ではあまり肖像のうまい人はありませんが、ロダンは特別肖像がうまく、バルザックのは寫眞が澤山のこつてゐます。ロダンはバルザックの中のバルザックをとりだしてつくつてゐて、出來たものの方がバルザックで、本人が出るとバルザックでないといふくらゐです。生きてゐる人々には滓があります。その人の分子でないものがあります。その人は本質的なもののほか違に、煩惱がつまつてゐて無駄なところがあります。ですから製作者の解釋で肖像が當人と違ふのは當然のことで、センシアルなものです。」

「能面は年齢、種類、性質にわけてつくられます。小面といふのは美人の面で、雪の小面、花の小面、孫次郎などがあります。男の能面は簡單ですが、女の方は陰影のあり方が複雜で微妙です。それが惡寫生におちてゐません。人間の嫌な面をかくさないで、それを含めた微妙な深いものがあります。かういふ種類のものを持つてゐるものは世界にありません。もののエッセンス、エッセンスとやつてゆきましたから、無駄なものがとられてゐます。」

「能面の目は八方にらみの目で、何處を見てゐるといふことはなく、下を向くと泣いてゐるやうで、上をみると笑つてゐるやうに見えます。だからちよつとの動きもうつかりできないものです。面は人間の內性を覗いてゐるもの、美の充實したもので、そして節度があります。」

「日本人は一方に明朗の美を持つてゐると共に、節度の美を持つてゐることは面白いと思ひます。」

「美の日本的源泉」では能面の美はその「奥深い含蓄性」にあるとし、能面「深井」は「中年の女性の美とさびしさと、その人生的な味ひとを魂もろとも遺憾なく表現してゐる」と説いていた。ここではロダンを引用し、能面の美と節度を具体的に説いている。

最終節は「茶について」である。

「能面と同性質のものに茶があります。」

「利休の先生であつた紹鷗が贅澤なものであつてはならないといふことから、わびのお茶をつくりました。本當の意味で茶の精神を得るのは、あるものの中で最上の美を求め、心を澄ませることなのです。お茶の精神は和敬清寂です。」

「日本人は日本人の素質として持つてゐるものを人間として如何に使つていくかに重點を置いて考へてゆきたいと思ひます。よその國のやうでありたいといふことは無理です。日本の考へ方は中正です。藝術も絶叫するやうなものだけがいいのではありません。かへつて美のあり方が日本人は進んでゐると思ひますが、世界の人類の中ではまだみとめられません。ロダンのやうな日本人にちかい人が出たけれど、やはり違ひます。ロダンの「地獄の門」はぼくはさうざうしくてきらひです。ロダンのやうな人が日本人に生れないのは、この民族の精神です。通俗的に美といはれるものにものあはれがありますが、これはかたよつた見方です。華やかなのびのびした時代の日本を忘れてはなりません。あけつぱなしな、人をうたがはないよさを日本人は持つてゐなくてはなりません。

お茶のもつてゐるものはよいものです。世界の人類に寄与するものです。茶室の美がそのまま現はれたのでは仕方がありませんが、それが機械やいろいろのものに現はれ、最も進んだ美となるやうにしてもらひたいと思ひます。」

この講演の要旨は、「美の日本的源泉」でとりあげなかった「茶について」を除けば、『婦人公論』一九四二年七月号〜一二月号に発表した「美の日本的源泉」等とほぼひとしい。しかし、「美の日本的源泉」ではかなりに「清らかさ」、「人なつこさ」、「奥深い含蓄性」といった精神性、を強調していたのに対し、戦後の「日本の美」ではむしろ感興の由来するところを具体的に説いていることで、説明が違っているが、戦後になると、「茶」にふれてロダンを部分的にせよ否定したかにみえる発言をしたことに認められるような日本回帰に注目すべきであろう。それはともかくとして、日本的美の対象についていえば、高村光太郎の芸術論は戦時中も戦後も日本への回帰という点でまったく変っていない。そして、ここで高村光太郎は山口分教場に集った小中学校の教師たちに啓蒙家、教育者として接している。

※

この時期における高村光太郎が発表した重要な文章に一九四七年四月刊『農民芸術』第一巻第三号

「宮沢賢治研究」に掲載された「玄米四合の問題」がある。

「雨ニモマケズ」中の「玄米四合ト味噌ト少シノ野菜」について論じたこの文章は、当時の小自作農、小作農等は「殆と無法なほどの取扱を政府や地主などから受けて、窮乏のどん底にうごめき、身を粉にして働いて、しかも言語道斷の粗食を甘んじ」ていたので、賢治自身は「裕福な家に生れて、實家の兩親の膝下にさへゐれば何不自由ない生活を營める身分でありながら、農家の人達の理不盡な困り方を眼の前に見てはさういふ安樂生活にひたつてゐるに忍びず、彼等と同じやうな生活をやらうとして、斷然獨居自炊の生活をはじめ」「その農家並みの最低食生活を定めたものに違ひない。彼はこれが身體を養ふ最低限度の榮養であることを十分に知り、この最低食生活を長くつづけてゐながら、激しい仕事に從事して、日夜の辛勞を重ねたら、恐らく消耗性の疾患に身を破るやうになるかも知れない位の事は分つてゐたに違ひない。しかしどうしてもさういふ最低食生活をせずに居られなかつたのである」と指摘し、「榮養過多と榮養過少とは健康を奪ふ。健康を奪ふものは拒否しなければならない」といい、「私は玄米四合の最低から、日本人一般の食水準を高めたい。牛乳飲用と肉食とを大いにすすめたい。日本人の體格を數代に亙つて改善したい」と述べた上で、次のとおり結んでいる。

「宮澤賢治の國岩手縣に來て、私が「玄米四合ト味噌ト少シの野菜」生活に贊成せず、機會ある毎に酪農計畫をすすめ、牛乳を一合で量らず、一リツトルで量るほど廉く世上に豐富にゆきわたらせたいとなどと述べるのは、數世紀に亙つて培はれてきた日本の消極的健康を、どうかして世界水準の積極的健康にまで引上げたいからに外ならぬ。その氣になつて三代かかれば或る成績は得られるであらう。」

私自身は宮澤賢治はその生涯の大半を裕福な家庭で過し、独居自炊し、粗食したのはごく短い期間にすぎないと考えているし、彼の早世は粗食によるより結核をおして過労な生活を送ったことによると考えているから、高村光太郎の説いているところに全面的には賛成できないが、この発言が宮澤賢治の神格化傾向に水を差す冷静な批判であったことは間違いない、と考える。さらに、ここでも高村光太郎が若いころの月寒行以来の酪農への夢想と結びつけていることを興味ふかく感じる。

5

『山居七年』に「昭和二十一年秋　駿河定見氏談」として「ホームスパン」という項が収められている。

「定見さんの母のかるさんは、早くから絹物の手織をしていましたが、家や近所で緬羊を飼うようになってからはホームスパンを試織しました。

先生は、重次郎さんや田頭のアサヨさんの案内で、定見さん宅にかるさんの機織を見に来、それからは度々参ります。

「こうして機《はた》をやっているのを見ると、智恵子を思い出します。智恵子のような錯覚をおこしますよ。」

剪毛を見、洗毛を手伝い、紡毛を桛《かせ》にするところや、筬《おさ》に通し機《はた》にかける時や織る時も見に来ました。

「梳《そ》毛はサープロカードにかけると毛が弱くなりますから、手製の梳《そ》毛器がいいです。ホームスパンは手の先で始まり、最後の仕上げまで手先でやるのが特徴だ、染色も化学染料でなく天然産のものを用いるがよい。この辺にも染料源はいくらでもある。クリ、クルミ、大ズミ、イタドリ、トリトマラズ、アイ、ヒメヤシャブシ、ヤツカなど。」

「教えでもらってやって見でいからよっく教えてくなんせ。」

ヤツカの実を用いて茶に染めることに成功しました。

仕上げのとき、織上げたのを熱湯に入れ、煮沸しながらよく揉むのですが、熱くて手では仲々できません。先生は

「下駄がいいです。……僕がやってみましょう。」

どんなはずみか、「あついっ」といった途端、先生は板間に転びました。

「どこも何でもありませんよ。フフ」

一同爆笑してしまいました。

「あついと思った瞬間重心がくるったのです。」

下駄でよく揉みこなした素地を今度は湯しぼりにかかりました。一方は定見さんが持ち、他方は先生とかるさんです。だんだんしぼっていく中、力が入《はい》るようになったとき、先生とかるさん方はまけて二人共倒れました。又々大笑いです。」

高村光太郎日記には右に対応する記述は見当らない。もっとも、一九四六年の日記は九月二一日から一〇月九日までの間（および一一、一二月）が欠落しているので、その間の出来事であろう。しかし、翌一九四七（昭和二二）年一月二一日の日記に「尙サダミさんの阿母さん昨日死去された由話さる。腸ねんてんにて手術手遲れなりし由、先だつてつけものを持つて此處に來られホームスパンの話をして居られたのが最後の面會なりき。廿六日お葬式との事」とあり、二三日「勝治さんと一緒にサダミさん宅へ燒香にゆく。「お手傳」といふものをおくる。サダミさん等不在。直ちに辭去」。二六日「十二時過洋服に着かへて分教場行。勝治さんと一緒にサダミさん宅へお葬式にゆく。既に人々集まり居り、光德寺さん讀經中。燒香をすます。サダミさんの言により、今日イミアケの御經をあげ、供養の食膳に列することとなる。精進落しの意味なり。供養の食膳甚だ豐富。白酒おびただしく多量。四時過までのまされ、くはされる。親類近隣等二十人程」とあり、四月二一日の日記に「般若心經を紙一枚に書く。サダミさんの先妣のため。明日百ケ日の由なり」と記し、さらに「午后三時頃雨中サダミさん宅へ寫經を届ける。不在」と記している。

百カ日の法要のために般若心経を写経して供養するという高村光太郎の思い入れはなまじのものではない。ホームスパンを手がけた故人に対する敬意と彼自身のホームスパンに対する執着の深さを、この写経にみることができるだろう。

ホームスパンについては同年五月二〇日の日記にも「午前八時頃定見さん宅にゆき、ホームスパン見學。土澤の及川全三氏方に居らるる福田春子さんといふ女の人講師なり。織り終りあり。仕上げの縮絨といふ工作の見學、手傳ひ」とあるので、高村光太郎自身が手を貸していることを知る。この日の日記には後刻「又さだミさん宅。メーレー夫人の毛布についても毛布を持ちゆきて見せる。小屋に福田さん一緒に來て、夕方辭去」とある。メーレー夫人の毛布については早くは一九四五年九月二四日の日記に「午前盛岡より池野のぶ子女史來訪、草木染の和紙をもらふ。及川全三といふ人の話をきく、メーレー夫人の毛布見せる」と記していた。四七年五月二〇日の後にも、一〇月二六日の日記に「午后サダミさんと同道及川全三氏來訪、茸狩の由。初對面、メーレー夫人の毛布を見らる」、翌四八年二月一〇日「ひる頃福田さん土澤から來らる。サダミさん同道、スキーで來る。爐邊で暫く談話。メーレー夫人のホームスパンを又見らる。四五日サダミさん宅に滯在の由」とある。メーレー夫人のホームスパンの毛布は高村光太郎がロンドン滯在中に買い求め、愛用したものであろうか。土澤の及川全三は岩手県をホームスパンの特産地とするのに貢献した人物、福田春子はその弟子で岩手県各地でホームスパン製造技術を指導していた女性のようにみえる。駿河定見家のホームスパンについては全集第一二巻の解題に次の説明がある。

定見の「母カルは早くから絹物の機織りをしていたが、家や近所で緬羊を飼うようになってからはホームスパンも織った。なんでも頼めばこころよく面倒を見てくれるカルと話すのを、光太郎は喜び親しんだが、昭和二十二年一月腸捻転で突然没した。光太郎は霊前に揮毫した般若心経を供えて弔っている。愛用したチャンチャンコの一つはカルが作ったものだという。さち子（正しくはサツ子）、ひろ子の姉妹は当時定見宅に寄寓していた定見の姪。サツ子は光太郎のすすめもあって、カルの遺志をつぎ、及川全三についてホームスパンの織りや染めを学んで、光太郎の好みにあわせて服地を織ったりした。」

なお、駿河定見は重次郎の従弟の子にあたり、駿河一族の一人である。

四八年二月一〇日に福田春子が来訪した旨、日記にあることはすでに記したが、翌二月一一日付宮崎稔宛五枚続きの葉書（書簡番号一三八〇）では、「昨日は舊元日でいい日でした。ホームスパンを村の娘さんに教へてくれる女の人が訪ねて來て二三人でたのしく爐邊談話をやりました。小生はこの人に洋服用ホームスパンを一着分たのみました。夏の頃には新しい毛で出來るでせう。服を考へないと着衣が今になくなります。」

順序が前後したが、これより以前、四七年五月二五日付椛澤ふみ子宛封書（書簡番号二七七四）では次のとおり書いている。

「太田村をホームスパンの生産地にしたいと思つて人にすすめてゐますが、土澤といふところから其道の經驗者である婦人講師に來てもらつて先日四日間或る農家で講習會をひらき、其家の主人の壯年と親類の娘さんとが熱心に習得したやうです。

その時織つたホームスパンは最後の仕上げのアイロンかけも終つて立派に出來上りました。純羊毛のよさはすばらしいもので、これから追々に羊毛の草木染、平織、綾織、羽筈其他の地織の研究や縞や色の配合等について深く進めてゆきたいと思つてゐます。今に此村から格安なホームスパンの反物を提供することが出來るやうになるだらうと思つてゐます。

次には燒物、その次にはバタ製造です。

かういふところにゐてだんだん夢を實現させてゆくのは張合のある事です。

いそがず、怠らずに何でもやりぬく氣でゐます。」

これは前記四七年五月二〇日の日記の記述に対応するが、この講習会は高村光太郎が企画したもののように椛澤ふみ子宛の書簡からは窺われる。なお、「次には燒物」とあるのは光悦の陶芸を意識したものだろうし、バター製造、酪農は彼の若いころからの夢であった。

四九年二月二八日付更科源蔵宛封書（書簡番号一五四二）では「この部落をホームスパンの生産地にしたいとかねて考へてゐましたが、緬羊（メリノー種など）も相當に農家で飼つてゐるので、去年から講習をはじめ土澤町から先生に來てもらひ、農家の娘さんでもう平織のマフラー位は織れるやうになつた人もあります。草木染にして丈夫な美しいホームスパンを作り出すやうにしたいと思つてゐます。その先生に小生も洋服一着分御願して織つてもらふ事にしました。費用は織つてみなければよく分りませんが、是非必要なので御願しました。洋服が出來れば、場合によつては旅行も出來ますし、來年の冬の防寒準備にもなります」と知らせている。

一九五〇年に入り、一月一一日付椛澤ふみ子宛封書（書簡番号一六七五）では次のとおり通知している。

「十三日に盛岡の美術工藝學校にゆき、講演をする事になつてゐます。明日はその準備をせねばなりません。ひげそり、洗髮、着服あらため、そんな事も中々厄介です。此間まで夏服のままでゐましたが、最近ホームスパンの生地で獵服を一着仕立ててもらつたので、今度はそれを着てゆきます。多分寒くはないでせう。服は見本通りに仕立ててもらひ、ていねいに縫つてもらつたので上等です。ズボンは二本作つてもらひました。今別のホームスパンでオーバーを仕立ててもらつてゐます。これは今度の間には合ひかねます。ホームスパンはすばらしいのが出來るやうになりました。恐らく日本一でせう。材料に少し金がかかりますが、」

太田村山口の小屋で独居自炊することになったのは、すでに見たとおり、かなり行きがかりのような偶然に近かった。しかし、これを宿命とうけとめ、その生活の中から、山口部落をホームスパンの特産地にし、やがて、陶磁器の製作から酪農にいたる夢想を発展させることが高村光太郎の気質であった。

しかし、ホームスパンは容易に事業化できるわけではない。ホームスパンはまず緬羊から羊毛を刈りとり、洗い、染色し、繊維の方向をそろえ、紡ぎ、機《はた》にかけて織るわけだが、すべて手作業であり、それだけ文字通り、手間をかけるから、製品は美しいにちがいないとしても、大量の工場生産品と価格的に競争力をもつことはありえない。いわば好事家向けの手工芸品である。高村光太郎が去った後、現在、盛岡に三社、花巻に一社、ホームスパンの製品を製造し販売している企業があり、地場産業として成り立っていないとしても、特産品として美しいホームスパン製品を販売しているようである。これはむしろ及川全三とその門下の努力により細々と続いているもののようだが、高村光太郎はまことに夢想に耽る人であった。

6

高村光太郎は太田村山口の小屋に独居自炊していた間、くりかえし彫刻に手をつけたいと語っている。

一九四七年三月一八日付椛澤ふみ子宛葉書（書簡番号二七六四）の末尾に「今年こそ彫刻にも手をつけませう」と書き、四九年二月一六日付同女宛葉書（書簡番号二八九三）では、「法隆寺の火事にはまつたく驚きかなしみました」と書き、「かういふ事をきくと一日も早く彫刻製作に專念したくなります」と書き、同年四月五日付同女宛葉書（書簡番号二九〇七）でも「今年は何とかして山で少しづつでも彫刻の出來るやうに工夫したいと思つてゐます」と書いているが、山小屋に生活中、ついに彫刻に手をつけることはなかった。

これにはアトリエ建築の問題も関連をもつであろう。一九四七年五月二五日付椛澤ふみ子宛封書（書簡番号二七七四）では、「花巻にゐる或る有力者は小生のアトリエを今直ぐにでも必要ならば建ててあげようといつてくれましたが、さういふ無理な事はいづれ正當でない物資の運用によること明白なので小生は返答せずに過ごしました」と書いている。それほどに高村光太郎は遵法精神が旺盛だったのか。有力者なる人物の押しつけがましい、恩着せがましい態度に嫌気がさしたのか、私には分らないが、芸術で生活していくためには他人の恩恵や情宜にたよってはならないと考えている。高村光太郎は潔癖すぎたのではないか。彫刻家として生きるには向かない資質の持主だったのではないか、とさえ私には思われる。

『山居七年』の「昭和二十六、山居第六年」に「アトリエと二十六年元旦」という項がある。「深沢省三さんが或る時先生にきいたそうです」と書き始め、次のような問答を記している。

「先生は岩手で何かお作りになりましたか。」

「岩手山の肩、肩の強さに魅力があり、それを出して見ようと粘土で手の上で作ってみた。あの肩の強さは、岩手の青年男女の力を表徴している感じです。」

「アトリエがないので仕事ができないと思いますが……」

「今その場所を探しています。……僕はこちら（岩手）で制作し、展覧会もこちらで開く、東京からこちらに来る。そうなるようないきかたにしたいと思っています。」

「アトリエはどの位の室がいいですか、画室だと三間に四間なんですが」

「彫刻には五間に七間は欲しいものです。大きいですがその位は必要です。土台からしっかりしたビクともしない作りでなくては駄目ですね。アトリエを作るとき採光というのをよく論ずるけれど、僕は採光などは深く考える必要はないと思う。（中略）

近く小屋の付近へアトリエを作りたいと思っているんだけど、西側の栗林あたりがいいと思っている《ママ》です。村長さんは山の上のなだらかなあたりへ地所をとってくれるというんだけど、どうもあそこは水が不便です。あそこには図書館や音楽堂がいい。そこで村の子供たちと一緒にスクエヤダンスでもやってみたいです。今はまだアトリエの建築は容易でないから、七十になったら制作します。栄養を充分とって体を丈夫にして取りかかりたい。鑿《のみ》も出して磨いています。砥石も用意してあります。しかしあの小屋ではできないな。」

高村光太郎は体力に関し楽観的であった。いかに栄養を充分とったからといって加齢による体力の衰えは如何ともできないのだが、自覚していない。

深沢省三の問答を聞いた藤原嘉藤治が「開拓地の中の適地ならばくるだろう。何としても自分の開拓地にお呼びしたいと思いました」ということで、高村光太郎に、開拓五周年の記念の詩を依頼に行ったとき、

「先生、ここでは建物がせまくって、とても彫刻ができないとのことですから、われわれ開拓者がみんなでアトリエを建ててあげたいのです。この願いをききいれて下さいませんか。」

「アトリエについては僕も考えてみているところだけど。それは僕の方で工夫するつもりです。開拓の人たちはそういうことをしないようにして下さい。開拓者は実に苦労の多い現在なのだから。」

という応答があった。開拓者たちが苦労しているのに、その恩恵をうけることは高村光太郎のプライドが許さないことは当然であった。ところが、藤原嘉藤治は「高村先生をお迎えしようと、土地のことも、建築用材のことも関係方面にわたりをつけて、大体目算がついたので先生の承諾があれば、事を進行させたい決心で申しだしたのです。経費については新聞社に頼んで大口に出してもらおうと、A新聞にも内交渉をしておきました。」

何のことはない。藤原嘉藤治は新聞社の大口寄附をあてにしてアトリエを建てるつもりだったのであった。そうと知ったら、高村光太郎は直ちに申出を拒否したにちがいない。

A新聞社は高村光太郎と懇意な盛岡のM氏に内意をそれとなく聞いてもらったところ、次のような答えであったという。

「別に具体的に考えているわけではない。アトリエ建設について本格的に考えてみると、何としても……岩手は冬が寒いので冬の間の仕事がよくできそうにない。粘土のようなものも凍ってしまうだろうし、殊にアトリエは普通の建物と違って特別の建築物であるし、今は資材は出て来はじめたとしても、技術者がいないものだから、マア早急にどうとも考えを決めるわけにはいきません。嘉藤治さんの話は、それは自分のかかわりないことで、むしろそれは無理が出てくることなので、承諾していたのではありません。」

こういう状況の下で、田頭さんこと、村長の高橋雅郎が独断でアトリエ建設を決断し、一九五〇年一二月、『新岩手日報』に次の記事が出た。

「東京の博物館別館にロダンの彫刻と並び保管されている氏の力作に思いをはせ、猛烈な制作意欲を再燃させる高村翁は、せまい山の家のボロ家ではどうにもならず、只今はわずかに思想をねって慰めていたが、人間臭がぬけたら始めますよと七十を期して第二の飛躍を固く決するところがあるようだ。

今までもアトリエ建設の話はしばしばあったが、いずれも個人的な名誉欲とか、利用する者が多く翁もその点深く警戒する様子だったが、この度高橋雅郎氏が村長という公人の立場から大衆に呼びかけて、その発起人として最後まで責任を持つということから翁も始めて承諾、ここに疎開以来話題となったアトリエ建築もようやく具体化し、高村光太郎畢生の作は、草深い岩手の山家から世に出ることが約束されたわけである。場所は現在住居している山荘のかたわらの小高い丘が予定され、設計は翁に一任、小規模ながら理想的なアトリエが建設される予定。」

一九五一年一月一日付佐藤隆房夫妻宛封書（書簡番号一八二六）で高村光太郎は「先日新岩手日報に小生のアトリエにつきまして變な誤報が出まして閉口いたし居り、村長さんにはお斷りの注意を申述べて置きましたが、あの記事のやうな事は小生の與り知らぬことで、むろん御辭退の外ございません。清六さん其他からもそれについてのおたよりがありましたが、右様の御返事をさし上げて置きました。よろしく御含み置き願ひ上げます」と書いている。大衆に募金を呼びかけて資金を調達し、そうした資金によりアトリエを建設することが高村光太郎の意に反することはいうまでもない。

ところが、一九五〇年ころからは旧著の再版が相次ぎ、ことに一九五一年三月、中央公論社からの『高村光太郎選集』全六巻の刊行がきまってからは、相当額の印税収入が確実になり、自己資金でアトリエ建設の目途が立つようになったと思われる時期になっても、なお、高村光太郎はアトリエ建設にふみきらなかった。

一九五一年三月二二日の日記によれば、選集の刊行条件は「六巻。300頁300圓程度5000部一割。二分は草野君に」とあるから、一割の印税中二分は編集費として草野心平に支払われるとしても、八

分は高村光太郎の受取分であるから、単純計算すれば

300 × 5000 × 0.8 × 6 = 720,000

七二万円あればアトリエ建設費として充分なはずである。何となれば、この年龍星閣こと澤田伊四郎の寄附により二間×三間の新小屋が建てられたが、澤田は見積金額三万九六四〇円で駿河重次郎に依頼した旨、いわゆる『智惠子抄』裁判に証拠として提出しているので、高村光太郎が希望した五間×七間のアトリエはその六倍弱だが、計算上はこの印税で充分建築費はまかなえることとなる。一方で、この年、彼は『典型』により読売文学賞を受賞し、賞金一〇万円を受けとっているが、七月九日付宮崎春子宛封書（書簡番号一九〇八）にみられるとおり、「もらつた金は十萬圓ですが、公共の費用に全部寄附してしまひ、個人贈呈はただ貴家だけです。村の道路工事の爲と山口小學校のまん幕購入費用の中とへ五萬圓寄附しました。小生自身ではビタ一文も使ひません」と書いており、宮崎春子に五千円送金している。この書簡にみられるように、高村光太郎は恩誼に報いる志がつよく、情誼に篤かったが、同時に江戸ッ子的な見栄をはり、金離れの良い性癖があったようにみえる。その証拠として、翌一九五二年三月一三日付椛澤佳乃子（ふみ子と同人）宛四枚続きの葉書（書簡番号三〇一六）では、「本式のアトリエ建築はいつ出來るやらこれだけは心もとない次第、其上此の土地は不適當とおもはれ、或は北海道へ移住しようかとも考え、この夏には一度北海道旅行をするかもしれません」と書き、同年八月一三日付弟の藤岡孟彦宛葉書（書簡番号三〇三一）でも「まだ今後何處へゆくか分りませんが

當分はここにゐるつもり、後には北海道屈斜路湖の方へ移住するかも知れません」と書いているのを見ると、いったい高村光太郎の本音はどういうことだったのか、疑いたくなる。北海道は太田村山口よりもっと寒さが厳しいはずだし、だから冬には粘土も凍るにちがいないし、山口で入手できる粘土が北海道で入手できるかどうかも分らない。北海道移住は彼の生涯の夢だったとはいえ、このさいの北海道移住はアトリエを山口に建築しないための口実にすぎないようにさえ見える。

※

このことは東京へ戻らない理由と関係するように思われる。一九四九年六月五日付草野心平宛葉書（書簡番号一五八五）で高村光太郎は次のとおり書いている。

「おてがみ感謝。其後眞劍に考へてみましたが、東京へ行つてアトリエを建てる金がまづありません。アトリエが無いとしたら、東京に居ても此處に居ても同じことです。原稿でわづかに金をとるとしても彫刻ではとてもとれないでせう。從來とても彫刻では殆と金をとつてゐなかつた次第です。かういふ事情のもとに小生が生きねばならないといふ事もやむを得ません。それこそ今がチンクチエントでない時代にめぐりあつたのが百年目です。やつぱり山でやるより外ないでせう。」

「チンクチエント」とは一五〇〇年代、ルネサンス期を意味する。しかし、ミケランジェロといえども、意に反する仕事を教皇等に指示されて余儀なくしたことも多いが、高村光太郎は意に沿わぬ彫刻の依頼をひきうけるつもりはなかった。同じことを同年六月二一日付椛澤ふみ子宛封書（書簡番号一五九七）でも高村光太郎は書いている。すなわち、「小生ももう彫刻をどしどし作りたいのですが、いかにも事情がゆるしません。運命的な氣がします。東京へ來よといふ友人もありますが、東京へ出て生活する自信が小生にありません。やはり世情の立ちなほりを待つて此の山をひらいて此處で彫刻する外ないと思ひます。ここにアトリエがいつ建てられますか、前途はるかの思がしますが。しかし又いつかはここにアトリエを建てて全力を盡して仕事をする日の事を考へると心が躍ります。」

その後、「世情の立ちなほ」った一九五一年になると、太田村山口はアトリエに不適当だと変心を告げていることはすでに見たとおりである。私にはアトリエを作って彫刻に専心するとすれば、東京であれ、太田村山口であれ、生活が成り立たない、という自信の欠如がアトリエを建てなかった真の理由ではないか、と思われる。

すでに見てきたとおり、一九一七（大正六）年に計画した「高村光太郎彫刻會規約」によれば、会員は入会の時、作品価格の半額を前払、他の半額は作品完成時の支払、作品配布は六カ月ないし三年、この期間内に作品未完成の時は前払金を一時払戻し。「會員ハ作家ノ藝術ニ信頼シ、作家ヲシテ自由ニ其思フ所ヲ盡サシム」とあるから、前払いをうけた上で何を製作するかは高村光太郎の自由である。このような条件で作品を依頼するとすれば、よほど奇得な人に限られるだろう。こういう方式である限り、依頼者はないだろうし、生活は成り立たない。しかし、高村光太郎には自己の信念に反して、注文主の注文に応じた製作をするつもりはなかった。そうとすれば、アトリエの場所がどこであっても、彫刻によって生活は成り立たないことは目に見えている。そうとすれば、自家菜園で小量多種の自分用の野菜を作り、既知の人々から常時援助をうけ、既知未知の人々から贈り物をもらい、その礼に半折、色紙、短冊等に揮毫してお返しし、印税、原稿料は気前よく寄附などに費消し、必要な買物を買う収入は確保される、山口の山小屋の生活の方が、なまじ彫刻に専心するよりも安楽だったのではないか。あるいは、彫刻と農作業と執筆活動、来訪客との応接などをすべてうまく捌いていくことに自信が持てなかったのかもしれない。

いずれにせよ、高村光太郎にはアトリエを建てる意志がなかった、と私は考える。

7

太田村山口における高村光太郎の生活はそれなりに自足したものであった。講演を依頼されれば、おおむね引きうけて、戦後の文化の指導的立場から、多くは日本の美の源泉をとき、そういう意味で、戦時下の日本回帰の精神を抱き続けていた。また、ホームスパンから酪農に至る、若いころからの夢を山口に根づかせ、実現させようとした。農作業と彫刻・執筆の両立した生活は彼の理想に近かった。山口の生活における不満の一端は、花巻になじめなかったことにあるかもしれない。一九五二年七月一九日付佐藤隆房夫妻宛書簡（書簡番号二〇二二）で「七年間見て來たところでは、花巻の人達の文化意慾の低調さは驚くのみで、それは結局公共心の缺如によるものと考へられます。宮澤賢治の現象はその事に對する自然の反動のやうにも思はれます。賢治をいぢめたのは花巻です」と書き、北川太一の「高村光太郎聞き書き」でも「花巻は商人の町ですからね。駅に賢治像を作るように頼まれたけど断った。宣伝に使うつもりなんだから」と語っている。佐藤隆房、宮澤清六、佐藤昌といった少数の人々を除き、花巻を嫌い、その反動のように盛岡という小都会が好きだったようにみえる。日記、書簡をつうじ、高村光太郎には戦時下、戦争に協力し、戦意を鼓舞する詩をおびただしく書いたことに対する反省は一言も見出すことはできない。

詩「ブランデンブルグ」の中で

おれは自己流謫のこの山に根を張つて
おれの錬金術を究盡する。

と書いた。自己流謫とは自らを流刑に処するという意であり、それには当然罪を犯したという意識がなければならない。「自己流謫」の語は一九四八年八月一五日付佐藤隆房宛二枚続きの葉書（書簡番号一四五〇）に次のとおり現れている。その他に高村光太郎の詩、日記、書簡等に用例はない。

「又々大無沙汰をつづけ居りますうちに、満三年目の記念すべき日がめぐつてまゐりました。感慨無量であります。あの時は一途の心から一億の號泣と書きましたが、其後の國民の行動を見てゐますと、あの時涙をしんに流したものが果して一億の幾パーセントあつたのか、甚だこれは小生の思ひ過ごしであつたやうに感ぜられます。しかし歴史の進展は結局着々として歩んで居ります。

被占領日本の滿三年は小生山住み滿三年をも意味いたします。山林への自己流謫はますます徹底して來ますが、日本の經濟情勢は近い將來に仕事への希望を持つことはまづ不可能といふ見通しを與へます。此の運命は相當重大な關係を藝術上に持ちますが、自然の命ずるところは甘受する外ありません。平常何くれとお世話さまになり、過日は石井鶴三氏まで御厄介になつたやうで恐縮でした。十月におめにかかるのを樂しみにして居ります。奥様によろしく。」

「一億の號泣」は、すでに引用したとおり、一九四五年八月一五日、花巻の鳥谷崎神社社務所で、いわゆる玉音放送を聞いたときの感動をうたった作である。

玉音《ぎよくいん》の低きとどろきに五體をうたる
五體わななきてとどめあへず

玉音ひびき終りて又音なし
この時無聲の號泣國土に起り
普天の一億ひとしく
宸極に向つてひれ伏せるを知る
微臣恐惶ほとんど失語す

という句を核とし、

眞と美と到らざるなき我等が未來の文化こそ
必ずこの號泣を母胎としてその形相を孕まん

という負け惜しみに似た二行で終る作である。一億の号泣はもっぱら天皇に対し敗戦を申訳なく思う感情に発している。そういう意味では幾パーセントに過ぎなかったかもしれないのだが、本土決戦を信じ、ポツダム宣言受諾による降伏を予期しなかった、敗戦を信じられぬ、国民の大多数が号泣したことは事実である。高村光太郎が号泣したと同じ感情から号泣した者がごく少数だったからといって、彼が戦争協力、戦意昂揚の詩をおびただしく書いたことの責任とは関係ない。

高村光太郎は「蔣先生に慚謝す」という詩を書いて一九四八年二月刊の『至上律』に発表したが、暗愚にして、日本の中国侵略と知らなかった、といっているにすぎない。むしろ彼が責任を感じるべきは、彼の詩を読んで死に赴いた人々に対する責任であったが、これを「一切亡失」として、蔑視し、眼を背けて、その責任を回避した。

太田村山口における生活は「自己流謫」とはいえない。その生活はそれなりに自足したものであり、ある程度、彼の若いころからの夢想を現実化したものであった。

あとがき

　高村光太郎は、敗戦後、現在は花巻市に属する、当時の花巻郊外太田村山口の山小屋においで、ほぼ七年の間、独居自炊の生活を送った。この生活について彼が「自己流謫」と称したことがあり、ひろくそのように理解されていた。私は「自己流謫」を彼が戦争を讃美し、鼓舞する詩を夥しく書いたことに対する反省と考えていたので、敗戦後に彼が初めて出版した詩集『典型』を読み、これがひどく貧しい詩集であることに激しく失望した。これに反し、弟子に恵まれた斎藤茂吉は山形県大石田町において何不自由ない生活を送り、彼の絶唱ともいうべき歌集『白き山』を出版した。私はこの違いがこれら二人の詩人、歌人の資質によるものか、詩形式によるものか久しく強い疑問としていた。そしていつの日か何故そうであったかを解き明かすことを考え続けてきた。

　その間、高村光太郎の遺族、高村豊周氏が提起したいわゆる『智恵子抄』事件について、私は豊周氏の没後、その相続人であった高村君江氏、君江氏の没後はその相続人である高村規氏の代理人として二十数年間関与した。事件の争点は『智恵子抄』を編集したのが龍星閣こと澤田伊四朗であるか、高村光太郎自身であるかにあった。二十数年間続いた訴訟の結果、『智恵子抄』は高村光太郎が編集したと東京地裁により判断され、この判断は東京高裁、最高裁により支持されて確定した。この訴訟により高村光太郎が『智恵子抄』を編集したという裁判所の判断を得たことについては、いわゆる知的財産権訴訟の専門家の一人として知られている私の法律的知識と経験に加え、ごく若いころから高村光太郎の作品に親しみ、彼を敬愛してきた文学的知識にもとづき、微力を尽くした結果であるが、この判断を得たことについては北川太一さんの全面的な協力に負うところがじつに多い。私は北川さんに対して感謝しても感謝しきれないほど多大な恩恵を蒙ったのであった。

この間、北川さんは『高村光太郎全集』に漏れた資料を収集するのに膨大な労力を使っておいでになった。私の推察しているところでは、旧版の版元筑摩書房は全面的に新資料を組み入れて編集し直した新版を刊行することを好まなかったので、やむをえず一九九四年から一九九八年にかけて増訂版『高村光太郎全集』全二一巻が刊行されることとなった。このため例えば書簡が第一四巻、第一五巻と第二一巻、別巻に分かれて収録されるというような不体裁が生じたが、解説は全巻すべて北川さんによって新たに書き下ろされた。

この増訂版『高村光太郎全集』が刊行されたので、私はかねて考えていた高村光太郎における「自己流謫」の問題を考える時期が到来したと考えた。しかしなぜそのような思想を持つにいたったかについては高村光太郎の出発期から考え直さなければならない、と考え、高村光太郎論として一書を出版することを企てた。しかし、私には弁護士として仕事もあり、文学上の著作の計画もあり、なかなか着手できなかった。ちょうど二〇一五年九月に萩原朔太郎論を書き上げたので、続いて高村光太郎論に着手した。執筆の過程において私は増訂版『高村光太郎全集』における周到な資料収集、綿密な校異に関する北川太一さんの努力に、再三、感嘆の意を禁じ得なかった。ほぼ一年で本書の原稿を書き上げたが、いろいろな私自身の事情のため、刊行が遅れ、今日に至ったものである。

本書において私としては敗戦後間もない時期から抱き続けてきた高村光太郎という人格とその業績に対する関心、疑問について私なりに得た一応の回答のすべて書き尽くしたつもりである。私自身が感じている不備を挙げればきりがないが、ここには先人とは異なる私独自の見解がかなり多く含まれているはずだと自負している。

なお、太田村山口の山小屋における七年に関しては、本稿と別に二七〇枚の原稿を書いたが、他の章との均衡を図るため、本書ではその約三分の二程度に要約した文章を収めることにした。また、本書には高村光太郎が上京して、十和田湖裸婦像を製作した当時の状況などを含む上京後の生活には触れていないが、これもだいぶ以前に書き上げているので、機会があれば、前記の山小屋の生活に関する長文の原稿に加えて、本書とは別に刊行したいと考えている。

最後に本書の刊行にあたり、原稿の校閲、校正をしてくださった水木康文さん、石井真理さん、刊行の実務を担当してくれた篠原一平さん、誰にもましてつねに私を励まし続けてくれている青土社社長清水一人さんに心から感謝している。

二〇一八年一月一七日、満九一歳の誕生日を迎えた記念の日に

中村　稔

高村光太郎論

2018 年 3 月 25 日　第 1 刷印刷
2018 年 4 月 1 日　第 1 刷発行

著者——中村 稔

発行者——清水一人
発行所——青土社
東京都千代田区神田神保町 1-29 市瀬ビル　〒 101-0051
［電話］03-3291-9831（編集）　03-3294-7829（営業）
［振替］00190-7-192955
印刷・製本——ディグ

装幀——菊地信義

ISBN978-4-7917-7055-7 Printed in Japan

中村　稔の本

［人物評伝シリーズ］

萩原朔太郎論　三二〇〇円

石川啄木論　二八〇〇円

芥川龍之介考　二二〇〇円

樋口一葉考　二二〇〇円

中也を読む　詩と鑑賞　二二〇〇円

司馬遼太郎を読む　一九〇〇円